COLEÇÃO RECONQUISTA DO BRASIL (2ª Série)

OS COCOS

RECONQUISTA DO BRASIL (2ª Série)

Vol. 228

Capa
CLÁUDIO MARTINS

Introdução e notas de
ONEYDA ALVARENGA

2ª Edição

EDITORA ITATIAIA
BELO HORIZONTE
Rua São Geraldo, 53 — Floresta — Cep. 30150-070
Tel.: 3212-4600 — Fax: 3224-5151

MÁRIO DE ANDRADE

OS COCOS

EDITORA ITATIAIA
Belo Horizonte

Dados Internacionais de Catalogação na Publicação (CIP)
(Câmara Brasileira do Livro, SP, Brasil)

A568o

Andrade, Mário de. 1893-1945.
    Os cocos / Mário de Andrade ; preparação, ilustração e notas de Oneyda
Alvarenga. — Belo Horizonte, MG : Itatiaia, 2002.

(Reconquista do Brasil ; 2ª série ; 228)

Bibliografia.

1. Coco (Música) I. Alvarenga, Oneida. II. Editora Itatiaia. III. Título

CCF/CBL/SP-83-1814

CDD: 784.49812
CDU: 398:8(812/814)

Índices para catálogo sistemático:

1. Nordeste : Brasil : Cocos : Canções folclóricas 784.49812

2002

Direitos de Propriedade Literária adquiridos pela
EDITORA ITATIAIA
Belo Horizonte

Impresso no Brasil
Printed in Brazil

Sumário

Explicações

I

NA PANCADA DO GANZÁ

Numa de suas cartas a Manuel Bandeira (Rio, Organização Simões Editora, 1958), Mário de Andrade contava: "Na verdade não estou atualmente trabalhando senão em dois livros, o Pancada do Ganzá que é técnico, e o Café, que é lirismo. Deste pretendo acabar este ano, se Deus quiser, a segunda parte (são cinco), e ao mesmo tempo terminar os estudos pra escrever no ano que vem o Pancada, que fica delicioso assim rabicó, Pancada, loucura, tolice, divinização" (22-4-1933, p. 317). Em nota, Manuel Bandeira comentou: "*Pancada do Ganzá*, estudo sobre a música popular do Nordeste. Mário, em suas viagens ao Norte, colhera imenso material e pretendia acabar de escrever o livro na chácara de S. Roque, que adquirira pouco tempo antes de morrer. Creio que os originais estão em mãos de Oneyda Alvarenga, que está preparando uma edição da parte que já estava escrita e dos temas musicais registrados por Mário."

Em minha nota introdutória às "Danças Dramáticas do Brasil", volume XVIII das Obras Completas de Mário de Andrade, mencionei por alto o caso do "Na Pancada do Ganzá", prometendo falar sobre ele mais tarde e com maior largueza. Posso agora cumprir a promessa, mas para isso devo antes relatar as circunstâncias que me puseram em condições de esclarecer um pouco esse caso e dar forma, modesta embora, a um plano e um acervo de documentos.

Os amigos mais chegados de Mário de Andrade talvez saibam, como eu, que nos seus últimos tempos de vida ele falava muito que morreria aos cinqüenta anos e não lhe interessava viver além disso. Depois, como passara doente o ano de 1943, *adiara* a morte para os cinqüenta-e-um, explicando meio a sério meio de brincadeira não ser justo morrer aos cinqüenta, pois o ano de doença não fora vivido. Em 1944, planejadas as Obras Completas, essa divinação assustadora da morte o levou a me falar várias vezes em seu intuito de rever e prosseguir, antes de mais nada, sua obra literária, que pessoalmente o interessava mais. Quanto ao material folclórico que colhera, já não tinha nem tempo nem paciência e não teria vida bastante para trabalhá-lo: ficava para mim, eu o estudaria depois que ele morresse.

Como soube mais tarde, antes de me dar esse encargo pessoal e direto, Mário de Andrade já o transferira indiretamente a mim, quando em 22-3-1944 recomendava em uma carta-testamento, escrita às vésperas de uma pequena operação[1]:

"Os objetos de valor etnográfico ou folclórico, como Xangô, Exu de ferro, ex-votos em madeira etc. serão para o museuzinho da Discoteca Pública. Também se pedirá à Oneyda Alvarenga que escolha, para as coleções da Discoteca todos os discos de valor de *estudo*, folclóricos, nacionais e estrangeiros, que lhe interessarem." E num adendo, posto no envelope, estava: "As melodias folclóricas recolhidas por mim, toda a coleção será doada à Discoteca Pública."

Infelizmente, jamais discuti nada disso com Mário. Sempre que o legado surgia em conversas de morte, eu punha uma pedra no assunto mandando-o deixar de bobagem, ele levantava um pouco os ombros sorrindo melancólico, e não íamos além. Diante da sua aparente energia física, eu me recusava a enxergar, não podia enxergar senão pressentimento infundado, naquela insistência com que ele marcava o próprio tempo de vida; me recusava também pelo medo de encarar sequer a possibilidade de perder o amigo extraordinário, o irmão mais velho, o socorro permanente em todas as dúvidas de vida e de trabalho; e ficava quieta ainda porque, se Deus me deu um coração largo, me deu junto uma incapacidade enorme para trazê-lo à boca, incapacidade com que Mário quase sempre se divertia, às vezes se irritava e, naquela época, a vida ainda não remediara. Por tudo isso, não cheguei a conhecer os projetos de Mário para a publicação do seu material folclórico. Quando os documentos me vieram às mãos, passei a lamentar a cegueira da amizade que, de tanto desejar vê-lo concluindo seu trabalho importantíssimo, acabaria por servi-lo incompletamente. Se eu tivesse dado outro rumo às coisas (ou se eu tivesse podido encarar as coisas de outra maneira...), teria não somente evitado problemas em que esbarrei ao cumprir minha tarefa, como talvez ficasse em situação de resolver outros, relativos ao programa das Obras Completas.

Em conseqüência desse encargo, a família de Mário de Andrade me entregou 35 grupos de documentos, contendo melodias folclóricas, fichas, recortes de jornais, papéis diversos, e ainda originais de alguns estudos prontos ou em andamento. Era tudo aquilo de que José Bento Faria Ferraz tinha notícia e comigo procurou nos guardados do nosso amigo.

A maior parte das melodias reunidas nesses grupos é que iriam constituir o famoso e, como livro, inexistente "Na Pancada do Ganzá", destinado ao folclore musical nordestino, como bem explicou Manuel Bandeira, assim sistematicamente anunciado em todas as listas de obras em preparo incluídas nos livros publicados de 1929 a 1935 [2], e assim referido em vários documentos (Conf. Apêndice VI, parte A.).

Entretanto, parece ter havido um momento, talvez ainda em meio às pesquisas, em que a intenção de Mário foi dedicar um livro à música folclórica do Rio Grande do Norte, exclusivamente. No verso de uma carta escrita por *José* a *Adam*, datada do Recife em 5-1-1929 e guardada entre "Cantos de Trabalho", achei quatro desenhos parecendo rabiscados por Mário, dos quais dois, francamente capas de livros, registram: "Mário de Andrade / Populário Musical Potiguar / 1929"; "Populário Musical Potiguar / Mário". O segundo foi cancelado; e em ambos se vê um ganzá.

Eis aí como o instrumento tão difundido no Nordeste, passou de símbolo gráfico a símbolo verbal do conteúdo do livro. Na escolha de ambos, ganzá desenhado e ganzá título, suponho esteja implícita a admiração pelos cantadores de Cocos e em especial uma homenagem, consciente ou não, ao coqueiro potiguar Chico Antônio, alvo da mais calorosa admiração de Mário de Andrade, que ainda em viagem lhe dedicou três crônicas de "O Turista Aprendiz" (10, 11 e 12 de janeiro de 1929), um artigo publicado em "A República" (Natal, 27-1-1929), e em 1944 dele faria o motivo de doze rodapés do "Mundo Musical" da "Folha da Manhã" de S. Paulo. Tudo que o deliciava no nome escolhido, era o que para ele constituía também o encanto da arte de Chico Antônio, "loucura, tolice, divinização":

"Que artista! A voz dele é quente e duma simpatia incomparável. A respiração é tão longa que mesmo depois da embolada inda Chico Antônio sustenta a nota final enquanto o coro entra no refrão. O que faz com o ritmo não se diz! Enquanto os três ganzás, único acompanhamento instrumental que aprecia, se movem interminavelmente no compasso unário, na "pancada do ganzá", Chico Antônio vai fraseando com uma força inventiva incomparável, tais sutilezas certas feitas que a notação erudita nem pense em grafar, se estrepa. E quando tomado pela exaltação musical, o que canta em pleno sonho, não se sabe mais se é música, se é esporte, se é heroísmo. Não se perde uma palavra que nem faz pouco, ajoelhado pro "Boi Tungão", ganzá parado, gesticulando com as mãos doiradas, bem magras, contando a briga que teve com o diabo no inferno, numa embolada sem refrão, durada por 10 minutos sem parar. Sem parar. Olhos lindos, relumeando numa luz que não era do mundo mais. Que não era desse mundo mais." ("O Turista Aprendiz", Natal, 10-1-1929). E mais, no dia seguinte: "Porque Chico Antônio não é só a voz maravilhosa e a arte esplêndida de cantar: é um coqueiro muito original na gesticulação e no processo de tirar um coco. Não canta nunca sentado e não gosta de cantar parado. Forma os respondedores, dois, três, em fila, se coloca em último lugar e uma ronda principia entontecedora, apertada, sempre a mesma. Além dessa ronda, inda Chico Antônio vai girando sobre si mesmo. Ele procura de fato ficar tonto porque, quanto mais gira e mais tonto, mais o verso da embolada fica sobrerrealista, um sonho luminoso de frases, de palavras soltas, em dicção magnífica. Poemas que nenhum Aragon já fez tão vivo, tão convincente e maluco. É prodigioso.'' (''O Turista Aprendiz'', Bom Jardim, 11-1-1929.)

Imagino mais. Nos 245 Cocos reunidos neste livro, a expressão ''na pancada do ganzá'', definidora da função do instrumento como apoio não só do ritmo, mas da invenção músico-poética em seu conjunto, aparece exclusivamente, e sempre heptassílabo completo, nos Cocos de Chico Antônio, que, se não for o dono dela, é sem dúvida a fonte do nome escolhido (Conf. Apêndice VI, fichas 929 e 930.)

Assim, através desse nome, o ''Na Pancada do Ganzá'' seria o cumprimento indireto daquela promessa de ''um dia celebrar melhor em livro'' o coqueiro Chico Antônio, feita por Mário no ''Turista'' de 27-1-1929. Cumprimento de promessa, retribuição de um gesto de amizade e homenagem generosas: ''Às 9 e meia chego no engenho Bom Jardim e almoço. Almoço quase acabado em desgosto. O coqueiro Chico Antônio que hei-de celebrar milhor em livro, me aparece, tira uns pares de cocos, arremata a série com o ''Boi Tungão'' e num improviso de quebrar coração duro, me oferece o ganzá dele. Parto seco, bancando indiferença, com uma vontade danada de falar besteira, êh coração nacional!...'' (''O Turista Aprendiz'', datado de ''Automóvel — 27 de janeiro''.)

Em sua quase totalidade, os documentos que formariam o ''Na Pancada do Ganzá'' foram colhidos numa viagem realizada ao Nordeste, de dezembro de 1928 a fevereiro de 1929. (Raríssimos são os documentos folclóricos positivamente identificáveis como resultantes da primeira excursão brasileira de Mário de Andrade, que em 1927 atingiu o Peru passando pelo Norte e a Amazônia, em companhia de um grupo de artistas reunidos por d. Olívia Guedes Penteado.) Chegando ao Rio em 28-11-1928, Mário embarcou no ''Manaus'' no dia 3 de dezembro, aportando no Recife no dia 10, após escala rápida na Bahia no dia 7 e Maceió no dia 9. Numas ''Notas de Viagem ao Nordeste'' que registram isso, o trabalho folclórico aparece marcado a partir de 17 de dezembro, em Natal, para onde Mário saíra do Recife no dia 13. Em Natal principia a labuta feroz. Divertindo-se, passeando, cultivando amigos, vendo lugares e coisas de arte, Mário ainda achou jeito de mourejar numa colheita folclórica espantosa, no geral só interrompida pela falta de colaboradores populares. Tanto no Rio Grande do Norte quanto na Paraíba e em Pernambuco, quase não há dia sem colheita e muitos inteiramente dedicados a ela. No Rio Grande do Norte registra um Cabocolinho no dia 19, uma Chegança completa no dia 20 e um Catimbó no dia 21 de dezembro de 1928; na Paraíba, depois de dois dias inteiros sem sair de casa, "escrevendo, escrevendo cocos", colhe uma Barca toda em 31 de janeiro de 1929. As proezas assim foram muitas. Numa nota destinada ao prefácio do "Na Pancada do Ganzá", ele mesmo comenta o esforço enorme: "Semana solteira" é a que não tem dia-santo, conta Antonil. Na Paraíba passei uma verdadeira "semana solteira", trabalho só, sem "dia-santo". Quando não há o que fazer, se desgosta: "26 [-12-1928, R. G. do Norte] — Dia besta que passo meio irritado por não trabalhar nem passear. Pobre do Antônio Bento [de Araujo Lima] é que se mexe e de noite principio colhendo o Congo". E trabalha tanto, que no dia seguinte lá registram as "Notas": "Jovino me canta o Congo e eu o escrevo. De noite não posso nem conversar de tão derreado". A Manuel Bandeira envia um relatório da sua vida nordestina, rápido mas suficiente para mostrar a sua atividade larga. ("Cartas de Mário de Andrade a Manuel Bandeira", 9-1-1929, p. 213.) Até no momento em que terminava seu aprendizado de turismo laborioso, Mário ainda se ocupou com a colheita folclórica: "20 [-2-1929, Recife] — Parto hoje pelo Aratimbó. De manhã cedo casa Ascenso [Ferreira] onde tomo melodias do maracatu do Sol Nascente." A "viagem etnográfica", como ele a chamaria depois, termina em 24-2-1929, num registro lacônico: "Chego no Rio pelas 15 horas".

Os documentos em minhas mãos já me tinham feito concluir o que as "Cartas" a Manuel Bandeira acabam de confirmar: da época da colheita nordestina até 1933, Mário de Andrade se ocupou em passar a limpo e ordenar os resultados das pesquisas; e em munir-se de muita leitura sistemática para estudá-los, registrada numa "Bibliografia" de trabalho iniciada em 23 de agosto de 1929, já descrita em minha introdução às "Danças Dramáticas do Brasil". O exame do material também me demonstrara que os escritos para o "Na Pancada do Ganzá" só começaram em 1934, data que as "Cartas" a Manuel Bandeira garantem (p. 317), que é a primeira inscrita na Introdução às Danças Dramáticas, é a dos "Congos" e da comunicação sobre "A Calunga dos Maracatus" enviada ao 1º Congresso Afro-brasileiro reunido no Recife nesse ano. Na verdade, todos os estudos existentes devem ter sido elaborados em 1934-1935. A data mais avançada encontrável nas "Cheganças", 1939, representa talvez a da sua revisão final. Entretanto, houve um princípio de trabalho escrito em 1930, pois nesse ano Mário publicou um artigo sobre Pastoris, equivalente a um trecho do estudo inacabado que sobre eles deixou.

Em 26 de maio de 1935, Mário me contava em carta: "Agora estou completamente ocupado com os bailados nordestinos". Dez dias depois o rumo das coisas ia mudar sem remissão. Em 5 de junho de 1935 Mário de Andrade assumiu o cargo de Diretor do Departamento de Cultura da Prefeitura de S. Paulo, acabado de criar, e no termo de posse enterrou de uma vez o "Na Pancada do Ganzá" e quase tudo o mais que projetara fazer de literatura e estudos sobre arte. Tudo foi largado de chofre. Na primeira carta que me escreveu após ter entrado naquele "purgatório", me comunicava seu projeto de me levar para o Departamento de Cultura, num jeito ao mesmo tempo de catequese, advertência e desabafo: "E a música, e os versos? você me pergunta. Fica pra depois. Fica pra depois, como ficou a minha vida. Eu fiquei completamente... pra depois. Não imagino tão cedo, talvez nem este ano, recomeçar os meus trabalhos e estudos. Nem ler posso! Porque os poucos momentos em que não estou mesmo em casa trabalhando em coisas do Departamento, me sinto tão exausto que é impossível sequer folhear uma revista, fica pra depois". (Carta de 6-7-1935.)

Salvo um grupo de escritos condicionados ao Departamento de Cultura, porque nascidos de atividades dele, de experiências humanas trazidas por ele ou de obrigações irrecusáveis pela posição oficial ocupada[3], Mário de Andrade realmente abandonou seus trabalhos pessoais até 1938, quando circunstâncias políticas causaram seu afastamento do serviço a que irrestritamente se entregara e a que dera forma e vida. De 1938 em diante também quase não cuidou dos escritos técnicos. Saindo do Departamento de Cultura, Mário de Andrade foi para o Rio, como Diretor do Instituto de Artes da Universidade do Distrito Federal e seu catedrático de História e Filosofia da Arte. Extinta em 1939 a Universidade, Mário permaneceu no Rio até 1941, trabalhando no Serviço (hoje Diretoria) do Patrimônio Histórico e Artístico Nacional, que ajudara a criar e organizar. Como ele mesmo dissera em nota que logo citarei, a vida incerta fora do seu canto, sem os seus livros e documentos, tornara-lhe impossível a continuação dos estudos. E, daí em diante, desiludido, sofrendo profundamente com a guerra, adivinhando-se ou sabendo-se próximo do fim, acabou por desistir do vasto trabalho ainda a enfrentar para a realização do apenas começado "Na Pancada do Ganzá".

A desistência já se definira nítida desde 1941, ano em que o estudo sobre "As Cheganças", incluído no livro "Música do Brasil", é rematado por uma explicação discretamente amarga, onde se vê a última referência pública à obra e o futuro só aparece para ser negado:

"Estas notas sobre as Cheganças, bem como sobre os "Congos" publicadas na "Lanterna Verde", de que o sr. Gustavo Barroso se serviu passageiramente em "Coração de Menino", talvez lhes ignorando o autor, resultam de estudos preparatórios realizados para a confecção do meu futuro livro "Na Pancada do Ganzá". Se as dou assim em troco miúdo é porque o livro me desanima e ainda está em grande parte por ser escrito. Jogado no Rio de Janeiro em vida instável, sem possibilidade de ter comigo meus livros, fichários e documentos, fui obrigado a interromper estudos e escritos. E não tenho realmente ânimo de os continuar porque, mesmo prontos os originais, tal despesa implicaria a impressão deles, por causa da vasta documentação musical, que não acharia editor para obra de tamanho custo e saída tão duvidosa. Mas como os documentos musicais estão todos em ordem, bem guardados e pertencerão algum dia a uma instituição pública, nada se perderá."

Entre os documentos deixados por Mário de Andrade, existem dois planos reveladores do que seria o "Na Pancada do Ganzá", se a obra imensa fosse levada a cabo. O primeiro em data parece este, dividido em três "livros" ou setores, cujos títulos encabeçam laudas independentes, destinadas por certo a futuras anotações complementares:

"*Na Pancada do Ganzá* / Livro Primeiro / A Língua e a Poesia"
"*Na Pancada do Ganzá* / Livro Segundo / A Música"
"*Na Pancada do Ganzá* / Livro Terceiro / Documentação / I Os Cocos / II As Danças Dramáticas / III Melodias do Boi / IV Catimbó / V Melodias de Vária Espécie".
Nota Desistir de capítulos especiais sobre Chico Antônio e Adilão que só vêm atrapalhar a boa distribuição do livro. A homenagem a eles fica nas referências individuais aos colaboradores."

Às laudas, Mário de Andrade prendeu esta notinha: "*Pancada do Ganzá* / O milhor é após prefácio contando a viagem, dar o estudo sobre a música recolhida. Dar em seguida os documentos com notas curtas no baixo da página e notas compridas (Psicologia, crítica, notações etc.) no fim. A cada Capítulo precedendo o estudo geral do que a coisa trata."

Salvo as "notas curtas no baixo da página", idéia abandonada, essas observações registram como forma de cada estudo, a mesma encontrável nos que Mário de Andrade completou ou iniciou: ensaio introdutório, exposição de melodias, eruditas "notas compridas" no fim, onde não entrou apenas a "Psicologia" (indicações sobre os informantes).

Contendo pois uma escolha definitiva do tratamento a ser aplicado aos vários grupos de documentos, essa notinha deve substituir ou completar duas outras, em que progressivamente toma corpo a necessidade de agrupar em setor isolado do texto básico, as minúcias da exegese documental (Conf. Apêndice n.º VI, fichas n.º 20 e 22). E revela mais: dela teria nascido o outro e portanto último plano do "Na Pancada do Ganzá", onde surge um prefácio, os livros I e II do projeto anterior se reúnem num só e o Catimbó desaparece:

"Forma do livro
 I — Introdução
 II — A Poesia Cantada do Nordeste
 III — Danças Dramáticas
 IV — Melodias do Boi
 V — Os Cocos
 VI — Outras Peças."

Outro lembrete confirma que a parte II deste segundo plano sucederia aos "livros" I e II do anterior, mostrando ao mesmo tempo, com maior detalhe, sua destinação à análise geral das características musicais, poéticas e coreográficas dos documentos expostos nos demais setores da obra:

"Pancada
Forma do Livro
II Parte A Poesia Cantada e Dançada do Nordeste
A) Considerações gerais sobre colheita folclórica
B) Psicologia do Cantador
C) Leis gerais de Poesia Cantada e Dançada
D) Poesia
E) Música
F) Dança."

Além dessas, Mário de Andrade deixou mais três notas relativas à construção geral do "Na Pancada do Ganzá", uma registrando um detalhe técnico a observar na fatura dos "capítulos" (realmente, partes), duas cuidando da orientação crítica a imprimir à obra. Destas, a primeira marca os perigos da idéia evolucionista na apreciação dos fenômenos folclóricos; a segunda manda não perder de vista as explicações de Lévy-Bruhl sobre as representações coletivas. (Conf. Apêndice n.º VI, fichas n.º 15, 14, 152.)

Irrecusavelmente escritos para o "Na Pancada do Ganzá" e ajustados aos seus planos, Mário de Andrade só chegou a realizar alguns dos estudos relativos à parte III — "Danças Dramáticas", que incluí no volume XVIII das suas Obras Completas, onde sobre eles falei com detalhes. O Catimbó, presente num plano, excluído do outro, se transformou na "Música de Feitiçaria no Brasil", com que, associando-a a melodias e documentos vários, formei um livro que ocupará o vol. XIII das Obras Completas.

Mário de Andrade nada fez para a parte II, justo a mais importante de quantas escrevesse, porque seria a dos firmes juízos críticos, iluminadores e abridores de caminhos. Mas se o "Na Pancada do Ganzá" tivesse prosseguido, acredito fossem aproveitados no ponto B dessa parte, seis artigos sobre o cantador nordestino publicados no "Mundo Musical" da "Folha da Manhã" de S. Paulo: "Notas sobre o Cantador Nordestino", 13-1-1944; "Basófia e Humildade", 27-1-1944; "Notas ao Cantador", 3-2-1944; "O Canto do Cantador", 17-2-1944; "Cantador Cachaceiro" I e II, 30-3-1944 e 13-4-1944. Esses artigos servem de comentário técnico à "Vida do Cantador", em seis "lições" cujo centro é Chico Antônio, única concretização de tantos projetos convergentes de homenagem ao grande coqueiro. ("Folha da Manhã" — "Mundo Musical", 19 e 26 de agosto, 2, 9, 16 e 23 de setembro de 1943.)[4]

As melodias destinadas às partes IV e V ficaram guardadas em pastas de títulos iguais aos desses itens do plano definitivo ("Melodias do Boi", "Os Cocos"). Quanto à parte VI, "Outras Peças", nenhuma nota e nem as próprias coleções de documentos determinam o alcance do seu vago título, que possivelmente reuniria os cantos nordestinos destacáveis dos seguintes grupos: "Peças Líricas / Toadas / Romances / Desafios / Benditos / Modinhas / Lundus / Marchinhas / etc."; "Cantos de trabalho"; "Cantos Infantis"; "Cantos / Militares / Báquicos / De Trabalho / Choros / Loas de Reis"; "Cantigas de Roda"; "Pregões / Gritos de Rua / Parlendas"; "Toadas Sertanejas / Modas Caipiras"; "Romances"; "Danças Puras do Brasil"; "Infantis"; "Chulas, lundus".

Todas as notas marcadoras de planos relativos ao "Na Pancada do Ganzá", Mário de Andrade as deixou numa pasta com o nome "Pancada / Prefácio", onde pôs também o início desse prefácio, fichas e notas para a sua elaboração, e mais o esquema dele:

"Índice do Prefácio
   I — Abertura
  II — Viagem etnográfica
      (fazer aqui a psicologia do nordestino em geral, mas não a do cantador)
  III — Final."

As seis páginas escritas contêm nitidamente o ponto I e o princípio do II. Na "Abertura", Mário de Andrade conta os motivos e o sentido das pesquisas e do livro projetado, que "não chega a ser uma obra do estudioso porque é por demais obra de amor".

Ao relato da "Viagem Etnográfica", iriam servir as crônicas de "O Turista Aprendiz", escritas em 1928-1929, enquanto o turismo se desenrolava; e as "Notas de Viagem ao Nordeste", que já mencionei neste e em outros volumes. Em recortes do "Diário Nacional" de S. Paulo, que as publicou, Mário de Andrade reuniu grande parte das crônicas de "O Turista" sob a indicação "Viagem Etnográfica"; e elas mais as "Notas" foram guardadas na pasta "Pancada / Prefácio".

Se a "Viagem Etnográfica" parou no meio do caminho, do "Final" existe muito menos, apenas a sua conclusão finalíssima, escrita numa folhinha de bloco de notas:

"Prefácio / Enfim páro aqui e principio mostrando os tesouros que ajuntei. Não tenho a mínima ilusão sobre o meu pouco trabalho e prazer formidável que tive coligindo estas coisas. Seria mesmo quase apenas um dar gosto ao tempo, se não fosse o verdadeiro ganho de vida em amor e entusiasmo com que trabalhei. Só me resta uma certa tristurinha indecisa de não ser profissional no assunto e não ter valorizado com mais base os tesouros do meu povo. Mas aí ficam pelo menos os tesouros pra quem milhor os possa engrandecer. "Tudo o mais vem a ser nada", (1) como no verso do cantador. / (1) N.º 8 da Bibliografia p. 113."

Pelo que se sabe de Mário de Andrade na época de sua maior atividade como pesquisador de folclore, seu interesse residia então, antes de mais nada, em obter documentos musicais populares que ajudassem os compositores brasileiros a fixarem as bases nacionais da nossa música artística. Suas pesquisas começaram como um trabalho fundamentalmente de músico que não pretendia considerar-se folclorista.

Isso que logo se mostra mesmo a quem olhe por alto a sua vida, e mais o desagrado que lhe causavam esse e outros rumos entretanto inevitáveis, porque nascidos do que ele se determinara ser e fazer, revelam-se claros desde o início das grandes pesquisas: "Já afirmei que não sou folclorista. O folclore hoje é uma ciência, dizem... Me interesso pela ciência porém não tenho capacidade pra ser cientista. Minha intenção é fornecer documentação pra músico e não, passar vinte anos escrevendo três volumes sobre a expressão fisionômica do lagarto... Porém me sinto desgostoso... É triste a gente viver ao léu das informações, praceano da sua rua calçada, bonde lapa, escrevendo, trabalhando, querendo ser útil, dando por paus e por pedras e a vaidade. Nem posso neste momento realizar a sensação completa deste Natal gostoso que amo como a minha mão direita...''. (''O Turista Aprendiz'', Natal, 15-12-1928.)

Já reponta nítida aí a principal causa do desgosto, a que vai além da vaidade lealmente confessada: a precisão de conhecer para amar melhor, que ficou expressa no incompleto Prefácio ao ''Na Pancada do Ganzá'' e, apesar da zombaria despistadora, fez com que também ele estudasse pacientemente a expressão fisionômica do lagarto. Pois outra coisa não são, por exemplo, as páginas e páginas consagradas, nas ''Danças Dramáticas do Brasil'', a esmiuçar origens e reencarnações de um verso-feito, a desmontar numa análise extensíssima cada verso de um romance velho deturpado, a estudar uma palavrinha curiosa solta no meio duma cantiga. Páginas, aliás, que se não chegaram a absorver vinte anos, não consumiram tempo menos respeitável, pois representam dezesseis anos de trabalho.

Mas nem a finalidade inicial nem nada mais justificaria a conversão daquela ''tristurinha indecisa'', na autocensura extremamente rigorosa e descabida, feita em 1937 na exemplar monografia ''O Samba Rural Paulista'': ''Hoje, que os estudos de folclore se desenvolvem bastante em São Paulo (e se desenvolviam por causa dele, pelo curso de Folclore que instituíra, pela Sociedade de Etnografia e Folclore que fundara) me arrependo raivosamente da falsa covardia que enfraquece tanto a documentação que recolhi pelo Brasil, mas é tarde.''

O que existia em S. Paulo ao tempo de ''O Samba Rural Paulista'', o que existe até agora em S. Paulo e no Brasil, estava e ainda está longe de possuir aquela pureza, aquela excelência científica que, com tamanha boa-vontade para com os outros e tão exagerado desgosto pessoal, Mário de Andrade via e achava capaz de desvalorizar seu trabalho de folclorista. Mas não há essa desvalorização, criada pelas exigências de quem não era muito complacente consigo. As lacunas no cumprimento de algumas recomendações do método folclórico causaram apenas a ausência de certos informes, subsidiários diante da finalidade das pesquisas, sem causarem qualquer dano à rigorosa validade e importância dos documentos, um mundo precioso e vasto de melodias e textos, que andam talvez pelo milhar e meio, na sua quase totalidade miraculosamente colhidos em três meses dedicados também ao conhecimento geral da terra e aos muitos amores que isso implica. Mário de Andrade cercou de todas as garantias informativas tudo quanto fez: anotou lugares, datas, circunstâncias de pesquisa, observações sobre os informantes e a qualidade da colaboração deles; grafou melodias e textos com honestidade paciente, controlando seu trabalho por diversos meios e obtendo assim a maior exatidão atingível fora do registro fonográfico, que aliás, nos idos de 1928, não era recurso ao alcance dos nossos estudiosos e nem mesmo dos de outros países. Realmente, o fruto das pesquisas de Mário de Andrade constitui até hoje o maior e melhor acervo de música folclórica brasileira registrado por *um pesquisador sozinho* e por grafia musical direta. É mesmo possível ir além, dizendo apenas: o único grande acervo, porque se outros houver de tão largo vulto, não abrangerão todo o país e a enorme variedade de seus aspectos musicais, contida na coleção de Mário de Andrade.

Onde estaria, pois, o "enfraquecimento da documentação"? Não o vejo. O objetivo do recolhedor era fixar o fenômeno musical, limitação de campo tão legítima como outra qualquer e, como qualquer outra, de valor dependente do modo de abordá-la e dos resultados obtidos. A abordagem foi correta e os resultados foram esplêndidos e amplos. Que mais exigir, quando além disso a limitação correspondia de fato a uma necessidade cultural premente, isto é, à necessidade inadiável de fornecer recursos para a fixação de uma música erudita realmente nacional?

Mas a pena verdadeira não é que Mário de Andrade se tenha tão exigentemente desvalorizado. Pena é que exista uma informulada, mas nem por isso menos sensível subestimação da importância intrínseca dos seus trabalhos folclóricos, embora muito se invoque o seu nome como impulsionador dos estudos brasileiros de Folclore. Subestimação igual à existente talvez diante da sua obra poética, da sua ficção em prosa.

Mas como esse não é o meu assunto, volto dessa pequena fuga para dizer que até agora deixei nestas páginas quanto pude saber do "Na Pancada do Ganzá", dos descaminhos que o tornaram irrealizado e puseram em minhas mãos o material de que ele deveria ter brotado. Daqui em diante, virá outra longa história.

Feito o exame das 35 pastas recebidas da família de Mário de Andrade, busquei um plano que me consentisse aproveitar integralmente os documentos e, ao mesmo tempo, não se afastasse muito do esquema do "Na Pancada do Ganzá". O primeiro dos inevitáveis desvios consistiu no alargamento geográfico do roteiro estabelecido por Mário de Andrade. Dado o pequeno material não-nordestino, achei inútil consagrar-lhe um volume especial que, além de vir a ser um mistifório de amostras de gêneros e regiões, dispersaria documentos afins, já desamparados das únicas razões que lhes permitiriam viver independentes: sua serventia em outros trabalhos que o recolhedor projetasse, e a realização, por ele mesmo, do "Na Pancada do Ganzá". Assim, dos títulos parciais em que Mário de Andrade pensara dividir as melodias recolhidas no Nordeste e os estudos motivados por elas, mantive os que a própria situação do material existente me permitia conservar, agrupando sob eles quanto comportassem, nordestino ou não. Resultou daí este plano em quatro partes, só cristalizado após a lenta familiaridade com o mundo de coisas graúdas e miúdas a organizar:

    I — Danças Dramáticas do Brasil
    II — Os Cocos
    III — As Melodias do Boi e Outras Peças
    IV — Música de Feitiçaria no Brasil

As modificações consistiram portanto no seguinte:

1?) Eliminação da parte sobre "A Poesia Cantada do Nordeste", dada a inexistência de qualquer estudo para ela.

2?) Formação de um título único, reunindo as "Outras Peças", ou melodias não enquadráveis em títulos específicos, às "Melodias do Boi", pois talvez nenhum desses grupos baste sozinho para compor um volume.

3?) Junção da conferência "Música de Feitiçaria no Brasil" e das melodias obtidas na pesquisa de que ela resultou. Forma inicial de um trabalho a ampliar, a conferência é um sucedâneo do estudo sobre o "Catimbó", encontrável no primeiro plano do "Na Pancada do Ganzá" e ausente do segundo.

Comecei minha tarefa pelos setores que a lista das Obras Completas, o vulto dos documentos folclóricos e os estudos já feitos ou começados por Mário de Andrade, me pareceram tornar mais importantes: as "Danças Dramáticas do Brasil", título do volume XVIII das Obras, e a "Música de Feitiçaria no Brasil", invisível no rol delas.

Nesses dois livros expus largamente os critérios gerais adotados na organização dos documentos que a amizade de Mário de Andrade me confiou. Portanto, aqui examinarei só o caso particular destes Cocos, caso longo por força de alguns fatos cuja menção é indispensável ao esclarecimento e garantia das peças incluídas no volume.

II

OS DOCUMENTOS DESTE LIVRO

Mário de Andrade dividiu em seis grupos as melodias destinadas à parte V do "Na Pancada do Ganzá": "Cocos dos Homens", "Cocos da Mulher", "Cocos de Engenho", "Cocos de Coisas e de Vário Assunto", "Cocos da Terra", "Cocos dos Bichos" (menos os do boi, incluídos nas "Melodias do Boi").

Nenhum escrito chegou a brotar da notável coleção. Sobre os Cocos, Mário de Andrade deixou apenas um velho trabalho em esboço, "A Literatura dos Cocos", rascunho datado de 18-7-1928, manuscrito a lápis em 44 folhas de papel-jornal. As peças que o motivaram foram ouvidas em S. Paulo, de amigos e de alunos nordestinos, e quase todas aparecem no "Ensaio sobre a Música Brasileira", editado em 1928, antes da viagem ao Nordeste. Por isso e mais um detalhe, vejo uma relação inicial entre esse livro e "A Literatura dos Cocos". Definida no seu início como "artigo", a "Literatura" passa no fim a "Ensaio", escrito com a maiúscula que Mário de Andrade só usava ao falar abreviadamente do seu livro, e ligando-se à menção de outros gêneros musicais exibidos nele: "certos desafios nordestinos que exponho neste Ensaio", por exemplo. Daí é possível imaginar que, lá às tantas, Mário de Andrade pensou incluí-la no "Ensaio sobre a Música Brasileira", mas acabou desistindo, certamente pela necessidade de mais documentos que permitissem uma verificação rigorosa das idéias expostas.

Entretanto, apesar de ser um rascunho e do pequeno material trabalhado, "A Literatura dos Cocos" é um escrito de interesse, pelo rumo que abre a estudos mais completos e pelo que realmente contém de boa análise poético-musical dos Cocos. Considero-a útil, ainda, pelo auxílio que traz ao esclarecimento das raízes de muita música popular nossa (popular, mas não folclórica) e de certos batismos formais que hoje nos parecem estranhos, como os "cateretês" de Eduardo Souto, maxixes legítimos.

Se as primeiras circunstâncias me levaram a considerar inadequado o uso dessas páginas como introdução técnica às melodias, as segundas me fizeram achar impossível o abandono delas. Reservei-lhes um dos Apêndices a este volume, onde as publico sem crítica, impossível de fazer em edição como esta, embora evidentemente elas careçam de atualização em face das próprias pesquisas de Mário de Andrade. E junto pus mais uma achega ao assunto: a excelente apreciação do texto das emboladas, feita numa das crônicas de "O Turista Aprendiz" consagradas a Chico Antônio.

Ao criar os seis grupos em que dividiu os Cocos, Mário de Andrade obedeceu a critérios mais ou menos fantasistas. A classificação brotou dos refrãos, realmente a parte caracterizadora do Coco; mas acontece que a imaginosa, a surrealista poesia deles muitas vezes não lhes permite o enquadramento em assunto definido. Evidentemente, Mário de Andrade iria explicar tanto as razões das séries, quanto os motivos que o levaram a distribuir as peças segundo este e não aquele elemento textual, pois várias seriam ajustáveis a mais de uma das divisões adotadas. Antecedendo as melodias, algumas séries trazem mesmo fichas assinalando outros possíveis lugares para certos documentos. (Conf. nota final aos n.º 31, 56, 70.) Um Coco feito o "Navio Perdido" (n.º 45), que está nos "da Terra", caberia bem nos "Atlânticos". O "Ôh Zina" (n.º 57) foi posto entre os "de Engenho" porque Mário viu nessas palavras uma provável corruptela de "Ôh Usina"; mas, pelo assunto do refrão, tanto poderia estar entre os "da Mulher" como nos "Atlânticos". Nenhum motivo aparente manda incluir o n.º 214 nos "Cocos de Coisas". Seu texto que diz só

> "— Bahiana, ôh pilá!
> — Eu vô m'imbora, adeus pilá",

marcaria como seu lugar os "Cocos da Mulher" ou os "Geográficos", pois *pilá*, escrita por Mário com minúscula, evidentemente não é aí substantivo comum nem verbo, mas Pilar cidade de Alagoas ou da Paraíba, nome geográfico bem constante no cancioneiro popular nordestino. O mesmo vale para o n.º seguinte, 215. Nem haveria razão muito nítida para ser posto nos "de Engenho" e não nos "Geográficos", o "Coco de Maceió" n.º 64, no qual em onze estrofes de embolada, só duas se referem a usinas. E nos "Cocos Atlânticos" surge, descuidosa delícia, uma autêntica bacalhoada (n.º 55).

Os exemplos poderiam ir longe, mas esses chegam e sobram para mostrar que inventando as séries, Mário de Andrade absolutamente não pretendeu fazer uma *classificação* dos Cocos, isto é, uma rígida divisão científica em categorias, talvez inatingível, se procurada no assunto poético. E também na ordem em que as publico, não há qualquer sentido objetivo. Pois que Mário de Andrade não lhes determinou a seqüência, precisei escolher uma e o fiz pensando que o país e a terra, o mundo de nós todos, deveria começá-la e ter em seguida o mundo cotidiano dos melhores coqueiros ouvidos por Mário, o engenho. As outras povoaram esses mundos maior e menor: primeiro a Mulher, não por heresia nem por feminismo, mas porque motivo de mais peças que o Homem seu parceiro, colocado depois dela; os Bichos e as Coisas, numa certa escala de valores, minha e de todos.

Para os "Cocos da Terra", Mário de Andrade criou 4 subdivisões, dando à última dois títulos, escritos de modo a parecer registro alternativo:

> "Cocos
> Marítimos
> Atlânticos."

Fiquei com o segundo, por simples questão de gosto pessoal, por achar a palavra mais bela e mais cheia de ressonâncias líricas que a outra.

Se, por inexistir uma indicação do dono, precisei emprestar uma seqüência aos grupos de Cocos, não mudei, entretanto, a ordem interna das melodias de cada um.

Ao confrontar as cópias a limpo com os originais de colheita, percebi, naquelas, a ausência de algumas peças. Uma era variante do n.º 26, e junto dele a coloquei, em nota. Outras fui achar nas "Melodias do Boi", onde as mantive, respeitando a intenção de Mário de Andrade. Nas coleções de documentos que recebi não encontrei as demais, cujos números de colheita são *Chico Antônio 6, 7, 9, Rio Grande do Norte 63, Paraíba 105*. Como além de possuírem sentido marítimo, os refrãos e os textos solistas desses Cocos exibem uma simbólica nitidamente útil ao exame do "Seqüestro da Dona Ausente", é bem possível que Mário de Andrade os tivesse passado a limpo e guardado entre documentos a utilizar na continuação daquele trabalho. Que um grupo de melodias foi reunido para tal fim e deve existir em alguma parte, não há dúvida, pois em nota à melodia n.º 2 da sua Congada de Lindóia, Mário se refere a uma coleção de "Peças de Seqüestro" (Conf. "Danças Dramáticas do Brasil", tomo 3.º, p. 199).

Buscando prevenir um extravio, juntei aos "Cocos da Mulher", no fim da série, os cinco faltantes, copiando-os dos originais de colheita. (N.º 134 a 138, deste livro, correspondendo respectivamente nos n.º *Chico Antônio 6, 7, 9, Rio Grande do Norte 63 e Paraíba 105*.) Entretanto, não os considero inteiramente seguros, porque ao passar a limpo os documentos musicais colhidos, Mário de Andrade muitas vezes buscou melhorar as soluções gráficas que inicialmente lhes dera. Em alguns casos, raros, as modificações podem até desnortear os menos atentos e me obrigam, assim, a expor algumas observações gerais suscitadas pelo registro das melodias.

As diferenças entre as cópias a limpo e os originais ou, talvez melhor, rascunhos de colheita, existem não só em alguns Cocos, mas também em algumas peças incluídas nos dois livros já organizados por mim, onde as mencionei de leve. Quase sempre, as discordâncias brotaram de correções da grafia métrico-rítmica e são, além de pequenas, compreensíveis e justificáveis. Julgando por isso inútil atravancar os outros volumes e este com um registro minucioso das modificações, apontei somente, em notas finais, aquilo que me pareceu menos claro ou mesmo embaraçoso.

No caso especial destes Cocos, há um detalhe mais importante a salientar: a existência de peças talvez reveladoras de uma coletânea que musicalmente ainda não atingira sua forma definitiva, carecendo de revisões aqui e ali. Em alguns pontos isso é bem evidente. Há, por exemplo, o n.º 30, deixado com a fórmula de compasso indecisa entre 3 e 6/4; o n.º 39, apresentando três soluções rítmicas: duas no original de colheita, das quais uma cancelada, e a da cópia a limpo, discordando de ambas; o n.º 172, tendo no original de colheita só o refrão e aparecendo na cópia a limpo com uma embolada escrita a lápis, num jeito de notação experimental acrescentada ao documento.

Nesta como em outras coleções, uma falta constante é a ausência de andamentos nas cópias a limpo, embora os originais de colheita os tragam quase sempre. A omissão se explicaria de duas maneiras: Mário de Andrade iria ou registrá-los todos em medição metronômica, como chegou a fazer em alguns casos, ou incluiria o assunto nos pontos a examinar em estudo introdutório. Porque tal registro é indispensável. Se considerado em conjunto o movimento das peças deste livro na verdade pouco varia, indo do Andante ao Allegretto sem daí sair, também é certo que já na velha "A Literatura dos Cocos", Mário de Andrade assinalara o balanceio interno dos andamentos como "outra riqueza dos cocos (...) (...) o andamento do refrão constantemente difere do do solista. É um valor que nem careço sublinhar". Para remediar a falta das indicações precisas, registrei nas melodias, entre colchetes, o andamento posto nos originais de colheita. E o fiz mesmo quando na cópia a limpo havia medição metronômica, porque isso me pareceu auxiliar o cálculo dos andamentos não reduzidos à marcação mecânica.

Ainda na passagem a limpo dos documentos, Mário de Andrade eliminou as indicações que distribuíam as melodias entre solo e coro. Também aqui os motivos do corte podem ser dois. Fatalmente, os processos de estrofe-refrão dos Cocos deveriam ser analisados no estudo introdutório à coletânea ou em "A Poesia Cantada do Nordeste", parte II do "Na Pancada do Ganzá"; ou então Mário de Andrade talvez achasse a estrutura das melodias e o modo por que expôs os seus textos, capazes de tornar clara a distribuição delas entre solo e coro. Assim será para os experientes, mas mesmo estes talvez encontrem casos em que a falta desses registros poderia conduzir a erros ou dúvidas. A ficha n.º 146 do Apêndice VI mostra que o próprio recolhedor notara a dificuldade de distinguir-se às vezes a estrofe do refrão, causada principalmente pelo uso, em ambos, de quadras soltas. Por tudo isso, achei melhor restabelecer as indicações encontráveis nos originais de colheita, mudando-lhes apenas o lugar: das melodias eu as transferi para os textos poéticos, pondo-as entre colchetes (recurso que usei para assinalar meus pequenos esclarecimentos) e marcando só as primeiras entradas, pois o *leitor inteligente* não carecerá de mais para entender a alternância.

Em geral, Mário de Andrade grafou só os refrãos dos Cocos, determinando com freqüência, mas apenas nos originais de colheita, que "embolada varia sobre a mesma linha". Às vezes não há qualquer esclarecimento e fica-se ignorando se a melodia solista seria totalmente nova ou a mesma do coro, modificada; e, em qualquer dos casos, como se faria o ajuste. Os versos das emboladas não se adaptam aos refrãos só em raros cocos, como o n.º 34, Mário de Andrade escreveu essas variações solistas, anotando decerto uma entre muitas. Não é difícil encontrar exemplos de peças cujas soluções gráficas do solo parecem ter essa posição de uma entre várias. No n.º 60 muitas estrofes da embolada não se adaptam à linha registrada para o canto da primeira. O n.º 104 não explica como se cantam os tercetos: repetindo-se mais uma vez o trecho entre as barras duplas e depois voltando-se ao princípio, com abandono de todos os compassos em semicolcheias sucessivas? Ainda nesse Coco, será preciso modificar ritmos, para que as quintilhas posteriores aos tercetos caibam na música. As estrofes de embolada dos n.º 36, 59, 119 também não cabem na parte que lhes corresponde. Mas não vou estender os exemplos, e mesmo nas minhas notas finais só fiz o exame dos casos a que algumas notas de Mário de Andrade me obrigavam.

Mário de Andrade assinalou indiretamente a existência desse problema dos desajustes entre textos completos e melodias, ao comentar uma estrofe do n.º 7: ''É aliás dessas estrofes irregulares em que os cantadores fazem malabarismos mirabolantes de ritmo pra que o texto se encaixe na melodia.'' Diante de textos assim, as soluções musicais teriam pois caráter improvisatório. A mobilidade inerente a essas soluções; a extensão muito grande e às vezes enorme das emboladas (já se viu Mário escutando Chico Antônio embolar dez minutos a fio); a sobrecarga de variantes rítmicas maiores e menores, que decorreria da escritura individualizada de cada estrofe; a morosa grafia musical, impedindo fixar essas variantes nascidas em plena efervescência da cantoria improvisatória; a impossibilidade, portanto, de obtê-las *da mesma maneira* por repetição — tudo isso, decerto, foi que levou Mário de Andrade a adotar o único critério gráfico realmente permitido pelo registro direto. Isto é, levaram-no a escrever apenas o que representaria não só a base da estrutura rítmica de cada peça, mas o seu inteiro núcleo musical, o seu elemento fixo, o que em última análise constituiria o Coco propriamente dito: o refrão, ao qual já o ''Ensaio sobre a Música Brasileira'', p. 59, assinalara o papel de caracterizador da espécie.

O registro dos textos poéticos também requer alguns comentários. Na grafia da pronúncia há oscilações reveladas não só pelo confronto entre originais de colheita e cópias a limpo, mas até pelo exame isolado destas, onde às vezes o texto posto em seguida à música difere graficamente do que nela está. Tal palavra escrita em dicção popular nas cópias a limpo, nos originais de colheita aparece em dicção culta e grafia comum, e vice-versa. Originais e cópias raramente coincidem, pois, e a discordância não é só num sentido, isto é, não significa que nas cópias a limpo predomine sempre uma das pronúncias, a culta ou a popular, embora na verdade elas mostrem uma tal ou qual preponderância da anotação mais direta da fala nordestina.

Razões haveria para essas mudanças, mas não atino com elas. Seriam soluções de compromisso, motivadas por outros registros, ausentes dos documentos que recebi? Não sei e nem creio muito numa duplicidade geral, mas devo assinalar duas coisas: 1.ª) Em sua absoluta maioria, os originais de colheita de todas as melodias registradas por Mário de Andrade, trazem apenas os versos do refrão ou da primeira estrofe, escritos sob a música. O completamento dos textos foi escrito em folhas avulsas, agrupadas pelos Estados pesquisados, Paraíba e Rio Grande do Norte. Ora, nos documentos que estão comigo não existem as folhas que deveriam corresponder às séries especiais de Chico Antônio e Odilon do Jacaré, bem como a certas peças de vários informantes e vários gêneros. Não seria pois estranho se outras faltassem. 2.ª) Na primeira folha dos originais das melodias de Chico Antônio, encontrei esta observação (Conf. Coco n.º 175):

> "Versos de Chico Antônio:
> Quando eu perdê minha rima
> Nunca mais pego o ganzá.
> Outros no caderno de notas."

Esse "caderno de notas" deve ter sido um bloco de papel, de laudas estreitas, de onde Mário de Andrade teria destacado os textos do Rio Grande do Norte. Talvez não houvesse outro, apesar de uma nota confusa escrita na primeira dessas folhas: "segue na folha do caderno seguinte", frase cujo sentido verdadeiro é "segue na folha seguinte do [deste mesmo] caderno". Se alguma coisa se extraviou, desse bloco saiu ou com ele estará nalgum canto.

Alguma razão houve também para o verdadeiro imbróglio de textos entre os Cocos n.º 7-57-196-242, 128-196, 13-112-e mais um Lundu que participará de outro livro. Mas não pude encontrá-lo e achei necessário contar esses casos em notas comparativas finais, que, por tudo quanto foi dito, se tornaram inevitavelmente mais extensas que as dos volumes anteriores.

Para explicar os mistérios, pequenos em qualquer sentido, tudo pode ser descoberto e invocado, menos o descuido. Antes das colheitas sistemáticas e de campo, já em "A Literatura dos Cocos" Mário de Andrade se impedia de cometer dois pecados imperdoáveis: a generalização apressada e a traição, mesmo involuntária e oriunda de seus próprios informantes, à coisa popular. "Estou dando os documentos em dicção literária porque não os tendo escutado diretamente dos cantadores, receio falsificá-los." "(...) ele [o Coco] tem uma ascendência aproximada das rodas coreográficas portuguesas pra adultos. Não dou isto como certo, é apenas uma impressão que tenho. (...) Hei-de estudar isso um dia."; "Fui discreto e sempre devo lembrar que as afirmativas que estão aqui são de caráter relativo pois como afirmei no começo inda não tenho uma observação direta pessoal dos coqueiros e possuo apenas umas três dúzias de documentos." Durante as pesquisas nordestinas, "O Turista Aprendiz" tem os mesmos cuidados, conta as precauções tomadas para saber se certas características musicais eram constâncias da região ou deficiências dos cantadores, e comenta sobre o quarto-de-tom: "Mas pra decidir mesmo do caso de que trato carecia de aparelhos especiais que não tenho aqui" (crônica de 20-12-1928). E é preciso não esquecer, ainda, aquele cantador descrito nas "Danças Dramáticas do Brasil" (2.º tomo, p. 133), a quem ele, para se certificar da estrutura modal duma peça, fizera "o impossível pra estragar o canto".

Voltando às minhas notas, explico que elas resultaram quase sempre do confronto entre originais de colheita e cópias a limpo, e têm o número dos Cocos a que se referem. Nelas incluí dados que me pareceram exigir manutenção ou exame, inclusive detalhes de colheita, ausentes das cópias a limpo. Dos textos marquei apenas as variações de conteúdo e desprezei as disparidades de grafia, pois enquanto as primeiras poderiam ser lapsos de cópia, as segundas são positivamente intencionais, representando uma escolha do recolhedor. Quanto às pequenas observações escritas nos originais de colheita, às vezes reproduzidas por Mário nas cópias a limpo, abandonei quase sempre as que assinalavam a existência, na própria coletânea, de outras versões de algumas peças. Em sua maioria, tais lembretes têm o claro intuito de marcar os Cocos que deveriam ser expostos lado a lado, coisa providenciada pelo próprio Mário, quando organizou as séries em que os dividiu. Por isso, dessas notas só conservei as que mandavam comparar melodias de séries distintas.

A todos esses confrontos e indicações me senti obrigada, não por amor de minúcias cansativas para o leitor e para mim, mas por um fato já mencionado nos livros anteriores e que não custa relembrar. Pois que os rascunhos de colheita foram conservados por um homem sem nenhum amor de guardar papéis inúteis, isso me pareceu clara prova da existência de casos não inteiramente resolvidos, e da necessidade, ainda maior num organizador de coisa alheia, de proceder ao exame desses rascunhos.

Minhas notas finais contêm ainda melodias de outros gêneros e alguns textos, que achei entre as cópias a limpo dos Cocos e se relacionam com os n.º 15, 88, 164. Seu destino natural seria esse, pelo

26

que indicam os métodos de trabalho de Mário de Andrade e os estudos que chegou a fazer para o "Na Pancada do Ganzá" (v. "Danças Dramáticas do Brasil", Obras, vol. XVIII).

Terminam o volume seis Apêndices, onde pus documentos cuja publicação julguei útil, e se referem tanto aos Cocos quanto à planificação do "Na Pancada do Ganzá": I — "A Literatura dos Cocos"; II a IV — seis artigos sobre Chico Antônio e cantadores, dificilmente encontráveis hoje, nos quais Mário de Andrade fez um bom exame da estrutura dos Cocos, dos processos de cantar e de inventar dos coqueiros; V — as seis páginas escritas para o prefácio do "Na Pancada do Ganzá"; VI-A — fichas e notas que iriam servir a esse prefácio e à organização geral da obra; VI-B — fichas que encontrei no fichário geral de Mário de Andrade e me pareceram destinadas ao estudo dos Cocos.

Como nos demais livros que organizei, a exposição das fichas e notas me pareceu interessante, porque elas abrem muitos caminhos, colocam muitos problemas de estrutura, função e origem a resolver, concorrendo ao mesmo tempo para o seu esclarecimento. Encontrar-se-á também, neste livro, a chave dos recursos especiais de grafia musical usados por Mário de Andrade, reproduzida do "Ensaio sobre a Música Brasileira" e completada pelas indicações encontráveis nas fichas 24 a 29 do Apêndice VI. Infelizmente, me escapou dar, antes, essa informação indispensável.

III

A COLHEITA DOS COCOS

Explicadas a origem e a feitura deste livro, ainda me resta cuidar de mais um traço necessário ao conhecimento da "expressão fisionômica do lagarto": os dados que situam e autenticam a colheita destes admiráveis Cocos. Suas fontes são estas, já descritas por mim nos volumes XVIII e XIII das Obras Completas: 1.ª) Um registro onde as melodias, referidas pelos seus cadernos musicais e números de colheita, são distribuídas segundo os Estados de procedência e os informantes. A esses índices numéricos Mário de Andrade chamou "Guias", evidentemente por servirem à localização das peças. 2.ª) A "Psicologia dos Cantadores", notas sobre os informantes, trazendo também os números de colheita das melodias ouvidas da maioria deles. 3.ª) Um diarinho da excursão de 1928-1929, constando de 28 p. destacadas de uma caderneta, embrulhadas num pedaço de papel-jornal onde se lê o título "Notas de Viagem ao Nordeste". 4.ª) Recortes das crônicas de "O Turista Aprendiz" publicadas, durante e após essa viagem, no "Diário Nacional" de S. Paulo. 5.ª) Os próprios originais ou rascunhos de colheita das melodias.

Acentuo que só as "Guias" e a "Psicologia dos Cantadores" tratam direta e exclusivamente da distribuição das peças segundo seus lugares de colheita e seus informantes. Às vezes há divergência entre elas e em tais casos a "Psicologia" é que deve estar certa, pois as "Guias" mostram várias indecisões, nomes com registro interrogativo, lembretes para a procura de outros etc. A "Psicologia", embora incompleta em alguns pontos, parece ter sido organizada após um reexame da relação informantes-documentos, objeto das "Guias", e novos confrontos dela com os originais de colheita.

Haveria talvez outros informes sobre as pesquisas nordestinas, mas enquanto não se fizer um levantamento minucioso do arquivo de Mário de Andrade, nada se pode afirmar. Entretanto, o rastro deles ficou em vários lugares. No diarinho se lê: "18 a 22 [-1-1929] Viagem de auto ao redor do R. G. do Norte — Descrita no "Turista Aprendiz". Diário *no outro livrinho de notas*." (O grifo é meu.) Na ficha n.º 153 deste volume, Mário fala também num "livro de Taxis", possivelmente um caderno de anotações várias, inclusive sobre a viagem ao Nordeste[5].

Não será difícil existirem mais coisas assim, úteis não só ao balanço das pesquisas folclóricas, mas também ao conhecimento da vida e hábitos desse anotador contumaz que, por desconfiar da memória e para rendimento de trabalho, vivia de caderninho e lápis no bolso, pronto para o que desse e viesse.

Até documentos folclóricos haverá fora do bloco que recebi. A ficha n.º 636 menciona uma coletânea de quadras. Já contei que na Congada de Lindóia ("Danças Dramáticas do Brasil", tomo 3.º, p. 199) Mário de Andrade manda ver uma versão da *Barca Nova* "entre as [peças] de Seqüestro". Em algum canto do arquivo andará também ao menos um texto poético de Chico Antônio, cuja falta às notas destinadas ao prefácio do "Na Pancada do Ganzá" me fizeram perceber: a embolada do Coco "Boi Tungão", o relato, que fascinou Mário de Andrade, da briga do cantador com o diabo.

Mário de Andrade ouviu Cocos por toda a parte, no Nordeste. Mais de uma vez as "Notas de Viagem" e "O Turista" mostram um quase espanto de quem, vindo de uma terra pouco cantadeira, cai no meio de uma gente que vivia levando o peito numa cantoria que acompanhava tudo, trabalho e diversão. O hábito intensivo e generalizado de cantar e dançar Cocos é anotado várias vezes.

"Se saúde, facilidade [*sic*; felicidade, certamente], bem-estar fosse deduzível da alegria, o proletário nordestino vivia no paraíso. A gente daqui é alegre e cantar tanto como ela não sei que se cante. E não deduzo isso da época de festa em que estou não. O pessoal amanhece já na cantoria. E tudo é pretexto pra cantar. Pra conduzir umas vacas, um percurso urbano curto, o vaqueiro de perto de casa, não desleixa o aboio. Os trabalhos pesados não se faz sem cantiga, nem os leves!... As praias ressoam noitemente na toada aberta dos Cocos." ("O Turista Aprendiz", Natal, 1-1-1929.)

"Pessoal que vive da carnaúba e do samba. [Zona do Açu] Não tem noite quase em que a "chama" não gagueje surda chamando os festeiros pro zambê." ("O Turista Aprendiz", 19-1-1929, viagem de automóvel pelo Rio Grande do Norte.)

"Passeei e foi um passeio surpreendente na Lua-cheia. Logo de entrada, pra me indicar a possibilidade de bom trabalho musical por aqui, topei com os sons dum coco. O que é, o que não é: era uma crilada gasosa dançando e cantando na praia. Gente predestinada pra dançar e cantar, isso não tem dúvida. Sem método, sem os ritos coreográficos do coco, o pessoalzinho dançava dos 5 anos aos 13, no mais! Um velhote movia o torneio batendo no bumbo e tirando a solfa. Mas o ganzá era batido por um piazote que não teria 6 anos, coisa admirável. Que precocidade rítmica, puxa! O piá cansou, pediu pra uma pequena fazer a parte dele. Essa teria 8 anos certos mas era uma virtuose no ganzá. Palavra que inda não vi, mesmo nas nossas habilíssimas orquestrinhas maxixeiras do Rio, quem excedesse a parai-baninha na firmeza, flexibilidade e variedade de mover o ganzá. Custei sair dali." ("O Turista Aprendiz", João Pessoa, 28-1-1929, primeiro dia de Paraíba, segundo a crônica.)

A mesma impressão das crianças ficou no diarinho de viagem, anotada no dia certo, 27-1-1929: "Vinda de Natal pra Paraíba atravessando Mamanguape em ruínas. (...) Banho no Hotel e janta. Passeio, lua cheia, à praia de Tambaú maravilhosa, onde surpreendo crianças bailando coco. Estupendo."

Mas se Mário de Andrade ouviu Cocos por toda a parte, no Nordeste, os lugares em que os grafou (não necessariamente os mesmos de onde procediam os informantes) são limitados: em Pernambuco poucos, ouvidos em Olinda da preta Maria Joana; muitos em João Pessoa; dos registrados no Rio Grande do Norte, alguns foram cantados por gente culta de Natal e a maioria foi colhida no engenho Bom Jardim. As datas precisas dos registros, tanto dos Cocos quanto de todas as outras peças, nem sempre existem e são mesmo desnecessárias; mas pelas anotações do diarinho, é possível chegar-se a um quadro geral das pesquisas de 1928-1929, feito pelo tempo de estadia nos lugares visitados:

Rio Grande do Norte

Natal: de 14-12-1928 a 6-1-1929; 16-1-1929 (noite) e 17-1-1929, 23 a 26-1-1929.

Engenho Bom Jardim: de 7-1-1929 (viagem) a 16-1-1929, com ida à cidade de Penha e aos engenhos Cunhaú e Bom Passar no dia 14.

"18 a 22 [-1-1929] viagem de auto ao redor do R. G. do Norte — Descrita no "Turista Aprendiz". Sem menção a colheitas musicais.

27-1-1929 — "Vinda de Natal pra Paraíba atravessando Mamanguape em ruínas." Sem menção a colheitas musicais.

Os documentos obtidos em Natal foram anotados na casa de Luís da Câmara Cascudo, onde Mário de Andrade se hospedou. Os informantes aí ouvidos são os que têm, na resenha adiante, os n.º 7 — Luís da Câmara Cascudo, 10 — Mario Mello (pernambucano), 12 — Seresteiros Natalenses, 16 — coqueiros dançando na praia de Redinha, 27 — José, 30 — Edgar Dantas, 32 — Renato Caldas.

Além desses e das indicações detalhadas que pus na resenha de informantes, o diarinho menciona mais um cantador natalense, não nomeado e que não pude identificar: "4 [-1-1929] De noite Arari trouxe um rapaz de cocos, tomei alguns."

Bom Jardim, o engenho da família de Antônio Bento de Araujo Lima, fica situado na zona de Goianinha, explicou Mário de Andrade em crônica d'"O Turista" de 7-1-1929. Lá cantaram para ele os informantes a que dei os n.º 3 — Pedro Faustino, 6 — José Sebastião, e Vilemão, 11 — Chico Antônio, 14 — "Criada moça de Bom Jardim", 15 — Antônio Câmara, 17 — José Felix (de Coité, zona de Vila Nova, R. G. do Norte), 28 — "Rapaz seus 16 anos", 36 — "Criadas do Bom Jardim". Quanto ao próprio Antônio Bento, n.º 23, teria colaborado tanto no Bom Jardim quanto em Natal.

As notas do diarinho escritas no engenho, começam e acabam falando em colheita de Cocos: "8 [-1-1929] Durante o dia principiei pegando melodias de Boi e cocos com gente chamada pelo Antônio Bento. De noite as moças e nós dançamos coco". "15 [-1-1929] Durante o dia ainda colhi uns cocos sabidos pelas meninas e empregadas da casa."

Paraíba

João Pessoa: de 27-1-1929 (noite) a 8-2-1929, com pequena viagem à fazenda Cruzeiro, perto de Mulungu, e à cidade de Areia, em 2 e 3-2-1929.

8-2-1929: partida de automóvel para o Recife.

Todos os registros paraibanos foram feitos na casa de Adhemar Vidal, conta o diarinho: "29 [-1-1929] Trabalhei e trabalhei, nada mais. Dia inteiro casa Adhemar Vidal, escrevendo, escrevendo cocos.". "30 [-1-1929] — Mais um dia inteiro de trabalho". [Cocos?] "6 [-2-1929] Trabalhei um bocado pela manhã. Almocei casa Adhemar Vidal onde trabalho sempre. Agora os cantadores estão falhando. São 15 [horas] e não veio mais nenhum. Estou só, espero e escrevo. Não veio ninguém, fui me despedir dos Cavalcantis".

Em João Pessoa, Mário de Andrade escutou os informantes n.° 1 — Otilic Ciraulo, 2 — Manuel Regino (de S. Miguel de Taipu, distrito de Sapé, Paraíba), 4 — Odilon do Jacaré (da fazenda Cruzeiro), 5 — Eduardo Medeiros, 8 — Acrísio Toscano de Brito, 18 — Antônio Francisco Marim, 20 — João José Bandeira, vulgo Maroeira, 21 — Navarro Filho, 22 — João José de Oliveira (nascido em Mamanguape), 24 — Odilon Saturnino de Sousa (do município de Guarabira, Paraíba), 25 — José Miguel Vicente e Joaquim Francisco Nascimento (de S. Miguel de Taipu, Paraíba), 26 — João Batista Cabral (nascido em Pernambuco), 29 — Estêvão Cândido de Oliveira (nascido em Maceió, Alagoas), 31 — Sra. Adhemar Vidal, 34 — Engrácia Maria da Conceição (nascida em Ingá do Bacamarte; Paraíba?).

Pernambuco

Recife: de 10 a 13-12-1928, com dois passeios no dia 11: a Iguaraçu de manhã e a Olinda de noite. No dia 13, partida pra Natal, com pousada em Guarabira. Em 8-2-1929, regresso de Natal, às 12 horas, e estadia até o dia 20, com pequenos passeios intercalados: tarde de 16 e dia 17, engenho Bateira, da família do pintor Cícero Dias; 19, tarde, Olinda; ainda 19, tarde e noite, engenho Martinica, de Renato Carneiro da Cunha.

As colheitas do Recife só aparecem referidas no diarinho a partir de 14-2-1929 e não se relacionam com os Cocos. Os poucos registrados diretamente em Pernambuco, foram escritos provavelmente em Olinda, em 11-12-1928, na casa de Renato Carneiro da Cunha, onde Mário de Andrade ouviu a criada Maria Joana, informante n.° 13.

Além dos obtidos na viagem de 1928-1929, na coleção há Cocos de outras procedências e datas: alguns "comunicados" pelo musicista cearense Leonel Silva, posto na minha lista de informantes com o n.° 33; outros cantados em S. Paulo, por alunos nordestinos que recenseei como informantes n.° 19; e há também o caso incerto dos Cocos ouvidos do poeta Jorge de Lima, n.° 9 da minha resenha.

Eis pois agora o rol minucioso dos informantes desta coletânea, contendo a indicação das suas melodias, dos lugares onde foram ouvidos, e as notas que sobre eles deixou Mário de Andrade:

1) *Sargento Otilio Ciraulo*. Cocos n.º 1, 6, 52, 85, 148, 186, 192, 207, 209, 216. Colhidos em João Pessoa, Paraíba.

"Gabola, falador, antipático, vivedor, nenhuma timidez, voz regular, cantador de noites inteiras, vida de farra. Moço branco, paraibano também, cabeça chata. Inconveniente, gaffeur. Textos inúmeros decorados ou diz-que inventados por ele. É bem possível. Inteligência viva, explicando as coisas com muita clareza. Melodias bem fixas em ritmo e linha sonoros. Alguma habilidade virtuosística. Tiques artísticos pessoais. Paciente por vaidade. Gostando de ver o nome e a colaboração dele no meu trabalho. Anotações fáceis. Não nos fatigamos nem ele nem eu." ("Psicologia dos Cantadores".)

2) *Manuel Regino*. Cocos n.º 2, 34, 72, 76, 78, 105, 109, 121, 129, 142, 180, 183, 208, 214, 218, 221, 225. Colhidos em João Pessoa, Paraíba.

"Reculuta Manuel Regino do lugar S. Miguel de Taipu, distrito de Sapé, Paraíba. Mulato claro, doentio, magro, muito tímido. Resultou daí alguma indecisão no princípio. Aliás bastante tendência improvisatória, não só no texto como na linha melódica. Variava bastante dificultando as anotações. Mas era paciente, humildado pela condição, fiz dele o que quis e garanto as anotações. Inteligente. Simples, porém convencido. Se considerava invencível no desafio. De fato atrapalhou bem o Odilon Saturnino [de Sousa, inf. n.º 24], manifestamente inferior no improviso e na voz. E ambos achavam que o sargento Ciraulo não valia nada. Este por sua vez dizia o mesmo dos outros...". ("Psicologia dos Cantadores".)

As "Guias" atribuem a Odilon Saturnino de Sousa todos os Cocos de Manuel Regino, exceto os n.º 2 e 213. A nota da "Psicologia" esclarece o caso: o fato dos dois coqueiros terem cantado na mesma ocasião, e talvez em desafio, deve ter causado um engano inicial na distribuição das peças.

3) *Pedro Faustino*. Cocos n.º 3, 16, 23, 26, 133, 195. Colhidos no engenho Bom Jardim, Rio Grande do Norte.

"Branco novo, seus 20 anos. Envergonhado, seqüestrado. Voz regularmente musical. Melodias bem fixas, ritmo e som, tomadas com facilidade." ("Psicologia dos Cantadores", numa série de dados postos sob a indicação geral "Gente de Bom Jardim".)

A "Psicologia" não menciona o n.º 16 entre as peças de Pedro Faustino, embora registre todas as outras do mesmo informante, com a exata numeração que têm nos originais de colheita.

32

4) *Odilon do Jacaré*. Cocos n.º 4, 29, 40, 51, 71, 73, 94, 97, 102, 103, 123, 131, 132, 141, 150, 154, 176, 189, 190, 203, 215, 236, 240. Colhidos em João Pessoa, Paraíba.

Odilon Luís de França, conhecido por Adilon ou Adilão do Jacaré, 24 anos, nascido em Jacaré, município de Guarabira, Estado da Paraíba. (Indicações anotadas nos originais de colheita das melodias ouvidas dele.) Coqueiro profissional, como Chico Antônio, com quem forma o par de grandes cantadores nordestinos ouvidos por Mário de Andrade. Os dois se encontraram uma vez num desafio em que Odilon, "furioso", se confessou vencido, porque não tinham resposta as coisas malucas cantadas por Chico Antônio, "único surrealista legítimo que nunca existiu", diz Mário de Andrade nos comentários à "Vida do Cantador". ("Basófia e Humildade", em "Folha da Manhã" — "Mundo Musical", S. Paulo, 27-1-1944; "Notas ao Cantador", idem, 3-2-1944.)

É estranha a ausência de comentários especiais sobre Odilon, cujo nome está junto ao de Chico Antônio na folha divisória de um grupo de papéis, onde encontrei as notas sobre este.

O registro das peças ouvidas de Odilon foram feitos entre 2 e 8 de fevereiro de 1929, datas em que o diarinho traz o nome dele. Morando numa fazenda paraibana, Odilon foi levado a João Pessoa para cantar para Mário de Andrade. O diarinho conta o caso:

"2 [-2-1929] — Trabalhos sempre. Durante o dia aparece o Avelino Cardoso, que vem do Recife sem o Ascenso que não pudera vir, apesar de ter avisado. Antes assim porque estávamos de partida, José Américo, Adhemar Vidal, Antônio Bento e eu pra fazenda de algodão do tenente Epaminondas de Aquino, perto de Mulungu, perto de 90 quilômetros de automóvel da Paraíba. Lá chegamos às 21 e entramos a escutar um grupo de cantadores ("coqueiros" também aqui) profissionais, um terno, dirigido pelo Odilon, grupo admiravelmente concertante, noite colosso. Escutamos também dois manos meninos, cantar o coco, caso de meninos prodígio extraordinário. E a noite foi dormida entre besourinhos e um poder formidável de outros bichinhos.

3 — Acordamos nesta fazenda "Cruzeiro" perto de Mulungu e aqui inda escutamos os cantadores e depois do almoço partimos pra Areia, zona do Brejo, em cima da serra da Borborema. (...)

4 — [João Pessoa] — Trabalhei dia inteiro. Peguei toques dos Cabocolinhos e cocos de Odilon do Jacaré que trouxemos da fazenda do Aquino.

5 — Dia inteiro de trabalho sempre. (...)". (Ainda com Odilon?)

Como se vê, na fazenda Cruzeiro Odilon cantou acompanhado por dois outros coqueiros, que os originais de colheita registram ser o irmão dele, Francisco (Chico) Luís de França, de 29 anos, e Manuel

Cosme Ribeiro, vulgo Lavandeira, de 30 anos. Colhidos do terno, pois, e na fazenda Cruzeiro, seriam apenas dois Cocos escritos a três partes vocais mais a percussão: o "Boi Valeroso" e o "Boi Tungão", que Mário de Andrade pôs nas "Melodias do Boi" e com elas serão publicadas. Todos os outros teriam sido anotados em João Pessoa. No dia em que deixou essa cidade, Mário de Andrade ainda ouviu Odilon cantar mais uma vez o "Boi Valeroso": "8 [-2-1929] Seis horas e me apronto pra partir pro Recife. No café Odilon do Jacaré se despede de mim com o Boi Valeroso, dizendo que me rogava a praga que eu havia de voltar e depois disse que eu devia me casar".

5) *Eduardo Medeiros*. Cocos n.º 5, 80, 89, 125, 211, 237. Colhidos em João Pessoa, Paraíba.

"Sr. Eduardo Medeiros. Dando com prazer as melodias. Voz bem sonora e firme nas melodias." ("Psicologia dos Cantadores".) As "Guias" chamam o informante de prof. Eduardo Simões. A "Psicologia" é que indica serem dele os Cocos n.º 89, 211, 237; as "Guias" os atribuem a Odilon Saturnino de Sousa (inf. 24), em torno do qual elas parecem ter criado muitos enganos; e nos originais de colheita, esses Cocos pertencem a uma série de quatro (Paraíba 16 a 19) deixados sem indicação de informante.

6) *?* — Coco n.º 9. Colhido no Rio Grande do Norte.

Os originais de colheita não trazem o informante. Neles, a peça vem em seguida a uma série de aboios colhidos do tangerino José Sebastião, do "Boi" de Fontes, a quem as "Guias" registram como o cantador desse Coco; mas a "Psicologia dos Cantadores" o atribui a Vilemão. Eis os dados relativos aos dois possíveis informantes:

"... *José Sebastião*, tangerino, nascido no Estado do Espírito Santo (...)". "(...) vaqueiro legítimo (...) que seguia o Boi de Fontes só para aboiar. Homem analfabeto, branco, já perto dos 50 se é que não os atingira. Voz feia, agudíssima, sarada no falsete e pouco musical. Tipo bronco, bruto mesmo. Reação intelectual quase nula. Incapaz de repetir duas vezes a mesma vocalização de aboio. Só mesmo a lentidão dessas vocalizações é que me permitiu tomar os elementos melódicos do aboio dele. Meio envergonhado, abatido pela minha... superioridade de praceano bem vestido. Muito seqüestrado. Impaciente. Louco pra ir embora". (Conf. "Danças Dramáticas do Brasil", tomo 3.º, p. 11 e s.)

"*Vilemão da Trindade*. Mulato escuro. Homem feito. Rabequista e cordeonista de profissão. Tocador de bailaricos, tocador de "Boi", ignorante de música teórica, intuição excelente, reproduzindo imediatamente no instrumento dele o que a gente cantava ou executava no piano. Ouvido excelente. Temperamento barroco, enfeitador das melodias na rabeca. Alguma incerteza de execução que se tornava freqüentemente fantasista. Coisa proveniente da própria musicalidade improvisatória do rabequista e não de insuficiência. E por humilde e tímido, só depois de certo trabalho se acamaradou mais comigo. Assim mesmo não dizia nunca que estava errado. Se limitava a tocar de novo o documento pra que eu mesmo descobrisse os meus enganos. Muito paciente. As peças dele foram tomadas com bastante dificuldade. Vilemão as variava em extremo nos enfeites e era de ritmo bastante divagativo embora bem batido nas danças. Quero dizer que nas peças coreográficas acentuava bem metronomicamente os tempos fortes. Nas outras peças, pelo fato mesmo de estar sempre acompanhando cantores, duplicando no instrumento o canto alheio, não tinha ritmo próprio, acostumado a servilmente seguir os outros. Isso lhe dava na execução solista dessas melodias aquela hesitação de expectativa do acompanhador à primeira vista. Mas com as reservas relativas a tudo isso, anotei com o máximo de fidelidade possível as melodias que Vilemão tocava, em repetições numerosíssimas.''

Nas ''Danças Dramáticas do Brasil'', tomo 3.º, p. 10, pude explicar em nota que ''Este nome curioso de Vilemão aparece... interpretado de duas formas nos originais de colheita: *Willemen* (anotação de Antônio Bento de Araujo Lima, identificável pela letra) e *Villemin* (Mário de Andrade). Mas A. B. de Araujo Lima fala também em *Vilemão* numa carta que contém respostas a algumas perguntas de Mário de Andrade'': ''Compadre Vilemão e Chico Antônio são analfabetos.''

7) *Luís da Câmara Cascudo*. Cocos n.º 8, 25, 39, 46. Colhidos em Natal, Rio Grande do Norte.

''Conhecendo regularmente piano e executando nele peças de dança brasileiras e estrangeiras. Boa musicalidade, dando pra acompanhar com espírito rítmico e exatidão imediata de harmonia cocos e modinhas. Principalmente cocos.'' (''Psicologia dos Cantadores''.)

Os originais de colheita é que atribuem a Luís da Câmara Cascudo esses Cocos. As ''Guias'' incluem-nos num grupo ouvido de ''Pessoas eruditas ou crianças'', sem maiores comentários. Quanto à ''Psicologia dos Cantadores'', não especifica, como se viu, as melodias colhidas do ilustre folclorista.

8) *Acrísio Toscano de Brito*. Cocos n.º 10, 31, 36, 66, 127, 138, 149, 185, 194, 230. Colhidos em João Pessoa, Paraíba.

''Mecânico paraibano. Mesmas observações do antecedente'', isto é, Estêvão Cândido de Oliveira, inf. n.º 29 desta resenha. (''Psicologia dos Cantadores''.)

9) *Jorge de Lima*. Cocos n.º 11, 163, 197, 232.

Dei Jorge de Lima como o informante dessas melodias, porque ao recortá-las para colagem em papel-jornal, Mário de Andrade deixou nelas um nome sempre mutilado, que só pode ser o do poeta: ''ge de Lima) (Alag)'' e estropiações equivalentes. Como nenhum dos registros das pesquisas de 1928-1929 traz os originais dessas peças ou menciona Jorge de Lima como informante, é possível que elas tenham sido colhidas antes ou depois da excursão nordestina. Entretanto, nessa viagem Mário de Andrade se encontrou duas vezes com Jorge de Lima, então morando ainda em Maceió: em 9-12-1928, na ida, e em 21-2-1929, na volta. Nas duas vezes, Mário de Andrade, Jorge de Lima e José Lins do Rego passaram o dia juntos, tempo suficiente para que o aproveitador de minutos, que foi Mário de Andrade, pudesse escrever os Cocos.

10) *Mário Mello*. Cocos nº 87, 106. Colhidos em Natal, Rio Grande do Norte.

"Secretário perpétuo do Instituto Histórico e Geográfico Pernambucano. Por gentileza condescendeu em me dar várias peças pernambucanas. Boa musicalidade, executando melodias com vivacidade numa gaita de 3 orifícios e com o bocal afeiçoado com cera de abelha." ("Psicologia dos Cantadores".)

Os documentos relativos à colheita das peças do falecido historiador pernambucano, estão nas mesmas circunstâncias indicadas nos Cocos obtidos de Luís da Câmara Cascudo. O registro delas foi feito no dia 15-12-1928, conforme conta o diarinho: "À noite Mário Mello, secretário perpétuo do Instituto Arqueológico [*sic*] Pernambucano, que me fornece vários documentos musicais populares. Passadista mas camaradão."

11) *Chico Antônio*. Cocos nº 12, 48, 49, 58, 59, 70, 74, 82, 90, 92, 95, 104, 117, 119, 122, 124, 134, 135, 136, 139, 140, 146, 153, 155, 157, 162, 166, 172, 173, 175, 178, 181, 191, 193, 206, 213, 217, 222, 224, 234, 235, 239, 241. Colhidos no engenho Bom Jardim, Rio Grande do Norte.

Fui encontrar as indicações sobre Chico Antônio, em meio às notas destinadas ao prefácio do "Na Pancada do Ganzá". São dois documentos, o segundo escrito por Antônio Bento de Araujo Lima, tendo junto o artigo publicado em "A República", de Natal, e reproduzido em Apêndice a este livro.

"Psicologia /*Chico Antônio*/ Tenho notas sobre ele nos meus cadernos de viagem e no "Turista Aprendiz".

Lírico e sentimental. Quando se despediu de mim e me ofereceu o ganzá, saiu, foi no terraço, ficou encostado numa das colunas, olhando o longe.

Um maluco de lírico. Lutou uma semana com Odilon do Jacaré. Este interrogado, apesar da vaidade tradicional dos coqueiros e cantadores, não pôde confessar que vencera. Hesitou. No fim da semana Odilon (ele contou) falou pra Chico Antônio. — Chico Antônio você é maluco. Ninguém entende o que você fala porém você tem "as vozes" tão boa que ninguém vence!

O lirismo sobrerrealista de Chico Antônio. Exemplo a descrição da ida ao inferno. Sempre inventada, sempre vária, intomável pela rapidez."

Esse registro, evidentemente um lembrete para observações maiores, é concluído por esta indicação escrita a lápis vermelho: "Dar o poema do Inferno". Como já tive ocasião de contar, esse documento não participa dos que recebi.

As notas de Antônio Bento de Araujo Lima são biográficas:

"Entrevista com Chico Antônio
   Dados biográficos etc.

   Nascido em Vila Nova, sede do município de Pedro Velho, no litoral do Rio Grande do Norte — idade 28 anos — casado há 8 anos e também há oito anos que "vadeia coco". Há dois anos roubou uma mocinha de 16 anos, vizinha dele e fugiu com ela, uma noite, cada um montado no seu cavalo, para Rio Tinto, no município de Mamanguape, no litoral paraibano. Aí viveu vários meses cantando aos sábados, quando ganhava dinheiro para toda a semana. Viveu aí, durante esse tempo com essa rapariga, depois vieram novamente para Vila Nova onde ela morreu de parto. Tem, atualmente, cinco filhos e está vivendo com a mulher legítima. Não gosta de trabalhar assalariado, prefere cantar mesmo porque isso lhe rende mais. Vida poética, gosta tanto das mulheres, como elas dele, bom na cachaça. Bom companheiro para brincadeiras e afetuoso, segundo dizem seus companheiros. Gasta à-toa todo dinheiro que ganha.

"O coco que Chico Antônio gosta mais de cantar e acha mais bonito é "Iaiá pega o Boi". O que faz maior impressão é o "Boi Tungão", descrição do inferno. Por causa desse coco é que se diz que ele tem um "trato com o diabo".

"Tanto gosta de cantar o coco solto (toada quadrada, parcela, cocos de solos pequenos) como o coco de amarração (embolada). Prefere improvisar, sem saber o que está dizendo. Me disse mesmo que prefere cantar esquentado, tirando as emboladas rapidamente no momento.

— Qual foi o melhor coqueiro com quem você cantou?

— Foi o negro João Perigoso, de Paulista (não soube dizer se da Paraíba ou Pernambuco).

— Onde cantou com ele?

— No Rio Tinto. Principiemo cantando às 7 horas da noite de sábado e só terminamo no outro dia com o sol fora duas braças. (7 horas da manhã)

— A voz dele era boa?

— Era boa e ele era o bicho na embolada. Cantava alto do jeito que eu tirasse o coco.

— Quais foram os cocos que cantaram mais tempo?

— Foi "Iaiá, o meu carreiro" e "Tatá engenho novo"."

(O primeiro desses cocos eu lhe dei em S. Paulo em 1928.)

"A luta foi sensacional assistida por um grande número dos trabalhadores do Rio Tinto ["que é o lugar do parque industrial dos Lundgren", esclareceu Mário de Andrade, mudando de posição um esclarecimento dado por Antônio Bento nessa mesma entrevista]. Chico Antônio terminou vencendo e com a voz boa de quando começou a cantar. Ele mesmo de vez em quando nos cocos que tira descreve essa luta. O negro prometeu que ainda se desforraria da derrota, desafiando-o novamente para outra luta. Mas nunca mais se encontraram. Chico Antônio me disse que teve medo de João Perigoso.

— E depois de João Perigoso, qual é o melhor coqueiro?

— É Avelino Pedro (coqueiro norte-riograndense que também andou cantando pela Paraíba). Tenho cantado muito com ele. É bom mesmo pra gente vadiá. Bom cantadô. Tanto canta embolada martelo ou coco solto como tira modinha e chula. As vozes dele é muito boa em qualquer artura."

Já contei que a admiração de Mário de Andrade por Chico Antônio ficou expressa nas breves notas do diarinho de viagem e em vários artigos. Não seria possível transcrever em apêndice a este livro os seis rodapés do "Mundo Musical" dedicados à "Vida do Cantador" e os seis que lhe servem de comentário técnico. Mas achei impossível não reproduzir pelo menos um destes, "O Canto do Cantador", exame das vozes e processos de cantar de Chico Antônio e Odilon do Jacaré, essencialmente coqueiros. Com ele e os outros, postos nos Apêndices II a IV, creio ter assegurado, embora em parte, a realização da homenagem que Mário de Andrade desejava prestar em livro aos dois cantadores, principalmente ao que tanto o comoveu pela arte e pelos valores líricos e generosos da personalidade. E assim atendi, ao mesmo tempo e com larga ternura, o pedido de quem se queria afetuosamente glorificado pelas letras do amigo:

"Ai, seu dotô
Quando chegá em sua terra
Vá dizê que Chico Antonho
É danado pra embolá!"

Quanto às notas do diarinho, são estas, escritas no engenho Bom Jardim:

"De noite, aparece Chico Antônio, o coqueiro. Simpático e formidável. Noite inesquecível." (10-1-1929)

"Trabalho com Chico Antônio dia todo. De noite inda ouvi-lo." (11-1-1929)

38

"Inda trabalho com Chico Antônio o dia até 17 horas. Na partida ele com o Boi Tungão se despede de mim e do nosso trabalho de maneira tão comovente que senti a chegada da lágrima. "Adeus sala, adeus cadera, adeus piano de tocá, adeus tinta de iscrevê. Adeus papé di assentá!" (assentar as músicas que ele cantava). De mim ele disse que quando eu chegasse na minha terra havia de não me esquecer nunca mais dele. E se por acaso eu voltasse por aqui, mandasse chamá-lo que ele vinha... E de fato nunca mais me esquecerei desse cantador sublime. Bom homem, simples, simpático e a voz maravilhosa, envolvendo a gente como nenhuma outra não. Caiu uma tarde tristonha cheia da lembrança de Chico Antônio. De noite um zambê gorado." (12-1-1929).

"A noite inda escuto um bocado Chico Antônio que vem morar no Bom Jardim." (15-1-1929).

"Trabalho um bocadinho alguns cocos novos com Chico Antônio e ele parte de novo." (16-1-1929). Na noite desse dia 16, Mário de Andrade também regressou a Natal.

A crônica d'"O Turista" de 27-1-1929, despedida do Rio Grande do Norte, começa relembrando o adeus de Chico Antônio no dia 12:

"São 6 e 30, parto do Rio Grande do Norte. Vou comprido, com esse desaponto vasto de quem deixa o que quer bem, me prolongando pelas quietudes de Natal.

A primeira etapa da viagem é repetição. Às 9 e meia chego no engenho Bom Jardim e almoço. Almoço quase acabado em desgosto. O coqueiro Chico Antônio que hei-de celebrar milhor em livro, me aparece, tira uns pares de cocos, arremata a série com o "Boi Tungão" e num improviso de quebrar coração duro, me oferece o ganzá dele.

Parto seco, bancando indiferença, com uma vontade danada de falar besteira, êh coração nacional!..."

12) *"Seresteiros Natalenses"*. Cocos n.° 13, 14, 20, 47, 57, 112, 188, 227. Colhidos em Natal, Rio Grande do Norte.

"Me dados por vários rapazes cueras (Seresteiros Natalenses) no coco, vozes se não boas pelo menos sonoras e firmes. Um deles me tirou a "Praieira" [fará parte de outro livro] na deformação que grafei." ("Psicologia dos Cantadores".)

Só a "Psicologia dos Cantadores" determina os informantes desses oito Cocos. Os originais de colheita indicam apenas no n.° 13 (= Rgn 36): "Cantado pela rapaziada na festa da capela de Sta. Teresinha, noite de Natal." As "Guias" ignoram tudo, deixando uma certa dúvida sobre a nítida afirmativa da "Psicologia dos Cantadores": "Não sei = n.° 36bis a 44 [numeração de colheita] alguns apanhados da mesma rapaziada do n.° 36 — Ver se nas cópias digo algo."

13) *Maria Joana*. Cocos n.º 15, 187, 238. Colhidos em Pernambuco; Olinda?

"Preta pernambucana, moça ainda, seus 28 anos. Extraordinária voz metálica duma prodigiosa firmeza no som e no ritmo. Agudíssima. Inflexibilidade rítmica maravilhosa. Infelizmente o repertório de Maria Joana consistia principalmente em dobrados carnavalescos recifenses, cuja solfa dinâmica é deliciosa no frevo porém não resistindo a qualquer exame na maioria das feitas. Aproveitei por isso muito pouco a magnífica musicalidade de Maria Joana. Pude escutá-la duas vezes. A primeira na casa de Alfredo Medeiros em Olinda, Maria Joana estava sem seqüestro, cantando firme denodadamente. Deu então com nitidez o quarto-de-tom que assinalei no "Saia do Sereno" e fez os pios do "Aracuã" com virtuosidade miraculosa e espírito. Na segunda vez, cantando em frente dos patrões, no engenho de Renato Carneiro da Cunha, Maria Joana foi quase ruim, envergonhada, hesitante, fugindo às dificuldades de técnica vocal, piando e vaiando mal no Aracuã, substituindo o quarto-de-tom do "Saia do Sereno" por um fá medíocre." ("Psicologia dos Cantadores")

A atribuição do Coco n.º 238 a Maria Joana é feita pelos originais de colheita e pelas "Guias"; como se pôde ver, a "Psicologia" enumera só os dois outros.

Mário de Andrade ouviu Maria Joana nos dias 11-12-1928 e 19-2-1929, datas em que escreveu no diarinho de viagem:

"De noite, Stella, Ascenso [Ferreira] e eu vamos pra Olinda, casa de Alfredo de Medeiros, escutar a preta Maria Joana, filha ainda de africanos legítimos, com seus 30 anos talvez, cantar esplendidamente emboladas, sambas, marchinhas de carnaval, ritmo prodigioso, inconcebível, voz de metal, com cor de prata polida, nítida feito alfinete, formidável de encanto." (Recife, 11-12-1928).

"Volto [de Olinda] pro Recife prás 14 horas partir com Ascenso e Alfredo Medeiros pro engenho Martinica de Renato Carneiro da Cunha ouvir a Maria Joana que está lá com os patrões. (...) Depois [do jantar] Maria Joana canta um bocado envergonhada na frente dos patrões, canta quase mal. Foi pena." (Recife, 19-2-1929).

14) *"Criada moça de Bom Jardim"*. Cocos n.º 17, 68, 111, 115. Colhidos no engenho Bom Jardim, Rio Grande do Norte."

"Criada moça de Bom Jardim. Envergonhada mas envaidecida por colaborar também. Muito musical a voz, melodia firme. Grande facilidade." ("Psicologia dos Cantadores", série de informes sob a indicação "Gente de Bom Jardim".)

Nas "Guias", os n.º 17, 111, 115 vêm como de Pedro Faustino (inf. n.º 3). Os originais de colheita não determinam o informante das três peças; antes delas estão Cocos de Pedro Faustino e o n.º 68, que é claramente dessa "criada moça" do Bom Jardim, segundo nota que o acompanha (v. o documento).

15) *Antônio Câmara*. Cocos n.º 19, 50, 164. Colhidos no engenho Bom Jardim, Rio Grande do Norte.

Não sabendo o nome do informante, Mário de Andrade perguntou-o a Antônio Bento de Araujo Lima, num questionário que contém indagações sobre vários elementos de suas colheitas: "Como era o nome dum homem familiar em Bom Jardim que me deu uns cocos de palmas muito antigos de Penha?". Resposta de Antônio Bento: "Creio que é Antônio Câmara."

Na série de informantes arrolados sob a indicação "Gente de Bom Jardim", a "Psicologia dos Cantadores" anota, sem nomear a pessoa: "Entoação bem fácil, musical. Firmeza rítmica, melodias fixas. Senhor já de certa idade. Foi quem me deu também o tema instrumental dos Cabocolinhos que vem no mesmo caderno" (de colheita). Os originais de colheita nada registram. E porque neles essas peças (bem como as da "criada moça de Bom Jardim") estão em meio às de Pedro Faustino (inf. n.º 3), as "Guias" atribuem a este todos esses Cocos, por visível confusão.

16) Cocos n.º 21, 22, 110.

Os originais de colheita indicam que estes Cocos foram colhidos na praia de Redinha, em Natal, no dia 30-12-1928. As "Guias" apenas mencionam o lugar, Redinha, e a "Psicologia dos Cantadores" registra mais largamente: "Anotados d'après nature, durante uma dança de coqueiros na praia de Redinha em Natal."

O diarinho e "O Turista Aprendiz" também contam que os documentos foram grafados em 30-12-1928, dia que Mário de Andrade passou todo na praia de Redinha onde, além de ouvir um choro e o Boi de S. Gonçalo (Conf. "Danças Dramáticas do Brasil", tomo 3.º), pôde observar um grupo de coqueiros:

"Madrugada pra partirmos pra Redinha passar o dia com Barôncio Guerra, Cascudinho e eu. (...) Noite coqueiros vieram cantar e dançar." (Diarinho, Natal, 30-12-1928).

"(...) Pântam — parapântam — pântam — pântam — tchique — tchique — Êh... Lá no alto:
— Êh viradô!...
— A barca do má!...
— Êh viradô!...
— A barca gira
No virá do má...
— Êh viradô!...

O acompanhamento é de ganzá e muganguê. Dançam o "coco" no terreiro preparado junto ao terraço de Barôncio Guerra. Na casa, a mesa está posta pra quem quiser cear. Creme de camarão, casquinhos de carangueijo, o chouriço daqui que é um doce, a canjica daqui inteiramente diversa da sulista.

— Vai, vai, vai, ôh mulé!...
Num vá se perdê, ôh mulé!...
— Agora que tô amarrado, ôh mulé!,
Num vá me aparecê, ôh mulé!...

Os dançarinos fazem coisas de sarapantar. Se agacham feito russos, bamboleiam em passos de charleston, sem erudição de outras gentes. No povo nordestino até o passo básico do charleston, era usual antes da dança ianque aparecer.

— Ôh laiá, ôh laiá,
Ôh laiá das Alagoa!...

Um sonzinho de rebeca se aproxima [do "Boi" que vem chegando]

— Deu a força da levada.
Que me encheu toda a canoa!..."

("O Turista Aprendiz", Redinha, 30-12-1928.)

17) *José Félix*. Cocos n? 24, 83, 107, 145, 182, 233. Colhidos no engenho Bom Jardim, Rio Grande do Norte.

Nas "Guias" o informante aparece como José Fela, forma talvez correspondente à dicção popular do nome. A "Psicologia dos Cantadores" apenas lhe registra o nome e as peças colhidas dele, sem qualquer indicação sobre a pessoa. Os originais de colheita é que contam, em nota ao Coco n? 83: "dado por José Félix (coqueiro em Coité) zona de Vila Nova, R. G. N.".

Mário de Andrade tentou esclarecer melhor a colheita, perguntando no questionário enviado a Antônio Bento: "Quem é José Félix que, em Bom Jardim, me deu uns cocos? Mande esclarecimentos sobre ele. Analfabeto? etc." "É aquele coqueiro que veio com Chico Antônio / mulato, 22 anos ou 24 presumíveis, analfabeto", respondeu Antônio Bento.

18) *Antônio Francisco Marim*. Coco n? 27. Colhido em João Pessoa, Paraíba.

"Branco, pernambucano de nascença, analfabeto. Já na casa dos 40. Barbeiro ambulante, percorrendo feiras. Vive na Paraíba faz muitos anos e aí é que aprendeu os Cabocolinhos e quanto sabe de música.

Gaiteiro dos Cabocolinhos [de Cruz de Alma, João Pessoa]. Afirmando sem vaidade, mas nitidamente, que ninguém sabia os Cabocolinhos que nem ele. Com o que concordava o Maroeira, mestre de Cabocolinhos, assistindo e controlando as anotações. Antônio Francisco era simples, sem timidez, muita paciência.

Tocava mal. Não iniciava nenhum número sem muita incerteza. Antes de pegar a parte propriamente fixa das melodias, a parte coreográfica que se repete duzentas, trezentas vezes em cada número da coreografia, falseava, recomeçava. Afinal fixava uma linha inicial. Só então é que eu a tomava aliás com bastante dificuldade. As linhas tomadas por mim são de absoluta fidelidade porém. O que me parece é que além de dependerem da flauta, são bastante pessoais, do Marim, pelo menos nos inícios e em certos finais que nem o da dança n? 7. Com efeito, assistindo, depois de tomadas as melodias, à representação dum ensaio dos Cabocolinhos, no bairro de Cruz de Alma, notei que algumas feitas Marim prescindia dos inícios preludiantes. Dos finais prescindia por fatalidade porque soando o apito do mestre parava tudo imediatamente, servilmente. O apito obedecido impedia finais, aos dançarinos e músicos." ("Psicologia dos Cantadores".)

O único Coco obtido de Marim foi registrado em 7-2-1929. Conf. nota no documento.

19) *Alunos não nomeados*. Cocos n? 30, 55, 198. Colhidos em S. Paulo.

Sem originais de colheita. As indicações sobre o registro desses Cocos são as encontráveis na única cópia existente: os n? 30 e 55 foram colhidos em 1926, portanto antes da viagem ao Nordeste; o n? 198 não traz indicação de data, mas deve ter sido grafado na mesma época, pois ficou, tal como esses e vários documentos do mesmo ano, inteiramente escrito em papel de música (melodia, texto, notas), enquanto as demais peças estão coladas em papel-jornal, tendo seus textos e outros elementos datilografados.

20) *João José Bandeira, vulgo Maroeira*. Cocos n? 32, 35, 43, 54, 65, 167, 199, 212, 243. Colhidos em João Pessoa, Paraíba.

"Negro, homem feito. Feio como o Cão porém de muita simpatia. Sujeito forte, vivido. Franco, ar de lealdade. Sabido em muita música popular. Mestre de Cabocolinhos e de fato, dançarino maravilhoso, virtuose esguio, leve e malabarista, ritmo e movimento físico esplêndidos. Um mestre. Também sabe Congos. Entendido em Maracatus. Paraibano do sertão. Estivador praieiro agora e um bocado faz-tudo. Inteligente. Pacientíssimo. Não deu mostra nenhuma de fadiga. Quem se fatigou, fui eu. Maroeira cantava ruim, voz pouco musical, mas [ou "mal", pouco legível] sonora, difícil às vezes. Porém melodias bem fixas no ritmo e na linha sonora. Anotações que garanto." ("Psicologia dos Cantadores".)

21) *Navarro Filho*. Cocos n? 33, 160, 177, 228. Colhidos em João Pessoa, Paraíba.

"Voz natural bem sonora. Algum seqüestro. Gostava e sabia por ouvir os outros. Firmeza indocumental." ("Psicologia dos Cantadores".)

Navarro Filho foi o primeiro paraibano de quem Mário de Andrade anotou melodias. Chegando em João Pessoa na noite de 27-

1-1929, em 28 Mário já conta no diarinho: "Os três amigos [José Américo de Almeida, Adhemar Vidal e Silvino Olavo] se esforçam pra que eu colha melodias. Estão gentilíssimos. Trabalho um bocado com um mano do Antenor Navarro e com um recruta do exército. Faz um calor insuportável." Também os originais de colheita da Paraíba trazem, como data inicial do trabalho, 28-1-1929; e nas suas quatro primeiras melodias vem registrado o nome de Navarro Filho. Portanto é ele, sem dúvida, o "mano de Antenor Navarro". Quanto ao recruta, também colaborador do primeiro dia paraibano, só pode ser Odilon Saturnino de Sousa (inf. n.º 24), que a "Psicologia dos Cantadores" diz ser "reculutado" e cujas peças estão, nos originais paraibanos, imediatamente após as de Navarro Filho.

22) *João José de Oliveira*. Cocos n.º 37, 118, 144. Colhidos em João Pessoa, Paraíba.

"João José de Oliveira, homem feito. Estivador, nascido em Mamanguape. Mesmas observações que a Estêvão Cândido de Oliveira" [inf. n.º 29]. ("Psicologia dos Cantadores".)

O informante aparece como José João nos originais de colheita e nas "Guias" ("José Joan").

23) *Antônio Bento de Araujo Lima*. Cocos n.º 38, 62, 96, 223. Colhidos em Natal ou no engenho Bom Jardim, Rio Grande do Norte. Também os Cocos n.º 56, 61, 67, 88, 120?

Os originais de colheita é que atribuem a Antônio Bento os Cocos n.º 38, 62, 96. As "Guias" incluem-nos na série ouvida de "Pessoas eruditas ou crianças" (Conf. inf. n.º 7). O n.º 223 não tem original de colheita e o informante é mencionado na própria cópia definitiva. Por essas circunstâncias e, mais, por ser inteiramente escrito em papel de música (Conf. inf. n.º 19), esse documento deve ter sido registrado antes da viagem de 1928-1929, tal como outras melodias ouvidas de Antônio Bento, pertencentes às "Danças Dramáticas do Brasil".

Documentos do mesmo feitio são as peças n.º 56, 88, 120, que não indicam seus informantes, mas das quais a "Literatura dos Cocos" cita versões colhidas de Antônio Bento. E porque Antônio Bento é sempre, ou quase sempre, a fonte das melodias norte-rio-grandenses deixadas sem os nomes de seus cantadores, dele viriam também, e antes de 1928, os Cocos n.º 61 (todo escrito em papel de música) e 67. Entretanto, é verdade que "O Turista Aprendiz" menciona o n.º 67, mas isso poderia significar apenas o seu reencontro no engenho Bom Jardim e na boca do povo.

A "Psicologia dos Cantadores" marca a importância do auxílio prestado por Antônio Bento a Mário de Andrade, mas não determina as melodias colhidas dele:

"Musicalizado aos poucos chegou a uma excelente firmeza rítmico-melódica. Apaixonado pelo canto popular, até na entoação o refletia com fidelidade. Pude muitas feitas controlar as melodias e variantes que A. B. de Araujo Lima me dera. Estavam certas. A este amigo verdadeiro devo uma colaboração e assistência inestimáveis. Inflexível, tiranizando a minha fadiga, às vezes extrema, exigia uma fidelidade cega, mesmo maior que a possível em se tratando de cantor nordestino popular. Dividindo a riqueza da amizade dele, no momento apenas entre mim e a cantiga do povo, é certo que às vezes foi excessivo na exigência. Foi por não ter de música artística o conhecimento suficiente pra compreender a impossibilidade do piano atual refletir certas inflexões do som cantado. Mas tenho de reconhecer que A. B. de Araujo Lima com as exigências de amigo, foi quem me deu paciência, assistindo diariamente ao meu trabalho penoso, ajudando-o no tomar textos, enriquecendo-o com indicações úteis e esclarecimentos e me confortando. Devo a ele o milhor do orgulho com que afirmo a exatidão das minhas registrações."

24) *Odilon Saturnino de Sousa*. Cocos n? 41, 53, 69, 77, 84, 91, 143, 152, 226, 244. Colhidos em João Pessoa, Paraíba.

"Rapaz do município de Guarabira. Branco. Reculutado. Voz pouco musical, regularmente sonora. Nenhuma timidez, botando a boca no mundo sem reserva. Cantou na frente dos superiores, 14 horas, sol lá fora, momento... pouco artístico, não se amolou. Paroleiro, gabão, garganta. Inteligência bem curtinha aliás, vivendo pouco mais que de lampejos embaçados. Mas as melodias fixas na linha e no ritmo." ("Psicologia dos Cantadores".)

V. também informante n? 21.

25) *José Miguel Vicente* e *Joaquim Francisco Nascimento*. Cocos n? 42, 44, 75, 79, 81, 86, 108, 156, 184, 201. Colhidos em João Pessoa, Paraíba.

"José Miguel Vicente homem feito, branco e Joaquim Francisco Nascimento, rapaz, mulato claro. Muito tímidos. Cantando juntos. Fiz mudarem de posição: ora um era solista ora corista. Melodias por isso bem controladas. O rapaz tinha voz musical, o outro voz ruim precária na sonoridade. Deram graças a Deus de ir embora."

Em discordância com os originais de colheita e a "Psicologia dos Cantadores", por evidente engano as "Guias" atribuem essas peças a Estêvão Cândido de Oliveira, inf. n? 29.

26) *João Batista Cabral*. Cocos n? 45, 93, 169. Colhidos em João Pessoa, Paraíba.

"João Batista Cabral (Paraíba, estivador), nascido em Pernambuco — Muito envergonhado. Se recusou muito tempo. Careceu forçá-lo. De certo muito seqüestrado. Mas não parecia incerto no canto." Essas indicações são dadas pelos originais de colheita. A

"Psicologia dos Cantadores" não menciona o informante; as "Guias" registram seu nome e peças que cantou, mas nada contam sobre ele.

27) *José*. Cocos n.º 60, 100, 161. Colhidos em Natal, Rio Grande do Norte.

"Coqueiro amador. Pintor de casas, na profissão. Moço ainda. Um bocado tímido. Simpático, burríssimo e cascateante. Não parava mais quando principiava um coco. Voz aberta, feia e pouco musical. Cantiga excessivamente improvisatória e incerta na linha melódica. Mas cantiga pobre. Se pude anotar com fidelidade as poucas peças que José me cantou foi porque... ele não parava mais." ("Psicologia dos Cantadores".)

O informante é mencionado e apreciado também na crônica de 20-12-1928 d'"O Turista Aprendiz", reproduzida em Apêndice.

28) *?Coco* n.º 63. Colhido no engenho Bom Jardim, Rio Grande do Norte.

"Rapaz seus 16 anos. Bem fixa a melodia. Um bocado envergonhado." ("Psicologia dos Cantadores", informante incluído no grupo "Gente de Bom Jardim".)

O original de colheita não indica de quem foi ouvido esse Coco n.º 63. As "Guias" o dão como de Pedro Faustino (inf. n.º 3), a quem atribuem, por engano, muitas peças cantadas por outras pessoas.

29) *Estêvão Cândido de Oliveira*. Cocos n.º 64, 116, 165, 170, 179. Colhidos em João Pessoa, Paraíba.

"Negro de Maceió, cantador e gaiteiro. Recitador de romances impressos que decorava. Analfabeto. Bastante timidez. Vontade impaciente de ir embora. Voz apenas regular como fixação sonora. Musicalidade pobre, incipiente." ("Psicologia dos Cantadores".)

30) *Edgar Dantas*. Cocos n.º 7, 98, 101. Colhidos em Natal, Rio Grande do Norte.

"Me dados pelo mano do Cristóvão Dantas. Moço, boa musicalidade embora um pouco envergonhado por... cantar. Firmíssimo no ritmo e na linha melódica. Melodias perfeitamente anotadas. Inflexível." ("Psicologia dos Cantadores".)

Esses Cocos foram grafados em 6-1-1929: "Pelas 16 horas, Edgar, irmão do Cristóvão Dantas me dá toadas do Fabião e uns 3 cocos, excelente." (Diarinho, Natal.)

Quando escreveu as notas da "Psicologia dos Cantadores", Mário de Andrade tinha esquecido não só o nome do moço, mas também suas próprias notas de viagem, ao que parece. Respondendo a várias perguntas, em 11-4-1929 Antônio Bento de Araujo Lima informava em carta deixada entre os documentos de colheita: "O irmão do Cristóvão é Edgar Dantas — voz agradável canta alguma coisa ao violão."

Só a "Psicologia dos Cantadores" determina que os três Cocos de Edgar Dantas são esses n.º 7, 98, 101. Os originais de colheita não lhes mencionam o informante. As "Guias" dão o n.º 7 como ouvido em Redinha (praia de Natal), poëm o n.º 98 junto a dois outros "De escutar ar livre", e sobre o n.º 101 registram dubitativamente: "Caldas? Dantas? (Ver cartas de Antônio Bento) n.º 58 e 59 [de colheita] de Fabião das Queimadas."

31) *Sra. Adhemar Vidal*. Cocos n.º 113, 200, 204. Colhidos em João Pessoa, Paraíba.

"Um bocado tímida. Mas voz musical. Anotação fácil sem fadiga." ("Psicologia dos Cantadores".)

Desses Cocos, a "Psicologia" só arrola, entre as peças obtidas da sra. Adhemar Vidal, o n.º 204, cuja numeração de colheita é Paraíba-91. Os originais de colheita e as "Guias" é que atribuem a ela os n.º 113 e 200 (respectivamente, Paraíba-145 e 143). É de notar-se, entretanto, que a "Psicologia dos Cantadores" indica as melodias paraibanas só até o n.º de colheita P-142.

32) *Renato Caldas*. Cocos n.º 128, 130, 196, 202, 242. Colhidos em Natal, Rio Grande do Norte.

A "Psicologia dos Cantadores" registra o nome de Renato Caldas como informante de Cocos e de Congos, mas nada conta sobre ele (Conf. "Danças Dramáticas do Brasil", tomo 2.º). Antônio Bento de Araujo Lima é quem fornece esclarecimentos, na carta de 11-4-1929: "Renato Caldas é um tipo folgazão, toca violão, voz regular, 30 anos presumíveis."

33) Cocos n.º 147, 151, 231, 245. Ceará.

Obtidos do musicista cearense *Leonel Silva*, conforme indicam os próprios documentos, que entretanto não determinam se ele os deu já grafados ou apenas os cantou. Não encontrei qualquer indicação sobre as datas dos registros. Mário de Andrade obteve de Leonel Silva várias melodias, algumas antes da viagem ao Nordeste, porque incluídas no "Ensaio sobre a Música Brasileira". Em geral tais peças dizem "Comunicada por Leonel Silva", informação na verdade imprecisa, pois Mário de Andrade usa o verbo "comunicar" tanto no sentido limitado de informar por escrito, quanto no de informar verbalmente, cantar para ele escrever: "Grafado por mim. Comunicado por aluno", fala por exemplo no coco n.º 55.

34) *Engrácia Maria da Conceição*. Cocos n.º 158, 159. Colhidos em João Pessoa, Paraíba.

"Engrácia Maria da Conceição, velhuca, mulata escura. Nascida em Ingá do Bacamarte, se criou na cidade da Paraíba. Mulher vivida, cantadeira gabola, se dizendo invencível no desafio, tradição bem pra Polícia trancafiá-la na Correição. Voz aberta, feia, regularmente musical. Nenhuma timidez. Anotação fácil apesar de certa incerteza na linha sonora sempre improvisatória."

35) Cocos n.º 18, 28, 99, 114, 126, 168, 171, 174, 205, 210, 219, 220, 229.

Estes treze documentos paraibanos não trazem qualquer menção a seus informantes. Todos foram colados e datilografados no papel verde que Mário de Andrade usou entre 1933-1935, exceto o último, posto como variante ao n.º 228 e preparado feito os Cocos recolhidos na viagem de 1928-1929: colagem em papel-jornal, com títulos e textos datilografados.

Em "A Literatura dos Cocos", Mário de Andrade menciona Mário Pedrosa como seu informante dos Cocos paraibanos colhidos na época desse estudo, e lhe registra o nome na página final do "Ensaio sobre a Música Brasileira", entre as pessoas a quem agradecia a colaboração. Portanto, os Cocos enumerados acima poderiam ter sido ouvidos dele e registrados em S. Paulo, antes da viagem ao Nordeste, entre 1926-1928.

36) Coco n.º 137 e o que está em nota ao n.º 26: *Criadas de Bom Jardim*. Bem musicais. Linhas fixas." ("Psicologia dos Cantadores".)

O original de colheita também dá essas peças como ouvidas de "criadas do Bom Jardim". Embora localizando-as sempre no Rio Grande do Norte, as "Guias" incluem-nas num grupo de três (a terceira é o n.º de colheita R-61, a participar de outro volume), vagamente explicadas como "de escutar ar livre".

Oneyda Alvarenga

São Paulo, 23 de dezembro de 1959

Notas

1. Estas explicações terão algumas notas, desagradáveis desvios do rumo principal, como todas as notas, mas único meio de registrar informações, talvez úteis. Começo por essa carta-testamento, a última de muitas escritas e destruídas por Mário de Andrade, que, habitualmente, tomava essa precaução antes de viagens ou de possíveis riscos físicos. A cada viagem e cada perigo, uma nova carta era escrita e rasgada a anterior. Soube isso pelo seu amigo e ex-secretário José Bento Faria Ferraz, e a informação se completa por um comentário de Gilda de Mello e Souza, feito naquela velha noite de 25 de fevereiro de 1945: Mário considerava indigno do homem não poder, não ter tempo de olhar a morte de face.

2. "Compêndio de História da Música", 1.ª ed.-1929, 2.ª ed.-1933; "Modinhas Imperiais", 1930; "Remate de Males", 1930; "Música, doce Música", 1934; "Belazarte", 1934; "O Aleijadinho e Álvares de Azevedo", 1935.

3. "A Música e a Canção Populares no Brasil", trabalho feito em janeiro de 1936 para o Instituto International de Coopération Intellectuelle; a comovente "Cultura Musical", oração de paraninfo lida aos diplomandos de 1935 do Conservatório Dramático e Musical de S. Paulo; "Os Compositores e a Língua Nacional" e "A Pronúncia Cantada e o Problema do Nasal, pelos Discos", apresentados como estudos oficiais, sem menção de autor, ao 1.º Congresso da Língua Nacional Cantada, reunido pelo Departamento de Cultura em 1937; "O Samba Rural Paulista", conseqüência do curso de Etnografia e Folclore regido pela professora Dina Lévi-Strauss, instituído em 1937 pelo Departamento.

4. Em mais de um passo chamada "conto", pela história que narra a "Vida do Cantador" se denuncia como parte do inacabado romance "Café", se não me engano referido pela primeira vez como obra em preparo nas "Modinhas Imperiais", 1930. Nas "Cartas" a Manuel Bandeira (28-3-1931, p. 270) há um elemento nítido de identificação: Chico Antônio posto numa fazenda paulista de café e "acalmando os bois irritados com a morte dum novilho".

Dos artigos que formam o complemento técnico do conto, o esplêndido "O Canto do Cantador" mostra quanto se deve sentir que Mário de Andrade não tenha podido escrever um depoimento completo sobre a estrutura e os processos de cantar que observou na música folclórica do Nordeste. Aliás, talvez existam, fora dos documentos que recebi, notas técnicas sobre os cantadores nordestinos. Positivamente, as análises do "Canto do Cantador" não podem ter sido feitas de memória. E cabe salientar que nelas Mário de Andrade prometia exibir um exemplo dos processos inventivos de Chico Antônio, "em livro técnico futuro", isto é, no malogrado "Na Pancada do Ganzá".

5. De fatos registrados nesse caderno, presumo tenham saído as pequenas crônicas chamadas "Taxis", que Mário de Andrade escrevia para o "Diário Nacional" de S. Paulo e menciona em suas "Cartas" a Manuel Bandeira.

Chave das peculiaridades
de grafia musical

FEITA SEGUNDO O "ENSAIO SOBRE A MÚSICA BRASILEIRA" (S. PAULO, I. CHIARATO & CIA., 1928) e a FICHA N? 25 DO APÊNDICE VI DESTE VOLUME.

"Os sinais de notas entre parênteses e excedendo do compasso indicam prolongamentos pequenos de som feitos pelo cantador.
Nas peças sem segunda voz obrigada as notas duplas indicam variantes melódicas.
Nos compassos em que a semínima é unidade de tempo, indico apenas o número dos tempos.
O sinal > indica acentuação mais intensa.
O sinal — indica acentuação menos intensa.
O sinal ⋀⋁ indica apressando pequeninho.
O sinal ⋀⋀⋀ indica pequena mutação do andamento pra mais devagar. Mutação e não ralentando."

O sinal φ ergue o som três-quartos de tom.
O sinal ⊕ ergue o som um-quarto de tom.
O sinal ψ abaixa o som um-quarto de tom.

Sobre outros recursos usados na grafia de músicas e textos, não redutíveis a sinais, veja-se também as fichas n? 24 a 29 do Apêndice VI.

COCOS DA TERRA

COCOS GEOGRÁFICOS

1

Brasil

Paraíba

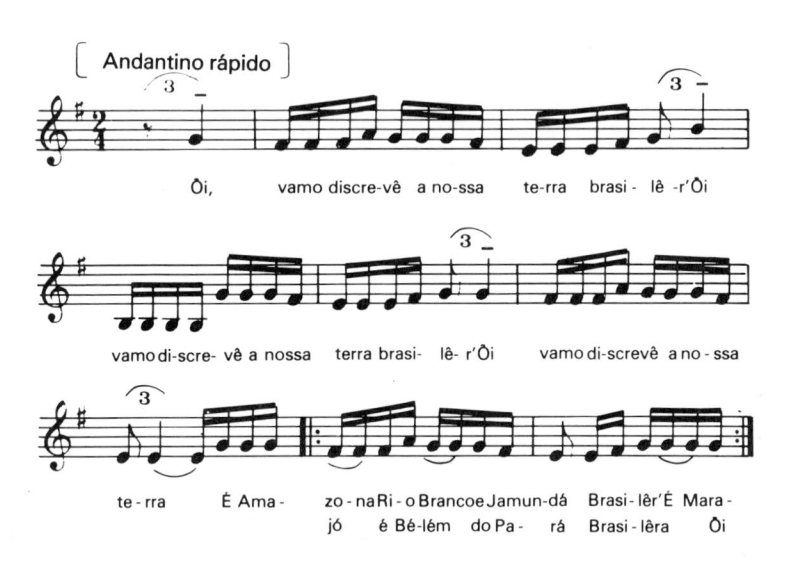

Ôi, vamo discre-vê a no-ssa te-rra brasi- lê -r'Ôi

vamo di-scre- vê a nossa terra brasi- lê- r'Ôi vamo di-screvê a no-ssa

te - rra   É Ama-   zo - na Ri - o Branco e Jamun-dá   Brasi-lêr'É Marajó   é Bé-lém   do Pa -   rá   Brasi-lêra   Ôi

(Coro) Ôi, vamo discrevê a nossa terra brasilêra! (bis)
Ôi, vamo discrevê a nossa terra!

1

(Solo) — É Amazona, Rio Branco e jamundá,
(Coro) — Brasilêra!
(Solo) — É Marajó, é Belém do Pará!
(Coro) — Brasilêra!

(Refrão)

2

— É Maranhão, São Luís, e Caxia,
— Brasilêra!
— É Piauí, Parnaíba, Olaria!
— Brasilêra!

(Refrão)
(Os processos de refrão seguem sempre os mesmos.)

3

É Ciará, Juazêro e Crato,
É Natá, Mossoró, Rio do Mato!

4

É Paraíba, Umbusêro, Itabaiana,
É Pernambuco, Petrolina e Goiana!

5

É Alagoas, Porto Calvo e Quicé,
É Bahia, Ilhéus e Nazaré!

6

É Vitória, Vila Velha e Jacaré,
Rio de Janêro, Niterói e Macaé!

7

É o Distrito Federá, Copacabana,
É São Paulo, Santos e a Mugiana!

8

Paraná, Laguna e Paranaguá,
É Santa Catarina e Blumená!

9

É Porto Alegre, Rio Grande vai atrái' (atrás).
É Bananá no Estado de Goiái'!

10

É Mato Grosso, Campo Grande e Curumbá,
Mina Gerai', Diamantina e Sabará!

11

É o Acre, Juruá, Alto Purú,
Faltô Sèrgipe, capitá Aracajú!

12

É Clevelândia mais a ilha da Trindade:
São Lugáre pridileto do Bêrnarde!

2

Pernambucano

Paraíba

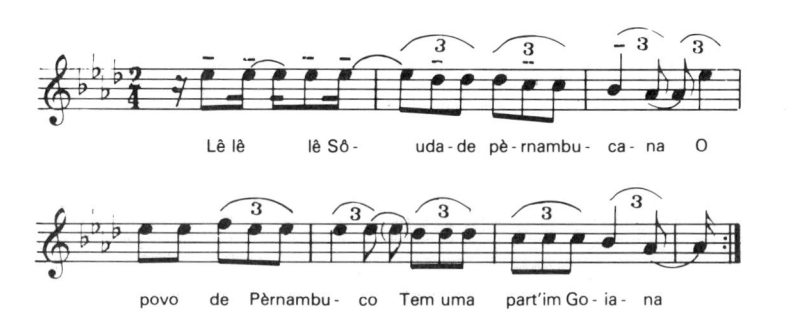

Lê lè lê Sô- uda-de pè-rnambu- ca- na O

povo de Pèrnambu- co Tem uma part'im Go- ia- na

(Coro) Lê, lê, lê,
    Soudade pèrnambucana!
(Solo) O povo de Pèrnambuco
    Tem uma parte im Goiana!

Nota: Coco de roda.

3

Sou de Minas

Coco de zambê   R. G. do Norte (Goianinha)

Eu sô di terra mina Eu sô di Mina Ge - rai!

E - ta lá! galinha preta Quando arrua do pu - lê - ro Nos a-

res form'o penê - ro p'u ga - lo pudê cantá...

(Coro) — Eu sô de terra mina,
        Eu sô de Minas Gerai'!
(Solo) — Eta lá, galinha preta
        Quando arrua do pulêro
        Nos ares forma o pênêro
        P'u galo pudê cantá!

4

Mineiro, China

Paraíba

- Ta - ta - tá, mi - nê - ru chi - na...!-

(Coro) — Tatatá, minêro china!
(Solo) — A boca de minha moça
— Tatatá, minêro china!
— Parece ũa rosa abrino,
— Tatatá, minêro china!
— Os óio dela parece
— Tatatá, minêro china!
— O Só quano vem saíno,
— Tatatá, minêro china!
— Isso aqui eu num isbranjo,
O coipo dela é um anjo
Nus braços de Deus durmino.

5

Mineiro, China

Paraíba

(Coro) — Quá, quá, quá, minêro china!
(Solo) — Toda moça que se casa
— Quá, quá, quá, minêro china!
— Se dispede da famia:
— Quá, quá, quá, minêro china!
— Adeus, papai! adeus, mamãi!
(refrão)
— Adeus, Manué! adeus, Maria!
(refrão)
— Adeus, cama que eu me deitava!
(refrão)
— Adeus, lençó que me cubria!

COCOS METEREOLÓGICOS

6

Êi dia

Paraíba

Êi di - a êi di - a U ga-lo canta pelo bi-coe a ga-

igant'O ga - lo bi-lisc' o pin-t'o pin-to pia'o ga-lo can-ta Êi

Êi dia! êi dia!

Um galo canta,
Pelo bico e a gaiganta,
O galo bilisca o pinto,
O pinto pia, o galo canta!

(Refrão)

7

É de manhãzinha

Rio Grande do Norte

É de-manhã- zi-nha Que cant'a janda- ia Dança more-

ninha Sacudindo a sá-ia Passe pra-qui Passe p'a-liseu Go-ro-

ro-ba Que vo-cê in-go-le cobá Cum fa-rinha d'imbu- á

(Coro) É de manhãzinha,
Que canta a jandaia,
Dança moreninha,
Sacudindo a sáia!

1

(Solo) Passe pra aqui,
Passe p'a ali, seu Gororoba,
Que você ingole coba (cobra)
Cum farinha de imbuá!

(Refrão)

2

Caba danado
Bota a camisa p'a dento,
Veja lá o seu sargent'
Da Guarda Nacioná!

(Refrão)

3

Chico Polino
Tem um fio que tá home,
O bicho quando num come
Tá dànado p'a brigá!
Eu tumei conta
Da porta da camarinha
Que num passa nem galinha,
Só si fô p'a eu matá!

(Refrão)

4

Você me atira,
Eu me abaxo, a bala passa,
Eu mèrgúio na fumaça,
Vô pega-lo no punhá;
Vô na budega,
Bebo dois vintém de cana,
Meto a faca no banana,
Vô na cadeia morá!

(Refrão)

5

Muié casada
Que duvida do marido,
Leva mão no pé-do-uvido
P'a dexá de duvidá;
Rapaiz sortêro
Namorô muié casada
Tá co'a vida trapaiada
Na ponta de meu punhá!

(Refrão)

6

Boa terra é Carirí,
Dá manga-rosa e cajuí,
Dá munta moça bunita
E caba bão no fuzí,
Mai cu'instança (Mas com distância)
Dũa légua

Tem cada um fíu dũa égua
Que nega até um piquí!

(Refrão)

7

Eu num troco
Meu sèrtão, meu naturá
Pur todas as capitá
Que huvé no mundo intêro;
Lá na mata,
Na catinga, lá na festa,
Québo meu chapéu na testa,
Sô caboco brasilêro!

(Refrão)

8

Eu vô na venda,
Compo chale sem bòlota
P'a láiá butá nas costa,
Í na rua passiá!

(Refrão)

9

Corra depressa,
Vá na casa de Maroca,
Si arrancô a mandioca
Que m'impreste o cassuá!

Nota — Nas estrofes de oito versos, dobra-se a melodia do solo. Da estrofe "Boa terra é Cariri", Rodrigues de Carvalho (Cancioneiro do Norte, 87) dá variante paraibana. É aliás dessas estrofes irregulares em que os cantadores fazem malabarismos mirabolantes de ritmo pra que o texto se encaixe na melodia.

8

É de Manhã

Rio Grande do Norte

(Coro) É de manhã, (ter)
       É de manhã, de manhãzinha!

1

(Solo) — Menina da sáia curta,
       Quem te deu tamanha sorte?
       — Foi um soldado de linha
       Do Rio Grande do Norte.

       É de manhã (etc.)

2

       Menina da sáia curta,
       Eu quero comprá fazenda,
       Menina, levante a sáia
       Mostre a porta dessa venda!

       É de manhã (etc.)

9

O Sol lá vem

Rio Grande do Norte

(Coro) O só, o só lá vem!
    Eu namoro ũa morena
    Que sô moreno também!

1

(Solo) Caba danado,
    Você diz que dá na bola,
    Vontade também consola,
    Na bola você num dá!
    Eu vi o bombo
    Inrolando pelo chão,

E eu vi a quilaridão
Na usina militá!
O só...

O só (etc.)

2

Cavalo pampa,
E alasão da cô fovêra,
Ficô lá no atolêro,
No caminho do ariá;
Eu dei um tombo,
Dei dois tombo, dei trêis tombo,
Sustento a caiga no lombo,
Par'o lombo num virá!
O só...

(Refrão)

3

Eu dei um pulo
Pur riba da ligerêza,
Balancei a furtalêza,
Do ôto lado do má;
É liro branco,
É liro pardo, é liro rôxo,
Camarada, arruma a trôxa,
Seu caminho é p'a aculá!
O só...

(Refrão)

4

Passe p'aqui,
Passe p'ali, passe p'o canto,
Que eu hoje só me alèvanto
Quando o duro chegá;
Eu fui na venda
Bebê dois vintém de cana,
Meto a faca num sacana,
Vô p'a cadeia morá!
O só...

(Refrão)

5

É cinco ripa,
É cinco pipa, é cinco bomba,
Tira a tornêra da bomba,
Bota a bomba no lugá;
Tive ũa luta piquena
Pur dento de um barrêro,
Qu'eu já vi caba ligêro,
Quando mandei-lhe o punhá!
O só...

(Refrão)

10

O Sol e a Lua

Paraíba

O   Só   e a   Lua   Mê - ia   no- it'   no lu -   á   Ca - pimde

pranta fede-go-some-la-me - la Eu passei pe-la ca - pe - la Vi o pa - d'no a - rtá

(Coro) — O Só e a Lua,
           Meia noit' no luá!
(Solo) — Capim de pranta,
           Fedegoso, melamela,
           Eu passei pela capela,
           Vi o pad' no artá.

11

A chuva chuveu

Alagoas

A chuva chuveu
Lá na mata
Em cima de você,
Minha mulata.

12

Paraná

Rio Grande do Norte

— A chuva chuveu,
— Paraná!
— As gutêra pingô,
— Paraná!
— Ôh minino, entra p'a dent',
— Paraná!
— Que a chuva num moiô!
— Paraná!

13

Sai do Sereno

Rio Grande do Norte

Ô mulé, sai do sereno, (ter)
Qu'essa frieza faiz má!

Vô-m'imbora, (bis)
Cumo se foi a balêia;
Tenho pena de deixá
Maricas im terra alhêia!

Ôh mulé (etc.)

Vô-m'imbora, (bis)
Cumo dixe: Sempre vô!
Si num fô de baico novo,
No véio eu lá num vô!

Ôh mulé (etc.)

Vô-m'imbora, (bis)
Vô imbora p'o Pará;
Já mandei dois marcinêro
Levantá o meu tiá!

Vô-m'imbora, (bis)
Sigunda-fêra que vem,
Quem num me cunhece chora,
Quanto mais quem me qué bem!

A rolinha pôis um ovo
Antes de chegá ô (ao) ninho;
Amanhã eu vô-m'imbora
Chorando pelo caminho!

14

Sai do Sereno

Rio Grande do Norte

Ôh mu- lé sai do se- re-no ôh mu- lé sai do se-
re-no ôh mu- lé sai do se- reno Qu'essa fri-e- za faiz má

15

Saia do Sereno

Rio Grande do Norte

Sá-ia do se- re-no lá-iá Sá-ia do se- re-no lá-iá

Sá - ia do se - reno que essa fri - e - za faiz má

Sáia do sereno, láiá! (bis)
Sáia do sereno
Que essa frieza faiz má!

16

Lagoa do Capim

Zambê

Rio Grande do Norte
(Goianinha)

— Vam'bo - ra, rapa - zi - ada, P'a la - go-a do Ca - pim!
— Si essa lago - a se - cá... Meu Deus que se - rá de mim!

(Solo) — Vam' bora, rapaziada,
        P'a lagoa do Capim
(Coro) — Si essa lagoa secá,
        Meu Deus, que será de mim!

COCOS DOS VEGETAIS

17

Coco Dendê Trapiá
(Trapiá)

Rio Grande do Norte (Goianinha)

— O trem... Quando vem de Pèrnam-buco, vem fa - zendo "vu - co,

71

vuco "Cum von-ta-di de che - gá. — Tra - pi - á, trai... gei - tinh' d'imbo -

lá! Coc' dendê... tra - pi - á, trai... gei - tinh' d'im-bo - lá!

1

O trem
Quando vem de Pèrnambuco
Vem fazendo "vuco-vuco"
Cum vontade de chegá.
Trapiá,
Trai' geitinh' d'imbolá!

Coc' dendê, Trapiá,
Trai' geitinh' d'imbolá!

2

Pur isso mesmo
Vô largá o meu marido,
Pra fazê vistido liso
Pra dançá no Caxangá!
Trapiá! (etc.)

Nota — Este coco está espalhadíssimo e já deu maxixe. Creio mesmo que foi por este que se vulgarizou. "Vulgarizou" em todos os sentidos, banalizado na rítmica batida das síncopas comuns. É pra se cantar com a máxima naturalidade, refrão elástico, sem dureza nem pressa, com "geitinh'" que nem o da minha colaboradora, coqueira hábil, pajem do Bom Jardim.

18

Coco Dendê, Trapiá

Paraíba

Coc' dendê Tra-pi- á Fai' um jeitinh'd'imbo- lá

Coc' dendê Trapi- à Fai' um jeitinh'd'imbo- lá im-bo-

lá Imbola pai Imbo-la mãiImbo-la filha Eu tam-bémsôda fa-

milia Eu também quero imbo- lá imbo- lá

— Coco dendê, Trapiá,
Fai' um jeitinh' d'imbolá!

Imbola pai,
Imbola mãi, imbola filha,
Eu também sô da familia,
Eu tambem quero imbolá!

19

Dendezeiro
(Eu quero ver)

Coco de palmas

Rio Grande do Norte (Penha)

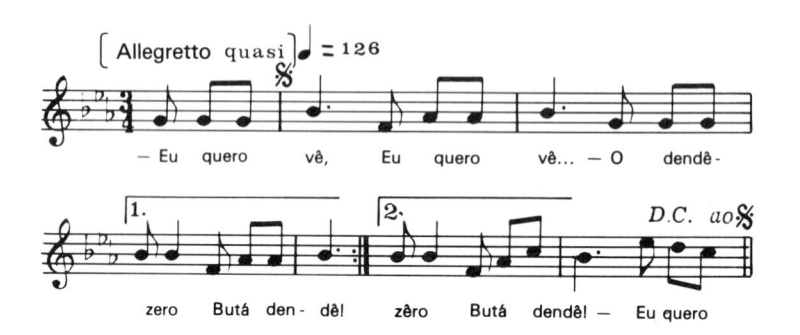

- Eu quero vê, Eu quero vê... — O dendê-

zero Butá den - dê! zêro Butá dendê! — Eu quero

(Coro) Eu quero vê (bis)
(Solo) O dendêzêro
        Butá dendê!

20

Trepo na Mangueira

Rio Grande do Norte

Trepo na manguê - ra ti - ro manga manga - bê - ra

Trepo na manguê - ra vô ti - rá

(Coro) Trepo na manguêra,
       Tiro manga, mangabêra,

74

Trepo na manguêra,
Vô tirá!

21

Limoeiro, Dindinha

Rio Grande do Norte

Li - mu - ê - ro Din - dinha Limu -

1. ê - ro Dá - dá

2. ê - ro Dá - dá

(Coro) Limuêro, Dindinha!
Limuêro, Dadá!

22

Gerimum

Rio Grande do Norte

Ai, girimum já bu - tô já inra - mô Vamo apa - nhá giri -

mum na fu - lô Ai girimum já bu - tô já inra - mô

(Solo) — Ai, girimum já butô, já inramô!
(Coro) — Vamo apanhá girimum na fulô!

23

Ingá

Coco de zambê   Rio Grande do Norte (Goianinha)

(Solo) Entrei de ma-r-a dentro,
        Dei um cangapé no fundo,
        Fechei a porta do vento,
        Dei um balanço no mundo,
        Ingá!

(Coro) Olê, meu ingá,
Olê, meu ingá,
Dá lembrança â ingazêra,
Quem mandô foi meu ingá,
Ingá!

24

Coqueiro

Rio Grande do Norte

Êh troça meu coquêro, meu miner',
— coquêr'êh! —
Troça meu coquêro minerá!
— coquêro! —

25

Linda Rosa

Rio Grande do Norte

(Coro) — Êh linda rosa!
(Solo) — Vô-me embora que sô de Òlinda!

Olê, Roseira

Coco de zambê   Rio Grande do Norte (Goianinha)

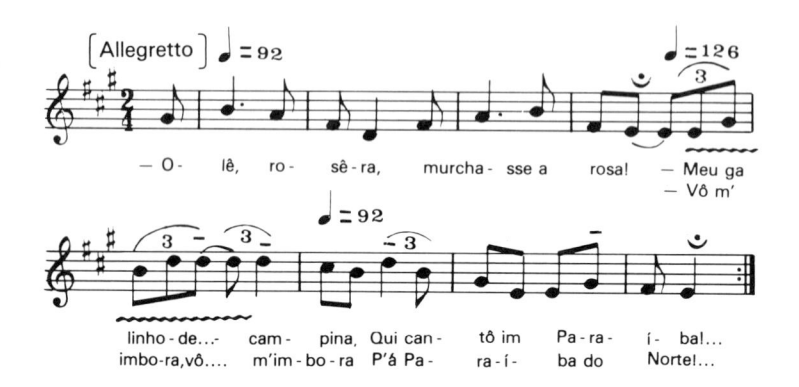

linho - de...- cam - pina, Qui can - tô im Pa - ra - í - ba!...
imbo-ra,vô.... m'im - bo - ra P'á Pa - ra - í - ba do Norte!...

(Coro) — Olê, rosêra,
Murchasse a rosa!
(Solo) — Meu galinho-de-campina
Que cantô im Paraíba!
— Olê, rosêra,
Murchasse a rosa!
— Vô-m'imbora, vô-m'imbora,
P'a Paraíba do Norte!

Nota — Na execução deste coco, o apressando de rubato que grafo ∿ era tão pronunciado, modificava tanto o movimento da peça que indiquei também metronomicamente a que rapidez ela atinge nos seus sons iniciais. Isto é, o som da sílaba "Meu", inda é um bocado mais lento. Em "galinhu di" o movimento alcança a metronomização indicada. Depois as próprias síncopas acentuadas já permitem com virtuosidade magnífica de invenção rítmica, voltar sem choque e com ralentando sem violência, ao movimento anterior e geral.

27

Ôh Rosa

Paraíba

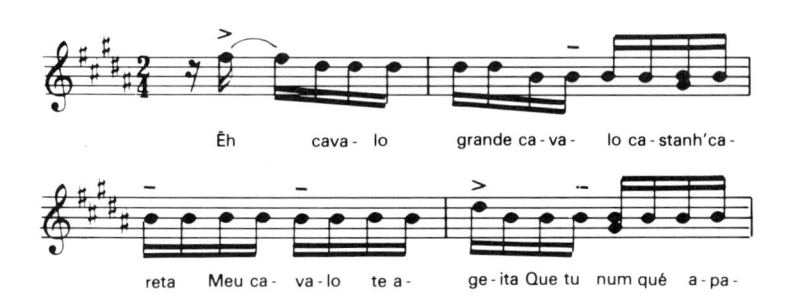

Êh   cava-lo   grande ca-va-   lo ca-stanh'ca-

reta   Meu ca-   va-lo   te a-   ge-ita Que tu   num qué   a-pa-

nhá   Ôh   ro-   s'ôh flô,   ôh que fu-   lô p'a che-   rá

(Solo) Êh, cavalo grande,
   Cavalo castanh' careta,
   Meu cavalo te ageita
   Que tu num qué apanhá!

(Coro) Ôh rosa, ôh flô,
   Ôh que fulô p'a cherá!

28

Fogo da Mata

Paraíba

Fogo   da   mata Deu   na   campina   O- lê o-

lê   Dona   Leo-pol-   dina

Fogo da Mata
Deu na campina!
— Olê olê,
Dona Leopoldina!

29

Subi pelo Tronco

Paraíba

Eu a-ssu- bi no li-ro, Que- brei um gá-io, Aiá, me pe-ga si-

não eu ca-io! Ai, nos teus bra-ço dô um dis- ma- io!

D.C ao %

— Eu assu-

Eu assubi no liro (lírio)
Quebrei um gáio,
Aiá me pega
Sinão eu caio!
Ai, nos teus braço
Dô um dismaio!

30

Pisei na ponta da rama

Pernambuco

Recolhido por mim em 1926, duma aluna pernambucana.

Pisei, pisei na ponta da rama,
Tornei a pisar da rama pra lá.

Nota — Este coco tem a importância excepcional de ser ternário como compasso. Será mesmo um coco? Não posso garantir nada. A aluna afirmou que era coco. A ternaridade não de compasso, mas rítmica, é freqüente nos cantos nordestinos. Constantemente a tercina e até outras mais raras os binários compostos aparecem por lá. Porém, se este canto que registro é de deveras um coco, tem a curiosidade de contrariar o movimento normal dos cocos.

COCOS ATLÂNTICOS

31

Ventania

Paraíba

(Coro) Ôh, chia, ôh, chia!
(Solo) — Na bêra da praia
A ventani'é fria!

32

Nas Ondas do Mar

Paraíba

Nas onda do má num vô Te - nho me - do de mo - rrê Si eu su -

bé - ssi que mu - rri - a Nas onda do má num í - a

1

(Solo) Nas onda do má num vô,
Tenho medo de morrê!
(Coro) — Si eu subéssi que murria,
Nas onda do má num ia!

2

Boto a mão minha jangad',
Vô para o má pèscá!
— Si eu subéssi que murria,
Nas onda do má num ia!

33

Fui Passar na Ponte

Paraíba

Eu passei na ponte,
A ponte gemeu,
Água tem veneno,
Ai, quem bebeu, morreu.

Na barra entrô
Um navíu de guerra,
Nem içô bandêra,
Ai, nem sarvô a terra.

34

Serena do Mar

Paraíba

má; A prant'argu - dão Pra dá bom ca - pucho, Pra dá fíu de

luxo Pra meu pe - ssu - á. — Se - rena do má, serena do

má! — Ago - ra mesmoEu me acho fir madoÉ caminh'demeuro -

çado Este coco d'imbo - lá; Eu pra cantá coc' Eu sô quasi pu -

eta Só um trem de linha reta de Pa - ra - í -b'a Na - tá! — Se - re - na do...

(Coro) Serena do má! (bis)

1

(Solo) A pranta argudão,
A pranta argudão,
Esta prantação
'Sta fazendo má;
A pranta argudão
Pra dá bom capucho,
Pra dá fíu de luxo
Pra meu pessuá!

Serena do má! (bis)

Agora mesmo
Eu me acho firmado,

É caminh' de meu ròçado
Este coco d'imbolá;
Eu pra cantá coco
Eu sô quasi pueta,
Só um trem de linha reta
De Paraíba a Natá!

Serena do má! (bis)

35

Sou do Mar

Paraíba

Sô do má, cè-ssa-no a- rê-ia Cè- ssano are-ia no má

(Coro) Sô do má, cèssano (cessando?) a areia,
Cèssano a areia no má!

36

Estou no Mar

Paraíba

Tô no má lê- lê Tô no má lá- lá- lá

(Coro) — Tô no má, lê-lê,
Tô no má, lálálá!
(Solo) — Lá im cima daquela serra,

Passa boi, passa aboiado...
— Tô no má, lêlê,
Tô no má, lálálá!
— Também passa Vitalina
Cherando a chifre queimado!

37

Não é o Balanço do Mar

Paraíba

Num é num é num é num é num é-o-ba-lanç' do má

(Coro) Num é, num é, num é, num é,
     Num é o balanç' do má!

38

Passarinho Verde

Rio Grande do Norte

Pa ssa-ri nho ve-rde é do la-ga- má Os ca ri nho

de la Que me faiz cho- rá   de la Que me faiz pe-

ná   Mi nha se- nho ra de que chor'ê sse me-

ni no E le cho ra de ma- li no somen - te pr'a pe rre- á

(Coro) Passarinho verde
É de lagamáa,
Os carinho dela
Que me faiz chorá!
Passarinho verde
É do lagamá,
Os carinho dela
Que me faiz pená!

(Solo) Minha senhora,
De que chora êsse minino;
Ele chora de malino
Somente pra aperriá!

39

Coco do Lagamar

Rio Grande do Norte

Chi qui nha bo - ni- ta do a- la ga - má
bo - ca bo - ni ta do a- la ga - má etc.

Os ca ri nho de- l'é que me faiz pe - ná Ca -

Chiquinha bonita do Alagamá,
Os carinho dela que me faiz pená!

40

Arca de Noé

Paraíba

— Mai'a ar ca de Nu - é, Nu - é, Nu - é! — Se - te a no nave - gô - o...

Diz, só um tombo qu'ela de - u No di - a qu'e la pen - de : u Chegô na pedr'incos -

Solo — tô

— Nu - é,   Nu - é!

Coro

(Solo) — Mai' a arca de Nué
(Coro) — Nué! Nué!
(Solo) — Sete dia navègô,
            Diz, só um tombo qu'ela deu,
            No dia qu'ela pendeu,
            Chegô na pedr'incostô!
(Coro) — Nué! Nué!

41

Barquinha de Noé

Paraíba

— A ba-rquinha de Nu - é Nu-é Nu - é Se-te a-no nave-gô De um tombo qu'e-la dê u A crúiz pen-deu e ba-teu na pe-dr'e vi - rô — Nu-é Nu - é

(Solo) — A barquinha de Noé,
(Coro) — Noé, Noé!
(Solo) Sete anos navègô,
         De um tombo qu'ela deu,
         A crúiz pendeu e bateu
         Na pedra e virô!
(Coro) — Noé, Noé!

42

Vêm Dois Navios

Paraíba

Lá fó - ra vêm dois na - ví - us Bu- rde-

89

jando no ca - ná   Do - tô Di - ní bem que

di - sse   Que le - van - ta - v'a Cen - trá

(Coro) — Lá fóra vêm dois navío,
        Burdejand' no caná;
(Solo) — Dotô Diní (Diniz) bem que disse
        Que lèvantava a Centrá!

43

Na Barra tem dois Navios

Paraíba

Andantino

Meu pa - la - ç' deu   s'ná   Na ba - rra tem dois na -
São dois   pa - quê - ti   do   nort'

ví - u   Cum dois   pa - ssadô   no   ri - u

Meu palaç' deu s'ná,
Na barra tem dois navíu:
São dois paquêti do nort'
Cum dois passadô no ríu!

Os passadô erum tanto
Que as canoa ia perdê,

90

Pur causo do remans' do ríu,
Tinhum medo de morrê!

44

O S do Vapor

Paraíba

Mu- lé mu-lé O é- sse do va- pô Do-na Chi-

quinha dona Santa dona BelaFechaaportacoátramelaQueobêbovemacu-lá

(Coro) Num é, num é,
        O ésse do vapô!

(Solo) Dona Chiquinha,
        Dona Santa, dona Bela,
        Fecha a porta co'a tramela,
        Que o bêbo (bêbado) vem aculá!

45

Navio Perdido

Paraíba (capital)

— Meu na- vi- o se pèr-deu Qu'era dois in-ta-li- a-no, —Dois i-

á pu- xa-no a- ga, Dois ma- ri- nhê- ro cho- ra- no.

(Coro) Meu navio se pèrdeu
       Qu'era dois intaliano,

(Solo) Dois ia puxano aga,
       Dois marinhêro chorano.

46

Paraná

Rio Grande do Norte

(Solo) Os óio da menina
       É que nem guaxinim!

(Solo) Bota fogo no vapô do má! }
(Coro) — Paraná!   bis

47

Êh Virador

Rio Grande do Norte

A ca- no- a vi- r'êh vi- ra- dô No tom
bo do má êh vi- ra- dô

— A canoa vira!
— Êh viradô!
— No tombo do má!
— Êh viradô!
— Aguenta a canoa!
— Êh viradô!
— No tombo do má!
— Êh viradô!
— Êh vira a canoa!
— Êh viradô!
— No tombo do má!
— Êh viradô!
(Etc.)

48

Vapor do Lameirão

Rio Grande do Norte

— Va- pô do Lamê- irão Tra- ba- ia no a- rí- á!
— Va- mo prèssá fun ção Na vor- ta que o po- vo dá!

Vapô do Lameirão,
Trabaia no ariáa;
Vam' prèssáa (apressar) a função
Na vorta que o povo dá!

49

Lancha de Cajazeira

Rio Grande do Norte

Na lancha de Cajazêra
Tem dois letrêro na proa!

Ai que barcaça é aquela
Que vem de bandêra azú?
Us canuêro é do norte
E a barcaçá é do sú.

Ai que barcaça é aquela
Que vem tombando na proa?
Duma banda é São Francisco,
Dout'a fulô de Alagôa.

Quand'eu me fô dessa terra
Treis coisa hei-de levá,
Uma rede, uma cuberta,
Ũa minina do lugá!

Meu vapô vai na carrê,
Ele agora vai virá,
Morre todos os soldado,
Ninguem pode mais brigá!

50

Seri-onguê
(Barcaça)

Coco de palmas   Rio Grande do Norte (Penha)

♩ = 116

— Que bar ca ça é a- que la Que vem de ban dê ra a-

zú? · — A bar ca ça é do nor - te E os canuêro é do sú.

Que barcaça é aquela
Que vem de bandêra azú?
A barcaça é do norte
E os canuêro é do sú.

(Refrão coral) Arribá, siri-onguê,
Cajuêro e cajuá,
Debaxo do liro verde
Quero vê minha láiá!

51

Olelê, canoeiro

Galope   Paraíba

— O lê- lê, canu- êro, É chumbo é ba la!

— A- di- lão... p'a cantá

(Coro) — Olêlê, canuêro,
É chumbo, é bala!

(Solo) — Adilão p'a cantá coc'
— Olêlê, canuêro,
É chumbo, é bala!
— Pela beleza sua
Vô dent' do arraiá!
— Olêlê, canuêro,
É chumbo é bala!
— Eu ixprimentei
Si arrisistia

Minha canturia,
Sciente fiquei,
A tempo cheguei,
Vô me arritirá,
Si nóis arruiná,
Adeus, bons amigo,
Si a magua é cunsigo
Quêra pèrduá!

Nota — Em ''perduá'' a firmata faz a mesma ondulação de som, consignada no ''Sabiá da Mata'', versão de Odilon do Jacaré. (Conf. n.º 174.)

52

Canoeiro

Paraíba

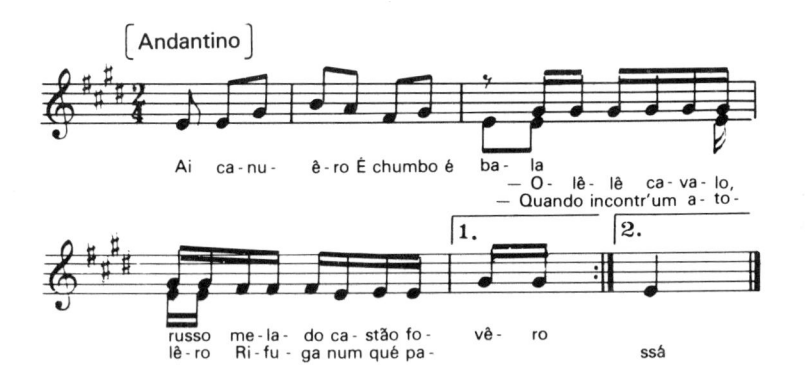

1

(Coro) — Ai, canuêro, é chumbo, é bala!
(Solo) — Olêlê, cavalo russo,
Melado, castão fovêro,
— Ai, canuêro, é chumbo, é bala!
— Quando incontr'um atolêro
Rifuga, num qué passá!
— Ai, canuêro, é chumbo, é bala!
(etc.)

Nota — "Castão fovêro" é castanho foveiro, indicação de animal pelo pêlo, tão comum entre nós.

Eis mais algumas emboladas de oito versos, tiradas pelo sargento Ciraulo. São de invenção dele.

2

Ai, olêlê, sargento Aniba,
Impricô co'a baruiada
Dos taié da mininada
Toda vêiz que vão cumê,
E olêlê, pur isso mesmo
No fabrico já se acha
Faca e garfo de burracha
Pra nos prato num batê.

3

Olêlê, caro cumpad',
Durante nossa viage
Nóis sintimo até friage
Pru dent' du curação,
Ai olêlê, puis nóis viemo,
Ôh meu Deus, que sorte ingrata,
Jugado feito batata
No fundo dum batelão!

4

Olêlê, chegô de fóra,
Um inginhêro milagroso,
Bicho véio curioso,
Danado pra istudá,
Olêlê, agora mesmo
Prometeu a todo custo
Passagêro num tê susto
C'os desastre da Centrá.

5

Olêlê, você magine
Que invento apreparado:
Vêm dois trem disimbèstado
Sem pudê se disviá,
Olêlê, passa pur dent'

Um do ôt' na carrêra,
Que nem duas lançadêra,
Sem ninguem se disviá!

6

Olêlê, sargento Idalio,
Para seu divertimento,
Arranjô disligamento
Prá mantêga dèsèrtá,
Olêlê, pur isso mesmo
O povo cunstrangido
No dumingo o pão cumido
Tem que sêco mastigá!

7

Olêlê, pur tê arranjado
Esse tá disligamento
Sem tê o cunsentimento
Do seu tènente Nué,
Ai olêlê, foi que o assuca
Certàmente indiguinado,
Disertô desbandêrado
Lá do rancho do café.

8

Olêlê, tènente Inaço
Discute topografia
Cum tanta sabiduria
Qu'eu cheguei a duvidá,
Ai olêlê, e foi no campo
Desenhando cum talento,
Fêiz cada um lèvantamento
Que me fêiz ispantá.

9

Olêlê, você carcule
Qu'êle sai contando os passo,
Riscando tanto no traço
Qu'eu nem sei nem cuma é,
Ai olêlê, e quando acaba
Seu passeio cumpricado

Tá cum tudo rabiscado
Num pèdaço de papé!

53

Tanoeiro

Paraíba

(Coro) — Olêlê,
        Tanuêro, é chumbo, é bala!
(Solo) — Quem almoça e janta e ceia
        (refrão)
        Num pode morrê de fome;
        (refrão)
        Nunca vi rosto de alma,
        (refrão)
        Nem côro de lubisóme;
        (refrão)
        Abasta mulé sê feia
        (refrão)
        Para discanso do home!
        (refrão)

54

Canoeiro

Paraíba

Ca - nu - ê - r'o - lha a ca - no - a Ca - nu - ê r'o - lh'o ba -

lan ço do má Ca nu - ê - ro Eu tô - mêim sô ca - nu -

ê - ro Ca - nu - ê - ro Si qui - sé me a - balan - ça Ca - nu - ê - ro

(Solo) — Canuêro, olh'a canoa!
(Coro) — Canuêro!
        — Olh'o balanço du má!
        — Canuêro!
        — Eu tômêim sô canuêro,
        — Canuêro!
        — Si quisé me abalançá!
        — Canuêro!

55

Bacalhau

Pernambuco

Registrado por mim. 1926. Comunicado por aluno.

Ba - ca - lhau, ba - ca - lhau é bom, Ba calhau, Quando

le ve seu tem pêro, Ba calhau - Seu a zei - te, seu vi-

nãgre, Ba calhau, Su a pimen ta - de - cheiro, Ba ca lhau!

Nota — Eis um coco delicioso. A palavra de refrão: "Bacalhau" parece ser coral, que nem o refrão "Maneiro pau". O ritmo é curiosíssimo no que pra representar mais aproximadamente como escutei pus a tercina ⌐⌐⌐ . Aliás, em todos os nordestinos que já es-

cutei (1926) cantar cocos — e um deles era aluno adiantado (7.º ano) do Conservatório Dramático e Musical de S. Paulo e portanto já bem afiado e... viciado nos ritmos e compassos normais ocorrentes na música européia erudita — o que notei sempre em todos foi uma rítmica sutilíssima quase que baseada e construída unicamente sobre os acentos. Estes eram perfeitamente nítidos e bem marcados. Porém a medida dos sons ficava sempre sem exatidão cronométrica. Era um rubato refinado, estupendamente natural e realista, se acomodando perfeitamente com a rítmica natural da palavra falada e não com medidas exatas de tempo ver na música européia. Esses cantos nordestinos, sempre molengos na dicção, sejam rápidos ou vagarentos, me parece que devem ser uma espécie de recitativo provido de sons perfeitamente determinados e não melodias propriamente ditas no sentido europeu da palavra. E com isso concorda mesmo, a maneira de serem realizados pois mudando unicamente a letra, os nomoi melódicos nordestinos se repetem incansavelmente até por uma noite inteira de função. Ao mesmo tempo que os solistas coreográficos executam o sapateado mais ou menos improvisado da dança. Em todo caso todas estas observações carecem de maior controlação que só poderá ser feita por músico de verdade e na região. Vendo os caboclos dançando. E cantando.

COCOS DE ENGENHO

56

Coco de Usina

R. G. do Norte

(Solo) Ai, eu comprei uma terra,
      — Oh usina! —
    Pra minha usina assentá;
      — Oh usina! —
    Si você é bom coqueiro,
      — Oh usina! —
    Quero vê me desmanchá!

(Coro) Tombo do martelo tombador!
    Tombo do martelo gemedor!

Observações — Também neste coco o ritmo sincopado embora seja perceptível vai muito diluído na comodidade e fantasia da prosódia.

Coqueiro = cantador de cocos.

Na verdade o ritmo sincopado seria:

57
(Ôh Zina — Ôh Usina?)

R. G. do Norte

Na barra de Ca-be- del'ôh Zi-na
Pè-lejei num pude en-
Bo-tei Ma-ri-ca no

trá ôh Zi- na
leme oh Zi- na
Fui p'a pro-a ma-no- brá
O trem de

cargaQuandovemdePèrnambucovemdanado vu-co-vu-co Na la-dè-ra p'a che-

gá oh zim zim zim ôh zim zim zá

(Primeiro Refrão)

— Na barra de Cabedelo,
— Ôh Zina!
— Pèlejei, num pude entrá,
— Ôh Zina!
— Butei Marica no leme,
— Ôh Zina!
— Fui p'a proa manobrá!

1

O trem de carga
Quando vem de Pèrnambuco,

106

Vem danado, "vuco-vuco",
Na ladêra p'a chegá!

(Segundo Refrão)

— Ôh Zim, zim, zim,
Ôh zim, zim, zá!

(As estrofes continuarão intercaladas pelos dois refrãos.)

2

Eu fui no mato,
Tirei pau, fiz um bodoque,
Atirei na véia Chica,
Distampei-lhe o curnimboque!

3

Eu fui no mato,
Fui cortá um pau lenhêro
Para vê si sô ligêro
No cacete, p'a brigá.

4

Eu fui no mato,
Fui cortá um pau lenhêro
Pra fazê um galinhêro
Pra butá meu sabiá.

5

Eu fui no mato,
Fui cortá pau de biriba,
Olêlê, sarta pr'arriba,
Giranda, fogo-do-á!

6

São Binidito
Pur sê bão tèlegrafista,
Foi tocá fogo-de-vista,
Giranda, fogo-do-á.

7

E Santo Antonho
Qu'istava da otra banda,
Tocô foco na giranda,
Té fazê parapapá!

8

Cipó tabica,
Tabica, cipó bengala,
No meu peito tu num grita,
Na minha barba num fala!

58

Engenho da Arara

R. G. do Norte

O engenh'd'A - ra - ra pa - rô Diz, be - la mandô me cha - má...

O engenho da Arara parô!
Diz, bela mandô me chamá!

59

Engenho Novo

R. G. do Norte

Tá - tá, engenho no - v', Tá - tá, engenho no - v'Ô - ta lá que chega

108

pô vo, Báte parma, dá num dá! (Embolada solo)

(Coro) Tatá, engenho nov',
Tatá, engenho nov',
Ôta lá que chega povo,
Bate parma, dá num dá!

(Solo) Ôh tatá, camaradinha,
Passiei nas Alagoa,
Me topei cum coisa boa,
Pelejei num pude entrá!
Ôh tatá, eu vi o bombo
Rebolando pelo chão,
Eu vi a quilaridão
Da usina do Pilá!

(Refrão)

Ôh tatá, olha coquêro,
Na bolada americana,
Si o esprito num m'ingana
Eu também sei o bòlá!
Ôh tatá, bòlada num,
Bòlada num, bòlada nôtro,
Atirei cum bola sôrta
Num jôgo de rebòlá!

Ôh tatá, fala coquêro,
Da cabeça de quimbuca,
Você hoje se amaluca

Da pancada do ganzá!
Ôh tatá, fala coquêro,
Da barriga de monturo,
Você fala no iscuro
Porquê meu talento dá!

Ôh tatá, ande ligêro,
Sustente a sua carrêra,
É Paraíba, é Cajazêra,
Pise nu chão divagá!
Ôh tatá, tome cuidado,
Eu tando num carreirão
Ajuei' (Ajoelhe), tome benção,
Sustente seu maracá!

Nota — Quimbuca é cuia redonda.

60

Ô tatá, Engenho Novo

R. G. do Norte

Ôh tá - tá engenho no - vo ôh tá - tá en - genho novo ôh tá - tá po - e - ta

novo Dá na bo - l'e da num dá   Seu Manu -   é   pur sê bão tèle - gra -

fi - sta Bu - sca - pé fogo - de -   vi - sta giran-da fo - go - do -   á

(Coro) Ôh tatá, ingenho novo! (bis)
Ôh tatá, pueta novo,
Dá na bola, e dá num dá!

1

(Solo) Seu Manué pur sê bão tèlegrafista,
   Buscapé, fogo-di-vista, giranda, fogo-do-á!

   Ôh tatá etc.

2

   Minha minina, pur sê bela e inducada,
   Naquele dia maicado, meu pensamento adivinha!

   (Refrão)

3

   Eu vô-m'imbora dessa lei rèpubricana,
   Batata, cibola, inhame, saputí, figo, ananá!

   (Refrão)

4

   Minha minina, mi diga cum quem namora,
   Para sê minha beleza qué tambem amarração!

   (Refrão)

5

   O trem de caiga da Amazona miudinha,
   Que o pensamento adivinha quâno eu vô bola bolá!

   (Refrão)

6

   Ôh mininá que da-me um pente p'o cabelo,
   Namora rapaiz sortêro, contas (quantos) tapa qué levá!

   (Refrão)

7

   Tamem si namora iscundido
   Pode munto bem me avisá!

   (Refrão)

8

Acabei minha çucena dento dagua,
Que p'a mim num m'inganava que num me sôbe amá!

(Refrão)

"Amarração" (pra acabar):
Ôh tatá, engenho novo! (bis)
Que tamem se dá ô povo
Do derradêro Purtugá!

61

Embolada de Usina

R. G. do Norte

Ôh mestre a u sina mo- endo E a mu lata di-

zendo que a caldeir' es tó-ra Vou-m'em-bora qu'eu tenho que fa

zê Qu'eu não vô mo- rrê sa-bendo da hora

Ôh mestre,
A usina moendo,
E a mulata dizendo
Que a caldeira estóra,
Vou-me embora,
Que eu tenho que fazê,
Que eu não vou morrê
Sabendo da hora.

62

Ôh Mestre

R. G. do Norte

Mole

Ôh me-stre a u sina mo - endo e a mu lata di -

zendo que a caldê- ir'es- tô-ra Vou-m'embo-ra qu'eu tenho que fa-

zê Qu'eu num vô mo - rrê sa- bendo da ho-ra

Ôh mestre,
A usina moendo,
E a mulata dizendo
Que a caldeira estôra;
Vou-me embora
Que eu tenho que fazê,
Que eu não vô morrê
Sabendo da hora!

63

Embolada de Pernambuco

Original: Dó sustenido menor   R. G. do Norte (Goianinha)

Andantino ♩=92

Ago- ra . mesmo A lago-a istá com pleta De automove e bi-ci-

113

cleta Moto-ciclo e cami- nhão... Fui pro sèr- tão Encon-trei muito ser-

vi-ço, Sentei praça na Pu liça Pra perseguir Lampe- ão.

Nota — Este canto que atravessa o Nordeste, me foi dado na Paraíba e nesta versão potiguar, sempre como provindo de Pernambuco. Já dei uma versão pernambucana dele no "Ensaio", p. 41.

1

Agora mesmo
A lagoa istá completa
De automove e bicicleta,
Motociclo e caminhão;
Fui pro sèrtão
Encontrei munto sirviço,
Sentei praça na Puliça
P'a perseguí Lampeão.

2

Mestre André
Foi nũa festa em Barrêro'
Porquê não tinha dinhêro
Incostô-se num hoté,
Só de café
Gastou vinte-e-dois mirréis,
No bolso só tinha déiz
Enroscô-se co'a muié.

3

Eu subi
No Setestrêlo, aprumado,
Cheguei do outo lado,
Vi o Só tremê cum frio;

114

Eu olhei
Vi a barca de Noé,
Eu avistei S. José
Passeando num navio.

4

Seu Tènente,
Não me dê com seu cipó
Que na ponta tem um nó
Que é danado p'a duê,
Arde mais
Que pimenta malagueta,
Na unha de seu tènente
Não tem p'a onde corrê!

5

A usina S. José
Quando ela qué muê
Trêis dia pega a gemê
Danada pedindo cana,
Foguista se aperreia,
O maquinista se zanga,
O ingatadô se abusa
E só mói essa semana.

6

Im Belo Hòrizonte
Tão construindo ũa ponte,
Isto é obra interessante
Pro povo cumèrciá
Dois pilá
Cheio de ferro dentro,
Fazendo fôrça p'o centro
P'a agua não carregá.

64

Coco de Maceió

Paraíba

Nu Ríu de Já - nê - ro Ca - pi - tá do Rí - u Na - ve - g'um na -

vi - u Qu'é muntu ga lan - ti É muntu di - stan - ti Que ninguém cu -

nhé - ci Ba - iana pa - re - ci Benja - mim Con - stan - ti

1

Nu Ríu de Jànêro,
Capitá do Ríu,
Naveg'um navíu
Qu'é munto galanti,
É munto distanti
Que ninguem cunhéce,
Baiana, parece,
Benjamim Constanti.

Nota — Outras emboladas do mesmo colaborador:

2

Ni (Em) Macèió,
Morava na Passage,
Tudo o dia me arrumava
P'a saí de lá,
Percurano
Um lugá mió,

116

Que nem o Maceió
Onde eu pudia istá.

3

Â mẹia-noite
O jòrná já me chegô,
Me'ermão me pérguntô:
— O vèínho cumo istá?
Mandei dizê a êle:
''Eu aqui vô munto bem,
Num bulo cum ninguem,
Quero arrespeitá''.

4

Dotô Gercino
Me comprô dois otomóve,
Todo o dia o arto (auto) corre
P'a usina Bamburrá,
Im cima de dois mancá
Foi queimano a gàzulina,
Que foi feit' na usina
Pur um cego que tem lá.

5

Nesse sú (sul)
Tá cheio de usina
Qu'até Mende Lima
Comprô infusão;
No sèrtão
Já tem bulandêra,
Ferrage intêra
E safra de algodão.

6

Còlega,
Me vá p'o Ricife,
Me compra um rife (rifle)
Mais a carabina;
Tô no caso
De houvê a quèstão,
Sarto do salão,
Vô brigá na campina!

7

Mest', se contenha,
Num aguenta lenha,
P'aquê iscavacá?
Assento a macaca,
Tu sai pinotando,
Eu sai' te ajuntano
Na ponta da faca!

8

Im São Féliz
Se deu um alvorôço,
Eu cumi grosso
P'a disapartá,
Mest' Cabrá
Saiu na carrêra,
Caiu na buêra
C'a perna p'o á.

9

Mest' Cabrá,
Que eu fosse você,
Ia m'iscondê,
Num brigava mai';
Euliço atrái' (atrás)
Isprito de Sansão,
C'a faca na mão,
Na bêra do cái' (cais)

10

Seu sargento,
Num me dê cu'êsse cipó,
Que na ponta tem um nó
Qu'é danado p'a duê,
P'a ardê
Só pimenta malagueta,
Euliço se vê im êta,
Num tem p'a onde corrê!

11

Barrêro,
Reberão, Iscada,

Sua namorada
Me mandô um bêjo;
Dei um bêjo
Cum tanto do gôsto
Na maçã do rosto,
Matô o dèsejo.

Nota — Na estrofe "Mestre, se contenha" o tirador engulia totalmente a linha do primeiro verso da embolada. Ficavam sete só.

65

Êh Moenda virou

Paraíba

Dona Ma-ri-a das Dô-ri   Mandi vê seusca-nu- ê-ru
Qui fi-ca-ru to-dus prê-su   Nu po-rtu di Ca-be- dê-lu

Êh mu- enda vi- rô   Êh mu- enda vi- rá

Quê ba-lãum é êss' siá do- na Qui   anda   pé-rdi-du   nu má

(Solo) Dona Maria das Dôri,
Mande vê seus canuêro
Que ficáru todus prêso
No porto de Cabedelo!

(Coro) Êh muenda virô,
Êh muenda viráa!
Que balão é êss' siá dona,
Que anda pèrdido no má?

66

O Negro da Usina

Paraíba

Ai u nê-gru tá tre- pa-du nu bu- ê-ru da u-

1. si-na Diz u- 2. si-na Eu vi um ne-gru quia pe-rn'era cin - za

3. só Ai cu- bertu com u-m'i- stô-pa di-ze- nu qu'era len- ço

(Coro) Ai, o negro tá trepado,
       No buêro da usina!
       Diz, ai, o negro tá trepado
       No buêro da usina!

(Solo) Eu vi um nego
       Que a perna era cinza só,
       Ai, cuberto c'uma istôpa
       Dizeno qu'era lençó.

67

Coco de Usina

R. G. do Norte

— Adonde eu vi nov' tru bina?- Na usina brasi leira.
          — Adonde eu

120

vi nov' tru - bina?-Na u sina brasi leira.-Quemquisécasá cum

moça, escoia pelo an dá Que aque-la que é vei - aca pisa nochãodeva gá.

(Solo) — Adonde eu vi nove trubina? } bis

(Coro) — Na usina brasileira.

(Solo) Quem quisé casá com moça
Escôia pelo andá
Que aquela que é veiaca
Pisa no chão devagá.[1]
(Refrão)
Quem quisé casá com moça
Não case com amarela
Que ela dá pra lobisome
Passa a gente na moela.

(Refrão)

(1) Quadra colhida em Perdões (S. Paulo):
Quem quisé escoiê noiva,
Escoia pelo andá,
Aquelas que são firme
Pisa no chão devagá.

68

Roda Moer!

R. G. do Norte (Goianinha)

Roda, mu - é! Roda, mu - ê! Ro - da, mu - é...! Ro - da muá!

Roda muê! (ter)
Roda muá!

69

Mestre Sabino

Paraíba

Mest'Sa - bi - nu Foi quem m'insi - nô ba - tê mancá

(Coro) — Mest' Sabino...

(Solo) — ... foi quem m'insinô
Batê mancá!

COCOS DA MULHER

70

Eu vou, você não vai

R. G. do Norte

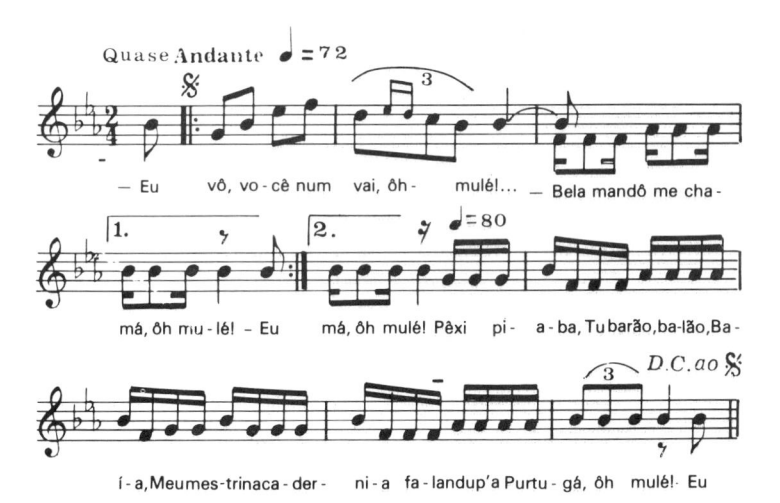

(Coro) — Eu vô, você num vai,
        Ôh mulé,
        — Bela mandô me chamá,
        Ôh mulé!

(Solo) — Pêxe piaba,
        Tubarão, balão, baía,
        Meu mestre na cadèrnia,
        Falando p'a Purtugá,
        Ôh mulé!

        (Refrão)

É cinco bomba,
É cinco pipa, é cinco ripa,
Tire a tornêra da pipa,
Dêxo a bomba derramá!
Ôh mulé!

Ande ligêro,
Carregue im cima di mim,
Eu moro nu Bom-Jardim,
Coquêro teim que rodá,
Ôh mulé!

É tranca, é bola,
É tranca, é bola, é parafuso,
A baleia deu um urro
Du outrú lado du má,
Ôh mulé!

Tando zangado,
Eu tando na minha casa,
Eu tando apeiparado,
Ningueim venha mi chamá,
Ôh mulé!

Tando zangado,
Sô a tigue i a seipente,
Pra cantá rapidamente
Numa sala colossá,
Ôh mulé!

É roda grande,
É piquinina, é manivela,
Ou você faiz o qu'eu quero,
Ou intão morre de apanhá!
Ôh mulé!

É roda grande,
Roda dagua, roda lisa,
O pêso da roda grande
Faiz a usina rodá,
Ôh mulé!

71

Eu vou, você não vai

Paraíba

Eu vô, você num vai,
Mulé, você num vá lá,
Ôh mulé!
Eu vô, você num vai,
Bela mandô me chamá,
Ôh, Bela mandô me chamá!

72

Não Vá, ôh Mulher

Paraíba

127

Num vá, num vá, num vá,
Ôh mulé,
Num vá se perdê!
Si te perdê na lagoa,
Ôh mulé,
Grite qu'eu vou vê!

73

Carrussel

Paraíba

(Coro) Vô corrê no carrussé,
　　　Pr'onde tu vai', mulé!
　　　Vô me daná no carrussé,
　　　Pr'onde tu vai', mulé!

1

(Solo) Ai, a mulé,
　　　Quano tá zangada,

128

E eu dano (me dano), alma danada,
Eu boto no chão!
Ela grit',
Sarta que assubia,
Dá um ovo que nim (nem) gia,
Corre p'o fugão!
— Pr'onde vai', mulé!

(Refrão)

2

Ai, a mulé
Quano é ciumenta,
Fala que se arrèbenta
E qué se daná!
Ai, o marido
Quano sai p'a longe,
A mulé chega e s'isconde
E vai tucalhá! (tocaiar)
— Pr'onde vai', mulé!

74

Pr'onde vais, Mulé?

R. G. do Norte

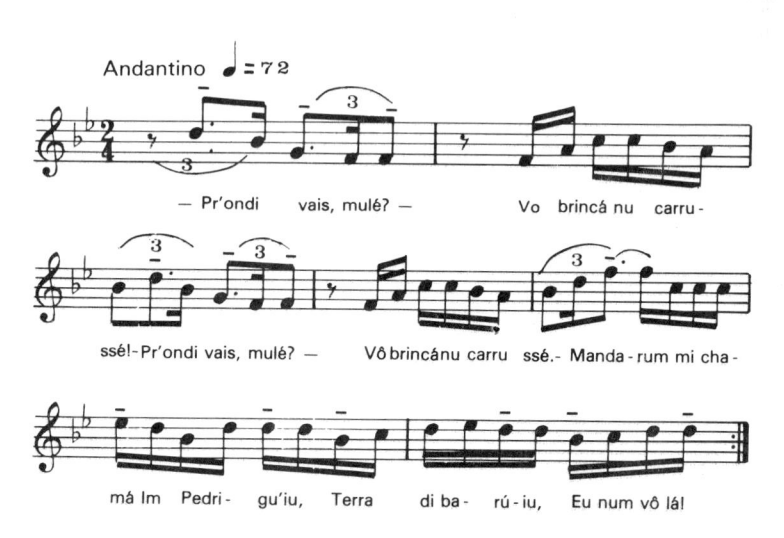

129

— Pr'onde vais, mulé? ⎫
— Vô brincá no carrussé. ⎬ bis
⎭

— Mandarum me chamá
Im Pedregúio,
Terra de barúio,
Eu num vô lá!

(Refrão)

Mandaro me chamá
Lá prá Baía,
Terra de aligria,
Mais eu num vô lá!

Mandaro me chamá
Lá nu Oitêro,
Terra de coquêro,
Lá eu vô cantá!

Mandaro me chamá
Im Caricé,
Terra de mulé,
Mais eu num vô lá!

Mandaro me chamá
Lá no Pirarí,
Mais é pur aqui
Qu'eu tenh' de passá!

Mandaro me chamá
Lá im Montanha,
Nêgo ali apanha
Quando eu lá chegá!

Mandaro me chamá
Lá pro Bom Jardim,
Qu'é bom pra mim,
Lá eu vô morá!

Mandaro me chamá
Lá pro sertão,
Terra de algudão
Par'eu plantá!

Mandaro me chamá
Lá nu Bom Passá,
Mode eu trabaiá,
Mais eu num vô lá!

Mandaro me chamá
Lá nu Cruzêro,
Povo desordêro,
Lá eu vô brigá!

Mandaro me chamá
Lá pro Assú,
Terra de cajú,
Lá eu vô morá!

Mandaro me chamá
Lá im Cunhaú,
Terra de pitú,
Lá eu vô morá!

Mandaro me chamá
Im Cuncaú,
Onde o povo é nú,
Mais eu num vô lá!

Mandaro me chamá
Lá no Catú,
Que tem boi zebú,
Eles qué me dá!

Mandaro me chamá
Lá para Goiana,
Terra que tem cana,
Lá eu vô morá!

Mandaro me chamá
Lá na usina,
De vinte trubina
Mode eu trabaiá!...

Mandaro me chamá
Lá para o Sú (Sul)
De bandêra azú,
Lá eu vô morá!

Mandaro me chamá
Im Alagoa,
Me dê ũa canoa
Mod'eu í pra lá!

Coquêro velho
Neste momento,
Rapidamento,
Eu vô lhe falá!

Eu incontrando
Um cantadô valente,
Sô cumo a seipente,
A cobra do Pará!

75

Mulher, quem vem aí?

Paraíba

(Coro) Mulé, mulé,
       Quem vem aí?
       Dex' falá, mulé,
       Quem vinhé, pode chègá!

76

Ôh mulé!

Paraíba

(Coro) — Ôh mulé! ôh mulé!
(Solo) — Quem vem aí?
    (refrão)
    — Quem vinhé pode chegá?
    (refrão)
    — Eu vô contá, meu cavalêro,
    — Ôh mulé!
    — Sô guerrêro
Dessa zona, do lugá!
    — Ôh mulé! (bis)

77

Ôh Mulé

Paraíba

Ôh mulé, mulé, mulé,
Ôh vem, vem, vem,
Ôh mulé, mulé, mulé,
Ôh vem, vem cá!

78

Teus Olhos

Paraíba

Esses teus ólho,
Ôh mulé,
É quem me mata,
Ôh mulé,
É dois de ôro,
Ôh mulé,
Cum trêis de prata,
Ôh mulé!

134

Nota — Coco de roda. A construção psicológica da estrofe é, deveras, curiosíssima. O valor do ouro levou à criação da imagem de "olhos que valem ouro". Porém ouro pro povo e, especialmente, pro nordestino povo, entra principalmente numa das coisas de que ele sofre obsessão: o baralho com suas cartas de ouros. Principalmente o "dois de ouro", carta que tradicionalmente, pelo menos no R. G. do Norte e na Paraíba, entra num refrão conhecidíssimo de todos por lá: "Meu baráio, dois ôro, Eu num quero mais jugá!". A associação se fez naturalmente entre os dois olhos e o dois-de-ouros. Daí o verso sair numa imagem dupla: "É dois de ôro". E novamente a palavra ouro, pela associação do valor "dois metais, e do juízo, subconsciente no caso, da prata valer menos que o ouro, levou a criação a inventar o extravagante e delicioso último verso: "Cum trêis de prata". Inda ficando pra reparar que a criação, exacerbadamente exaltada e... pródiga em vez de botar "é três de prata", acrescentou a prata ao ouro, fazendo os olhos valerem, meu Deus! quanto pra quem ama em verso!

79

Pra onde vais, Morena

Paraíba

P'a adonde vais, morena,
P'onde vais assim,
Vorta p'a tráiz, morena,
Tenha dó de mim!

Minina, cacho de uva,
Cabelo de cidadão,

Tirai-me desta cadêia,
Sortai-me desta prisão!

(Refrão)

80

Morena Bonita

Paraíba

Mo - re - na bu - ni - t'o qui veim vê o qui veim vê o qui veim vê

O Só nasceu vi - rô pen - dêu vi - rô pen - dê' pen - dê' pen - deu

Morena bunita,
O que vem vê? (ter)
O Só nasceu,
Virô, pendê (bis)
Pendê, pendeu!

81

Tenho um Prêmio

Paraíba

Eu tenh'um prêmu qui a more - na mi man

dô Tenh'ô - tru prê - mu Qui a mo - rena mandô dá

136

Eu tenh'um prêmo
Que a morena me mandô,
Tenh'ôtro prêmo
Que a morena mandô dá!

82

Recebi o Prêmio

R. G. do Norte

Ri - ci - bi u prê- muQuiamo-re-nami man dô; Ri - ci - bi u prêmu Quiamo-re-namandô dá! Lê - lê,... (solo de embolada)

Recibí o prêmio
Que a morena me mandô;
Recibí o prêmio
Que a morena mandô dá!

Lê lê, ande ligêro,
Da meia-noite pro dia
Eu num peico a minha tria
Quando pego num ganzá!
Lê, lê, é limuêro,
É caxa-dagua, é cana-fista,
Eu agora vi um grito
Do vapô do Lamerá!

(Refrão)

Lê lê, sô fuguetêro,
Quero um fogo-do-á,
Num quero cum quatro bomba,
Só quer'é bomba riá!
Lê lê, Pedo Paulino
Tem cavalo corredô
Piedo debaxo dagua
Corre mais do que vapô!

Lê lê, pulei de costa
No gogó da saramanta,
Faça bom que eu agaranto,
Dêxe o tempo se trubá;
Lê lê, é manga-branca,
É manga preta, é manga roxa,
Num arrumo a minha trôxa
Pra coquêro dismanchá!

Nota — Cana-fista é a cana fístula. Bomba riá é a bomba grande, daí, "real".

83

Ôh Vida!

R. G. do Norte

Allegretto

Ôh vid'ôh vid'ôh moren'ôh vi-da li-mi-tad'ôhmore-n'Ao som de-sta co-rnet'ôh mo-ren'Eao som de meu gan-zá ôh mo-re-n'ôh

Ôh vida! (ter)
— ôh morena! —

Ôh vida limitada!
— ôh morena! —
Ao som desta corneta,
— ôh morena! —
E ao som de meu ganzá!
— ôh morena! —

84

Mana, venha ver

Paraíba

Ai ôh mana venha vê meu pi nhã um ro - dá

Ai ôh mana venha vê Ma - rce - l'i massa - ra -ndu-baQuimáváqueimDeusa-

juda Massa - randu - ba ma - rce - la Ai ôh mana ve - nha vê

etc.

(Coro) — Ai, ôh mana, venha vê! } bis
(Solo) — Meu pinhão rodá!

(Coro) — Ai, ôh mana, venha vê!
(Solo) — Marcela e massaranduba,
Que má vá quem Deus ajuda,
Massaranduba, marcela!

(Coro) — Ai, ôh mana, venha vê!

85

Ôh Mana

Paraíba

Ôh ma- ná ma ná ma ná Ôh ma-
se- ti sãum ca- tô- rzi Trêiz vêiz
ná ma ná sum- su-um Se-ti
se-ti vin-ti-um

Ôh maná, maná, maná,
Ôh maná, maná, sum-sum!
Sete e sete são catorze,
Trêis vêiz sete: vinte-e-um!

86

Tinlêlê

Paraíba

Ma na êh tin-lê- lê Mana êh tin-lê-
lá Vô-m'im-bo-ra p'a Gô- ia-na Tãumce- du num vo-rtu cá
sô ti- jô-lu di la- drí-u Sô mu- rô di pe-dr'i cá

140

(Coro) Mana, êh tinlêlê!
Mana, êh tinlalá!

(Solo) Vô-m'imbora p'a Goiana,
Tão cedo num vorto cá:
Sô tijolo de ladrío,
Sô muro de pedra e cá!

Nota — O verso quer dizer que o indivíduo é firme nas resoluções.

87

Teus Cabelos

R. G. do Norte

Mana teus ca - be-lus ma na São us ar-vo - rê-dus

To ca fôgu nê-li mana di ma nhã beim ce-du

(Solo) Mana, teus cabelos, mana,
São os arvoredos;
(Coro) Toca fogo neles, mana,
De manhã bem cedo!

88

Ôh Mana, deixa eu ir
(Tanglo-Manglo)

Coco de Ganzá

R. G. do Norte

— Me ca sei com u ma velha Pra li vrar de fi lha

141

ra da Mas o di a bo da ve lha Te ve

dez du ma ni nha da — Ôh, ma na, deixa eu

ir Ôh, ma na, deixa eu ir Ôh,

ma na, dei xa eu ir - Es se co co re bo lar!

(Solo) Me casei com uma velha
Pra livrar da filharada,
Mas o diabo da velha
Teve dez duma ninhada!

(Coro) Ôh mana, deixa eu ir (ter)
Esse coco rebolar!

(Solo) Desses dez que ela teve
Um deu pra ladrão de bode,
Deu-lhe o tangue, deu-lhe o mangue,
Dos dez só ficaram nove.
(Refrão)

Desses nove que ficaram,
Um deu pra ladrão de poico, (porco)
Deu-lhe o tangue, deu-lhe o mangue,
Dos nove ficaram oito.
(Refrão)

Desses oito que ficaram,
Um deu pra ladrão de jegue, (jumento)

Deu-lhe o tangue, deu-lhe o mangue,
Dos oito ficaram sete.
(Refrão)

Desses sete que ficaram,
Um deu pra ladrão de rez,
Deu-lhe o tangue, deu-lhe o mangue,
Dos sete ficaram seis.
(Refrão)

Desses seis que ficaram,
Um deu pra ladrão de pinto,
Deu-lhe o tangue, deu-lhe o mangue,
Dos seis só ficaram cinco.
(Refrão)

Desses cinco que ficaram,
Um deu pra ladrão de pato,
Deu-lhe o tangue, deu-lhe o mangue,
Dos cinco ficaram quatro.
(Refrão)

Desses quatro que ficaram,
Um deu pra furtá outra vez,
Deu-lhe o tangue, deu-lhe o mangue.
Dos quatro ficaram tres.
(Refrão)

Desses tres que ficaram,
Um deu pra ladrão de boi,
Deu-lhe o tangue, deu-lhe o mangue,
Dos tres só ficaram dois.
(Refrão)

Desses dois que ficaram,
Deu (*sic*) pra ladrão de girimum,
Deu-lhe o tangue, deu-lhe o mangue,
Dos dois só ficaram um.
(Refrão)

Desse um que ficaram,
Deu pra ladrão de feijão,
Deu-lhe o tangue, deu-lhe o mangue,
Acabou-se a geração!
(Refrão)

   Observação — É o romance tradicional português transformado
em coco.

89

Crioula

Paraíba

Andantino

Tá - tú nu ma - tu Cri - ô - la   Ô - tru nu chãum Cri - ô - la
Tá di gi - bão um Cri - ô - la
Um pé ca - rça - du Cri - ô - la

(Solo) — Tatú no mato,
(Coro) — Criôla!
— Tá de gibão,
— Criôla!
— Um pé carçado,
— Criôla!
— Ôtro no chão!
— Criôla!

90

Crioula

R. G. do Norte

Andante quase ♩ = 69

— Cri -   ô - la!...   — Num passa   ci -   nc'! — Cri -
ô - la!...   — Nem passa   tá!...   — Cri -
ô — la!...   — só passa   ci -   nc'! - Cri -

ôla!... Quand'eu mandá! — Cri - ô - la!... — I

ago - rá qu'eu vô - m'imbo - ra Dessa terra di be - leza,
Naqueli di - a mai - cadu Tranci - lim báti man - cá! — Cri -

(Coro) — Criôla!
(Solo)   — Num passa cinc'!
    — Criôla!
           — Nem passa tá!
    — Criôla!
           — Só passa cinc'!
    — Criôla!
           — Quand'eu mandá!
(Solo) E agora qu'eu vô-m'imbora
Dessa terra de beleza,
Naquele dia maicado,
Trancilim bate mancá!

Uma cabôca bunita,
Daquelas que diz que é,
C'uma mão come bulacha,
Cum out'a toma o café.

Eta lá que agora mesmo
Comprei chale cum bolota
Pra dá p'a dona Carlota
Qu'é danada p'a luxá.

Eta lá, minha sinhora,
Qu'é que tem den'da panela?
É arroiz-doce, cabidela,
Cum guizado de aruá.

Eta lá, minha sinhora,
Me trepei nêsse coquêro,
Avistei o mundo intêro,
Ninguem quêra duvidá!

Eta lá que agora mesmo
Vô matá rola galega,
Ôh Chiquinha, minha nêga,
Lá na mata eu vô caçá!

91

Baiana, adeus amor

Paraíba

Andantino

— Ah - ái   ba - ia - na   Ah - ái   ba - ia - na   Ah - ái   ba -

ia - na   Ôh   ba - ia - na   A - deus a - mô   Eu   fui à   lagi   du

gadu   com - prei um sa -   pa - tu   Pur mi - li - qui - nhentu   Tenhu

fô - rça qui neim um mo - tô   Si eu pe - gá   Ne - stô E - li asso - bi nu   vê - ntu.

(Coro) Ah-ai, baiana! (ter)
       Ôh baiana, adeus, amô!

(Solo) Eu fui
       À lage do gado,
       Comprei um sapato
       Pur milequinhento;

146

Tenho fôrça
Quem nem um motô,
Si eu pegá Nestô
Ele assobe no vento!

92
Ôh Baiana

R. G. do Norte

Ôh ba - ia - na Que veim' di Ala - go - a Teu bumba num

zo - a Di vi - da achur - riad', ôh baia - na! Treis pan - cada Du ladu di

fó - ra, Ba - ia - na, vam'bóra Qu'é di madru - gada! gada! É

um, é dois, é treis... Ba - ia - na, che - guei, Arrepa - re queim Vai Seu rà -

paiz, O sinhô num tá vendu Ba - ia - na di - zendu: "Num pèle - gi mai'!"

Ôh baiana,
Que vem de Alagoa,
Teu bumba num zoa,

De vida achurriada,
— ôh baiana! —
Trêis pancada
Do lado de fóra,
Baiana, vam'bora,
Qu'é de madrugada!

É um,
É dois, é trêis,
Baiana, cheguei,
Arrepare quem vai;
Seu ràpáiz,
O sinhô num tá vendo,
Baiana dizendo:
— Num pèleje mai'!

Eu fui
Trabaiá na usina,
Eu vi as trubina
Corrê de repente;
Seu gerente,
Tenha mais cuidado
Que o ano passado
Morreu muita gente!

Ôh baiana,
Si você quisé
Eu faço um chalé
Pra você morá;
Barrado de prata,
Bordado de ôro,
Parece um tizôro
Di Mina Gerá!

93

Lição de Namoro

Coco (toada)   Paraíba (capital)

Mini — ná vô...   cê num sa-bi   Co-mu é qui   si na-
Chàpéu in ri...   ba du

148

mora, ô-iu Lençu di pon... tá di fora.

Minina, você num sabe
Cumo é que se namora,
Chapéu im riba do ôio,
Lenço de ponta de fóra.

94

São Quatro

Paraíba

Ai, são quatr', mi ni - na, São quatr' fu -

lô, são quatr'imbi- gada, Bu - ni - ta qu'eu do! São quatr' mi -

São quatr' minina,
São quatr' fulô,
São quatr'imbigada
Bunita qu'eu dô!

São quatr' minina,
São quatr' beleza,
São quatr'imbigada
Qu'eu dô im Teresa!

São quatr' minina,
São quatr' bébé,
São quatr'imbigada
Qu'eu dô im Zabé!

São quatr' minina,
São quatr'aligria,

São quatr'imbigada
Qu'eu dô im Maria!

São quatr' minina,
São quatr' dendê,
São quatr'imbigada
Qu'eu dô im você!

95

Chora, Menina

R. G. do Norte

— Chora, mi ni - na, p'a ningueim vê! Raste-ja a pê-ga, repe-lê-ga,

pe-li, pê-ga! — Cho - ra, mi - ni - na, p'a ningueim vê! — O — lê -

lê, qui ago-ra mê-mumi lem-breidi .Ji - ri - mi - a! — Chora, mi - ni - na, p'a ningueim vê!...

— Chora minina, p'a ninguem vê!
— Rasteja a pêga, repelêga, pele, pêga!
— Chora minina p'a ninguem vê!
— Olêlê, que agora mêmo me lembrei de Jirimia!
— Chora, minina, p'a ninguem vê!

150

96

Chora, Menino

R. G. do Norte

— Chora, menino, pra ninguem vê!
— Bela mandô me chamá!

97

Chora, Menina

Paraíba

vê!

vê! Adi - lão tamu can - tan... d'

— Chora, minina, p'a ninguem vê!
— Traqueja a pêga,
Repelega, pede pêga!
— Chora, minina, p'a ninguem vê!
— Adilão tano cantand'
(Etc.)

Nota — Na embolada de seis pés se repete duas vezes tudo. Na de oito a linha do verso "Adilão tano cantand'" é repetida duas vezes seguidas.

98

Eu piso, Mulata

R. G. do Norte

Eu   piso eu piso eu pis'oh mula - ta   Piso na barra da sá - i'ôh mula - ta

Eu piso (ter) ôh mulata,
Piso na barra da sáia, ôh mulata!
Eu piso, eu já pisei, ôh mulata,
Piso na barra da sáia, ôh mulata!

152

99
Ôh Bela, deixe vadiar

Paraíba

— Em cima daquela serra
Tem um velho gaioleiro,
Quando vê moça bonita
Faz gaiola sem ponteiro.

— Ôh bela, deixe eu... (ter)
Deixe a gente vadiar!

153

100

Redondo, Sinhá

R. G. do Norte

Ai re dond' Si- nhá Ai nêsse co-co d'embo-

lá Ai re-dond' Si- nhá Diz, a me ni na qu'é bo-

ni-ta Sai na ru-'a namo- rá Ai re- dond' Si-

(Coro) — Ai, redond', Sinhá!
(Solo) — Ai, nesse coco d'imbolá!
(Coro) — Ai, redond', Sinhá!
(Solo) Diz, a minina que é bunita
Sai na rua a namorá!
(Coro) — Ai, redond' Sinhá!
— Eu vô-m'imbora, cumpanhêro,
Que aqui num posso imbolá!
— Ai, redond' Sinhá!
— Ôh eta lá, minha minina,
Diga a palavra cumo tá!
— Ai, redond' Sinhá!
— E eta lá, minha minina,
Só fala quano eu mandá,
Eu quero que você me diga...
— Ai, redond' Sinhá!
— ... o trem de caiga,
Passagêro da Amorosa,
Quano vai pra lagamá?

154

— Ai, redond' Sinhá!
— Ôh pueta novo,
Dêxa dessa suberbia,
Cruzêro! Santa Maria!
Mãi de Deus do Paraná!
— Ai, redond' Sinhá!
— Eu vô-m'imbora dessa terra,
Tão cedo eu num venho cá,
Eu vô buscá meus carapina
P'a levantá meus tiá!
— Ai, redond' Sinhá!
— Eu quero que me dê licença,
Cum artigo de sciença,
E no coco é amarração,
E só fala quano eu mandá!
— Ai, redond' Sinhá!

101

Redondo Sinhá
(versão de Fabião das Queimadas)

R. G. do Norte

Nota — O colaborador não sabia o texto.

102

Lagartixa — Redondo, Sinhá

Paraíba

1

(Solo) Eu vi uma lagartixa,
(Coro) — Redond', Sinhá!
— Eu vi ôtra lagartixa,
— Redond', Sinhá!
— Ela era compòrtada.
— Redond', Sinhá!
— Saía á boca-da-noite
Chegav' de madrugada
Cum a sáia na cabeça,

Ela me deu ũa imbigada!
— Redond', Sinhá!
— Ela me deu ũa imbigada!
— Redond', Sinhá!

(O refrão coral e o processo estrófico persevera sempre
o mesmo.)

2

Eu vi uma lagartixa.
Ai, tava nũa jinela,
Ai, dizeno que era honrada,
Que era moça donzela,
Vi quat' calango verde,
Tudo era fío dela!

3

Eu vi ôta lagartixa.
Era fía dum dotô.
Ela tava pra casá
E tinha um grande amô,
E deu um bêjo num sapo
Cuidano que era ũa flô!

4

Eu vi ôta lagartixa.
Ela tava nũa têia.
Ela chegô num curtiço
E pegô cumê abêia,
Chegô a dona da casa
Rancô as suas orêia!

5

Eu vi ôta lagartixa.
Tava cum balde de açude.
O açude tava cheio,
Eu fui passá mai' num pude,
Ela tumô nòventa banho,
Na cara inda tinha grude!

6

Eu vi ôta lagartixa
Na varanda de um sòbrado.
Ela tava namorano
Junto cum seu namorado,
Assentada na cadêra
E o rabão dipindurado!

7

Eu vi ôta lagartixa.
Duvida? Vá vê quem-í-é!
Teve um fío dũa puiga (pulga)
Ôto dum bicho-de-pé,
Doze dũa cobra-dágua,
Vinte-trêis dum jacaré!

8

Eu vi ôta lagartixa,
Que quiria se casá.
Foi falá im casamento,
Arrecebeu um juá,
Puxava tanto na barba
Que só fartava arrancá!

9

Eu vi ôta lagartixa.
Ai, tava no mei' da fêra.
E já era mãi de neto,
Tav' passano pur sortêra,
Fumano charuto bom
E dano a ponta âs paricêra. (parceiras)

10

Eu vi ôta lagartixa.
Era danada de preta.
Ela vinha do sèrtão
Amuntada nũa bêsta,
C'ũa carga de castanha,
Dizeno — "Ponta-cabeça!"

Nota — Na repetição do primeiro verso, tanto faz dizer "uma" como "outra". Odilon também tanto falava "ôtra" como "ôta".

"Ponta-cabeça" é um jogo com castanha.

Na frase de solo com notas duplas, a variante que repisa o Dó é também um parlato irônico.

103

Redondo, Sinhá (Ôh lindo, Sinhá)

Paraíba

— Ôh lindu, Si-nhá! — Chora mãipurseusfi-i- nhu, — Ôh lindu, Si-

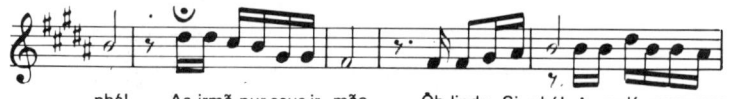

nhá! — As irmã pur seus ir-mão, — Ôh lindu, Si-nhá! —As mulépurseusma-

ridu, A damá purseus qui-ridu, Caxè-rú pur seus pa-trão!

— Ôh lindo, Sinhá!
— Chora a mãi pur seus fiinho,
— Ôh lindo, Sinhá! —
— As irmã pur seus irmão,
— Ôh lindo, Sinhá! —
— As mulé pur seus marido,
A dama pur seus quirido,
Caxêro pur seus patrão.

Nota — Toada antiga, cantada pelo avô de Adilão.
"Dama", "mulher dama" é a prostituta.

104

Jurupanã

R. G. do Norte

— Êh jurupànã!
— Coc', sinhá!
— Jurupànã!
— Coc', sinhá!

— Diz, agora me lembrei…
— Coc', sinhá!
— De Goiana cum Gambá;
— Coc', sinhá!
— Que as palavras me consôme
Pra cantá cum Juana Gôme,

Cum Binidito Ganzá!
— Coc', sinhá!

(Refrão)

Nota — Entre os tercetos usados por Chico Antônio sistematizadamente na estrofe solista, vêm:

Corro mais do que o vento,
Cartuxera, imbalamento,
Fuzí mansa de atirá!

Meu martelo é ligêro,
Maceió, Rio de Janêro,
Porto di Mina Gerá!

Me lembrei de Cuncaú,
Cruzêro, Mancha do Sú,
E a usina do Pilá!

No meio dos calumbí,
Eu sô u doutô daqui,
Tou pronto pra discursá!

      Joana Gomes e Benedito Ganzá são dois célebres coqueiros pernambucanos.
      Calumbi é o mato de espinho.

Quand'eu chego nũa casa...
— Coc', sinhá!
— Que pôco cunheço dela...
— Coc', sinhá!
— Começo logo louvando,
(A sorte Deus é quem dá)
Batente, porta, janela.

Deus te salve, casa nobre,
Desd'a hora qu'eu entrei,
Quem nunca viu eu cantá,
(Na pancada do ganzá)
Hoje é a primêra vez.

O direito dum soltêro
É casá cuma (*sic;* c'uma) donzela;

E o direito da sinhora
(Naquele dia maicado)
É vivê de pé na chinela.

Minha tabela é pesada,
Meu rojão é colossá,
Cantei cum Juão Pirigoso,
(Eu agora me lembrei)
Nêgo bom p'a vadiá!

105
Jurupanã

Paraíba

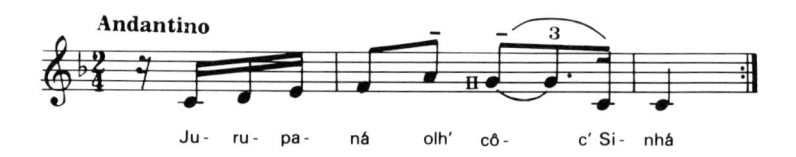

Ju - ru - pa - ná olh' cô - c' Si - nhá

— Jurupaná!
— Olh' coc', Sinhá!

Nota — Embolada idêntica ao refrão como arabesco.

106
É pro coco, Sinhá

R. G. do Norte

Ca - ra ca - xá tá cha - mandu
É pru co - cu Si -

162

nhá O bêi jú tá nu fogu Tá bom di vi - rá

(Solo) — Caracaxá tá chamando!
(Coro) — É pro coco, Sinhâ!
(Solo) — O beijú tá no fogo,
         Tá bom de virá!

107

Quebra o Coco
(Quebra o Coco, Cigana *Sinhá?*)

R. G. do Norte

Andantino

Quebr'o coc' Ci — gan' Quebr'o ca - to - lé Quebr'o coc' Ci -

gan' Quebr'o ca - to - lé Passe pr'a - qui passe pr'a - li passe pro

canto Eu daqui num me ale - vanto Inquant'o duro num che - gá

Quebra o coc', cigan'!   } bis
Quebra o catolé!

108

Delírio, Sinhá

Paraíba

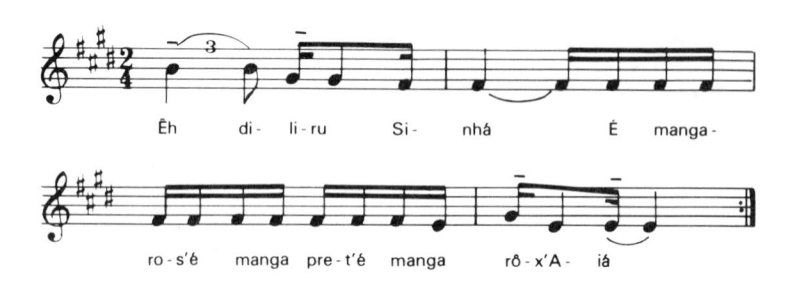

Êh di - li - ru Si - nhá   É manga -

ro - s'é manga pre - t'é manga rô - x'A - iá

(Coro) — Êh diliro, Sinhá!
(Solo) — É manga-rosa,
      É manga preta, é manga roxa, Aiá!
      — Êh dilirio, (*sic*) Sinhá!
      Etc.

109

Delírio, Sinhá

Paraíba

Andantino

Êh di - li - ru Sinhá Eu dei ũa ca - rrêr' na vil'di Tamba - ú ai a -   i

(Coro) — Êh, dilíro, Sinhá!
(Solo) — Eu dei uma carrêr' (carreira)
      Na vil' de Tambaú, ai, ai!
      — Êh diliro, Sinhá!

110

Ôh láiá

R. G. do Norte

Ôh lá - iá ôh lá - iá ôh lá - iá das A - la - go - a

Deu a chuva na le - va - ɑa Que m'en - cheu tod'a ca - noa

(Coro) Ôh láiá, (bis)
Ôh láiá das Alagoa!

(Solo) — Deu a chuva na levada
Que m'incheu todo (*sic*) a canoa!

111

Ôh láiá
(láiá tão bela!)

R. G. do Norte (Goianinha)

Andantino ♩ = 108

— Ôh lá - iá, tão be - la! ôh lá - iá tão bela!

— Eu pèrdi mil - i - qui nhentu Na por - tà de Mari - a A - melia!

165

Ôh láiá, tão bela! (bis)

— Eu perdi miliquinhento
Na porta de Maria Bela! (*sic*)

112

láiá, tem pena

R. G. do Norte

láiá, quem de mim tem pena!
Lêlê quem de mim tem dó!
Matarum meu passarinho,
Pègarum meu curió!

113

láiá, meu Lenço

Paraíba

Para m'inxu- gar ôh lá-iá Essa di-spi-

di-d'ôh lá- iá Qui mi faz cho- rar ôh láiá

Olhe a rosa amarela,
— Rosa! —
Tão bonita e tão bela,
— Rosa! —

Iáiá, meu lenço,
Ôh láiá,
Para me enxugar,
Ôh láiá,
Essa despedida,
Ôh láiá,
Que me faz chorar!
Ôh láiá!

114

Iaiá, meu Lenço

Paraíba

Olh'a ros'ama rela Ro - sa E tão lind'é tão bela Ro-

sa Olh'a ros'ama- rela Ro - sa É tão lind'é tão bela Ro- sa láiá meu

167

lenç'ôh láiá — Quero m'inxu gar Ôh láiá — Esta dispi - did'ôh lá'iá

1. 2.

D.C. ao %

Já me faz chorar ôh láiá — láiá meu — Olh'a ros'ama —

— Olha a rosa amarela,
Rosa,
É tão linda, é tão bela,
Rosa,

— Iáiá, meu lenço,
Ôh laiá!
Quero m'inxugar,
Ôh laiá!
Esta dispidida,
Ôh laiá!
Já me faz chorar!
Ôh laiá!

115

Olhe a Rosa

R. G. do Norte (Goianinha)

Andantino ♩ = 92

— Minha mãi, eu vô prá feira O qui é qui você qué?
Queru á-gua, queru lenha I queru assuca pru ca- fé. —

1. 2.

D.C.

Olhi a ro-sa, mi- ni-na! Olhi a ro-sê-ra, lá- iá! -iá!

(Coro) Olhe a rosa, minina,
Olhe a rosêra, láiá!

1

(Solo) Minha mãi, eu vô pra fêra
O que é que você qué?
Quero água e quero lenha
E quero açúca pro café.

(Refrão)

2

Sacudi um lenço branco,
Dei um nó nas quatro ponta,
Para dá sabê ô povo
Que eu de ti num faço conta.

116

Coco com Martelo
(Ai Maria)

Paraíba

Ai   Maria   ai Ma - ri - a

ai   Ma - ri - a a i Ma - ri - 'a deus, a - mô -

- E - ta meu pô - vu di dent' dê - ssi sá - lão   Diz dêssi
Ai ve - nha vê   Ló - gu ê - ssi can - tá - dô   Ai cumu
só mi   fa   - rta tê nô — mi di la - drãu   Ai p'a di -
Par'u po - vu a - qui teim si -   du mun - tu i - xatu   Entri ga
- Ai nu lu - gá   qui ê - li mo - ra nin - gueim cria   U pi - ssu -

grandi cunvent' dia - li - gri - a
lo - gu pê - go a cu - va - rdi - a
zê qui ê - li ba i - ssú não
pi - ru í patu
li - nha gui - né já dis - cún - fia
á mesmu qui Qui ê - li

D.C. ao %

pa - ssa li - çãu a quarqué ra - tu

— Ah ah ah

1

Êta, meu povo de dent' desse sàlão,
Diz, desse grande convent' de alígria,
Ai, venha vê logo esse cantádô,
Ai, cumo logo pegô a cuvárdia,
Só me farta tê nôme de ládrão,
Ai, p'a dizê qui ele roba, isso não!
Par'o povo aqui tem sido munto íxat',
Entre galinha, guiné, pirú í pat';
Ai, no lugá que ele mora ninguêm cria,
U pessuá mesmo que já discúnfia,
Que ele passa lição a quarqué rato!

(Coro) Ah, ah, ah, ai, Maria!
       Ai, Maria! (bis)
       Ai, Maria, adeus, amô!

2

O cantadô que eu pegá-o de révè (revés)
É pela força e os talento de meu braç',
Eu dô-lhe tanto que dêxo no bágaç',
É de murro, e bufète e puntápè,
Só de surra que eu dô-lhe mais dí deiz
E que o povo num vê(-ê) um só grit',
Fai' careta, se vale do márdit',
Que a curpa miséra (mísera) te cônden'
Nesse mundo num tem quem tenhá pen'
Dum montro (monstro) que morre tão ofrito! (aflito)

(Refrão)

170

Eu tenho um mu-inh' de quebrá ôss',
E uma prensa inglesa pèrpárad',
Eu inda onte imprensei um camárad'
Que era duro e valènte e muntú moç',
Diz, eu já tenh' lhe guardado êsse ármoç' (almoço)
Que é um bolo de óvo cum mânteg',
E tudo dia meu laço veve ármad' (armado)
Qu'é p'a pegá u cuvarde que lá chega!

(Refrão)

Nota — A milhor construção de estrofe obrigava o cantador a criar pra cada uma um número par de versos, que nem nas 2 últimas estrofes. Nestas, por causa do número par dos versos, chegando no fim, pula-se do ante-penúltimo membro-de-frase musical pro último. O interesse maior da peça está na quebra da acentuação evidentemente proposital, provocando humoristicamente no fim de cada verso, com exceção sistemática apenas do último da estrofe, uma desarticulação de palavra.

117

Êh Mariê

R. G. do Norte

Lê Mariê,
Olê Mariá,

Bate parma e diga ''viva!''
Mari',
Valeroso chegô p'a bolá!

118

Olê, Mariê

Paraíba

O lê, Ma ri ê — O lê Ma-ri- á Vô-m'im-
bo - ra vô - m'imbo - ra Mari - ê Bela mandô mi cha - má

Olê, Mariê!
Olê, Mariá!
— Vô-m'imbora, vô-m'imbora,
Mariê,
Bela mandô me chamá!

119

Amador, Maria

R. G. do Norte

Ama do Mari a A mulé qui qui anda fazendu, — Amadô, Mari-
— Ai, juga - dô di ci - pu - êra!

172

a! Pur, den tú dessa ri - bera?
Ai, juga - dô di ci - pu - ê ra! — Amadô, Mari — a!

3 Vezes

D.C. ao 𝄋

Amadô, Maria!
— A mulé que que anda fazendo
— Amadô, Maria!
— Pur dento dessa ribêra!
— Amadô, Maria!
— Ai, jugadô de cipuada!
— Amadô, Maria!
— Ai, jugadô de cipuêra!
— Amadô, Maria!

Ande ligêro,
É tiririca, é navaiêra,
Guriem quebra pontêra,
Pancada, onda do má!

(Refrão)

Vamo trocá,
Você me volta cem miréis,
Num volto nem um dezréis,
As cangáia vam' mudá!

Á meia-noite
Eu dei um grito de alevante,
Faça bom qu'eu agaranto,
Mode o povo num mangá!

É tengo-tengo,
É tengo-tengo, é tengo lôro,

Volta do cabelo lôro,
Chambarí, corredô, pá!

Eu vô p'a mata,
Corto pau, faço um bodoque,
Corro bala nu galope,
Vô p'u mato baliá!

Cavalo preto,
Melado, lazão, caxia,
Meu cavalo anda de dia
Na pisada qu'eu butá!

Ande ligêro,
Eu me chamo Binidito,
Que eu sei fazê bunito
Quando entro num lugá!

Caba danado,
O qu'eu digo é o que é:
A barquinha de Nué
Tá andando den'do má!

Eu dei um tope
No martelo arrebanado,
Tando im pé, tando assentado,
Tou pegado no ganzá!

120

Chô, Mariana

R. G. do Norte

Lá em cima da quela serra Tem três moças encan
tadas Uma é minha, outra é tua, outra é de meu cama

rada. Chô chô Ma -ri -a na, chô! Chô

chô, Maria na chô, ai, me deixô, ai me deixô!

(Solo) Lá em cima daquela serra
Tem tres moças encantada;
Uma é minha, outra é tua,
Outra é de meu camarada.

(Coro) Chô, chô, Mariana, chô! (bis)
Ai, me deixê! (bis)

(Solo) Lá em cima daquela serra
Tem um pé de papaconha,
Tire um galho e lave o rosto,
Amarelo senvergonha!
Coro (Refrão)

121

Morena foi embora

Paraíba

Êh Ma -ri- a- na Mo- re -na fô- i im -bo -ra

175

A- deus mo- re - na   Meus o - lhus pur ti   cho - ra

Ēh, Mariana,
Morena foi imbora!
Adeus, morena,
Meus olhos pur ti chora!

Nota — Coco de roda.

122

Adeus amor

R. G. do Norte

A   deus a   mo Ro-   sinh'Adeus, a- mô, Ro

1.
-sa! A- deus, a-mô, Ro-   sinh'Adeus, a   -mô, Ro-

2.
sa, Adeus, a-   mô! —Queim duvi-da, ve-nha vê... Quand'u passu za-bê

D.C. ao 𝄋

-lê... Nus a- ris pá - rá - pá-   pá! - — Adeus, a-

Adeus, amô, Rosinha! ⎫
Adeus amô, Rosa! ⎬ bis
⎭

— Adeus amô!
— Quem duvida, venha vê,
Quando o passo zabelê
Nos ares parapapá!

(Refrão)

— Adeus, amô!
— Eu agora vô brincando
Nu termo pernambucano,
Eu agora vô bolá!

— Adeus, amô!
Eu tando nesse duelo,
Eu tando nesse martelo,
Minino, vamo brincá!

— Adeus, amô!
— Dei um balanço nu mundo,
Sô primêro sem sigundo
Da barra do Areiá!

— Adeus, amô!
— Nas terra de S. Francisco
P'a cantá eu sô perito,
Conheço todo o caná!

Nota — "Canal" está metaforicamente. "Conheço todo o canal" quer dizer: Conheço todos os segredos do ofício de cantador.

123

Adeus, Amor

Paraíba

A - deus a - mô, Ro - deus amô, Ro - sa!

às vezes, irregularmente, vinha:

A - deus amô..., Ro - sinha'A - deus, a - mô, Ro - o - sa!

Adeus amô, Rosinha!
Adeus, amô, Rosa!

124

Helena

R. G. do Norte

— Ôh Helena, Ôh He- le- na, Bota fogu na pa ne- la! Ôh Helena, ôh He- le- na, Bravus os ca-bêlus de- la!

Ôh Helena! (bis)
Bota fogo na panela!
Ôh Helena, (bis)
Bravos os cabelos dela!

Dei um tombo na carrêra,
Dei ôtro p'a levantá,
Meu manú, corra na frente,
Qu'eu querú lhe acumpanhá!

Minha mãi quando me teve,
Butô-me den'dum purão,

Pra quand'eu ficá mocinha
Me casá cum alemão.

Minha mãi quando me teve,
Me butô dento d'um riu,
Cuṃa péda (pedra) na cabeça
Mod'eu num dá p'a vadiu.

Vei' um padre, um sacristão,
I tivéro paciencia,
Tiraro a peda da cabeça,
Eu dei p'a vadio sempe.

Nota — Se trata evidentemente de versos decorados. O ''Butou-me'' com o pronome assim colocado errado prova origem portuguesa, ou erudita.

125

Ai, Helena

Paraíba

Ai, Helena, (bis) vô-m'imbora!
Helena!
Tão cedo num vorto cá!
Helena!

126

Ai Helena

Paraíba

Ai, Helena! (bis)

— Sete, sete são quatorze,
Com mais sete, vinte-e-um;
Tenho sete namoradas,
Não me caso com nenhuma.

127

Ana

Paraíba

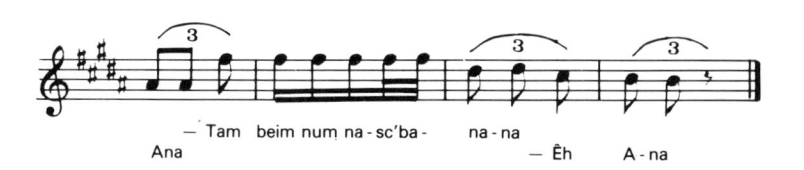

1

(Solo) — Êh, ôh Ana,
         — Entra no samba, baiana!
(Coro) — Êh, Ana!
(Solo) — Na minha casa num nasc' coc',
(Coro) — Êh, Ana!
(Solo) — Também num nasc' banana!
(Coro) — Êh, Ana!

(Sempre mesmo processo de estribilhar.)

2

Lá vem a Lua saino,
Quanto é belo o céu azú,
As onda bejano a areia
Na praia de Tambaú!

3

Lá vem a Lua saino,
A barra vem clariano,
Eu saino do pirigo,
E as minina me chamano!

128

Ôh Ana

R. G. do Norte

Ôh A - na ôh A - na Nesse coco eu num va - dê - io mais

Ôh A - na ôh A - na Bot'a tampa do ca - xão de gáiz

Home ca - sado que teim amô â fa - mia Que go - sta das suas

Fi - a Num de - vi - a passi-á Si sai p'á rua Dex'a cas'em aban

dono Chega ô - tro e banca do - no Toma conta do lu - gá

(Coro) — Ôh Ana! (bis)
Nesse coco eu num vadêio mais!
Ôh Ana! (bis)
Bote a tampa do caxão de gaiz!

(Solo) — Home casado
Que tem amô â famia
Que gosta de suas fía

182

Num divia passiá;
Si sai p'â rua
Dêxa a casa im abandono,
Chega ôtro e banca dono,
Toma conta do lugá.

2

A caboca Mariana
Tem quatro fia sortêra,
Tem ũa caboca mais nova
Que eu já vi bicha facêra!
Quando ela anda remexe
Quatro parmo de cadêra,
Premita Nossa Sinhóra
Qu'essa caboca me quêra!

129

Ôh Julia

Paraíba

Ôh Julia! ôh Julia!
O que foi, o que é, mulé!
Eu quero casá cum Julia
P'a sabê Julia quem é!

Nota — Coco de roda.

130

Ôh Julia

R. G. do Norte

Ôh   Juli'ôh Juli'ôh   Ju - lia   O que   é o que   foi mu - lé
Eu   vô ca sá cum   Ju - lia   Pra sa - bê Julia

o   que   é

Si   Ju - lia num é   moça   Ca

sada tam - beim num é   Si   julia num é   vi -

uva   Que   dia - bo   Julia   é

(Coro) Ôh Julia! (bis)
O que é, o que foi, mulé!
Eu vô casá cum Julia
Pra sabê Julia quem é!

(Solo) Si Julia num é moça,
Casada também num é;
Si Julia num é viuva,
Que diabo Julia é!

184

131

Te Alevanta, Guilhermina!

Toada-coco Paraíba

Ti a - le - van - ta, Gui - lher - mi - na!... Venh'u — ví pra - zê - ri meu! Eu pur

ti andu so - fre nu.., Pedra fina, adeus,a - de————us!

Te alevanta, Guilhermina,
Venh'uví prazere meus!
Eu pur ti ando sofrêno,
Pedra fina, adeus, adeus!

132

Ai, Chiquinha

Paraíba

♩ = 84

— Ai, Chi quinha..., Ba - ti - ó me - nó!...! Grandi
— Ai, pa - pai...! O qui é, fi - i - nha? Mamãi

vi - da tri - sti... Di queim vè - vi só...!
foi - s'im - bo - ra... Mi de - xô so - zi - nha...!

185

Ai, Chiquinha,
Bate o menó,
Grande vida triste
De quem véve só!

Ai, papai!
O que é fiínha!
Mamãi foi-s'imbora,
Me dexô sozinha!

(Refrão de novo a que seguirá embolada variando sobre a mesma linha.)

133

Vou-embora!

Coco de zambê

R. G. do Norte (Goianinha)

— Vô-m'imbora dessa terra
Pro corpo de Aracina!
— Num posso tumar amô
Purquê sô munto minina!

134

Morena

R. G. do Norte

(Coro) Morena mi dá teu remo
        Teu remo pra eu remá
        Meu remô caiu quebrôs' (quebrou-se)
        Morena, lá no alto mar.

(Solo) Pedro Paulino
        Tem um neto qui tá home,
        Quando tem carne num come

Pega as arma e vai brigá.
Pedro Paulino
Diodoro Lauriano
No termo pernambucano
Nunca achei p'a m'ingaiá.

135

Na barra, ôh Maria

R. G. do Norte

Na ba - rra Ma - ria Quem me de - ra eu lá Tem dois passa -

gêro sem pu - dê — passá Meia pa taca dois mirréi mil i qui

nhento E a língua dentro da boca E a boca co'a lingua dento! — Ai na bar -

Na barra, Maria,
Quem me dera eu lá
Tem dois passagêro
Sem pudê passá.

Meia pataca
Dois mirréi mil-i-quinhento
E a linguá dento da boca
E a boca co'a lingua dento!

188

136

Vam' passá o rio

R. G. do Norte

Vam'passa'o rio — P'outo lad'de lá, Vam'passa'o rio —

P'outo lad'de lá lá Na minha mata Nãotempauqu'eunummia

ssuba Isgueiro massaran duba E tata- juba e puru- á

Vam' passá o rio
P'outo lad' de lá, } bis

Na minha mata
Não tem pau qu'eu num mi assuba
Isgueiro massaranduba
E tatajuba e puruá.

137

Me dá teu remo

R. G. do Norte

Na mĩa mata não tem pau qu'eu não me assuba Coquèro massaran

189

du ba, Su cu pira e lo rin gá Dei um

beijo na ca bôca serta neja Por de trais da quela i

greja No ser tão do Ci-a rá Me nina me dás teu

re - mo Teu rem' pra e- u r' mar *etc.*

(Solo) Na mĩa mata
Não tem pau qu'eu não me assuba
Coquêro massaranduba,
Sucupira e loringá (*sic*; lôro, ingá).
Dei um beijo
Na cabôca sertaneja
Por detrais daquela igreja
No sertão do Ciará.

(Coro) Menina me dás teu remo
Teu rem' pra eu r'mar.

2

(Solo) Eu chego em casa
Boto a espingarda nas costa
Vou em casa de Seu Costa
Compro chumbo e vô caçá
Chego no mato,
Mato grandes e miúdo

190

Chego em casa, junto tudo
Dô à véia pra tratá.
Chega um menino:
— Papai, me dê um pedaço
— Safado! meto-lhe o braço
Vejo o mocotó passá.

(Explicação escrita em seguida ao último verso: ''Caiu e ficou de pernas pra cima''.)

138

Quero vê carvão queimá

Paraíba

(Coro) Eu queru vê queimá carvão
Eu queru vê carvão queimá.

(Solo) Ôh remadô rema a canoa
Passa p'o ladu di lá.

COCOS DOS HOMENS

139

Adeus, Luquinhas

R. G. do Norte

— Adeus, Luquinha da la- gô a!—Cumpanhêru eu na chamá sô ve-

lê - ru! — Adeus, Lu - quinha da la - go - a! —É nu tomb',é nu gei-tu abo-la dá!

— Adeus, Luquinha da lagoa!
— Cumpànhêro, eu na chama sô velêro!
— Adeus, Luquinha da lagoa!
— É no tomb', é no geito a bola dá!

— Adeus, Luquinha da lagoa!
— Cavalêro, na sala eu vô bolá!
— Adeus, Luquinha da lagoa!
— Meu amigo, canáro vai cantá!

— Adeus, Luquinha da lagoa!
— Meu sinhô, arrepare o meu rimá!
— Adeus, Luquinha da lagoa!
— Cumpànhêro, eu sô bom p'a frasiá!

140

Justino Grande

R. G. do Norte

Pr'ondi vai, Jus tinu Grandi, Cum teu bumba geme-dô?

Quandu chegô im Go-i-a-na Jus tinu Grandi apanhô...

Pr'onde vai, Justino Grande,
Cum teu bumba gemedô?
Quando chegô im Goiana
Justino Grande apanhô!

Binidito era um bicho,
Cab'a bom p'a vadiá,
Justino Grande apanhô,
Quand'acabô foi s'inforcá.

Quando entrarum nũa sala,
Que pegarum a rimá,
Diz, até fazia pena
O Justino vadiá.

Eu me chamo Binidito,
O coquêro do lugá,
Eu sô aquela seipente
Que você ouviu falá.

— Faça carrêra, Justino,
Nóis agora vamo dá,
Dê c'u macêpo nu bumba,
Quero vê êle falá!

Binidito então lhe disse:
— Sinhores, chegue pra cá,
Venham vê êsse valente
Na minha mão se acabá!

O Justino disse a êle:
— Faça um ponto, isbarro lá!
Sô cum'a peça carnêra
Quand'ela qué dispará!

Binidito disse a êle:
— Agora vô pelejá,
Só p'a matá êsse duro
Que vêio nu meu lugá!

Binidito escavacando
Cumo o denende lugá,
Era a tigue, era a seipente,
Peito bom p'a vadiá!

O Justino entrô p'a dento,
Nunca mais êle falou,
Quando chegô na cuzinha
Justino Grand' s'inforcou.

Nota — O argumento desta admirável "complainte" é verdadeiro. Benedito e Justino Grande são coqueiros famosos, este pernambucano de Goiana.

141

Manuel, acorda João!

Paraíba

197

Quius a lemão tão lá fó - ra!... Bo - ta cacho, mai'num
Num an - da fó - ra da ho - ra!...

vingum, Fu - lo - rum, mai'num fu - ló '!

Manué acorda, acorda,
Acorda Juão!
Que os alemão 'tão lá fóra!
Os alemão são costêro,
Num anda fóra da hora!
Bota cacho mai' num vingum,
Fulorum, mai' num fuló...! (fuloram)

142

Chalé de Manuel Armindo

Paraíba

U cha - lé di Ma - nu - é A - rmi - nu As qua - tru

quin'in da farta ca - iá Ja - ne - la di pra - ta ja - ne - la di

ôr' Pa - re - ci um ti - zô - ru das Mi - na Gè - rái'!

198

O chalé de Manué Armino,
As quatro quin' inda farta caiá;
Janela de prata, janela de ôro,
Parece um tizôro das Mina-Gèrai'!

143

Seu Zé

Paraíba

(Coro) Óia el', seu Zé! (bis)
Eu só amo a quem me ama,
Eu só quero a quem me qué!

1

(Solo) Cum um B eu assuletro:
Bastião, belo, Barbino;

Cum um P: Ped'i pavão,
E o dotô do meu distino.

(Refrão)

2

Meu tíu Amaro Amadô,
De Celeste Celestrino;
Cachorro come roisnano (rosnando)
Moça namora é surrino.

(Refrão)

144

Fala, Juvenal

Paraíba

(Solo) Ôh, fala, Juvená,
(Coro)   láiá!   } bis

145

Lagoão

R. G. do Norte

Lagoão foi imbora,
Num me deu a mão!

Negro embolador

R. G. do Norte

Êh   nê - go im bo - la -   dô im -   bo - la - d'Êh

nê - go que sa - b'imbo -   lá im bo - lá Êh   nêgo im bo - la -

dô im - bo - lad'Êh   nê - go que sa - b'imbo - lá im - bo - lá

Êh nego imboladô,
Imbolad',
Êh nego que sab'imbòlá!
Imbôlá!

147

Tá bêbo, Nêgo

Ceará

Nê - ga da   nada Só é Qui - te - ra Pa - riu trêis

fi - o Qué sê don - ze - la Tá m'inga - nando P'eu ca - sá

cu'e - la Ta m'in - ga - nando P'eu ca - sá cu'ela Tá bê - bo

nego Tá bê - bo cão Fa - la cu - mi - go Cun - ti - go não

Nêga danada
Só é Quitera,
Pariu trêis fio,
Qué sê donzela;
Tá m'inganando
P'eu casá cu'ela.

Tá bêbo, nêgo,
Tá bêbo, cão,
Fala cumigo,
Cuntigo não.

148

Bravo da Limeira

Paraíba

Bravu da Li - mê - ra Bravu da Li - má Ai quandu eu

fô le vu He - le - na Si vò - rtá tra - gu lá - iá

202

— Bravo da Limêra,
Bravo da limá!
— Ai quando eu fô levo Helena,
Si vòrtá trago láiá!

149

Bravo da Limeira

Paraíba

(Coro) — Bravo da Limêra,
        Ôh, bravo da Limêra!
(Solo) — Hoje tem doce,
        Tem cocad'e tem cangica!
       — Bravo da Limêra,
        Ôh, bravo da Limêra!
       — Cuscúis de Sinhá Chica,
        E pamonha, magunzá!

(Sempre mesmo processo de estribilhar.)

Meia pataca,
Dois mirréis, milequinhento,

203

Fecha a porta do inferno,
Dex'o diabo ficá dent'!

150

Bravos â Limeira

Paraíba

(Coro) — Ôh bravos â Limêra,
Ôh bravos â Limá!

(Solo) — Ai, cheguei de novo,
Vamo cantá o môrão!
— Ôh bravos â Limêra,
Ôh bravos â Limá!
— Ai, que chique-chique,

Faxêro, c'roa-de-frade!
No amô e n'amizade
A sorte Deus é quem dá!

151

Zé do Bamba

Ceará

152

Tamanqueiro

Paraíba

— Taman quêru, quer'um pá, quér'um pá,

Tamanquêru, quer'um pá di ta-manc'p'eu ca-rçá, Tamanquêru! quer'um

rça', Tamanquê-ru! —Eu... í nu pôrtu di A-la-go-a, —Taman

quêru!
— Eu in-co-ntrei tudu im be-las cundi-
En tri na víu i pa quê-tis i ca-
Um Ló-idi na víu eu m'incos-

ção — Tamanquêru! Mai'di centu i cin-cuent'imbarca-ção — Taman
noa, —Tamanquêru! A prè-sença di mai'di ceim pessoa, —
tei Ê-li quis pa-rtí eu si-gu- rei

quêru — Dessa vêiz-i- o cantô cri-ô fa-ma — I_u na-
quêru — Taman-quêru!

víu só par-tiu quandu eu so- rtei! —Taman quêru, quér'um

D. C. ao %

Nota — Tal como está grafado há um erro básico de quadra-tura. A estrofe aqui é de 9 pés em vez de 10 como devia ser. Daí a falta de equilíbrio de tudo. Nas estrofes normais, o oitavo verso será cantado com mais uma repetição da linha com que se canta aqui o verso: "Eu encontrei tudo em belas condição".

— Tamanquêro quero um pá,
Quero um pá, quero um pá,
Tamanquêro, quero um pá,
De tamanc' p'eu calçá!
Tamanquêro!

1

Eu í (fui) no porto de Alagôa
— Tamanquêro!
— Eu incontrei tudo im belas còndição,
— Tamanquêro!
— Mai' de cento-e-cincuenta imbarcação
— Tamanquêro!
— Entre navíu e paquetes e canoa,
— Tamanquêro!
— Ã prèsença de mais de cem pessoa,
— Tamanquêro!
— Um Lóide, navíu eu m'incostei
— Tamanquêro!
— Ele quis partí, eu sigurei!
— Tamanquêro!
— Dessa vêiz-i-o cantô criô fama
— Tamanquêro!
— E o navíu só partiu quando eu sortei!

(Refrão) (Notar que também no refrão o coro só canta a palavra "Tamanquêro" cabendo as outras palavras ao solista.)

2

Dou tabefe, bofete e burduada
No pé-do-ouvido da cara do patife,
Na macaca eu ajunto um cantô pife,
Dô na boca que fique escangaiáda,
Dêxo mais duas perna isfòlada,
E o teu côro eu mando p'o presidente;
E o Guverno arrecebe de prèsente
Este côro já foi de lubisóme;
Eu tomêm quiria sabê do nome
De quem mânda curtí côro de gente!

(Refrão)

3

Entre os Sete Mutum ô (ou?) da Rochinha
O trem-de-ferro descia im dèsfilada,
De um tombo qu'eu dei na rètaguarda,
Rebolei tudo os trem fóra da linha,
A pidido duns amigo que ali vinha,
Que ninhum num pudia tê dèmora,
De um cardêro eu fiz duas iscóra,
Fiz làvanca de dois cambão de mío,
Novamente muntei o trem no trío,
E o maquinista apitô e foi imbóra!

(Refrão)

4

Fui cunvidado um combate de batáia,
No mòmento que a peça detonava
E o cano da peça que atirava
Tinha boca malhór que ũa fornáia,
Eu 'scundido por tráis dũa muráia
Tapei a boca da peça do canhão,
Deu um 'strondo malhor que um truvão,
A isquadra inimiga decuô (recuou),
Foi vèrdade que a peça detonô
E a bala ficô na minha mão!

(Refrão)

Nota –– Na segunda estrofe. "Ajuntar" quer dizer: dar uma sova. Se percebe aliás por certas deformações, que são versos decorados. Provavelmente literatura de cordel.

153

Tamanqueiro

R. G. do Norte

Taman quêru, quer'um   pá, quer'um pá, quer'um

pá   Taman quê-ru, quer'um   pá di   tamanc' pr'eu cal

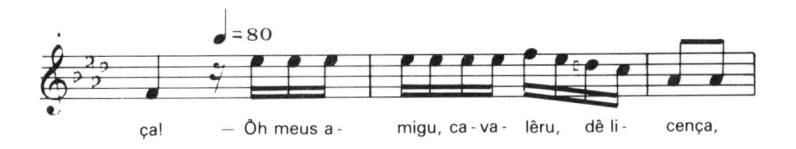

ça!   — Ôh meus a-   migu, ca-va- lêru, dê li-   cença,

Diz, eu brin- cà c'um co-quêru nu sa-   lão,   Diz, êsse
Fa-zê   ê-li ajue-   iá, tu-má ben- ção,

neg'ô é   doid'ô antãonum pensa!   E-ssi   nê-   go, vo-cê... vai im-

bo-ra,   Você a- qui cumi gu num agu-   enta!—Tamanquêru,quer'um   D. C. ao 𝄉

(Coro) Tamanquêro, quero um pá, (par)
       Quero um pá, quero um pá,
       Tamanquêro, quero um pá
       De tamanc' pr'eu calçá!

(Solo) Ôh meus amigo, cavalêro, dê licença,
       Diz, eu brincá c'um coquêro no salão,
       Fazê êle ajueiá, tumá benção,
       Diz, êsse nego ô é dôido ô antão num pensa!

209

Esse nego, você vai imbora,
Você aqui cumigo num aguenta!

(Refrão)

154

Tamanquêro com "Martelo"

Paraíba

— Taman -quê-ru,quer'um pá, quer'um pá... Quer'um

pá di ta -manc'p'eu cal - çá! Manc' p'eu cal - ça...

— Mai'ha - bi - ta-va A - dão nessi jar dim........ Ai, qui Jè -
Ai, mais um di - a si víu tris-ti jsò - lá-du........... Foi si que-

súis... p'a ê - lí ti - nha pra nta-du, Ai, a be -
xar... a Jè- súis,di- ze- nu assim Ai, Jèsúis

le za qui fi zesti pa-ra mim...... Ai num mi dá pra - zê neim ali -
Cristu pèrgun-tô u qui qui - ri- a;........ E-li diss': Si - nhôu meu dè-

210

gri - a!...

se - ju...   Ai, é vê   ô - tru iguá_a mim, pruquí num

ve - ju.......   Ai, ô - tru   sê   qui mi fa -ça cumpa- nhi - a.........!

(Coro) Tamanquêro, quero um pá,
        Quero um pá, quero um pá,
        Quero um pá
        De tamanc' p'eu calçá!

(Solo) Mai' habitava Adão nesse jardim,
        Ai, que Jèsuís p'a êle tinha prantado,
        Ai, mais um dia se viu triste, isòládo,
        Foi se quexá a Jesúis dizeno assim:
        Ai, a beleza que fizeste para mim
        Ai, num me dá prazê nem aligria!
        Ai, Jesúis Cristo pèrguntô o que quiria;
        Ele disse: — Sinhô, o meu dèsejo
        Ai, é vê ôtro iguá a mim, pruquê num vejo
        Ôtro sê que me faça cumpanhia!

Nota — Este é o Martelo de dez pés. No de seis suprime-se as repetições melódicas. A história que este martelo conta, Odilon me disse que aprendeu num "foiête" (folheto). Isso é comum entre rapsodos. Pedem pra algum alfabetizado ler uma dessas histórias metrificadas de literatura de cordel e a decoram aos poucos. Uma estrofe por dia, como me reportou um "declamador" da zona de Penha (R. G. do Norte).

155

Serrador

R. G. do Norte

Serradô, serra a palmêra!
Serradô, serr'o palmerá!

Nota — A embolada segue binária.

156

Serrador do Palmeiral

Paraíba

"Elástico e bem recitado nas acentuações exatas da prosódia. Sem rigor as duas colcheias do 4º compasso. Semínimas, quase".

(Coro) Sèrradô,
Serra a parmêr'
E sèrradô,
Serr'o parmêrá!

(Solo) Caba danado,
Cabo da bola malina,
Você mêmo é que m'insina
Lavá rôpa sem muiá!

157

A Pisada é Essa
(Esse é bom Poeta)

R. G. do Norte

213

— A pisada é essa! $\Big\}$ bis
— Esse é bom pueta!

— Meus amigo e cavalêro,
E ao redó do mundo intêro,
Bela mandô me chamá!
— Esse é bom pueta!

(Refrão)

Ôh pretú cô de rubim,
Inveja matô Canhim (Caim)
Nunca achei para mi dá!
— Esse é bom pueta!

Eu moro nu Caricé,
Eu juro e bato o pé:
Que um coquêro num me dá!
— Esse é bom pueta!

Eu sô méste desta aula,
Eu sô méste da escala,
Faça ponto, esbarre lá!
— Esse é bom pueta!

Eu sô dono desta raça,
Nuvío de ponta grossa,
Bebedô nu Jaraguá!
— Esse é bom pueta!

Maquinista serralhêro,
Ao redó du mundo intêro
Eu vô dá pulo mortá!
— Esse é bom pueta!

Na regra tome cuidado,
Uma branca, outra incarnada,
Numa sala de colá!
— Esse é bom pueta!

Nota — ''Sala de colar'', sala rica.

214

158

Mortos de Fome

Paraíba

Meu Deus qui teim èssi hó - mi Mo - rtu di fómi qui vi - vê - ru‿a - qui

Meu Deus,
Que têm êsse hóme,
Morto de fóme
Que vivêro aqui?

159

Vou-me embora

Paraíba

Mi man - da - ru mi cha má Vô - m'im - bo - ra p'a Gô - ia - na

(Coro) — Me mandáru me chamá!
(Solo) — Vô m'imbora p'a Goiana!

COCOS DOS BICHOS

160

Coco dos Bichos

Paraíba

(Solo) — Avistrúis chama-se Ana,
(Coro) — Nunca mais eu vi!
— Aiga se chama Hinriqueta,
— Nunca mais eu vi!
— Burro se chama Caitano,
E dona Rosa barbuleta.
— Ai, nunca mais eu vi!
(Etc.)

161

Coco dos Bichos

R. G. do Norte

Ai nunca mais eu vi Bacu-rau quando tem sê-de Nunca mais eu

vi vai bebê no laga — diço Nunca mais eu vi Quero que me dê li-

cença Di-zê o no-me dos bicho Ai nunca mais eu vi

etc.

1

(Coro) — Ai nunca mais eu vi!
(Solo) — Bacurau quando tem sêde...
— Ai nunca mais eu vi!
— Vai bebê no lagadiço;
— Ai nunca mais eu vi!
— Quero que me dê licença
Dizê o nome dos bicho!

(O coro continuará sempre assim, intercalado três vezes na estrofe.)

2

Avistrúis se chama Ana,
Aiga se chama Harriqueta,
Burro se chama Perêra,
Dona Rosa é barbuleta.

3

Cachorro se chama Palo, (Paulo)
Cabra se chama Cicilia,

220

Diz, o carnêro é Ismaié
E o camelo é Jirimia.

4

Coba se chama Maroca,
Cuêio se chama Prudento, (*sic*)
Cavalo se chama Roque,
Alifante é Quilemente.

5

Galo chama-se Guilherme,
Gato se chama Orbano,
Jacaré se chama Ambróso,
Lião é Caitano.

6

Macaco chama Abertino,
Poico chama Rafaié,
Pavão se chama Godenço,
Pirú é Zizué.

7

Trigue se chama Então (Antão),
Tôro se chama Porlino,
Urso chama Basíio
E o viado é Simião.

8

Vadeia, mano, brincâno,
No coco cèssano arêia!
Falei nos vinte-e-quatro,
Vaca ficô sem parêia!

162

Dois Tatus

R. G. do Norte

Eu vi dois tatú jugando bola,
Eu vi dois tatú bola jugá,
Eu vi dois tatú jugando bola,
    Ai, ai,
Eu vi dois tatú bola jugá!

Minha espingarda
Pega chumbo de punhado,
Atirei nu mei' do gado
E chumbei o malabá;
É boi de coice,
É boi de frente, é boi de guia,
Me vala (valha) Santa Luzia,
Mãi de Deus do Paraná!

(Refrão)

Corre, minino,
Na casa do funilêro,

Chegue lá, pergunte a êle
Por quanto faiz um ganzá;
Ande ligêro,
Um ganzá é mil-e-quinhento,
Corra lá rapidamente,
Um ganzá vá me comprá!

É treis combóio,
É treis chicote, é treis matuto,
Guriem, cabresto curto,
Treis cangáia p'a muntá;
Ande ligêro,
Meu mano, sustente a bola,
Arrebenta, tranca e torça,
Num dêxe a bola baixá!

É tatú bola,
É tatú china, é verdadêro,
Isso tudo na carrêra
S'ingaia nu cipuá;
Eu vô p'a mata,
Mato grandes e piqueno,
Quem num pudé coma meno,
Juriti, passo do á!

Embola a Lua,
Imbola o Só, imbola o vento,
Meto a cabeça, vô dento,
Qu'eu tambem vô guerriá;
Faca de ponta
É danada pra custela,
Nêgo vendo a ponta dela,
Morre dôido, num vai lá!

Passe pra aqui,
Passe pra ali, passe p'o canto,
Qu'eu daqui num me levanto,
Quantas tapa qué levá?
Aplante a planta,
Agôie a planta, mude a planta,
Meu mano, vigie a planta,
Mode a planta num murchá!

223

Eu sô marujo,
Eu também sô canuêro,
Eu sô meste barcacêro,
Da ribêra do Pilá;
Ande ligêro,
Arrepare, cavalêro,
Eu sô um bicho ligêro,
Na pancada do ganzá!

163

Pisei na Ponta da Rama

Alagoas

Pisei, pisei,
Na ponta da rama,
Pisei, pisei,
Na cobra coral.

164

Êh-lê, Caninana

Coco de palmas   R. G. do Norte (Penha)

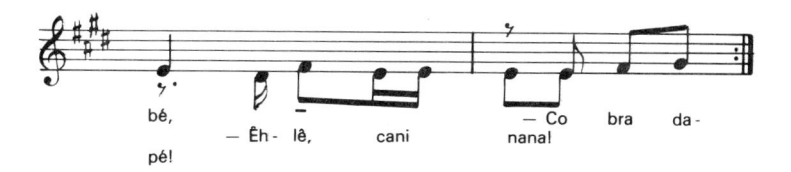

bé,
pé!
— Êh- lê, cani nana! — Co bra da -

(Solo) — Eu fui na mata
(Coro) — Êh-lê, caninana!
— Busca imbé,
— Êh-lê, caninana!
— Cobra danada,
— Êh-lê, caninana!
— Mordendo o pé!
— Êh-lê, caninana!

165

Olô, Ariranha!

Paraíba

O lô ôh a - ri - ranha
Vo cê p'a - dondi vai síu

Vò - rti p'a trái' Num tá vendu eu Cha - ma nu
Tô in-sa- iam Cum alian- ça nu

dedu Ari ra-nh'amarr'u ca- be-lu La-çu di fi-t'a-vu- a-nu

(Coro) Olô, ôh, ariranha,
　　　 Você p'a donde vai,
　　　 Síu!

1

(Solo) Vórti p'a trái,
　　　 Num 'tá vendo eu chamano,
　　　 'Tô insaiano
　　　 Cum aliança no dedo,
　　　 Ariranha, amarr'o cabelo,
　　　 Laço de fita avoano!

(Refrão) (Sempre depois de cada embolada.)

2

Eu venh' de Tabaiana,
Dos campo a danadia (?)
Do termo da Baía,
Pertunina (Petrolina) a Juazêro;
Mest' Cordêro,
Si me fô a Barrêro,
Diga lá a Julio Pêd'o
Qu'eu num brinco Tanuêro.

3

Vei' um sorteio tirano
P'o povo pudê pegá,
De vint'a quarenta ano
Só iscapa se avúa!

4

Essas agua me consôme,
Que ingano até judeu;
Ariranha, diga seu nôme
Que quero dizê o meu.

5

P'a batê bombo toínho,
Ante lião tá rapaiz;
P'a batê côco, só píu
De sô Mest' Zé Tumaiz.

6

Você me diga, Ariranha,
Qu'ela é munto meu amigo:
Mais vá (vale) topá cum deiz hôme
Du que s'incontrá cumigo!

7

Ariranha tava na Una,
Sôbe da minha chègada,
Amuntô no trem isprésso,
Foi â barra de jangada.

8

Baiana, minha baiana,
Baiana do curação,
Pur causo.dessa baiana
Fui prêso p'a Maranhão.

9

Baiana, minha baiana,
Baiana do jangadêro,
Pur causo dessa baiana
Matáru meu cumpanhêro.

166
O Lião é Chale

R. G. do Norte

227

Santa P'a tu-má conta da banca Do Partido A-libe- rá! *D.C. ao %*
— O li-ão é

O lião é chale, é chale,
O lião é dois amô! } bis

Olêlê, Pedo Sigundo
Iscreveu p'a dona Santa
P'a tumá conta da banca
Do Partido Aliberá!

(Refrão)

Olelê, ande ligêro,
Me lembrei de Binidito,
Abêia pega musquito
Naquele salão de lá!

Olelê, na minha mata
Num teim pau qu'eu num assuba,
Visguêro, massaranduba,
Tatajuba, pirauá!

Olelê, é treis cavalo,
É treis chicote, é treis matuto,
Guriem, cabresto curto,
Rabichola, peitorá!

Olelê, ande ligêro,
Num venha prá minha banda,
Você hoje aqui desanda
Que só fio nu tiá!

Nota — "Olêlê, ande ligero" é verso tradicional de advertência ao coqueiro antagonista. "Guriem" é o chicote de estalo dos comboieiros.

O Veado

Paraíba

Ôi ôi ôi vi - a - du   É co - rre - dô vi - a - du

Eu vô - m'im - bor' vi - a - du   É an - da - dó vi - a - du

(Coro) — Ôi, ôi, ôi, viado!
(Solo) — É corredô, viado!
     Eu vô-m'imbora, viado!
     É andadô, viado!

168

Voa, voa, Passarinho

Paraíba

Passa - rinho da la - gô - a Si tu queres a - vu -

á, vô - a, vô - a vô - a já O bi - quinho pelo

chão E as a-sinhas pelo   à   Vô-a   vô-a vô-a   já

Passarinho da lagoa,
Si tu queres avuá...
— Voa, voa, voa já!
— O biquinho pelo chão
E as asinhas pelo á.
— Voa, voa, voa já!

169

Passarinho da Lagoa
(Avoa já!)

Paraíba

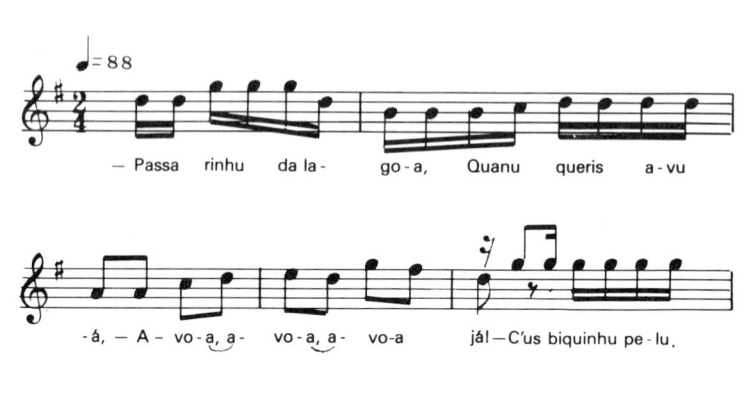

— Passa   rinhu   da la-   go-a,   Quanu   queris   a-vu

-á, — A – vo-a, a-   vo-a, a-   vo-a   já!–C'us biquinhu pe-lu.

chão i   as a-si-nha pe-lu   á... —A-voa, a-   voa, a voa   já!

Passarinho da lagoa
Quano queres avuá,

230

— Avoa, avoa,
Avoa já!
— C'u biquinho pelo chão
E as asinha pelo á.
— Avoa, avoa,
Avoa já!

170

Chô, chô, Passarinho

Alagoas

(Coro) Chô, chô, chô, chô, passarinho!
Quem t'insinô a avuá?
Foi as minina da praia,
Caboquinha do Pilá!

1

(Solo) Minha mãi quando me dava,
Me dava cum a rudía, (rodilha)
Chorava eu de dengoso,
Qu'essa surra num duía.

(Refrão)

2

2

Minha mãi, lá vem u hôme!
— Minha fia, dêxe vim;
Qu'eu num devo nad'û hôme,
Nem u hôme deve a mim.

171

Papagaio

Paraíba

Meu papa gaio morr eu Papa gaio Afogado na maré Papa- gaio À falta de quem disser Papa gaio meu lour'dê cá o pé Papa gaio pu ru cu
paco paco paco Papa gaio meu lour'dê cá o pé

— Meu papagaio morreu...
— Papagaio!
— Afogado na maré...
— Papagaio!
— Á falta de quem disser... (dissesse)
"Papagaio, meu louro, dê cá o pé!
Papagaio, purucu paco, paco, paco!
Papagaio, meu louro, dê cá o pé!"

172

Papagaio Rico

R. G. do Norte

Papagai' ôh rico,
Dê cá o pé, meu lôr'!
Papagai' ôh rico,
Dê cá o pé, dê cá!

173

Papagaio

R. G. do Norte

233

Louro, pé, louro me deu,
Papagaio!
Louro, pé, louro me dá,
Papagaio!

174

Sabiá

Paraíba

A muié do dele gado Sa - bi - á Tá pra morrê duma

dô Sa - bi - á É pra dentro e é pra fóra sa - bi -

á Valha — me Nosso Si - nhô Sa - bi - á

— A muié do delegado...
— Sabiá!
Tá pra morrê duma dô;
— Sabiá!
— É pra dentro, é pra fóra...
— Sabiá!
Valha-me Nosso Sinhô!
— Sabiá!

234

Olê Sabiá

R.G. do Norte

— O- lê, sabi- á! —Ôh sa- bi-á da ma-ta
— O lê, sa-bi-

á!—Quandueu perdê minha ri - ma...
O· lê, sa-bi- á! — Simi-ão, Simi-
—Nunca mai'peg'u gan -zá...

ão! — O lê, sa-bi- á!—Caça - dô ti-rô....... Sabi- á vu-

ô, O-i'u meu ca- rão! —O-lê, sabi-

D.C. ... %

— Olê, sabiá!
— Ôh sabiá da mata!
— Olê, sabiá!
— Quando eu perdê minha rima,
— Olê, sabiá!
— Nunca mai' pego o ganzá!
— Olê, sabiá!
— Simião, Simião!
— Olê, sabiá!
— Caçadô 'tirô,
   Sabiá vuô,

Óia o meu carão!
— Olê, sabia!

176

Sabiá da Mata

Paraíba

— Êh....... sabi- á! Sa- bi-á da ma —————— ta, Só canta a mei'

dia! sabi- á can- tava, sa- bi- á cho- ra- va, Sa- bi- á su-

rri- a! — Sô du Jaca ré, Já tô peipa radu(etc.) Pre

sa di li- ão, Cò ra gi da na- da

Num teim ũaimbo- la- da Cum'a di Adi- lã — um!

(Coro) Êh, sabiá!
      Sabiá da mata
      Só canta a mei' dia!
      Sabiá cantava,
      Sabiá chorava,
      Sabiá surria!

(Solo) Sô do Jacaré,
      Já tô peiparado,
      Tô de braço aimado,
      Dô im quem vinhé,
      É o qu'eu lhe dé,
      Fôrça de Sansão,
      Prêsa de lião,
      Còrage danada,
      Num tem ũa imbolada
      Cum'a de Adilão!

    (Refrão)

Nota — A palavra "dia" tem a primeira sílaba perfeitamente musical. Mas o som desce em portamento lento e termina nas proximidades dum possível Dó, falado com voz pachorrenta, bem preguiçosa. Na firmata final do solo, Adilão fazia uma ondulação (não trêmulo) com a voz, fazendo movimentos de abrir e fechar a boca, e também laterais. Som nasal. A ondulação prolonga enquanto o coro entra no "Êh sabiá!".

A linha do refrão cantada sempre o mais elástica possível, sem nenhuma rigidez métrica nem de movimento, com muito caráter de cisma largada.

177

Pinião

Paraíba

ô - si foi prá mata foi cu - mê me - lã_____ um che - gô na

mata foi fa - zendu pi —u Pi - ni - ăum pi - ni - ăum pi - ni -

ăum Ai sa - bi - a da ma - ta Ai sa - bi - á meu beim

Ai sa - bi - á da ma_____ ta Bo - t'u ô - lhu nu ca -

mi - nhu si meu beim já veim

Pur isso mesmo sabiá zangô-se,
Arripiô-se, foi prá mata, foi cumê melão,
Chegô na mata, foi fazendo "píu!"
Pinião, pinião, pinião!

Ai, sabiá da mata,
Ai, sabiá meu bem,
Ai, sabiá da mata,
Bota o olho no caminho,
Si meu bem já vem!

238

178

Sabiá
(Sericóia)

R. G. do Norte

Sa - bi - á, treis pó - ti, siri- có - ia mi - u - dinha!
Sa - bi - á, treis pó - ti, siri- có - ia mi - u - da!...

Sabiá, trêis pote,
Siricóia miudinha,
Sabiá, trêis pote,
Siricóia miudá!

179

Três Cocos, Sericóia Miudinha

Paraíba

Us hô - mi só faiz fa- rinha As mu - lé pe - ne - r'a

massa massa Ôh trêis co - cu si - ri - co - ia mi - u -

dinha U bu - ê - ru du va - pô Tá cu - bertu di fu - ma - ça

— Us hôme só faiz farinha,
As mulé penêra a massa,
— Ôh trêis coco,
Siricóia miudinha!
— U buêro do vapô
Tá cuberto de fumaça.

Nota — "Sericóia" é saracura. O povo diz que a saracura faz: "Trêis coco! um coco! Trêis coco! um coco!".

180

Três Cocos

Paraíba

Trêis coco, siricóia miudinha,
— Aiá! —
Trêis coco, siricóia miudá!

181

Andorinha

R. G. do Norte

(Embola sobre a mesma linha.)

Andurinha, andô, andô,
Andurinha, é sabiá!

182

Andorinha Branca

R. G. do Norte

Êh andurinha branca,
Êh andurinha do má!
Êh andurinha branca,
Pidiu asa p'a vuá!

Eta lá,
Tará, num deu,

E foiga (folga) foiga,
Zé Luis,
E vê si pego
A lingua dele
P'a rimá.
Ôh láiá!

(Refrão)

183

Gavião peneirou

Paraíba

Gavião penerô, penerô, penerô!
Gavião penerô, penerô, penerá!

184

Gavião peneirou

Paraíba

242

Gavião penerô, penerô, penerô!
Gavião penerô, penerô, penerá!

185

Acauã

Paraíba

(Solo) — Olêlê, canhuã!
(Coro) — Fai' Só que é de-manhã!
       — Eu vô hoj', canhuã!
       — Fai' Só que é de-manhã!
       — O galo cant', canhuã!
       — Fai' Só que é de manhã!
(Etc.)

186

Acauã

Paraíba

Bru-um Queim teim dois pó-di dá   u-um Queim num teim qui diabu   dá

(Coro) Olêlêlê,
       Cauã,
       O galo canta,
       É de-manhã!

(Solo) Olêlê, tou me lembrano
       Da furtaleza do Brum,
       Quem tem dois pode dá um,
       Quem num tem, que diabo dá!

187

Embolada da Aracuã

Recife, Pernambuco

A ra cuã cuã cuã cuã   cuã cuã cuã cuã

cuã! Ara cuã cuã cuã cuã   cuã cuã cuã cuã   cuã!

A ra cuã cuã cuã cuã   cuã! Ih!aaaaa.......   etc.

244

Nota — A embolada seguia essa mesma linha de refrão. Às vezes neste, Maria Joana interrompia a linha e dava um pio, de magnífica perfeição imitativa, que grafei "Ih". Seguia um pio, um "aaa" meio chocarreiro, meio imitativo de gemido de ave. Os "virtuoses" populares têm muito dessas coisas e tiques individuais de canto, absolutamente inexpressáveis em qualquer grafia musical ou literária. Odilão do Jacaré abundava delas. Chico Antônio era mais sóbrio disso.

Aracuã, cuãcuãcuãcuã
Cuãcuãcuãcuã, cuãcuãcuãcuã,
Aracuã cuãcuãcuãcuã
Cuãcuãcuãcuã pra vadiá!

188

Caboré

R. G. do Norte

Pr'onde vais cobo-ré tão pi-e-do-so 'Spera por

mim cabo-ré qu'eu também vô Achei um ninho mai'num sei de quem

é Isso tu-do são as-tucia do cumpad' ca-bo-ré

Pr'onde vais, caboré tão piedoso!
'Spera pur mim, caboré, qu'eu também vô!
Achei um ninho mai' num sei de quem é,
Isso tudo são astucia do cumpad' caboré!

245

189

Urubu Sururu

Paraíba

(Coro) — Urubú sururú!
(Solo) — Mais eu vô cuntigo, êh!
— Urubú sururú!
— Mais eu vô cuntigo, ah!

190

Roda, Dama e Cavaleiro!

Paraíba

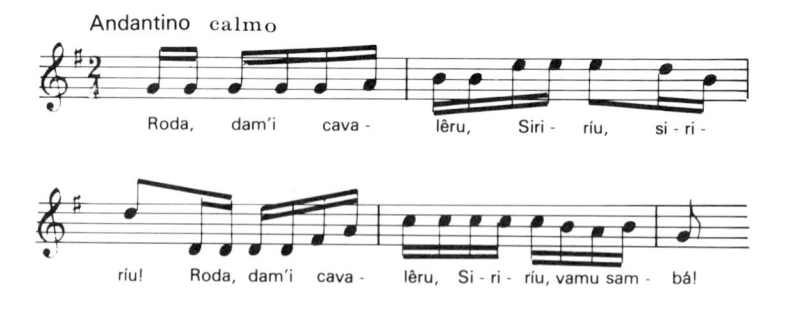

Roda, dama e cavalêro,
Siriríu, siriríu,

246

Roda, dama e cavalêro,
Siriríu, vamo sambá!

191

Tetéu da Lagoa
(na)

R. G. do Norte

— Eu vi tetéu na lagoa!
— Na lagoa tem tetéu!
— Eu vi tetéu na lagoa!
— Eta lá você num deu
P'a divirtí mais eu!
— Eu vi tetéu na lagoa!

192

Lavandeira

Paraíba

Andantino

Lavan - dê - ra be - beu agua O - lê - lê pu - e - ta

no - vu num mun - tá nu meu can - gó - ti Si muntá leva chi -

có - ti Mo - rri dô - idu di_a - pa - nhá

(Coro) — Lavandêra bebeu agua!
(Solo) — Olêlê, pueta novo,
           Num munta no meu cangote,
           Si muntá leva chicote,
           Morre dôido de apanhá!
           — Lavandêra bebeu agua!

193

Vi Borboleta

R. G. do Norte

Eu vi, do - n'Eu vi a - vu -

á, Eu vi barbu- leta nu jô - gu du má! má

Eu vi, dona,
Eu vi avuá,
Eu vi barbuleta
No jogo do má! (mar)

194

Abelha
(Abelhas)

Paraíba

Essa a belh' uru - çú, Essa ô - tra num é! Cort'u

pau, cort'u pau, cort'u pau, tir' u mé!- Essa é janda- íra, Essa

ô- tra num é! Cort'u pau, cort'u pau, cort'u pau, tir'u mé!

1

(Solo) — Essa abêi'uruçú,
            Essa ôtra num é!
(Coro) — Cort'o pau, cort'o pau,
            Cort'o pau, tir'o mé!

2

— Essa é a jandaíra,
Essa ôtra num é!
— Cort'o pau, cort'o pau,
Cort'o pau, tir'o mé!

195

Ronca o Besouro

Coco de zambê   R. G. do Norte (Goianinha)

— Na fu lô roncá u bi-zô - ru, na fu- lô roncá u bi

zô - ru, na fu - lô roncá u bi - zô - ru, na fu -

lô dê - xá ron - cá! Na fu - - cá! — Mininá

pur teu res - peitu Eu passei a noi - ti im pé......, Nus bra -

çús duma ca - nô - a Na ra - iz dum ca - no - é, — Na fu -

Na fulô ronca o bisôro (ter)
Na fulô dêxa roncá!

Minina, pur teu rèspeito
Eu passei a noite im pé,
Nos braços dũa canoa,
Na raiz dum canoé!

196

Ronca o Besouro

R. G. do Norte

Na fu - lô ronc'o bi - zô - rro Na fu - lô ronc'o bi -

zô - rro Na fu - lô ronc'o bi - zô - rro Na fu - lô dê - xa ron - cá

— Na fulô ronca o bisôrro, (ter)
Na fulô, dêxa roncá!

1

Sexta-fêra feiz um ano
Que meu curação fechô,
Quem mòrava dento dele
Pegô a chave e levô.

2

Sexta-fêra feiz um ano
Que meu curação se abriu,
Quem mòrava dento dele
Pegô a chave, inguliu.

251

3

Maria, minha Maria,
Que Maria tenho eu!
Cumeu todo o meu fèjão,
Nem um carôço me deu!

4

Lá im casa tem ũa gata,
Quando come lambe as unha,
Tem uma cachorra véia
Que serve de tistimunha.

5

Minha gente, venha vê
Coisa que nunca se viu:
Minha gata pôis um ovo,
Minha galinha pariu!

6

Quando em teus óios divinos
Fito os meus óios mòrtais,
Só me lembro dos minino
Do cumpade Zé Morais.

197

Chulia o Besouro

Alagoas

Chulia o bisouro
Bem chuliadinho,
O bisouro é preto
Mas é bunitinho.

198

Ôh laiái

Pernambuco

Recolhido por Mário de Andrade em S. Paulo, duma aluna pernambucana.

Chu leia o bezou - ro, ôh... iaiai Bem chulia - dinho, ôh iaiai, O bezouro é pre - to, ôh iaiai Mas é boni - ti - nho, ôh iaiai!...

Nota — Fiquei indeciso no grafar a letra do refrão. Acho mesmo agora que grafei da pior maneira possível. Ou quem sabe não... Pode ser Oh Yayá a que se ajuntou um i final porque o ditongo *ai* é mais molengo que o á agudo de Yayá e a frase sendo de terminação feminina e portanto fraca requeria melodização mais doce na vogal final. Ou pode ainda ser Oiaiai, que nem se exclama Aiaiai! repetição interjectiva do Ai! exprimindo impaciência...

O Besouro Mangangá

Coco sertanejo

Paraíba

(Solo) No caminho do sèrtão
Tem um pé de jàtobá,
Cada gáio tem cem fôia,
Cada fôia um mangangá.

(Coro) Ronc'u bisôro mangangá! (bis)

COCOS DE COISAS E DE VÁRIO ASSUNTO

COCOS DE COISAS

200

Bumba Real

Paraíba

Mandei falar c'uma mo - ç'O - lê - lê bumba

re - al Para cum ela ca sar O - lê - lê bumba re -

al E - la mandou mi di - zer O - lê - lê bumba re -

al Faça casa pra mo - rar O - lê - lê bumba re - al La - rá la

rá Olê - lê bumba re - al La - rá la - rá O - lê - lê bumba re - al

257

— Mandei falar com uma moça,
— Olêlê, bumba real!
— Para com ela casar,
— Olêlê, bumba real!
— Ela mandou me dizer:
— Olêlê, bumba real!
— Faça casa pra morar.
— Olêlê, bumba real!

Lará-lará,
Olêlê, bumba real!   } bis

201

Ei, ei, ei, Bumbá

Paraíba

Êi êi   êi bumbá   Êi êi   êi bum - bá Carrê - ru

no - vu Num tra - bá - ia seim a   can - ga Pi - sa na fu - lô da

man - ga Lev'u   ga - du p'o cu -   rrá êh bum - bá

(Coro) Ei, ei, ei, bumbá! (bis)

(Solo) Carrêro novo
       Num trabáia sem a canga
       Pisa na fulô da manga,
       Lev'o gado p'o currá,
       Êh, bumbá!

258

202

Êh Bumba Chora

R. G. do Norte

Êh bumba   cho - ra ha -   hai cho - ra meu   bum - ba

Di -   zem que pa - de Ci - ço Faiz cô - isa de adi - mi - rá   Faiz a

gente mo - rrê   ho - je Ama -   nhã   rissusci - tá

— Êh bumba, chora!
Ah-ai! chora, meu bumba!

1

Dízim que pade Ciço
Faiz coisa de adimirá:
Faiz a gente morrê hoje,
Amanhã rissuscitá.

2

Mió de que gêlo, é fria
Agua de minha burracha;
Tabaco bão tem mĩa tia
Que a gente ispirra que racha!

3

O vinho é sangue de Cristo,
É arma de Satanaiz:

259

É sangue quando êle é poco,
É arma quando é dimais.

4

A Lua vem distendendo
Sua branca quilaridade:
É cartía onde se aprende
O B-A-BÁ da sodade.

5

Règato das minhas máguas,
Cunfidente desta dô,
Iscreve nas tuas aguas
O nome de meu amô.

Nota — Esta última quadra é erudita, da autoria de Renato Caldas.

203

Êh, Bombo, Chora

Paraíba

260

(Coro) — Êh, bombo, chora!
(Solo) — Bombo, chora cum razão,
         Meu bombo!
(Coro) — Êh, bombo, chora!
(Solo) — Meu bombo, num vai chorá,
         Meu bombo!

204

Bumba, Chora

Paraíba

Minha mãi, eu vou prá escola,
Aprender a ler, e a tocar viola!

Êh, bumba, chora!
Chora, chora, meu bumba!

205

Ei, Bumba, Chora

Paraíba

bumba foi prá es   col'aprender   a   ler com a-le-   gri-a

Ei, bumba, chora!
... rarai...
Chora, meu bumba!

— Meu bumba foi prá escola
Aprender a ler com alegria.

O neuma *rarai* tem os dois érres fracos.

206

Meu Baralho

R. G. do Norte

Meu ba-ra-iu, dois   ôru, Eu num queru   mai'ju-   gá!

gál   — Andi   li-   gê-ru Nu ba-   lan-ço du rò-

jã-u, Cupi   dú caiu nu   chão, Eu vi a   barra lèvan-   tá!

262

Meu baráio, dois ôro,
Eu num quero mai' jugá! } bis

Ande ligêro
No balanço do ròjão,
Cupido caiu no chão,
Eu vi a barra levantá!

(Refrão)

Ande ligêro, (Este verso completa as quadras.)
Você num deu na tiuría (teoria),
Me chamo Mané Matia
Daquele lado de lá!

Minha chinela, meu tamanco,
Vô pegá camurim branco
Nu rio do Areiá!

Você diz que canta coco,
Acredite, meu cabôco,
A sorte Deus é quem dá!

Falo sem medo ninhum
Qu'eu juguei nu vinte-e-um
E me mudei p'u bacará!

A conta é dizê trêis vêiz
Qu'eu juguei nu lasquineiz
E acabei de me alisá!

Meu amigo eu istô só,
Qu'eu juguei nu dominó,
Quasi morro de apanhá!

Eu larguei o dominó,
Mai' nu danado do bozó (dados)
Eu acabei de me arrazá!

Acridite, cavalêro,
Nesse jôgo de dinhêro
Eu num vô mais arriscá!

Meu Baralho, Dois Ouro
(Meu Baralho, Dois-Ouros)

Paraíba

Meu ba - ra - iu dois-　ô - ru　l eu num　que - ru mais ju -

gá　Meu ba -　rá - iu dois-　ô - ru l eu num　queru mais ju -

gá Meu ba -　ra - iu dois-　ô - ru Agora　sim vô cu - me -

çá U po -　v'p'apri - ci -　á Qu'eu cantu fó - ra du cu -　mum

— Meu baráio, dois ôro
— E eu num quero mais jugá!
— Meu baráio, dois ôro!
— E eu num quero mais jugá!

— Meu baráio, dois ôro,
Agora sim, vô cumèçá!
O pov' p'apriciá,
Que eu canto fóra do cumum!

(Refrão)

208

Meu Baralho, Dois-Ouros

Paraíba

— Meu baraio, dois ôro!
— E eu num quero mais jugá!
— Meu baráio, dois ôro!
— E eu num quero jugá mais!

209

Meu Baralho tem um Ás

Paraíba

Meu baraio tem um aiz,
Tem um aiz, tem um aiz,
Meu baraio tem um aiz,
Eu num posso mais jugá!

1

Ai, cumad' Mariquinha,
Venha vindo, venha vindo,
Ai, cumad' Mariquinha,
Venha vindo, venha cá!

(Refrão)

2

Olêlê, eu vô falá
Dos tempêro de panela:
Carne de porco e custela,
Mocotó, corredô, pá.

(Refrão)

3

Olêlê, eu vô falá
Das ferrage da usina:
Cardêra, maq'na, trubina,
O burro de alimentá.

(Refrão)

4

Olêlê, lá vem ũa véia,
Cabeça fóra do prumo,
Caximbo cheio de fumo,
Danado pra fumaçá,
E olêlê, vem ôtra véia
Cum um saco de mulambo,
Musquito cum dô de istambo (estômago),
Mosca sem pudê fumá.

(Refrão)

Olêlê, dona Chiquinha,
Onde istá cumpad' Zé?
— Ele foi tumá café
Mais ind'hoje num vortô;
Ai olêlê, pega Juana,
Do cigarro na orêia,
Nunca vi nega tão fêia,
Paricia um vuadô! (Voador é peixe.)

(Refrão)

Olêlê, fui de rojêro (de encontro)
Na bêrada de um barrêro,
Nunca vi caba ligêro,
Cundenado p'a brigá;
Ai olêlê, me deu um tiro
Que me abaxo, a bala passa,
Na catinga da fumaça
Vô pega-lo no punhá!

Nota — A estrofe n.º 1 também foi me dada como refrão, pelo colaborador.

210

Ei Tiá

Paraíba

Esta noit'encontrei um duro Amarrei no pé do muro O duro está
lá lá iá Ei ti á tá tá Ti á mi- nha

nêga Ti á ta- tá lá iá Ei ti-á ta-

tá Ti á mi... nha nêga Ti-á ta- tá lá- iá

— Esta noite
Encontrei um duro,
Amarrei no pé do muro,
O duro está lá,
laiá!

Ei tiá-tá-tá,
Tiá, minha nêga,
Tiá-tá-tá,
laiá!

211

Ê Tiá

Paraíba

E-stá nô-iti pê———guê-i u du-ru Amarrèi nu pé du

muru̯u du-ru̯is-tá lá tá- tá Êh ti-á ta-

tá Ti - á minha ne-gra ti-á ta- tá lá- iá

Esta noite peguei o duro,
Amarrei no pé do muro,
O duro istá lá, tatá!

Êh tiá, tatá!
Tiá, minha negra,
Tiá tatá,
láiá!

212

Ôh Tiá

Paraíba

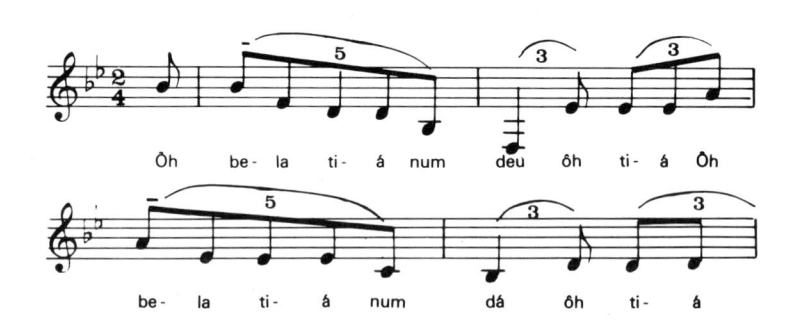

Ôh be- la ti- á num deu ôh ti- á Ôh
be- la ti- á num dá ôh ti- á

(Solo) — Ôh bela, tiá num deu!
(Coro) — Ôh tiá!
(Solo) — Ôh bela, tiá num dá!
(Coro) — Ôh tiá!

213

Bela Tiá

R. G. do Norte

Ôh be- la ti- á, num mi deu... ti- á! ôh

bela ti- á, num mi dá... ti- á!

Ôh bela tiá, num me deu,
Tiá,
Ôh bela tiá num me dá,
Tiá!

214

Ôh Pilar

Paraíba

Ba- ia- na ôh pi- lá Eu vô im- bo- r'adeus pi- lá

— Baiana, ôh pilá!
— Eu vô imbora, adeus, pilá!

Nota — Coco que tanto pode ser "de roda" como "de parcela".

215

Adeus, Pilar

Paraíba

Ba - ia - na, êh, pi - lá! Ôh mana, ôh, a deus, pi -

lá! — É tar', é penti, é pa - lançu, É ca - bê - lu i é

trança, Eu mi queru balan - çá............! *D.C. ao* %

— A - deus, pi - lá! Ba - ia - na,

(Coro) Baiana, êh,
Pilá!
Ôh, mana, ôh,
Adeus, pilá!

(Solo) É tará,
É pente, é palanço,
É cabelo e é trança,
Eu me quero balançáa!
— Adeus, piláa!

271

216

Aeroplano Jaú

Paraíba

Queru vê u Ja - ú cum'a - vo - a Queru vê u Ja - ú a - vu - á

(Coro) Quero vê o Jaú cumo avoa!
Quero vê o Jaú avuá!

217

Balão, Mané Mirá

R. G. do Norte

— Ba - lão, Mané Mi - rá, o - lê, o - lê! Balão, Ma né Mi -

rá, o - lê, o - lá — Ba lão, Ma né Mi -

rá, Eu a - go - ra mi lem - brei, Ba - lão, Mané Mi - rá, I ago - ra pe - guei p'a

lá, Ba lão, Ma né Mi - rá, Quand'eu péi - cu mi - nha

rima, Ba-lão, Mané Mi- rá, Largu di cocu imbo lá ————— à!

Balão Mané Mirá, olê olê,
Balão Mané Mirá, olê olá!

— balão Mané Mirá —
Eu agora me lembrei,
— balão Mané Mirá —
E agora peguei p'a lá,
— balão Mané Mirá —
Quand'eu péicu (perco) minha rima
— balão Mané Mirá —
Largo de coco imbolá!

Olêlê, eu sô coquêro,
Eu sô bicho cantadô,
Inda que você num quêra,
Eu siria, eu era, eu sô!

Dei um tombo na alavanca,
Dei out'o p'a levantá,
Quero vê, usina grande,
Todos ferro se daná!

A usina tá muendo,
Carrité pega a chamá,
A istêra chupa a cana,
Prá trubina trubiná!

218
Meu Balão
(Meu Balão no Ar)

Paraíba

Meu ba- lãum nu á Eu vô con-tá mais um pôcu

273

1

— Meu balão no á! (O refrão segue cada verso.)
— Eu vô contá mais um pôco,
Purquê as hora é chègada:
Istrada istrêita é vareda,
Caminho aberto é istrada;
Esse coco é dèscente,
Demoro im quarqué lugá,
Pedra de fogo é Serrinha,
É onde as arma vão pèná!

2

É quatro coisa no mundo
Que eu dèsejava vê:
Mío cuzido aprantá-se,
Maniva sêca nascê,
Boi morto se lèvantá,
Cavalo véio corrê.

3

Si isto ainda eu tenh' de vê,
É coisa que num m'ispanta,
Nem maniva sêca nasce,
Míu cuzido num se apranta,
Nem cavalo véio corre,
Nem boi morto se alèvanta.

219

Ai meu Balão, Belina

Paraíba

Eu não vou na sua casa Você não venha na minha Porquê tem a boca grande Vem co mer minha fa-

274

— Eu não vou na sua casa,
Você não venha na minha,
Porquê tem a boca grande,
Vem comer minha farinha.

Ai, meu balão, Belina!

220

Oh Peneira

Paraíba

— Vou embora desta terra...
— Oh peneira!
— Para minha terra vou...
— Oh peneira!
— Eu aqui não sou mais querido...
— Oh peneira!
— Mas na minha terra eu sou!
— Oh peneira!

221

Dinheiro Novo

Paraíba

Dinhê- ru no- v'ôh lá- iá dinhê- ru
nov' Dinhêru nov' par'u brancu sa-ri- á

(Coro) Dinhêro nov',
Ôh láiá, dinhêro nov'!
Dinhêro nov'
Par'o branco sariá!

222

Devagar com a Mesa

R. G. do Norte

— Di-va- gá coà me- sa! — Modi a mesa num tom-

276

bá, di - va -gá! — Diva- gá coà me - sa!

— 'Tandu zanga du i u marte - lu deu, sô ju - deu!

(Coro) — Divagá co'a mesa!
(Solo) — Mode a mesa num tombáa, divagá!
(Coro) — Divagá co'a mesa!
(Solo) — Tando zangado e o martelo deu,
       Sô judeu!
       — Divagá co'a mesa!
       — Mi canús (mil canos) para rodá, sem pará!
       — Divagá co'a mesa!
       — Meu talento é de sobrá,
       Colossá!
       — Divagá co'a mesa!
       — Roda grande piquinina, na usina!
       — Divagá co'a mesa!
       — U meu rojão é semaná,
       De tombá!
       — Divagá co'a mesa!
       — O que moça bunita, dona Rita!
       — Divagá co'a mesa!
       — Vô-m'imbora, vô-m'imbora,
       Nessa hora!
       Divagá co'a mesa!
       — Minha guela é colossá, pra cantá!
       — Divagá co'a mesa!

COCOS DE VÁRIO ASSUNTO

223

Coco do Estabiro

R. G. do Norte

Tenho uma prima que se chama Bea triz, De tanto beijar o noivo quasi fica sem na - riz!

— E olha o coco do Esta biro - biro - biro! E olha o coco do Esta biro - biro - baro!

1

Tenho uma prima
Que se chama Beatriz
De tanto beijar o noivo
Quasi fica sem nariz.

Coro: E olha o coco do Estabiro-biro-biro!
E olha o coco do Estabiro-biro-baro!

278

Outro coro: E olha o bico do sapato de Nenê!
E olha o bico do sapato de Iaiá!

Nota — Me dado por Antônio Bento de Araujo Lima.
O coro se canta um pouco mais lento que o solo.

224

Assovio

R. G. do Norte

Achuvio! esse coco esmerá' (esmerado?)!
Achuvio!

Lagêro grande,
Lagêro, pedra miúda,
Poldo de sigunda muda!

Vá m'iscutando,
Meu meste, cheguei agora,
Me iscute essa história!

Vá m'iscutando,
Eu cantei no Pedreguio,
Nunca vi tanto baruio!

Vá m'iscutando,
O vaquêro é incorada (*sic*; "incorado")
E o cavalo tá selado!

Vá m'iscutando,
Agora sô marinhêro,
Vô corrê o mundo intêro!

Vá m'iscutando,
Meu lôro, dê cá o pé,
Bicho bom só é mulé!

225

Quero ver rodar

Paraíba

— Quero vê rodá,
— Rodô lêlê!
— Quero vê rodá!
— Rodô lálá!

— Quero vê rodá!
— E agora peguei de novo

Duas gema tem um ôvo,
E eu vô falá!

— Quero vê rodá!

(Etc.)

226

Olha o Pulo

Paraíba

Oi u pu-lu Oi u pu-lu du pu- lú pu-la- nu Oi u

pu-lei Oi u pulu du pu- lú pu-lá Oi u pu-lu Oiu pulu du pu-

lú pu-lê i Onti foiqu'eurè-pa-rê- i barra du ra-má

(Coro) — Ói o pulo!
(Solo) — Ôi o pulo do pulo pulano!
    — Ói o pulo!
    — Ôi o pulo do pulo pulá!
    — Ói o pulo!
    — Ôi o pulo do pulo pulei!
Onte foi qu'eu rèparei
Barra do ramá!
    — Ói o pulo!

281

227

É um A, é um B

R. G. do Norte

É um A é um B e é um C Quero me ca-

sá Co'a mo-rena pe- quena Pego na pen'Escre-vo num pa-

pé si teu pai não me dé Eu te ró- bo mo- re na

1

É um A, é um B, é um C,
Quero me casá
Cum morena piquena;
Pego na pena,
Iscrevo num papé:
"Si teu pai num quisé
Eu te róbo, morena".

2

Joazêro já é capitá,
Até Ciará
Já tem istação;
Im cumbinação
Será o ministro
Meu padrinho Ciço
Da riligião.

3

Baiano, quem foi que te dixe
Que bala de rifle
Num mata ninguem?
Quem mata
É bala de rèvólve,
Choque de otromóve,
Pancada de trem.

4

De Ricife
Vei' um trem de mangaba
Num pôde cum a carga,
O cilindro istôrô,
O trem apitô,
O maquinista desceu,
Veio vê quem morreu
Imbaxo do vapô!

5

Baiano, vamo para o Ríu
Que lá tem dinhêro
P'a gente ganhá;
Que lá
Num se joga grupo,
Só joga dèzena,
Centena e milhá!

228

Coco do Abc

Paraíba

sá Cum more na pi - quena Pe - gu na pe - n'ls crevú nu pa -

pé Si teu pai num mi dé Eu ti ró - bu mo - rena Cha -

péu só di pa - ínha Prás mo - re - ni - nha di Mon - ti - vi - déu

1

(Solo) É um A,
　　　 É um B, é um C:
　　　 Quero me casá
　　　 Cum morena piquena;
　　　 Pego na pena,
　　　 Iscrevo no papé,
　　　 Si teu pai num me dé
　　　 Eu te róbo morena!

(Coro) Chapéu
　　　 Só de paínha
　　　 Prás moreninha
　　　 De Montevidéu!

　　　 (Outro refrão coral substituível:)

　　　 Chapéu
　　　 De páia forte
　　　 Prás moreninha
　　　 Do bloco do norte!

　　　 (Outro refrão ainda:)

Chapéu
De páia azú
Prás moreninha
Do bloco do sú!

229

Morena

Original em Sol Maior   Paraíba

Mo — rena Er nani ca sou Não me con vi

dou Fez papel sa fa do Cal - çado sa - pato sem

meia A noiv' era feia com'um trem vi - rado

Morena,
Ernani casou,
Não me convidou,
Fez papel safado;
Calçado,
Sapato sem meia,
A noiva era feia
Como um trem virado.

Baiana,
Si fôr ao Recife,
Me traga dois rifles
Do papo amarelo,
Duas parabelo

Com balas de aço,
Para dar a Horacio
Pra brigar com ela.

Joazeiro
Já é capital,
Até Ceará
Já tem estação;
O sertão
Já tem um ministro
Que é o padre Ciço (Cícero)
Da religião.

230

Pena, lápis, papel

Paraíba

É pena, é lapi,
É papé;
Aligria dus hôme
É as mulé!

231

Samba Cearense

Ceará

232

Só calço Sapato

Alagoas

Só calço Sapato com meia de ouro só

danço em casa Que tenha tezouro só

Só calço sapato
Com meia de ouro
Só danço em casa
Que tenha tesouro.

287

233

Maiê Maiê

R. G. do Norte

Ôh ma - iê ma - iê ma - iê ôh ma - iê ma - iê ma - iê Ma -

ri - a Ca - pi - tu - lina ma - iê Num te po - nh'a magi - ná ma - iê

Ôh maiê maiê maiê
Ôh maiê maiê maiá,
Maria Capitulina, maiê,
Num te ponha a maginá, maiê!

Nota — A embolada varia o refrão, mas só nas duas últimas frases. No resto é o próprio refrão em texto e linha. É pois um coco com a embolada em dísticos.

234

Tim tim tim

R. G. do Norte

O tim tim tim ta - ra - ra - rá meu a - mô vem cá

cá Vô - m'im - bo - ra de - ssa te - rra Hoje sim a - ma - nhã

nã-o Quem qui-sé co- rte a ba-rrê-ra Qu'eu su-sten-t'o pa-re- dão

O tim tim, tararará,
Meu amô vem cá!

Vô-m'imbora dessa terra,
Hoje sim, amanhã não;
Quem quisé corte a barrêra
Qu'eu sustento o paredão!

Tanta mocinha bunita,
Tanto rapaiz sem casá,
Peleja o Só com a Lua
E num pode se juntá!

Ai a Lua é muito fria
E o Só só tem quentura,
Assubi num avião,
Nus ares tumei artura!

O avião já vai vuando
Mas eu num posso cantá;
Quand'eu baixá na mĩa terra,
Tenho muito que contá!

235

Êh Tum

R. G. do Norte

Êh tum, êh tum, êh tum, ôh mulé! Êh tum, êh tum, êh

tum, ôh mulé! Êh tum, êh tum, êh tum, ôh mulé, Pé-g'u dinhêru faiz ca-fé p'anóis tu

má, ôh mu - lé! Anda li- gê - ru A minha regr'é di co - quêru, Istrèmeci u mund'in

tê - ru, Trupe - lão, rí - u, ca ná; Tandu zan - gadu Ba - ianu a galo-

padu, Naque - li dia mai - cadu Fui a- prendê a na dá ôh mu lé!

Êh tum, êh tum, êh tum, ôh mulé! (ter)
Peg'o dinhêro, faiz café p'a nóis tumá!
Ôh mulé!

Anda ligêro,
A minha regra é de coquêro,
Istrèmece o mundo intêro,
Trupelão, rio, caná;
Tando zangado,
Baiano agalopado,
Naquele dia maicado,
Fui aprendê a nadá!
Ôh mulé!

(Refrão)

Marcha, minina,
P'a casa do vei' meu sogro,
Bota a chalêra no fogo,
Faiz café p'a nóis tumá!
Fala, çantô,
Tando eu, tando você,
Canta o passo zabelê,
Urubú-rei, caracará!

Ande ligêro,
Acridite, meu sinhô,
Tando im pé, tando assentado,

290

Eu sei dá pulo-mortá;
Ande ligêro,
Nu martelo agalopado,
Abr'u ôlho, camarada,
Veja o jeito d'eu bolá!

Tome cuidado,
Diz, é pôco mais ô meno',
Minha bola tem veneno
Quando eu pego no ganzá;
Eu dei um tombo,
Quatro tombo no martelo,
Eu sô feito nu duelo,
Remêro, vamo rimá!

Coquêro velho,
Eu moro nu Arvoredo,
Pra cantá num tenho medo,
Duro aqui tem de apanhá!
Venha pra cá,
Eu moro nu Arvoredo,
Minha terra tem segrêdo,
É coisa de adimirá!

Eu vô-m'imbora,
Vô correndo de galope,
Eu perdi o meu chicote
Do out'o lado de lá!
É treis caminho,
É treis cavalo, é treis chicote,
Meu cavalo deu um tope,
Quasi morre de topá!

236

Chibá

Paraíba

— Lê-   lê   o-   lê, — Chi-bá...!   — Lê-   lê   o-

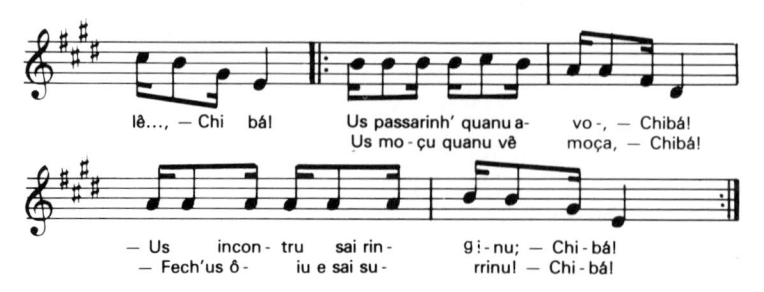

lê..., — Chi bá! Us passarinh' quanu a- vo-, — Chibá!
Us mo-çu quanu vê moça, — Chibá!

— Us incon-tru sai rin- gi-nu; — Chi-bá!
— Fech'us ô- iu e sai su- rrinu! — Chi-bá!

(Solo) — Lêlê, olê!
(Coro) — Chibá! } bis

1

(Solo) — Os passarinh' quano avoa
(Coro) — Chibá!
— Os incontro sai ringino;
— Chibá!
— Os moço quano vê moça
— Chibá!
— Fech'os ôio e sai surrino.
— Chibá!

(Sempre mesma construção.)

2

Ôh moça, casa cumigo
Que acha prospèridade,
Vem cá, meu anjo quirido,
Jasmim de mí (mil) qualidade!
(Refrão)

3

Ôh moça, eu ando duente
Só pela beleza tua,
Vem cá, meu anjo quirido,
Sola ingrêis, resta da Lua!
(Refrão)

4

Minina, quano surrís,
Priminita a altação,
Quano ela lanç'um olhá,
Chama até a santa atenção!
(Refrão)

5

Im cima daquela serra
Tem dois laço avuano,
Nem é laço, nem é nada,
É meu amô qu'sta penano (penando)!
(Refrão)

237

Sindô

Paraíba

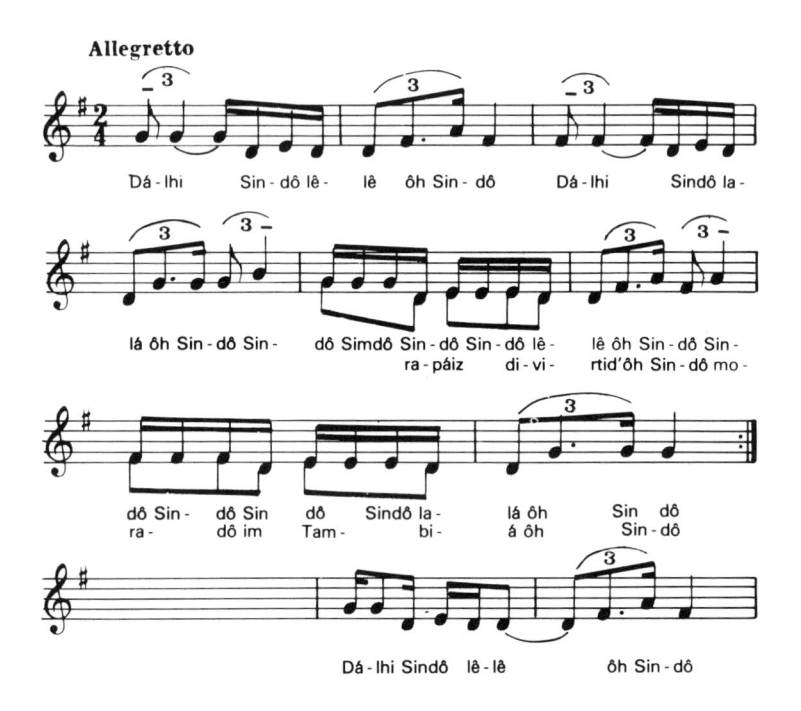

Allegretto

Dá-lhi Sin-dô lê- lê ôh Sin-dô Dá-lhi Sindô la-

lá ôh Sin-dô Sin- dô Simdô Sin-dô Sin-dô lê- lê ôh Sin-dô Sin-
ra-páiz di-vi- rtid'ôh Sin-dô mo-

dô Sin- dô Sin dô Sindô la- lá ôh Sin dô
ra- dô im Tam- bi- á ôh Sin-dô

Dá-lhi Sindô lê-lê ôh Sin-dô

1

(Coro) Dá-lhe, Sindô-lêlê, ôh Sindô!
Dá-lhe, Sindô-lálá, ôh Sindô!

(Solo) Sindô (ter), Sindô-lêlê, ôh Sindô!
       Sindô (ter), Sindô-lálá, ôh Sindô!

2

(Solo) Sindô, rapaiz divertido, ôh Sindô!
       Moradô im Tambiá, ôh Sindô!

(Coro) (Refrão)

238
Ôh Sindô-lêlê

Pernambuco

Ôh sindô-lêlê,
Tilêlê, tilêlê,
Ôh sindô-lêlê,
Tilêlê, tilalá!

239
Chula chulê

R. G. do Norte

294

lá, chu - lan - dá! — E meu no - mi é Juão   Cot'l u mun - dô dá me - ia

vor - ta, Quand' eu pe   gu nu gan -   zá,   chu - lan -   dá!

Êh chula chulê,
Chulandê,
Êh chula chulá,
Chulandá!

E o meu nome é Juão Cota,
E o mundo dá meia vorta
Quando eu pego no ganzá,
Chulandá!

Nota — Por quantos versos dure a embolada vai se repetindo a linha dos dois primeiros versos do solo, substituindo o segundo destes pelo terceiro e quarto pra acabar.

(Refrão)

É barricão, barco, canôa,
É no mastro e é na proa,
É na mareta do má!
Chulandá!

Ali na boca da serra
É adonde a onça berra,
Tenho medo, num vô lá!
Chulandá!

Incontrando um bom coquêro
Nós se trava na carrêra,
Mode o povo adimirá!
Chulandá!

Eu me chamo é Juão Cota,
Maresia é maremota,
Boca de rio é caná!
Chulandá!

240
Ôh sula-andá

Paraíba

(Coro) — Ôh sula-andá!
(Solo) — Ôi o sula-sulê!
— Ôh sula-andá!
— Ôi o sula-sulá!
— Ôh sula-andá!
— Ôh o sula-sulê,
Ôi o sula-sulá!
— Ôh sula-andá!

296

241

Ciranda

R. G. do Norte

— Ôh ci - ran dinh'ôh ci - ran - da!

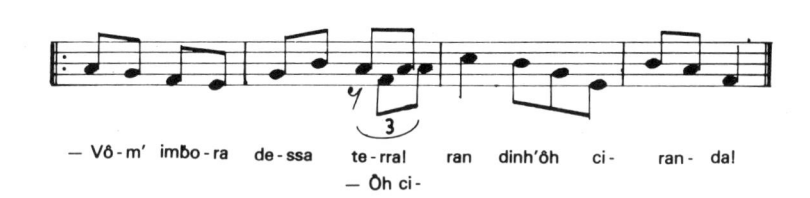

— Vô - m' imbo - ra de - ssa te - rra! ran dinh'ôh ci - ran - da!
— Ôh ci -

Nota — Em quadras o solista repete quatro vezes a linha que aí está. Nas emboladas varia sobre a mesma linha, em semicolcheias.

— Ôh cirandinha,
Ôh cirandá!
— Vô-m'imbora dessa terra!
— Ôh cirandinha,
Ôh cirandá!

242

Coco da Cerveja

R. G. do Norte

Ai ai ai uma ce - rve - ja cum gua - ra - ná
Ai ai ai uma ce - rve - ja pra nóis tu -

má　Você num　sa - bê cum'a　pa - tus - cad'é　grossa　u- má　ba - gun - çá na

roça　Numa　nô - ite de Na -　tá　Min - gau　de　mí - o　Ca - ri -　mã mandio - ca

pu - ba　E　ũ - a　pin - ga bem cu -　tu - ba　Pa - ra -　tí cum　a - lu -　　á

Ai, ai, ai,
Uma cerveja cum guaraná;
Ai, ai, ai,
Uma cerveja p'a nóis tumá!

1

Você num sabe
Cum'a patuscada é grossa:
Uma bagunça na roça
Numa noite de Natá!
Mingau de mío,
Carimã, mandioca puba,
E ũa pinga bem cutuba,
Paratí cum aluá.

2

A gente chega
Fica logo imprissionado,
Cum o oiá enamorado
Das minina do sèrtão;
Munto coidado,
Poi' ali ninguem faiz fita,
Cada mocinha bunita
Tem um tio valentão!

298

3

Depois da missa
Cada quá que se dèfenda,
Que a festa na fazenda
É á baque de matá;
É macaxêra,
É tapioca, é mandioca,
Girgilim feito passoca,
Angú doce e magunzá.

4

É munta festa,
Munto pau, munta zuada,
Munta faca infèrrujada,
Munta véia a cuxixá,
Munta còcada,
Munto doce de bànana,
Munta garrafa de cana,
Munta agua Rubinat.

243

Chorei

Paraíba

Qua - nu   fô - ri   p'a pra - ia du   Pô - çu   Dá lem

branç'ã Ma - ri - a Pi - que - na   Cho - rê - i Cho -

rê -   i Cho - rêi ao di - pôis - ti - vi   pe - na

(Solo) Quano fôre p'a praia do Poço,
       Dá lembrança â Maria Piquena!
(Coro) — Chorei, chorei!
       Chorei ao depois tive pena!

244

Chorei, chorei

Paraíba

(Coro) Ai, chorei, chorei,
      Ai, chorei, ao depois tive pena!

(Solo) Me chamarum
      Pr'eu brincá,
      Viv'o pessuá,
      Dê lembrança á piquena!

      (Refrão)

245

Não chore não
(Não chore não, viu)

Ceará

Não chore não viu   Não vá cho - rá viu   Que o seu a -

mô Que o seu a - mô Ha - de vor - tá viu   (Embolada)

(*) Conforme anotado por M. de A.

Não chore não,
Viu?
Não vá chorá,
Viu?
Que o seu amô (bis)
Ha-de vortá,
Viu?

Notas

1 — O texto da única estrofe existente no original de colheita, escrito sob a melodia, não aparece nesta cópia a limpo:

"É Cabedelo, é Poço é Jacaré
— Brasilêra
É Crato, Joazeiro e Canindé
— Brasilêra".

5 — No rascunho de colheita, esta peça tem dois sustenidos na clave. Como a tonalidade de Ré Maior é positiva nela, o sustenido único desta versão a limpo deve ser erro de cópia.

6 — O original de colheita não registra a dicção "gaiganta", mas a normal "garganta", que também foi escrita mas corrigida no texto datilografado que se segue à cópia a limpo.

No texto sob a música, a cópia a limpo tem ainda outra pequena divergência com o seu próprio texto datilografado e com o original de colheita: o 4º verso da estrofe é, nestes, "O pinto pia, o galo canta", e não "O pinto pis'o galo canta".

7 — O original de colheita da melodia explica, sobre o quarto verso da primeira estrofe: "imbuá (miriápode)".

Nos originais de colheita dos textos, as estrofes 2, 3, 8, 9 estão registradas como pertencentes ao coco n.º 57 (n.º de colheita R.58), sendo que a estrofe 3 foi formada por duas quadras que, além de independentes, têm de permeio as 9 e 8; a estrofe 6 está em seguida às quadras do coco n.º 196 (n.º de colheita R.51), sem mudança da numeração de peça, o que se não torna certo que pertença a ele, pois que essa estrofe tem sete versos, também não determina que pertença a este coco n.º 7; as 7, 5, 4 são anotadas como do coco n.º 242 (R.57 de colheita). — V. também nota ao n.º 20.

8 — "Aproximar do R. Grande do Sul a linha do solo. Fazer o mesmo com o n.º 28", manda o original de colheita. O n.º 28 dos originais de colheita do Rio Grande do Norte é o coco n.º 38 deste livro, "Passarinho Verde".

9 — Tanto no refrão quanto no fecho das estrofes, o original de colheita registra "Ô só" e não "O só", na quarta estrofe, o 1º e 2º versos dizem, ao contrário da cópia a limpo, "Passe pra ali / Passe pra aqui" — etc.; ainda nela, o 6º verso diz "Bibi" (bebi) e não "bebê" (beber); e na 5ª estrofe, a cópia a limpo inverteu a posição das duas metades da oitava, dando-lhe a mesma disposição métrico-rítmica das anteriores, pois no original estava, com menos propriedade:

"Tive ũa luta piquena — etc.
É cinco ripa" — etc.

12 — Nos documentos de Mário de Andrade surgem, por vezes, certas melodias que revelam uma laboriosa procura de soluções gráficas. Esta é uma delas. Os originais de colheita têm três registros, dos quais os dois primeiros foram cancelados. Do terceiro partiu a solução que devia ser a cópia a limpo, na qual Mário de Andrade mudou a tonalidade da colheita (de Dó Sustenido Maior para Ré Bemol Maior), a divisão métrica (a colcheia inicial era anacrúsica), mas conservou a mesma grafia rítmica. Entretanto, esta ainda não o satisfez e o documento traz observações para a sua correção, obedecidas na forma em que publico a melodia. O original corrigido, correspondente pois à quarta e quinta versões do "Paraná", é este:

Dá 4 notas semicolcheias, não é tercina

R. G. do Norte (Chico / Antonio) Paraná

— A chuva chu - veu, — Pa - ra - ná!... !—As gu - tê - ra pin -

gô; — Pa - ra - ná...! — Ôh, mi - ninu entrap'a den - t'!—Pa - ra - ná!...

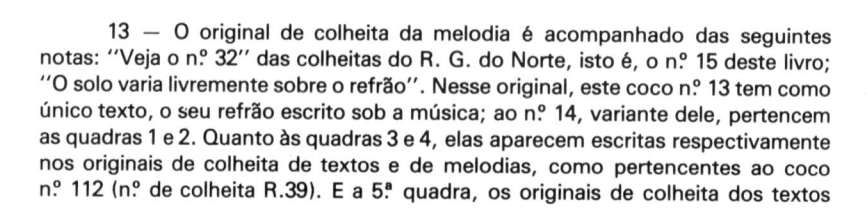

! — Qui a chuvá num mô - iô! — Pa - ra - ná...!

13 — O original de colheita da melodia é acompanhado das seguintes notas: "Veja o nº 32" das colheitas do R. G. do Norte, isto é, o nº 15 deste livro; "O solo varia livremente sobre o refrão". Nesse original, este coco nº 13 tem como único texto, o seu refrão escrito sob a música; ao nº 14, variante dele, pertencem as quadras 1 e 2. Quanto às quadras 3 e 4, elas aparecem escritas respectivamente nos originais de colheita de textos e de melodias, como pertencentes ao coco nº 112 (nº de colheita R.39). E a 5ª quadra, os originais de colheita dos textos

304

registram como sendo dum Lundu (n.º de colheita R.50) que fará parte de "As Melodias do Boi e Outras Peças".

14 — Melodia colada na mesma folha de papel onde termina o texto do documento anterior (n.º 13), denunciando assim variante a ser cantada com os mesmos versos dele e a ser usada talvez em nota.

15 — O original de colheita registra que esta peça é de Pernambuco, colhida de Maria Joana (inf. n.º 13). Ainda por ele se vê que o sinal de som abaixado um-quarto de tom, posto antes do Fá do penúltimo compasso, substitui um bemol traçado, que tinha a mesma explicação: "O sinal ↓ indica 1/4 de tom abaixo". Uma nota manda "Ver n.º 36", isto é, a peça anterior desta série.

Observo ainda que o erro de grafia métrica do 2.º e 4.º compassos não existe no original de colheita, onde o Sol (2.º compasso) e o Fá (4.º compasso) colcheias do 2.º tempo, não têm ponto-de-aumento, mas um ponto destacado escrito sobre eles.

Após este coco, Mário de Andrade deixou o seguinte documento:

"Extra (Paraíba) l entre n.º 1 e 2)
       Ôh mulé sai do sereno

Também encontrei o mesmo texto e melodia na Paraíba, porém o texto fazendo parte dos solos. O refrão coral dizia:

A maré incheu,
A maré vasô;
Os cabelo da morena
O riacho carregô."

Entendo que "O mesmo texto" se refira ao refrão das três versões anteriores ("Ôh mulé sai do sereno" etc.). Mas qual dessas três melodias Mário de Andrade encontrou também na Paraíba? Os originais de colheita da Paraíba trazem uma indicação tão obscura quanto essa, escrita entre o 1.º e 2.º cocos ouvidos de Navarro Filho (n.º 33 e 160 deste livro): "("Ôh mulé sai sereno" [sic]) peguei o mesmo na Paraíba porém estes versos aqui são um dos solos, o coro é

A maré encheu
A maré vasou
Os cabelos da morena
O riacho carregô."

16 — Esta peça traz duas indicações sobre o seu tipo. Sob o título datilografado vem a qualificação "zambê", apenas; as indicações manuscritas, que no papel de música encimam a melodia, dizem: "Coco (de zambê)". O *coco-de-zambê* ou simplesmente *zambê* tira o seu nome de um tambor que o acompanha. Em "O Turista Aprendiz" de 12-1-1929, Mário de Andrade explica: "O 'zambê' instrumento, que qualifica a dança, é pesadíssimo, tronco em que o tocador amonta pra bater no couro esticado". E no diarinho de viagem registra a impressão que lhe causaram os primeiros contatos com a dança e seu tambor "soturno":

"De longe se escuta um zambê noutra casa de empregados. O som do bumbo 'zambê' se escuta longe. Vamos lá. O pessoal dança passos dificílimos. O tambor bate soturno em ritmo estupendo. Estou no meu quarto e inda o zambê rufa no longe. Adormecerei e ele ficará rufando. Pleno séc. XIX. Plena escravidão. O senhor de engenho. Gente humildada na pobreza servil. E o samba. Minha comoção é dramática e forte.'' (13-1-1929, engenho Bom Jardim.)

17 — Alguns cocos foram deixados por Mário de Andrade com dois títulos: um datilografado no papel em que ele colou as melodias e escreveu os seus textos, outro manuscrito no próprio documento musical. A este batismo correspondem, nesta e em todas as demais peças deste livro, os títulos que registrei entre parênteses.

No original de colheita deste coco, o ritmo do penúltimo compasso aparece como:

Traiz   geiti-   nh'dimbo-   lá

Antes desta melodia encontrei uma peça paraibana, a que Mário de Andrade deu primeiro o nome interrogativo de ''Cantiga de Congo (?)'' e depois o de ''Maracujá''. A peça vinha seguida de duas notas, a primeira das quais cancelada:
''O colaborador me deu a peça como sendo Coco. A linha recorda imediatamente, pelo princípio, o 'Dá-lhe Pirá' dos *Congos*; e tanto o texto como o próprio sentimento da melodia parecem indicar alguma dança dramática, ou simplesmente um Samba.''
''(O colaborador me deu a peça como sendo Coco, mas quando muito será um Coco sertanejo, ou milhor Samba. Embora caracteristicamente coreográfica, a peça se parece mais com uma 'cantiga' de dança-dramática. Ou mesmo peça de Catimbó, o que inda se conforta no emprego do assobio...)''.
Acompanhando-o de outro que o segue também nos originais de colheita, Mário de Andrade incluiu o mesmo canto nas melodias de Catimbós, deixadas junto à conferência ''Música de Feitiçaria no Brasil''. Por ser aí seu lugar exato, aí o mantive e ao seu seguidor, como n.° XXXI-XXXII.
Afirmando que seu informante lhe dera tal melodia como Coco, Mário de Andrade cometeu um engano ou de memória ou decorrente de um primeiro exame dos seus documentos. Nos originais de colheita, esse ''Maracujá'' aparece sem classificação particular, em meio a um grupo de cocos colhidos do sargento Otílio Ciraulo; entretanto, traz uma nota mandando ver as folhas de textos, que não deixam dúvida sobre a classificação da peça: os versos dela são acompanhados da mesma descrição da abertura das sessões de catimbó, posta por Mário de Andrade nos n.° XXXI-XXXII da ''Música de Feitiçaria no Brasil''. A falha de memória é visível já nos originais de colheita, através de uma observação insegura, possivelmente escrita muito após a pesquisa: ''Possuo já esta melodia, talvez de Catimbó, creio que é Maracatu ou Congo.'' Na verdade não existe outra versão, e me parece claro que duas lembranças se juntaram para motivar a confusão e essa nota: a vaga memória dos versos escritos em outro lugar dos rascunhos, e o parentesco musical do ''Maracujá'' com o ''Dá-lhe Pirá'' dos Congos.

306

19 — Nos originais de colheita, este coco é o quarto de uma série cujo n.º 2 tem a seguinte nota, extensiva aos seus n.º 3 e 4 (Conf. cocos n.º 50 e 164):

"(Distrito de Penha)
(muito antigo, sec. XIX)
(Não se usava zambê então. Batiam palma)."

20 — O original de colheita manda: "(veja texto)". Encontrei dois textos com o mesmo n.º de colheita desta melodia (R.37), e ambos tendo esse número corrigido para 38. O primeiro deles Mário de Andrade pôs mesmo no coco R.38, que veio a ser o n.º 57 deste livro; o segundo não ficou nem no R.38 nem no R.37 (este n.º 20): Mário de Andrade juntou-o ao n.º 7 deste livro (R.60 de colheita).

21 — "Os Turunas Mauricéa cantam. É de Pernambuco também." (Original de colheita.)

22 — No original de colheita, este coco é seguido da indicação "Coro sempre igual" e da nota: "Texto só esse e sempre o mesmo meia-hora! Como se vê a frase solista que era inalteravelmente a primeira, de longe em longe variava da 2.ª maneira."

A solução adotada na cópia a limpo não me parece muito feliz. De fato, pondo as barras-de-repetição entre o 3.º e 6.º compassos, Mário de Andrade procedeu em contradição com essa nota, pois transformou assim em constância o que afirmara ser variante episódica. O original de colheita tem a barra-de-repetição no lugar que revela a verdadeira estrutura da peça, isto é, do 4.º para o 1.º compasso:

solo   coro   solo(variante)
| 1 | 2 | 3 | 4 :‖ 5 | 6 ‖

23 — Abaixo da melodia, Mário de Andrade escreveu: "Nota: Mesmas observações que ao doc. n.º p. , [sic] "Êh Boi". As duas firmatas que indiquei nos finais de solo e coro criam exatamente um compasso ternário em cada um desses dois momentos."

"Êh Boi" é um coco que Mário de Andrade deixou entre as "Melodias do Boi" e com elas será publicado. Acompanha-o a seguinte nota, válida pois para este n.º 23: "A indicação de andamento, aqui indica apenas o movimento geral em que a peça deve ser conservada. Porém dentro desse movimento, conservar a maior flexibilidade possível, nenhuma rudeza rítmica, só naturalidade oratória, apenas pouco mais musicalmente ritmada que o gregoriano."

Sobre os dois primeiros versos solistas deste coco, Mário de Andrade perguntou a Antônio Bento de Araujo Lima, num questionário descrito adiante, em nota ao n.º 139:
"XVII — O que é 'Cangapé'? Entrei de mar a dentro
                    Dei um cangapé no fundo...
[Resposta de Antônio Bento] Cangapé é uma espécie de capoeira que se faz n'água. A gente mergulha, faz uma espécie de cambalhota e bate violentamente com uma perna na pessoa que se quer golpear — o mesmo que faz o jacaré que briga com a cauda."

24 — "(segue embolada variando refrão)". (Original de colheita.)

25 — No original de colheita, acompanhado das seguintes indicações:

"(Coco de embarcadiços) {
Canto do traba-
lho, puxando vela,
puxando remo,
etc. — nas barcaças)

[Adiante da melodia:] Sempre o mesmo, sempre indefinidamente. O verso improvisado [o solo, o segundo] é um só pois.
(Todo o Nordeste de Alagoas ao Ceará)."

26 — Nos originais de colheita há outra versão deste coco, ouvida de criadas do Bom Jardim e cancelada a traços de lápis (R.62):

Olê Rosêra

Andantino
Coro

O lê, ro sê ra, mur cha sse a ro sa

Meu ga linho de cam pina Que can tô em Para - i ba

II

Vô-me embora (bis)
Pra Paraíba do Norte!

27 — A melodia foi deixada sem as barras duplas conclusivas, sugerindo que lhe faltaria o registro do completamento métrico do último compasso e, conseqüentemente, o modo porque se processaria ritmicamente o retorno do coro ao solo. Por isso, mantive a falta das barras.

No original de colheita, este coco é acompanhado das seguintes notas:
"Controlado por A. [Adhemar] Vidal e A. Bento" [Antônio Bento de Araujo Lima].

"Às vezes no fim da embolada o solista dá um parlato agudo 'Êh' em glissando ascendente, Marim e Odilon ouvi fazerem isso, sem se conhecerem e de zonas diferentes."

"Comparar o modo com o Bendito de cego do Ceará. 4.º grau aumentado." O Bendito deve ser o admirável canto em hipolídio "comunicado por Leonel Silva" e publicado por Mário de Andrade em seu "Ensaio sobre a Música Brasileira", p. 93.

A escala modal deste coco de Marim é salientada também numa anotação do diarinho de viagem: "7 [-2-1929] Pelas 14 horas apareceu o gaiteiro dos Cabo-

308

colinhos, o Marim pra me trazer as gaitas que eu encomendara e me deu mais uns temas de Boi pernambucano e um coco interessantíssimo em hipolídio.''

29 — ''Embolada varia sobre mesma linha'', explica o original de colheita. Esse documento indica, ainda, a repetição dos dois últimos compassos da melodia grafada, acrescentando também ao texto a repetição dos versos 3 e 4:

''Eu assubi no líru
Quebei [*sic*] um gáiu
Aiá (Yayá) mi pega
Si não eu cáiu
Yáyá mi pega
Si não eu cáiu
Ai nus teus braçu
Dô um dismaiu.''

O texto datilografado que acompanha a melodia passada a limpo, também foi escrito assim, mas os dois versos repetidos foram cancelados. Ao lado desse texto, Mário de Andrade anotou ''V. Catimbó'', lembrete para comparação dos dois versos iniciais com estes da *linha* de Mestre Xaramundi, possivelmente:

''Pelo tronco eu subi
E pela rama eu desci.''
(Conf. ''Música de Feitiçaria no Brasil'', melodia V.)

30 — Como sempre, reproduzi o documento tal como o encontrei. O 6/4 interrogativo, superposto ao 3 e seguido de curvas e traços verticais, testemunha que Mário de Andrade não estava seguro da ternaridade métrica da peça e examinava a possibilidade de reduzi-la à ternaridade rítmica de um binário composto, que em sua nota ele assinalara existir, embora com raridade, na música folclórica nordestina:

31 — Nesta subsérie dos ''Cocos Atlânticos'', Mário de Andrade deixou duas fichas:
''Cocos atlânticos / O coco que está entre os de engenho, *Eh Moenda Virou*, tanto é de engenho como atlântico até pela quadra de refrão.'' (Conf. n.º 65.)
''Cocos do Mar / Ver emboladas do Chula-chulê''. (Conf. n.º 239.)

32 — ''Embolada segue linha improvisatória mesmo esquema melódico (Notas duplicadas indicam variante).'' (Original de colheita.)

33 — Mário de Andrade ficou indeciso sobre a fórmula de compasso deste coco. O original de colheita foi escrito em 2/4, depois mudado para 4. Esta cópia a limpo, escrita em 4, tem sobre a indicação métrica um 2/4 escrito a lápis. Na verdade, a melodia parece binária.
No original de colheita se vê ainda a seguinte nota: ''(compare melodia de carregar piano)''. Suponho que esse lembrete se destinasse a salientar o parentesco que, apesar da diferença de modo, existe entre este coco e o ''Zomba (ou

309

Zamba) minha nêga'', canto de carregadores de piano do Recife, por sua vez parente do coco ''Meu barco é veleiro''. Aliás deve ser enorme a popularidade do membro-de-frase inicial que aproxima todas essas melodias, pois que ele aparece também em dois cantos de Maracatu colhidos por Mário de Andrade, cujos textos por sinal também usam variantes da segunda quadra deste coco n.º 33. (Sobre essas várias melodias, confira-se: Oneyda Alvarenga — *Música Popular Brasileira*, p. 259, Livraria Duas Cidades, 1982; Mário de Andrade — *Ensaio sobre a Música Brasileira*, p. 74, 75, S. Paulo, I. Chiarato & Cia., 1928; Mário de Andrade, melodias X e XVII de Maracatu, in *Danças Dramáticas do Brasil*, 2.º tomo, S. Paulo, Livraria Martins, 1959.)

34 — No original de colheita da melodia, Mário de Andrade anotou: ''(Botar também o texto p. 1 n.º 20 [dos originais de colheita dos textos paraibanos] em música pra mostrar como varia o ritmo na mesma linha).'' Por isso é que esta cópia a limpo tem a grafia musical da segunda estrofe da embolada, enquanto o original de colheita está sem ela.

No original de colheita dos textos há duas anotações mostrando que Mário de Andrade não conseguiu registrar todas as estrofes de embolada:

A horas tantas tirou esta idéia

''Eu solto verso
O vento vai construindo''

———

Falou

''O cantô fala rimado
Pro verso não errá.''

No meio da versalhada que decerto ouviu, esses versos lhe teriam chamado a atenção, os primeiros pela boniteza da idéia poética, os segundos por afirmarem a consciência popular da função de apoio, da função mnemônica da rima.

35 — ''Embolada sobre mesma linha variada''. (Original de colheita.)

36 — No original de colheita, acompanhado desta nota: ''Solo com a mesma melodia. A cada dois versos do solo o coro intercala com o refrão, que corresponde a 2 versos também. O sinal ⏝ indica cada verso.''

Apesar dessa nota, este Coco continua falho. O texto solista positivamente não se enquadra na melodia tal como está. Como no caso do n.º 34 desta série, o solo mudaria o ritmo, obrigando a maior número de sons para o maior número de sílabas da quadra em redondilha?

Mesmo se considerada um simples refrão, a peça ficou indecisa na sua grafia rítmica. Como se pode ver, no início musical do segundo verso Mário de Andrade superpôs duas soluções rítmicas, de modo a não deixar claro qual delas seria a escolhida. O original de colheita não ajuda a resolver o caso. Nesse lugar a sua grafia está do mesmo jeito, embora pareça que a tercina (♩ ♪) é posterior à grafia em colcheias (♫). Por outro lado, as duas sílabas iniciais do primeiro verso do refrão foram nitidamente grafadas primeiro em duas colcheias e corrigidas para tercina.

Indico ainda que na folha de música onde está escrito o original de colheita deste coco, lê-se uma explicação que evidentemente se refere ao texto dele: "Vitalina, no Nordeste, é sinônimo de solteirona — J. Américo de Almeida."

37 — O original de colheita comenta: "Luar do Sertão [em verdade o coco repete uma frase da melodia famosa] O Ré agudo, não atingido francamente, dava um quarto-de-tom entre Ré e Dó Sustenido."

38 — "Compare o n.º 28 [este coco] com o n.º 21 [o n.º 39] variantes apenas. Os Turunas da Mauricéa inda cantavam outra variante pernambucana." (Original de colheita.)

Tanto na cópia a limpo quanto no original de colheita, o compasso onde termina o refrão e principia a embolada foi grafado ritmicamente assim: ♩ ♪ ♫. Entretanto, a pausa deve ser de semicolcheia, para acerto do metro e ajuste à figuração rítmica da embolada solista. Corrigi o lapso evidente de escrita.

"lagamar", aqui escrito com minúscula, aparece com maiúscula no texto datilografado do n.º 39. Quer seja acidente geográfico quer seja nome de lugar (com ele existe pelo menos uma ilha alagoana do S. Francisco), a palavra é corrente no cancioneiro nordestino.

39 — No original de colheita há duas grafias deste coco, a primeira delas cancelada. A segunda é a seguinte e, tanto quanto a primeira, difere ritmicamente dessa cópia a limpo, além de estar com diferença de texto:

40 — No original de colheita, o texto sob o terceiro compasso diz "Sete dia" (e não "Séti anu"), tal como se vê também nos versos datilografados que acompanham a cópia a limpo.

Presas a este documento, Mário de Andrade deixou duas notas:

"Barca de Noé / Uma embolada do canto de Pernambuco, que está entre os cocos de engenho se fala de novo na Barca de Noé." (V. n.º 63, estrofe 3.)

"Coco / Arca de Noé / Um dos 'Cocos da mulher' de Chico Antônio, ele ainda se refere em embolada (não em refrão) à barca de Noé, e no coco *Amador, Maria*:

Caba danado,
O que eu digo é o que é:
A barquinha de Nué
Tá andando dend' do má".

Só o coco "Amador, Maria", n.º 119, fala realmente em Noé, nessa estrofe citada. Não encontrei outra referência, nos demais "Cocos da Mulher" colhidos de Chico Antônio.

42 — Nos originais de colheita, este e os demais cocos colhidos dos informantes José Miguel Vicente e Joaquim Francisco do Nascimento (n.º 44, 75, 79, 81, 86, 108, 156, 184, 201) são precedidos desta informação: "Cocos para dançar (na Paraíba não estes [informantes?] pelo menos não chamavam a isso 'dançar zambê')."

43 — "Coro repete mesma quadra." (Original de colheita.)

44 — No texto escrito sob a música, o primeiro verso do refrão é, como se vê, "Mulé, mulé", enquanto o texto que se segue à melodia diz "Num é, num é". No original de colheita da melodia, Mário de Andrade escreveu primeiro "Mulé, mulé", corrigiu depois para a segunda forma, mas não transportou a correção para a cópia a limpo. Achei por isso necessário manter a incerteza.

46 — "(Coco de violão e viola
        Coco de praia)."

"A estrofe pode ser quadra, ou inventados só 2 versos improvisados com ou sem rima. O coro no geral canta o 'Paraná' no acorde da harmonia." (Original de colheita.)

Nesse mesmo original, o primeiro verso diz, de duas maneiras mas nenhuma igual à da cópia a limpo: "Os óio da morena" e "Os óio da caboca."

49 — "(eternamente a mesma frase com variantes mínimas)", informa o original de colheita.

Observe-se que enquanto o texto sob a música diz "um letrêro", o que a segue diz "dois letrêro". "Dois letrêro" é como está também no original de colheita da melodia.

50 — Este é o terceiro coco da série mencionada em minha nota ao n.º 19. Além dos títulos que a precedem neste livro, no original de colheita esta peça tem o nome de "Que barcaça".

51 — No original de colheita a classificação da peça é "com galope", isto é, coco com galope.

Dada a existência de algumas pequenas oscilações gráficas nos textos, por escrúpulo mantive o "ixprimentei" do 10.º verso, que soa estranho em boca de nordestino e parece erro de datilografia, pois no teclado o *x* fica imediatamente abaixo do *s*.

52 — Há algumas pequenas divergências entre o texto que acompanha a melodia e o original de colheita dele. Refiro apenas as duas mais significativas, numerando-as por estrofe e verso:

5,8 — "Sem ninguém se machucá", que deve ser o verso certo. A palavra "disviá" parece erro de cópia, causado pela lembrança do quarto verso da mesma estrofe.

6,7 — "No dumingo o pão durmido" (pão da véspera, pão velho), cujo sentido parece mais exato que o "pão cumido" da cópia.

Os originais de colheita dos textos estão em folhas separadas das melodias e trazem o número daquelas a que se ligam. Mas as estrofes 2 e 9, postas por Mário de Andrade neste coco, não têm, nesses originais, número de peça a que pertençam. Trazem apenas o esclarecimento "Emboladas do Sargento Ciraulo", indicação vaga, pois na coleção de cocos há vários colhidos desse informante. Por isso é que Mário de Andrade, na nota com que precedeu essas estrofes, evitou dá-las positivamente como cantadas no "Canoeiro", explicando apenas serem emboladas do Sargento Ciraulo que, por terem oito versos, seriam cantáveis com esse coco.

53 — Além do título "Tanoêro", escrito a tinta, o original de colheita tem "Canoeiro", escrito a lápis e acompanhado da nota: "compare com o mesmo em Odilon". (V. n.º 51.) Ainda nesse original, há esta indicação: "A linha do solo, sempre a mesma, oscila entre as 2 variantes que estão grafadas", isto é: entre as linhas correspondentes aos versos "Queim almoc'i jant'i céia" e "Num pódi morrê di fomi."

54 — Maroeira (v. inf. n.º 20) deve ter dado este coco como peça de Maracatu. Depois de escrever no original de colheita "Tema de Maracatu", Mário de Andrade cancelou esse título, escreveu a lápis sobre ele a palavra "Canoeiro" e observou abaixo: "(compasso binário. Isto é Coco e não maracatu)". Parece que tal correção foi feita quando os documentos foram passados a limpo.

55 — Todos os registros musicais e notas deixados por Mário de Andrade me parecem confirmar as observações com que ele acompanhou essa peça, feitas antes do contato largo e direto com a música nordestina dos Cocos. Vejo por isso nessas observações, bem como na "Literatura dos Cocos", um testemunho da sua enorme capacidade de análise, de um senso crítico quase... premonitório, que lhe permitia atingir as verdades gerais mesmo através da observação de um número relativamente pequeno de fatos.

56 — Nos "Cocos de Engenho", começados neste número, encontrei a seguinte nota de Mário de Andrade, lembrando que peças de outras séries possuem estrofes (não os refrãos) referindo-se a usinas:

"Versos de Usina
No Balão Mané Mirá [n.º 217]
No Devagar com a Mesa, de C. Antônio [n.º 222]
2 últimas emboladas do Eu vou, você não vai, de C. Antônio [n.º 70]

No Pronde vais mulé, de Chico A., uma estrofe [n? 74]
1 estrofe no Oh Bahiana [n? 92]."

57 — No original de colheita da melodia e no texto datilografado que acompanha a cópia a limpo, o 2? verso do 2? refrão é "Ôh zim zim zá". Por evidente lapso de escrita, na cópia da melodia o texto sob a música dizia "Ôh zim zim zim". Corrigi.

O original de colheita dos textos atribuía a este coco mais cinco estrofes, que Mário de Andrade pôs no coco n? 7, conforme já expliquei em nota a ele.

Resta ainda contar que ao lado do primeiro refrão, no texto datilografado da cópia a limpo, Mário de Andrade escreveu "Seqüestro", na certa lembrete para seu exame em "O Seqüestro da Dona Ausente", análise das marcas que a ausência feminina deixou na poesia popular luso-brasileira nascida dos trabalhos do mar.

60 — No original de colheita da melodia, a primeira nota do sétimo compasso parece Sol e não o Fá que está na cópia a limpo. Aliás, a própria estrutura da linha melódica parece indicar que realmente o Sol seja a nota exata. Não só a segunda frase melódica varia muito levemente a primeira, como o movimento melódico do sétimo compasso repete integralmente o do 2?-3? compassos.

No original de colheita do texto, no 2? verso da primeira estrofe está escrito "fogo do mar", evidente incompreensão do que o coqueiro cantara. Como se vê, a cópia a limpo corrigiu o erro, pondo no lugar o certo "fogo-do-á".

61 — Este coco, deixado sem qualquer indicação de informante e sem originais de colheita, tanto pode ser uma peça independente, quanto um amelhoramento da grafia rítmica do n? 62, melodicamente igual e ritmicamente mais pobre que ele.

63 — No original de colheita do texto, o quarto verso da segunda estrofe é "Escorou-se num hotel", e o oitavo, "Enrascou-se com a mulher."

Na cópia a limpo, o título posto na melodia é "Canto de Pernambuco" e tem em seguida a classificação "Embolada".

64 — No segundo e quinto versos da estrofe quatro, o original de colheita do texto diz respectivamente:

"Me comprô 1 [um] automóvi"
"In cima di 3 mancá."

No quinto verso da estrofe 9, Mário de Andrade interrogou adiante da palavra *Euliço*: "(Ulisses?)." A última palavra do terceiro verso da estrofe 7 é *escavaca,* que deve ser a certa, por rimar com os versos 4 e 7. E no 5? verso da estrofe 11 está "Deu" em vez de "Dei".

65 — No original de colheita, este documento tem o título de "Coco praieiro".

66 — "Compare refrão com 'Olhe o Coco do martelo tombador', manda o original de colheita. V. n? 56."

67 — Em *O Turista Aprendiz* Mário de Andrade comenta este coco, escrevendo na crônica datada do Bom Jardim, 9-1-1929: "(...) o brasileiro já está

314

cansado com os 400 anos de banguê... Pede usinas. O 'coqueiro' se inspira e na 'pancada do ganzá' celebra as turbinas modernas...

— 'Adonde eu vi nove trubina?...
— Na Usina Brasileira.
— Adonde eu vi nove trubina?...
— Na Usina Brasileira.' "

68 — "Não sabia o solo a criada." (Original de colheita.)

69 — "O solo monotoniza essa mesma linha mais ou menos." (Original de colheita.)

70 — Apesar da indicação encontrável no original de colheita e que reproduzi no texto poético, a escritura do refrão deste coco parece indicar que ele não seja exclusivamente coral, mas se divida entre coro e solo.

Algumas fichas deixadas por Mário de Andrade nestes "Cocos da Mulher", marcam a constância de certos elementos textuais, observável entre peças desse mesmo grupo ou de outros:

"Cocos de [*sic*] Mulher / Entre os de *Maria* não esquecer um texto, que está entre textos de cocos de bichos, solto. [V. adiante nota ao n.º 164.] E a estrofe no *Ronca o Besouro*" (n.º 196, estrofe 3].

"*Iáiá*

Vem no *Ei Tiá* da Paraíba [n.º 210, 211]

Vem no *Dinheiro Novo* [n.º 221]

―――――

Num dos refrãos do Coco do *Estabiró* [*sic*; n.º 223]

―――――

Vem no *Saia do Sereno* [n.º 15]

―――――

Vem no Andorinha Branca [n.º 182]
―――――"

"Ô Mulé / Também, o Ôh mulé sai do Sereno" [n.º 13, 14].
"Mana / Vem no Adeus Pilar, de Adilão" [n.º 215; e também no n.º 214]

"Baiana_____"

Vem no Adeus pilar, de Adilão [n.º 215]

―――――

Vem no *É um A, é um B*, [n.º 227, onde o texto diz "Baiano"]
e no Coco do Abecê variante da Paraíba [n.º 229]

―――――

71 — "Embola variando sobre a linha." (Original de colheita.)

72 — "Coco de roda", classifica o original de colheita.

73 — O original de colheita da melodia tem o título "Pr'onde tu vai, mulé".
Nesse documento, o quarto verso do refrão é "Você num vá, mulé"; o quinto da primeira estrofe é "Ai ela grit'"; e o último das duas estrofes, verso equivalente a um refrão curto, é "Pr'onde tu vai mulé", escrito de modo a deixar claro que *pr'onde*, cantado num som único, teria a sílaba final praticamente cortada, apenas com um leve soar do *d*:

Pr'ond tu   vai mulé

74 — No original de colheita a grafia rítmica da estrofe é outra, existindo também pequena diferença melódica na volta ao refrão:

ssê Manda - ru   mi cha   má em Pe   dre gu io

Terra   di   ba ru io   Eu num vô lá Pronde vais mulé

A peça é acompanhada da seguinte observação que não entendo, pois tanto nesse original quanto na cópia a limpo, a palavra "Pr'onde" é grafada sempre com um mesmo ritmo: "Notar que o ritmo de 'Pronde' ora é um, ora é outro, tudo dependendo do dinamismo rítmico em que vai a frase."

75 — "Embolada sobre mesma linha." (Original de colheita.)

77 — "(embolada quase idêntica à do tem-tem ferreiro bate o malho)". (Original de colheita.) Não existe essa embolada nos documentos que recebi.

79 — "embola mesma linha". (Original de colheita.)

80 — No original de colheita, acompanhado da indicação "coco de roda" e da explicação: "Coco de roda é o que todos cantam em coro, não tem embolada. Coco de embolada 2 cantadores é que tiram. 1 faz o refrão e pode ser dupli e triplicado por outros acompanhadores."

81 — "embola mesma linha". (Original de colheita.)

82 — No original de colheita, Mário de Andrade registrou e cancelou o andamento "Andantino".

83 — "Embolada varia o refrão." (Original de colheita.)

85 — "Já possuo variante sob a letra Eu casei com uma velha / Pra livrar da filharada". (Original de colheita.) V. n.º 88.

87 — O original de colheita traz a indicação: "Note bem: transporte 1 oitava abaixo", coisa que Mário de Andrade acabou não fazendo.

88 — Encontrei este coco precedido de um texto do "Tangolomango", que transcreverei logo abaixo e que traz, como única indicação, a de ter sido colhido em Franca, Estado de São Paulo. O documento é uma cópia a carbono azul-arroxeado, datilografada em papel-jornal. Entre os documentos deixados por Mário de Andrade existem vários textos com essas mesmas características materiais. Devem ser da coleção que na sua "Bibliografia" de trabalho aparece com o nome de "Fundos Paulo Duarte" e o n.º 58. (Conf. "Chave da Bibliografia" deste livro.)

316

Eis o texto desse "Tangolomango" francano:

"Tangoro-Mango

Era uma velha que tinha nove filhas,
todas faziam chinó;
deu o tango-surumango na velha
e as nove filhas ficaram só.

Essas nove, bemzinho, que ficaram,
foram fazer biscoito;
deu o tango-surumango numa dellas,
das nove ficaram oito.

Essas oito, bemzinho, que ficaram,
foram jogar o béte;
deu o tango-surumango numa dellas,
das oito ficaram sete.

Essas sete, bemzinho, que ficaram,
foram aprender francêis;
deu o tango-surumango numa dellas,
das sete ficaram seis.

Essas seis, bemzinho, que ficaram
foram comprar brinco;
deu o tango-surumango numa dellas,
das seis ficaram cinco.

Essas cinco, bemzinho, que ficaram
foram ao theatro;
deu o tango-surumango numa dellas,
das cinco ficaram quatro.

Essas quatro, bemzinho, que ficaram,
foram jogar xadrêis;
deu o tango-surumango numa dellas,
das quatro ficaram trêis.

Essas trêis, bemzinho, que ficaram,
foram passear nas ruas;
deu o tango-surumango numa dellas,
das trêis ficaram duas.

Essas duas, bemzinho, que ficaram,
foram para inhaúma; (sic)
deu o tango-surumango numa dellas,
das duas ficô só uma.

Essa uma, bemzinho, que ficô,
soffria do coração;
deu o tango-surumango nella,
acabou-se a geração.

(Franca)."

90 — O original de colheita tem a seguinte nota sobre o primeiro verso: "Cinc' é 5 com a vogal final absolutamente muda pela respiração."

Nas cópias a limpo, entre esta peça e a seguinte Mário de Andrade deixou duas versões paulistas e foxtrotadas da "Crioula" que, por sua procedência e natureza, certamente se destinariam a uma nota a este coco e ao anterior. Eis esses documentos e os esclarecimentos que os acompanham:

"Crioula

Catanduva (S. Paulo)   Foxtrote

Crioula

Campinas (S. Paulo) — Foxtrote

Eu fui no mato cri - ô - la (etc.)

Eu fui no mato,
Criôla,
Cortá cipó
(sempre mesmo refrão)
Eu vi um bicho
De um ôlho só.
não era bicho,
não era nada,
Era uma velha
Muito acanhada.

Não queiro teima, olé!
Não vou teimar, olá!
Quero brincar, olé!
No Carnaval!

Versões me dadas por alunas. Na versão campineira, o texto é o mesmo, porém, na versão conhecida pela minha colaboradora, sem o refrão estrófico. É evidente, se tratando de cidades com muito trânsito, costumes universalizados e rádios numerosos, que estas variantes são deformações inconscientes, talvez mesmo individualistas, provocadas pela falha de memória.''

Na variante de Campinas, o segundo tempo do quarto compasso tinha duas semínimas, evidente lapso de escrita. Liguei as hastes, como era necessário, restabelecendo as duas colcheias do desenho rítmico-melódico que se repete invariavelmente nos três primeiros membros-de-frase.

Sobre os cocos da ''Crioula'' há também duas notinhas que, com algumas outras sobre outros assuntos, Mário de Andrade deixou na série dos ''Cocos da Mulher'':

''Coco / Crioula / Aliás o verso 'eu fui no mato' é verso-feito. Se veja a coleção de quadras do coco de engenho *Ôh Zina*, [nº 57] e a embolada espalhadíssima

319

Eu fui no mato

. . . .

Coqueiro, massaranduba
Sucupira, loringá
            louro, ingá?''

''Coco / Eu fui no mato, Criôla / Referir o Êh-lê caninana, [n.º 164]
que não só tem o verso 'Eu fui no mato', como repete a fórmula estrófica e rítmica
do / Crioula.''

94 — Na margem superior da página dos originais de colheita onde se
acha este coco, Mário de Andrade escreveu a seguinte nota, talvez motivada por
ele: ''Chamar a atenção prá preferência das tonalidades fortemente alteradas no
Nordeste.''

95 — O original de colheita trazia indicações da alternância de coro e solo,
que Mário de Andrade, inexplicavelmente, cancelou. O verso ''Chora minina, p'a
ninguém vê'' estava como refrão coral.

96 — ''Aproximar da cantiga portuga que possuo ('O patrão que bate na
patroa').'' (Original de colheita.)
Por falta de indicação mais precisa, não posso completar esse lembrete.
O modo por que Mário de Andrade datilografou o texto desta peça, que
visivelmente é só um refrão, faz supor sua divisão entre solo e coro. Entretanto, o
original de colheita atribui a melodia só ao coro; adiante da barra dupla conclusiva
ficou, no vazio, a indicação ''solo''.

97 — ''Dou os 2 exemplos de solo conforme o número de sílabas do verso.
E dou as vocalizações em boca fechada que Odilon fazia. Eram várias.'' (Original
de colheita.)
Os dois exemplos se referem diretamente à melodia solista correspondente
aos versos ''fraqueja a pêga / Repelêga, pede pêga!'' e ''Adilão tano cantand'''.

98 — Antes de ser dada como ''Coco / Natal'', no original de colheita esta
melodia teve duas classificações canceladas, que parece devam ser lidas nesta
ordem: ''Samba / Macau''; ''Marcha carnavalesca / Natal''. A palavra ''Natal'' foi
conservada e sob ''Samba'', Mário de Andrade escreveu ''Coco''.
Anoto tais minúcias porque elas talvez possam ajudar a esclarecer a espalhadíssima roda ''Sambalelê'', de que esta peça corre como refrão.

100 — Sem a fórmula de compasso (2/4), tanto na cópia a limpo quanto
no original de colheita, onde se vê esta explicação: ''A pronúncia é 'Redond' sem
[com, evidentemente] a última vogal 'e', absolutamente muda''.
A disposição dos versos não está em inteira concordância com o original de
colheita do texto. Como o primeiro verso ou a primeira estrofe do solo foram
registrados exclusivamente nas melodias, e os originais de colheita dos textos
partem sempre ou do segundo verso da primeira estrofe ou da segunda estrofe
solistas, resulta que:
1.º) Após a segunda entrada do refrão, viriam os versos

''E no coco é amarração
E só fala quando eu mandá
            Ai, Redondo Sinhá'',

que na cópia a limpo passaram a ser os últimos.

2.°) Depois do terceto que termina com "Quano vai pra Lagamá" e seu refrão, existe isto que não aparece na cópia a limpo:

"Você não deu pra diverti
Na minha linha
E o pensamento adivinha
Só fala quando eu mandá
    Redondo Sinhá".

3.°) O final é:

"Eu quero que me dê licença
Cum artigo de sciença
Falá quando eu chamá
    Redondo sinhá
Ai nesse coco de embolá
    Ai Redondo Sinhá!"

A não ser no n.° 39, Mário de Andrade escreveu sempre com minúscula a palavra *lagamar*, que entretanto parece referir-se, nos cocos, a um lugar.

101 — No original de colheita esta melodia é a primeira de uma página onde Mário de Andrade escreveu, na margem superior, a seguinte nota, que evidentemente se refere a ela: "(Já publicado com o nome 'Lagartixa' no carnaval de 1927)". Antes do título vem a indicação: "Tal como cantado por Fabião" (Fabião das Queimadas, o célebre cantador); depois, a classificação "Coco", cancelada, e abaixo dela a de "toada".

Tal como na cópia a limpo, também no original de colheita a melodia está sem a barra dupla final, coisa que suponho significar incerteza quanto ao modo de retorno ao início, pois a peça foi colhida sem texto. A julgar pela grafia do n.° 100, deveriam ser colocadas barras de repetição entre o primeiro e o penúltimo compassos, onde é marcada a volta ao refrão, ficando o Sol final apenas para terminar o coco:

$$1 \, \| : 2 \quad a \quad 6 \mid \overline{7} \quad : \| \quad \overline{\quad} \quad \| \quad . \quad \gamma \quad \|$$

103 — No original de colheita da melodia, o verso "As irmã pur seus irmão" aparece sob o mesmo elemento melódico do verso "Chora a mãe pur seus fiinhu". Os dois compassos que a cópia a limpo atribui àquele, no original de colheita estão após a conclusão do coco e precedidos de "ou", o que parece indicar variante.

104 — Nos originais de colheita, esta é a primeira de uma série de 35 peças colhidas de Chico Antônio e precedidas das seguintes indicações:

"Cocos de ganzá
(As pernas das notas indicam coro e solo)
(As notas duplas são variantes)".

Os demais cocos desse grupo são os n.° 49, 59, 70, 74, 82, 90, 92, 95, 117, 119, 122, 124, 134, 135, 136, 139, 140, 153, 157, 162, 166, 173, 175, 178, 191, 193, 206,

217, 222, 235, 239 deste livro, e mais três que Mário de Andrade pôs entre as "Melodias do Boi".

Entretanto, a indicação "Cocos de ganzá" deve entender-se válida para todos os demais cocos de Chico Antônio que, segundo informação transcrita nas "Explicações" iniciais, cantava acompanhado exclusivamente por esse instrumento. Quanto a esta melodia do "Jurupanã", o original de colheita informa que o título é o nome de "(um passarinho)". E nos compassos 2, 4, 6, 10, esse original tem, em vez de ⊕, que "ergue o som três-quartos de tom", o sinal ✳, que, com menor precisão, Mário de Andrade indicou significar: "mais elevado que Fá natural e menos que Fá sustenido".

105 — No original de colheita, o sinal que antecede o Sol tem a forma ⊐ e a explicação de que, como este, também representa "quarto-de-tom acima". Sob ele, Mário de Andrade anotou isto que, por qualquer motivo, não fez: "não copie". E após a melodia escreveu: "Embolada idêntica ao refrão. / Veja Chico Antônio"; isto é, o n.º anterior, 104.

106 — Na cópia a limpo deste coco, Mário de Andrade pôs um ponto-de-aumento no primeiro Fá do 2.º compasso, evidente erro de grafia métrica, causado talvez por desatenção na leitura do seu próprio original de colheita. Neste, o ponto está quase sobre o 2.º Fá desse compasso, e seria assim não um ponto-de-aumento, mas um sinal de destacado, feito talvez para representar a dicção rápida da última sílaba da palavra "coco", com a vogal final quase muda, como nas duas versões anteriores do "Jurupanã" (n.º 104, 105). Dei pois o documento conforme essa leitura possivelmente mais correta, isto é: |♩♩♩ 𝄽𝄽| Grafia que, a ser a verdadeira, talvez se representasse melhor assim: |♩♩♩ 𝄽𝄽|

cô · c'   si -

107 — A interrogação encontrável no título escrito na própria melodia, evidentemente foi posta para salientar que a última palavra do título-texto não passa de alteração da "Sinhá", que estes "Cocos da Mulher" demonstram freqüentar largamente os refrãos curtos de cocos.

O original de colheita diz que "Nas emboladas de 8 versos se repete o que já está". Isto é, repete-se o trecho musical escrito para esta embolada de quatro versos, cujo texto Mário de Andrade se esqueceu de datilografar na cópia a limpo:

"Passe pr'aqui
Passe pr'ali passe pro canto
Eu daqui num me alevanto
Inquanto o duro num chegá."

108 — O título posto na melodia é "Delírio, Sinhá", enquanto o datilografado na folha em que ela foi colada é "De lirio, Sinhá". No original de colheita, o texto sob a melodia também diz "Êh di lirio" e abaixo da última palavra Mário de Andrade esclareceu: "(flor)"; mas pelo n.º 109, cujo título e texto concordam com seu original de colheita, se vê que o refrão deste coco deve ser realmente "Delírio, Sinhá".

109 — No original de colheita da melodia, a segunda palavra do refrão foi grafada "diliri" e corrigida a lápis para "diliro".

322

110 — "(este solo não era comum. O solo comum limitava a variar o refrão coral)". (Original de colheita.)

111 — Também no original de colheita, o texto sob a melodia diz "Maria Amélia" e não "Maria Bela", talvez engano ocorrido na datilografia dos versos.

112 — Os originais de colheita da melodia e do texto registram respectivamente como sendo as quadras n.º 4 e 3 do coco n.º 13.

113 — A distribuição solo-coro ficou incompleta no original de colheita. Indicando um "S" (solo) no primeiro compasso e um "C" (coro) onde está a primeira barra de repetição, Mário de Andrade traçou a própria barra em cima dessa letra, de modo a inutilizá-la. De fato, parece que seria engano atribuir ao coro esses compassos, pois aí começa a estrofe. Aliás a peça, iniciada pelo refrão (como quase sempre acontece nestes cocos), tanto nele quanto na estrofe alterna sistematicamente um verso solista e um coral (refrão curto).

116 — "Compare ritmo n.º 133", diz o original de colheita, mandando assim ver a versão paraibana do "Boi Morto", posto nas "Melodias do Boi" e a publicar com elas. Com essa nota, Mário de Andrade quis lembrar que, tal como observou sobre este coco n.º 116, no "Boi Morto" há também um deslocamento proposital da acentuação das palavras, de modo a fazer com que as tônicas caiam em tempo fraco ou parte fraca de tempo.

117 — No original de colheita, com o título "Êh Maria".

118 — O original de colheita explica que o sinal ⌀ significa "quarto-de-tom entre Sol e Fá sustenido", enquanto a ficha n.º 25 do apêndice VI determina com mais clareza: "abaixa o som um-quarto de tom".

119 — Tanto a cópia a limpo quanto o original de colheita não trazem o ajuste do texto solista à melodia. Presume-se que ele seria cantado com a parte deixada sem palavras, mas aí ele não cabe.

Ainda no original de colheita, em vez de "jugadô de cipuêra" está "jugadô de capuêra"; e a peça, tendo sido distribuída entre coro (o refrão curto "Amadô, Maria!") e solo, teve essas indicações inexplicavelmente canceladas.

Chamo a atenção, ainda, para a última palavra do 2.º verso da 4.ª estrofe, que deve ser "alevanto" em vez de "alevante", mantendo assim a rima sistemática do 2.º com o 3.º versos, encontrável em todas as quadras desse coco.

121 — No original de colheita, com o título "Êh Mariana". Aí grafado inicialmente em compasso 2, depois em 6/8, a cópia a limpo restabeleceu o binário simples. Pequenas diferenças de grafia rítmica existem nos compassos 4 e 8, respectivamente escritos:

122 — O original de colheita da melodia indicava que o refrão se dividia entre solo ("Adeus, amô, Rosinha!") e coro ("Adeus amô, Rosa!"), e que era coral o "Adeus amô" iniciador de cada estrofe do texto. Entretanto, essas indi-

cações foram canceladas. Também foi riscado o andamento "Andante". E, finalmente, o texto sob a música diz, como última palavra da primeira estrofe, "tarárárá" e não "parapapá".

123 — O original é acompanhado da seguinte nota ligada à variante, mas que deve se referir à peça em geral: "Linha muito incerta, o esquema dela inda não estava bem fixo no Odilon, exprimentei fixar a linha 2 dias e ela continuou inda incerta. Embola sobre a mesma linha."

124 — Nos originais de colheita há duas grafias deste coco. A primeira, escrita nas folhas de música que trazem o título geral "Chico Antônio", manda: "veja este coco milhor escrito no final do caderno Fandango". A do "caderno Fandango" é a grafia que, submetida ainda a modificações na divisão dos compassos, serviu à cópia a limpo. Ora, nas duas lições primitivas, a última nota do coco é *Si*, como a penúltima; o *Ré* da cópia a limpo, mantido neste livro, parece pois um cochilo de copista. A primeira grafia traz o esclarecimento: "a embolada varia o refrão".

125 — Sem fórmula de compasso também no original de colheita.

127 — O original de colheita não deixa dúvida de que é solista a primeira entrada do refrão curto "Êh, ôh Ana". Escrevendo antes dele, na melodia, um "C" (coro) que cancelou, Mário de Andrade entretanto pôs as indicações solo-coro, por extenso, no texto sob a música.

128 — No original de colheita dos textos nada indica que a estrofe 2 seja deste coco. Aí ela é a segunda de duas que Mário de Andrade registrou, sem numeração, após as quadras do n.º 196 (R.51 de colheita), o que levaria a supor que as duas estrofes se ligassem a este último, se não fosse o maior número de versos delas (sete e oito).

130 — Embora recolhido em Natal (Conf. informante n.º 32), este coco é, segundo o original de colheita, da "Paraíba (ouvido em Campina)", provavelmente Campina Grande.

No 4.º verso do refrão há talvez um pequeno erro de cópia, causado pela lembrança do texto do n.º 129: tanto na cópia a limpo usada neste livro quanto no original de colheita, o texto sob a melodia diz "Pra sabê Julia ô que é".

131 — "Embola sobre a mesma linha." (Original de colheita.)

132 — No próprio papel da melodia e no original de colheita, Mário de Andrade acompanhou este coco de duas notas sobre o solo, mais precisas que a escrita, em seguida ao texto:
"Embola em semicolcheias variando sobre a mesma linha".
"Tira-se embolada em semicolcheias variando sobre a mesma linha".
No 2.º verso da primeira quadra, o original de colheita traz, como a cópia a limpo, "Bate *ó* (?) menó", em vez do "o" que ficou no texto após a melodia.

134 — Como já contei nas "Explicações" iniciais, entre os documentos que recebi não existem cópias a limpo dos cocos n.º 134 a 138, que reproduzo por seus originais de colheita.

Na distribuição dos versos que se seguem à música, obedeci à disposição métrico-rítmica que me pareceu a verdadeira, contrariando assim, nos n.º 134

324

e 135, a disposição que vem sob as melodias e é determinada pelo uso de maiúscula no início de cada verso. Do n.º 137 encontrei uma segunda estrofe de embolada, escrita nos papéis de textos do Rio Grande do Norte, e lá a transcrevi.

135 — O *Dó* do penúltimo compasso tem, no original de colheita, a acentuação ♩ . Na cópia a limpo, a escritura do texto indica que a espécie de refrão neumático iniciador da peça (os dois primeiros versos) caberia a um só entoador não especificado, ou o coro ou o solista. Entretanto, o original de colheita atribui ao coro, em toda a peça, só o refrão curto "Boi Tungão!".

O documento está sem classificação, tanto na cópia a limpo quanto no original de colheita.

136 — O original de colheita deste coco foi grafado primeiro a 6/8, depois corrigido para 2, e tem ao lado o lembrete: "milhor compasso binário". Parece claro que, binário simples ou binário composto, tanto a repetição do refrão, quanto a volta a ele após a embolada solista, obrigam a eliminar a pausa inicial, que as notas conclusivas devem substituir para formar um esquema paralelo ao do 2.º membro-de-frase (3.º compasso).

138 — Pelos versos do refrão, este coco seria colocável entre os "de Coisas e de Vário Assunto"; pelos do solo, pertenceria aos "Atlânticos". Deixei-o como fecho destes "da Mulher", para não o afastar do grupo que precisei copiar dos originais de colheita. Demais a colocação não é totalmente descabida: os versos solistas continuam o tema da falta de remo para atravessar "pro lado de lá", onde ficou a "dona ausente" o impossível.

139 — Mantive o verso-refrão tal como Mário de Andrade o deixou na cópia a limpo. Entretanto, sua forma exata deve ser a do original de colheita, "Adeus, Luquinha d'Alagoa", numa celebração do Estado de Alagoas, bem freqüente nesta coleção de cocos. Confira-se, por exemplo, os n.º 49, 74, 92, 110, 152.

Num questionário enviado a Antônio Bento de Araujo Lima, e deixado junto a uma carta deste, datada de 11-4-1929, no fim das notas sobre a "Psicologia dos Cantadores", Mário de Andrade indagou ao amigo sobre este coco:

"III — Como interpretar o segundo verso deste dístico de Chico Ant.:

Adeus, Luquinha da lagoa,
Cumpanhêro, eu na chama sô velêro.

(*Chama* ou *chamá*, a pronúncia era deste segundo modo.)
[Resposta de A. Bento] Parece que se trata daquele tambor pequeno tocado antes de começar o coco. Tem mesmo o nome de 'chama' que convida o pessoal para a vadiação.

Velêro na chama — quer dizer 'bom no coco etc.'."

No original de colheita há duas soluções rítmicas desta peça, ambas diferindo da adotada na cópia a limpo. Na primeira se vê, entre outras coisas, que do primeiro Sol do 2.º e 4.º compassos foi raspado um ponto-de-aumento, restabelecido na segunda. Esta vem precedida da observação "Milhor":

Andante

Adeus Lu quinha d'Ala goa cumpanhêro eu na chamá sô vê-

lê-ro Adeu'Lu quinha d'Ala goa E no tomb'é no geito a bola dá

140 — O original de colheita manda "(Ver Boi Munganguêro)", referência a um canto de Bumba-meu-Boi colhido no Rio Grande do Norte. (Conf. *Danças Dramáticas do Brasil*, 3.º tomo, a melodia n.º XXX-1 do Rio Grande do Norte.)

141 — "segue embolada variando sobre a mesma linha". (Original de colheita.)

142 — "Notar o ritmo improvisatório com que se inicia a linha e depois fixada na síncopa bem." (Original de colheita.)

144 — "Solo mesma linha sempre com outras palavras. Quando bem pegado no ritmo era só assim com o 'ná' de 'Juvená' no fim do 2.º tempo do compasso." (Original de colheita.)
Com o final dessa nota, Mário de Andrade quis salientar o desencontro voluntário entre a acentuação musical e o acento tônico da palavra *Juvená*.

145 — "embolada sobre a mesma frase (Evidente que o cantador esqueceu a resposta pra formar a frase)". (Original de colheita.)
Essa nota acentua, portanto, que por falha de memória do informante, esse refrão de Coco está visivelmente reduzido ao primeiro membro-de-frase de uma frase musical quadrada.

148 — A disposição do texto que sucede à música mostra que a peça se reparte entre coro e solo. A mesma alternância foi marcada no original de colheita da melodia, mas Mário de Andrade riscou a atribuição do segundo membro-de-frase ao solo (correspondente ao 3.º e 4.º versos), transformando, assim, a peça, exclusivamente, num refrão coral.

150 — "A acentuação em 'faxêiru' e em 'sorti' vem da palavra e não do ritmo musical, desaparece noutras emboladas." (Original de colheita.) Isto é: em outras estrofes solistas (não anotadas), não havia os desencontros entre a acentuação tônica de palavras e a acentuação rítmico-métrica da música, desencontros que, como nos dois casos salientados, obrigam ao reforço de uma acentuação musical naturalmente secundária.

152 — O original de colheita manda: "Compare mesmo em Odilon e Chico Antônio", que são as versões seguintes, n.º 153 e 154. E o texto tem o esclarecimento lateral: "(São martelos)".

153 — O original de colheita explica que o sinal ϕ determina "1/4 de tom acima do Sol, característico, repetido sempre, para variar a repetição do mesmo motivo rítmico-melódico"; mas a indicação dos recursos de grafia feita pela nota 25 do apêndice VI indica que essa marca eleva o som de três-quartos de tom.
Mais dois lembretes o acompanham: o primeiro manda "(Notar o caráter de martelo da estrofe)"; o segundo se refere à existência do coco n.º 154: "(Me parece que possuo outro documento parecido com este. Creio que é um Desafio)". A última frase foi riscada e seguida da correção: "é o Tamanquêro mesmo de Adilão".
Assinalo ainda que, também no original de colheita, não existe o "num" do 4.º verso da estrofe, estando assim a distribuição do texto na música:

Diz, esse ne gro ou é doido ou antão pensa

154 — No texto do original de colheita há um "Ai" antes de "Eli diss'" (antepenúltimo verso da estrofe), ocupando o 4.º Mi do compasso. Nesta cópia a limpo, esse Mi deve-se entender ligado aos anteriores.

156 — O original de colheita tem duas soluções rítmico-métricas deste coco. A primeira, só do refrão, é a que veio a servir, com novas modificações, a esta estrutura apresentada pela cópia definitiva.
Nesse original, Mário de Andrade interrogou ao lado da peça: "(modo frígio?)".

157 — Mário de Andrade deve ter ouvido também de Odilon do Jacaré uma versão deste coco, da qual Antônio Bento de Araujo Lima registrou o texto. Deixado entre os originais de colheita das melodias de Odilon, o documento tem esta nota escrita por Mário de Andrade: "passado a limpo já". Entretanto, nem texto a limpo nem música existem nos documentos que recebi. Transcrevo pois do original de Antônio Bento:

"*O Caso do Pinto*

(Coco feito e cantado por Odilon Luiz)
Cantado com a Pisada é essa — Esse é bom pueta

327

Eu dentu da Lagôinha
Incomprei uma gallinha
U preçu de 2 cruzado

Jacaré bate num cóvo
Deitei cum oito óvo
Tirou-me oito pelado

Chegou uma póica furona
A danada era ladrona
Comeu-me 7 pelado

Deixou um piquininho
O diabo tava nuzinho
Encontrei cum óio inchado

Tenho fé no Padi Eterno
Tinha chegado o inverno
O Pinto tava muiado

Arrebentou uma custéla
Tinha quebrado as canéla
O pescoço tav'infólado (*sic*)

Eu me reponhabiliso (*sic*)
Mas é preciso que eu digo
Qu'esse pinto era alejado

No coco ninguém me assanhe
Pois eu disse a minha mãe
Quero esse pinto criado

Minha mãe no mei do povo
Chegou o pinto no fogo
O pinto ficou enxugado

Quem diz Odilon Luiz
Quatorze litro de miu
Elle comia dum bucado

Triste coisa é o nascê
Pois eu tornei a dizê
Quero esse pinto castrado

E foi a primeira vez
Quando foi cum mez e mei
O capão tava foimado

Mas um dia cheguei eu
Juda Procóte e Matheu
Da bróca de meu roçado

Meu dizê num se atraza
Eu cheguei na minha casa
Táva uns home arranchado

Meu mappa ninguem rompa
Falou o capão em compra
Eu disse qui dava dado

Não pur parte do demonho
Pois eu disse a minha mãe
Eu quero o capão matado.

Ahi minha mãe se zangava
Ella disse qui num matava
O capão pr'esse desgraçado

Eu num pude mi contê
Aind'eu tornei dizê
Mate logo esse danado

Minha mãe entrou pra dento
Tomou um pórre d'aguardente
E disse lá um rismungado

Ahi pisou nas canéla
Passou a faca nas guéla
E o capão ficou sangrado

Quando foi cum meia hora
Minha mãe sahiu pra fóra
E disse: — Já está cuidado

Sahiu capão pra vinte e dois
Sahiu capão cum arroz
Sahiu capão arroxeado

Sahiu capão par'us soltêru
E Sahiu capão par us coquêro
Sahiu capão pr'us criado

Sahiu capão cum pirão
Sahiu capão cum fêjão
Sahiu capão muquiado

U qu'eu digo é necessaru
Até paru vigaru
Sahiu um bom bucadu

Sahiu capão cum bulacha
Sahiu na mesma marcha
I sahiu um [ou "em"] moio pardo

Sahiu capão prás mocinha
Para as nega da cuzinha
Só sahiu capão queimado

Sahiu capão pr'um córoné
Sahiu capão pr'um bacharé
Sahiu capão pr'um deputado

Sahiu capão pr'um capitão
Sahiu capão par'um barão
Sahiu capão pru delegado

Sahiu capão par'um gerente
Sahiu capão par'um tenente
Sahiu capão par'os noivado

Sahiu capão par'um dotô
Sahiu capão pr'um promotô
Sahiu capão de todo lado

As parença me consomi
Cumeru quinhentus zome
Tudo ficou intapado

Nessa mesma casião
Um quarto desse capão
Minha mãe tinha guardado

Vamu vê quem advinha (*sic*)
Fui lá dentu na cuzinha
Num gancho dipindurado

Quando chegou no mei du povo
O diabu dum cachorru
Cu diabu dum farejado

Foi in cima du fugão
Pegou o quarto du capão
E foi cumê no alagado

E pegou a chegá cão
Ia in cima do capão
Tirava logo um bucado

Quando chegou du francêz
Chegou um urubú reis
E chegou quasi cançado

Foi in cima du capão
Fez a sua declaração
E avuou pr'ôtu lado

Quando chegou da catinga
O demonho du urubú-tinga
Qui chega vinha invéigado

Tres dias qui num cumia
Três dias qui num bibia
E já vinha era danado

Foi in cima du capão
Logo cum o seu bicão
E comeu logo um bucado

Cumeru trinta urubú
Morreru cum zóiu azú
Cumu quem tava intizicado

Nessa mesma ocazião
Vamu na banha du capão
Qui ainda num tinha falado

No coco ninguem me assanha
Deu quatu kilo di banha
Na balança bem pézado

Nesse coco eu num mintu
Um negru pretu ritintu
Qui di pret' tav'atintado

No coco ninguem me assanha
Passou um bucadu da banha
O negru ficou pintado

Uma nega cum pichanhim
Butou um tiquinho assim
O cabelo ficou istirado

Discuipe meu patrão
Eu digo qu'esse capão
Era um pintu bem criado''.

No original, escrito em sextilhas, há um risco entre os tercetos de cada estrofe. Entendi que isso indicava o desdobramento delas, para ajuste à estrutura poético-musical do coco n.º 157, isto é: para transformá-las em quadras constituídas por esses tercetos mais o refrão ''Esse é bom pueta'', como quarto verso.

As duas palavras iniciais do 40.º terceto foram sublinhadas a lápis vermelho e ligadas à pergunta ''Quis chegar (?)'', que Mário de Andrade escreveu, cortou e substituiu por um afirmativo ''Que chega''. O corte e a substituição foram motivados por uma nota que se vê logo abaixo, escrita a tinta por Antônio Bento: ''No Nordeste é muito comum a expressão: — Elle vinha que chega vinha damnado, no sentido de apressado.'' Parece evidente que Mário de Andrade devolveu o texto ao seu amigo e colaborador, para que o esclarecesse.

160 — O original de colheita foi inicialmente escrito com quatro sustenidos na clave e um sustenido de passagem no Lá do 2.º compasso. Sobre isso, Mário de Andrade anotou: ''colocar o lá sustenido na clave pois é hipolídio''.

161 — O original de colheita deste coco está em situação idêntica à da peça anterior: tendo sido escrito com três sustenidos na clave e sustenidos de passagem nos Ré, a armadura foi depois modificada para quatro sustenidos, em obediência a esta observação final: ''caracteristicamente em hipolídio / lá com ré sustenido''.

Grafado a uma oitava acima da desta cópia a limpo, esse original traz ainda a indicação para o transporte e mais a observação: ''Veja n.º 2 dos Cocos Paraíba'', isto é, o n.º precedente, 160.

Na estrofe 4 mantive o ''Prudento'' do 2.º verso, embora a rima constante do 2.º com o 4.º verso torne claro que a dicção seria a normal, ''Prudente''.

162 — No original de colheita, Mário de Andrade pôs o andamento ''Andantino'', corrigiu para ''Andante'' e acabou cortando a indicação.

164 — No original de colheita, acompanhado da seguinte nota:

''(distrito de Penha)
(muito antigo, séc. XIX)
(Não se usava zambê então. Batiam palma.)''

Entre os n.º 163 e 164, Mário de Andrade deixou o seguinte grupo de textos, dos quais os n.º 3 e 4 caberiam não nestes ''Cocos dos Bichos'', mas respectivamente nos ''Cocos da Mulher'' e nos ''Cocos Atlânticos'' (subdivisão dos ''Cocos da Terra''. Aliás, sobre o n.º 3 ele deixou um lembrete mandando não esquecer que esse texto se coloca ''entre os de *Maria*''.

''Textos de Cocos''

Textos de cocos me dados pelo padeiro Menezes, cearense que vivia em Araraquara. Era homem novo, apenas alfabetizado, que tinha passado algum tempo nas Alagoas. Ele chamava a estas peças de ''sambas'', no manuscrito que me mandou, muito embora comigo tivesse falado, a perguntas minhas, em

332

"cocos" e ficado de me mandar cocos. O que prova que na terra dele, ou nas Alagoas, os dois termos se confundem pra designar a mesma coisa.

1 — *Samba do Gato*

Sipe, sipe, sipe, sipe, sipe, Gato!
Olha o gato, olha o gato, olha o gato!
Olha cantô (*sic*)
Repara como é que
Estou no risco do compasso,
Quero ver balanciar;
Repara que eu balanceio,
Vadeio (*sic*) semana inteira,
Aqui neste paladar!

Sipe, sipe, sipe, sipe, sipe, gato!
Olha o gato, olha o gato, olha o gato!

2 — *Olá, Sapo!*

Olá, o sapo vem debaixo do cangaço,
      Lêlê.
Olá, o sapo vem debaixo do cangaço!

Compade (*sic*) sapo,
Que era homem valente,
Convidou comade (*sic*) gia,
Para matar o tenente.

3 — *Mariá*

Maria, inda não vi
Um amor como Maria,
      Mariá (*sic*)
Hinda (*sic*) não vi
Um amor para ti (*sic*) amar!

(A disposição estrófica deste refrão, está como a deu o padeiro.)

4 — *"Roda ou samba"*

Estava na beido (*sic*; beira do?) mar
Vendo a maré o que fazia:
Quando eu ia ela voltava,
Quando eu voltava ela ia.

(Esta quadra vinha acompanhada da indicação seguinte: "Tira o sonete (?) como si quer para cantar Basta que de [*sic*] com a música de entrega da roda ou samba". E o padeiro intitulara a peça "Roda sertaneja".)"

165 — No original de colheita do texto, o primeiro verso da estrofe 3 é "Vem 1 [um] sorteio tirânu"; o quarto verso da estrofe 5 diz "P'a tirá coco". Algumas palavras dessa estrofe obscura parecem nomes próprios e assim entendidas clareariam mais a quadra: *toínho* será *Toínho*, forma do diminutivo *Antoninho*, corrente pelo menos no Sul de Minas, pronunciando-se quase *Ton-inho*; *píu* parece Pio. Duro de decifrar continuaria mesmo só o segundo verso, "Ante lião tá rapaiz", deturpação de quê?

167 — No terceiro compasso, o original de colheita registra também a variante

170 — Embora dado como de Alagoas e cantado por alagoano, este coco foi colhido na Paraíba. V. nas "Explicações" iniciais, o inf. n.º 29.

172 — Mais um coco de grafia insegura. Tendo escrito inicialmente só o refrão, seguido de um "etc." posto na pauta, Mário de Andrade acrescentou a lápis, em notação miudinha e visivelmente de esboço, o trecho sem texto, variante do refrão que corresponderia à embolada. O original de colheita tem só o refrão.

173 — "segue embolada". (Original de colheita.)
É visível que Mário de Andrade cometeu um erro de cópia ou de leitura, ao datilografar o texto que acompanha a música. Como se vê na própria melodia, o primeiro e terceiro versos dizem respectivamente, fazendo melhor sentido: "Louro pé, louro pé me deu"; "Louro pé, louro pé me dá".

175 — No original de colheita, após este coco Mário de Andrade escreveu a seguinte nota, que evidentemente deve-se referir não só a ele, mas a todos os colhidos de Chico Antônio: "(Às vezes na embolada quando esta se dobra, triplica, decuplica, o andamento atinge gradativamente até o presto, voltando ao andamento quando o solista não podendo mais, faz o coro entrar no refrão.)"
Ainda nesse original, os dois primeiros versos estróficos, escritos sob a música, são:

"Diz agora eu me lembrei
Di Goiana cum gambá",

versos-feitos que, nesta coletânea, aparecem também em outras emboladas de Chico Antônio. Mário de Andrade cortou-os, indicando: "Ponha aqui os versos a lápis, soltos da p. 1.ª, isto é, os que escreveu na cópia a limpo e no original de colheita. Foram registrados com a seguinte observação:

"Versos de Chico Antônio
'Quando eu perdê minha rima
Nunca mais pego o ganzá'.

Outros no caderno de notas".

Sobre tal caderno, vejam-se as "Explicações" iniciais.

176 — Após o título, o original de colheita dá a classificação do coco: "com um 'Galope' ou 'Gabinete' ou 'trupelado'."

Desconhecendo-lhe então a origem, muitas vezes ouvi Mário de Andrade cantar música folclórica brasileira usando o processo que ele observou em Odilon e assinalou em sua nota a este coco: ondulando a voz por meio de pequenos movimentos de abrir e fechar a boca.

178 — O original de colheita indica: "(compare com Meu Baraio e outros idênticos)". (Conf. n.º 180 e nota correspondente.) Nele existe ainda, cancelado, o andamento "Andantino".

No questionário que mencionei em nota ao n.º 139, Mário de Andrade perguntou, sobre o texto deste coco, a Antônio Bento de Araujo Lima:

"IV — O que é 'sericóia'? 'Sabiá tres pote, siricóia miudinha' diz um coco de C. Ant.
[Resposta de A. Bento] Sericóia — o mesmo que saracura. Lá no Nordeste dizem que o canto dela é: três potes, um pote, etc.".

180 — No papel da melodia, Mário de Andrade assinalou: "(mesma linha que Meu Baralho)". O original de colheita também salienta a identidade: "(notas duplas indicam variantes da linha, ligando ao 'Meu Baraio')". (Conf. n.º 178, 206, 207, 208). A peça traz, aí, a classificação "coco de embolada".

183 — O original de colheita classifica este coco como "de embolada".

184 — "Solo embola mesma linha". (Original de colheita.)

187 — O original de colheita esclarece: "Embolada cantada pela preta ama Maria Joana na casa de Alfredo Medeiros (Olinda) 11-XII-28". E presa por alfinete ao papel onde está colada a cópia da melodia, Mário de Andrade deixou a seguinte ficha:

"Aracuã / (Embolada de Maria Joana) / Aracuã (Penelope aracuan, Spix) é escura, bico preto e forte. Boa de caça pelo alvor e gosto da carne. No bando quando uma grita, as outras todas gritam o que provoca uma bulha danada por dá cá aquela palha. São informações que colho em Taunay 'Exploração no Distrito de Miranda' (Rio, 1865) (p. 93). Percebe-se por isso a propriedade da embolada onomatopaica."

189 — "embola sobre mesma linha, fazendo sextilhas separadas no meio e no fim pelo refrão coral, os primeiros três versos variando a frase solista do segundo compasso e os 3 seguintes a linha solista do quarto compasso." (Original de colheita.)

190 — "Embolada varia sobre mesma linha e quando termina, o coro pega o refrão, conforme, às vezes do início, outras já em 'Siririu' quando esta palavra aparece pela 1.ª vez no refrão." (Original de colheita.)

191 — "(Este era bem um caso consciente e prodigioso de síncopa, em que apesar da execução duma virtuosidade admirável, e por causa dela mesma, se percebia na pequenina ondulação de cada som acentuado a passagem dos tempos reais." (Original de colheita.)

Nesse original, há dois versos sob a música, nos compassos 3-4: "Bela mandô mi chamá" e, sob ele, o que aparece nesta cópia a limpo: "Na lagoa tem tetéu".

192 — O original de colheita manda comparar este coco com o "Canoeiro", que está como n° 52 na subdivisão "Cocos Atlânticos", dos "Cocos da Terra".

193 — "Notar ausência de sensível." (Original de colheita.)

194 — No original de colheita as duas linhas do solo estão sobrepóstas, e a peça é seguida desta nota que explica tanto a sua estrutura melódica quanto esse desdobramento de grafia: "O solo variava extremamente, cada vez dum jeito, não fixo ainda que nem o solo do norte. [?] Escrever dois solos."

195 — O original de colheita tem só o refrão, que é seguido na nota "Solo idêntico" e difere, na grafia rítmica de alguns compassos, da solução encontrável na cópia a limpo. Assim é que nele aparece ♩♪ no compasso 1, e ♫ ♫ nos compassos 3, 5 e 7.

196 — V. notas n° 7 e 128.

O documento é rematado por esta observação escrita a lápis: "a última [estrofe] é de Gregório de Matos".

198 — Nos compassos 5 e 6, a grafia rítmico-métrica do 2° tempo era ♩. ♪, evidente lapso de cópia. Corrigi, segundo a figuração dos compassos 1 e 3, de estrutura paralela à deles, para ♫♪ ♫ ♪ . — Quanto ao texto do coco, Mário de Andrade não o reproduziu após a melodia.

199 — Deve haver um engano de cópia nas palavras do 7° compasso. Tanto o texto escrito após a melodia (4° verso da quadra), quanto o que está no original de colheita, dizem "cada fôia um mangangá".

O original de colheita explica também a classificação "coco sertanejo", posta por Mário de Andrade sob o título da cópia a limpo: "(cantado no sertão — Não é praieiro)".

200 — O original de colheita da melodia atribui ao coro só o refrão final "lará-lará" etc., cabendo toda a estrofe exclusivamente ao solista. Entretanto, parece que o texto da cópia a limpo esteja certo, dando ao coro também o refrão curto (Olêlê, bumba real) entremeiado aos versos da estrofe.

202 — Embora colhido no Rio Grande do Norte, de Renato Caldas (inf. n° 32), o original de colheita diz que este coco é do Ceará, e tem dois lembretes:

"(comp. com n° 15)" de colheita, isto é, o coco "Êh, linda rosa!", n° 25 deste livro.

"Compare com melodia de Ciranda amazônica." (Conf. "As Danças Dramáticas do Brasil", in "Danças Dramáticas do Brasil", 1° tomo, Obras Completas, XVIII.)

Os originais de colheita dos textos dão a estrofe n° 2 como pertencente a uma "Toada com abôio" colhida do mesmo informante (n° R.55 de colheita), e a publicar em "As Melodias do Boi e Outras Peças"; as estrofes 3, 4 e 5 aparecem avulsas, sem menção de melodia a que se liguem.

336

203 — "Na palavra 'Chora' do refrão coral se dá o glissando descendente passando pela nota *Mi*, caracterizadamente. Quando o solo entra pela 2.ª vez, é mesmo costume geral dos 'coqueiros' que tiram o coco, repetir a última ou últimas palavras do refrão pra fixarem o som que parte no solo. [Interpreto: para fixarem a entoação do solo; ou: para fixarem o som que, terminando o coro, inicia o solo.] Aqui a curiosidade é o solista repetir apenas o texto mas noutro som agudo que prepara a frase do solo." (Original de colheita.) A nota se refere evidentemente à superposição solo-coro no 6.º compasso.

204 — "Compare com melodia que colhi Amazônia sobre Boi e verifique se tem acento nórdico." (Original de colheita.)
A melodia tão vagamente referida deve ser o canto n.º VI do Boi-Bumbá paraense, publicado no 3.º tomo das "Danças Dramáticas do Brasil". Seu esquema melódico é extremamente próximo do deste coco, com o qual se aparenta até pela coincidência da tonalidade. Quanto à apreciação do caráter nórdico dessas peças, deixo-as aos conhecedores de um folclore musical que ignoro.

206 — No original de colheita há, como andamento, um "Andantino" cancelado. E não só nesse coco, mas em vários que o antecedem e em todos menos um, que vêm após ele nos originais "Chico Antônio", Mário de Andrade riscou também as indicações que determinam a execução coral do refrão e solista da estrofe. É evidente, entretanto, que o corte significaria apenas o intuito (realizado) de não transferir essas indicações para as cópias a limpo das melodias, pois que a distribuição coro-solo foi marcada quase sempre com nitidez pelo modo de dispor o texto datilografado que acompanha essas cópias.

212 — "segue embolada improvisando mesma linha." (Original de colheita.)

215 — "No segundo 'pilá' do refrão, Odilon pegava a sílaba 'lá' bem sonora musicalmente e num glissando descendente acabava o som em puro parlato grave." (Original de colheita.)

216 — "embolada segue mais ou menos a linha." (Original de colheita.)

217 — No original de colheita foi posto e cancelado o andamento "Allegro"; o 3.º verso da 1.ª estrofe é "Quando eu pego a minha rima"; foram cortadas as indicações de coro e solo, que com visível impropriedade atribuíam ao coro apenas o refrão de dois versos, deixando para o solo a estrofe musical inteira, inclusive o refrão curto entremeiado aos versos da quadra.

218 — No original de colheita do texto, o 1.º verso da estrofe 1 diz "cantá" em vez de "contá"; no 7.º está "i Serrinha" e não "é Serrinha"; sobre as estrofes 2 e 3 existe a explicação: "A isto se chama 'fazê' e 'desfazê' um verso".
O original de colheita da melodia tem duas observações: "Notar a 7.ª abaixada espantosa"; "*Coco de parcela*, me disse o recruta, é aquele em que a cada verso segue o refrão, que nem o Maneiro Pau e este 'Meu Balão'."

221 — Abaixo do título, o original de colheita classifica e comenta: "(embolada / (Engenho novo)"; após a melodia, explica: "embolada segue e varia na mesma linha".

222 — Nos originais de colheita há duas grafias rítmicas deste coco, a segunda igual à desta cópia definitiva. A primeira explica que a "frase 2 / compassos 7 e 8 / é a da embolada". Daí deveria resultar que, do 2.º verso em diante, todos os versos solistas seriam cantados com esses compassos, subentendendo-se a existência de barras de repetição entre os compassos 5 e 8:

$$\|{:}\ 5\ |\ 6\ |\ 7\ |\ 8\ {:}\|$$
Refrão Embolada

Entretanto, só o 2.º verso se adapta rigorosamente, pela medida e pela acentuação, a esses compassos. Os demais ou não se ajustam exatamente a nenhum dos dois membros-de-frase solistas, exigindo aquelas liberdades de fusão entre texto e música que Mário de Andrade não grafou e já comentei nas "Explicações" iniciais; ou cabem, em sua maioria, não no segundo, mas no primeiro membro-de-frase, isto é, nos compassos 2-3.

223 — No texto datilografado, Mário de Andrade escreveu os dois primeiros versos como um só, tal como fez também sob a melodia, mas após a palavra "prima" riscou um traço vertical que me pareceu assinalar a necessidade de desdobrar esse verso nos dois verdadeiros. Assim fiz.

Relembro que numa ficha reproduzida na nota n.º 70, Mário de Andrade escreveu francamente *Estabiró*, ao referir-se ao título deste coco n.º 223.

224 — O original de colheita é acompanhado destas observações:
Na entrada do refrão C. Antônio também cantou menos vulgarmente

ou

Essas variantes obedecem a divisão métrica do original de colheita, modificada na cópia a limpo. Convertidas as barras divisórias à posição que têm nesse documento definitivo, as variantes ficariam pois assim:

338

Sobre esse coco e as indecisões de Chico Antônio ao cantá-lo, veja-se p. 384

225 — O original de colheita classifica este coco como ''(de embolada)''.

226 — No original de colheita, Mário de Andrade manda ''(ver Boi Tungão do Chico Antônio)'', coco que participará de ''As Melodias do Boi e Outras Peças''.

Após a melodia, o original de colheita tem mais: ''Nota — Martelo agalopado pra este recruta é o tipo do desafio comum que peguei também no R. G. do Norte no Boi do Alecrim (Conf. ''Danças Dramáticas do Brasil'', 3.º tomo) e que anotei também pelo cantador de Bom Jardim''. Mário de Andrade ouviu muita gente no Bom Jardim e é impossível identificar esse vago cantador. Vilemão? De qualquer maneira fica excluído o próprio Chico Antônio, de quem Mário de Andrade não registrou ''desafios comuns''.

227 — Pela ficha reproduzida na nota n.º 70, parece que a palavra ocorrente nas estrofes 3 e 5 deva ser a *Baiana* (e não o *Baiano*) invocada com boa freqüência no cancioneiro nordestino.

228 — No original de colheita, em nota ao texto do refrão coral, Mário de Andrade explicou: ''Também em vez de 'prá' é comum o 'p'á'.''

229 — Este coco foi deixado por Mário de Andrade numa página que faz seguimento à da peça anterior e foi numerada como 2. Por isso, é possível que ele o destinasse a uma nota ao n.º 228 ou pretendesse escrever uma observação ligando os dois, visto que quase todas as ''morenas'' estão nos ''Cocos da Mulher''.

231 — O título datilografado que encima a melodia afirma ''Samba cearense'' e tem em seguida a classificação dubitativa: ''Coco (?)''. A mesma dúvida aparece no título manuscrito na própria melodia: ''Samba (Coco?) Cearense''.

233 — A grafia métrico-rítmica do 3.º compasso vai tal como a encontrei. Entretanto, a estrutura da peça mostra que houve talvez aí um engano de escrita

ou de cópia. A escritura verdadeira deveria ser | ♩ ♪♫ |, em exata correspondência com o movimento inicial da frase.

A palavra *maiê* intrigou Mário de Andrade, que deixou o seguinte lembrete destinado à procura de sua origem e sentido:

"Maiê / Que significa esta palavra *Maiê* de que o nordestino formou o refrão de caráter neumático *maiê-maiô* [*sic; maiê-maiá*]. Dado como neuma surpreende, por escapar completamente às formas neumáticas tradicionais. Há porém no vocabulário geral do gado, no Brasil, a palavra *malhada*, lugar onde o gado se ajunta. E o verbo *malhar* ou *amalhar* como escreveu José de Alencar (n.º 339, p. 117) [Sylvio Romero — "Estudos sobre a Poesia Popular do Brasil", Rio de Janeiro, Laemmert & Cia., 1888] eruditamente. O povo diz Malhar ou milhor *maiar* que também Silvio Romero registrou no romance do Boi Espacio: "*Maiava* (*sic*) lá no outeiro" (n.º 339 p. 123). Talvez venha daí o Maiê-maiô deste refrão.

(Procurar vocabulários e dicionários se não tem palavra africana, ameríndia ou portuguesa que se assemelhe a *maiê*)".

235 — No original de colheita há, cancelado, o andamento "Andantino deciso".

236 — O original de colheita manda comparar com

Tenho dinhero de   plata quizomba   (Toca   zumba)

A frase musical anotada, correspondente à estrofe do coco, é do "Toca Zumba", famoso lundu do séc. XIX, da autoria de Gomes Cardim.

237 — Os compassos precedidos da indicação "Variante rítmica", no original de colheita aparecem com estas observações:

"Verdadeiro coro [seguem-se os dois compassos] e 2 compassos seguintes idênticos."

Creio que duas coisas podem ser deduzidas daí: 1.ª) Pelo menos inicialmente, também o solista cantaria o refrão que, quando executado só pelo coro, quando realmente refrão coral, trocaria a estrutura rítmica mais larga, por um esquema de acentuação mais nitidamente coreográfica. 2.ª) A modificação rítmica atingiria não só os dois, mas os quatro primeiros compassos. Portanto, a "variante rítmica" dada por Mário de Andrade deveria necessariamente estender-se a toda a frase coral do início, que ficaria assim:

Assinalo também que tanto a cópia a limpo usada neste livro, quanto o original de colheita, mostram que após a primeira estrofe se dá uma volta ao refrão, antes de iniciar-se a estrofe 2, coisa que Mário de Andrade omitiu no texto datilografado após a melodia.

238 — "embolada segue mesma linha." (Original de colheita.)

239 — Mais um coco de Chico Antônio em que Mário de Andrade cancelou, no original de colheita, a distribuição da melodia entre coro (refrão) e solo (estrofe).

240 — Adiante do título, o original de colheita tem esta nota: "Ôh sula andá / (Sula, 'pisa sula', 2 pessoa no pilão pisando por ex. arroz) me disse Odilon''. A econômica informação é clareada pelo "Pequeno Dicionário Brasileiro da Língua Portuguesa": *sula* ou *caçula*, substantivo feminino, brasileirismo do Norte, é o "jogo que fazem duas pessoas ao pilão, quando socam o milho, arroz ou outro gênero, batendo alternadamente''.

Mais duas coisas se vêem no original de colheita. Após a melodia, Mário de Andrade registra: "D.C. ao 𝄋 depois da repetição da embolada de 6 pés", embolada de que não encontrei o texto em nenhum lugar. E no 5.º compasso, em vez do sinal que está na cópia a limpo (𝄫), o existente é um bemol traçado (𝄫), que uma nota explica simbolizar "1/4 de tom entre si natural e si bemol", isto é: tal como o outro, o abaixamento do som de um-quarto de tom.

241 — No original de colheita não existe a superposição de solo e coro que se vê no 5.º compasso. Está assim:

dessa   terra ôh   ci -   ran - etc.

242 — O original de colheita dos textos registra como pertencentes a esta peça mais três estrofes, que Mário de Andrade pôs no coco n.º 7, onde lhes deu respectivamente os números 7, 5, 4. Tendo dois traços a separá-las dessas e das que acompanham a cópia a limpo deste n.º 242, vêm-se mais três quadras e uma estrofe de nove versos, que o sinal divisor parece tornar independentes deste coco. As três quadras Mário de Andrade pôs no n.º 202. A estrofe restante, não associada a qualquer melodia, traz a indicação de ser de "Renato Caldas — R. G. do Norte", talvez autor também da estrofe n.º 7 do coco n.º 7, que tanto rescende a poesia sertaneja de gente urbana. Eis a estrofe abandonada:

> "Eu tenho tanta sodade
> Da casinha lá da serra
> Que ficô dentro das grota
> Do sertão de minha terra
> Tão piquena, tão má-feita
> Sem graça, sem perfeição;
> Mas como sinto sordade (*sic*)
> Da casinha tão piquena
> Que ficô lá no sertão!"

245 — Para esgotar o que pude descobrir sobre a documentação relativa aos cocos, deixo aqui duas quadras que Mário de Andrade escreveu no seu dia-

rinho de viagem, datando o registro de ''Natal, 19-XII-1928'', mas não indicando se pertenceriam a alguma das melodias que grafara nem de quem as ouvira:

''Quadras de coco

A barra de Cunhaú
É estreita e corre bem;
No meio tem um remanso
Onde se banha meu bem.

—————

Eu vi teu rasto na areia,
Me baixei, cobri com o lenço,
Eu ouvi a tua voz,
Fiquei nos ares suspenso.''

O.A.

APÊNDICES

Apêndice I
A literatura dos cocos[1]

Quando imaginei aquele "Coco do Major" (Clan do Jaboti) levado por um caso pansudo que corre no Rio Grande do Norte, me servi duma rítmica bastante sutil porém que não é minha não. É popular e pertence a um coco praieiro mesmo das proximidades de Natal "O vapor de seu Tertulino". Canta assim:

O vapor de seu Tertulino
— Seu mano —
Só navega com água na caixa;
Ele tem um regulador
— Ai, seu mano —
E boeiro e cinzeiro e fumaça.[2]

Isso cantado constrói uma estrofe musical perfeitamente quadrada, com 4 frases de 2 compassos cada.

Já naquele tempo a forma poética dos cocos me surpreendia bem mas só depois com mais documentos me dados por Antônio Bento de Araujo Lima (R. G. do Norte), Mário Pedrosa (Paraíba) e uma aluna pernambucana é que a curiosidade inicial foi se mudando pra uma admiração muito grande. Hoje eu possuo uma coleçãozinha

1. Com o subtítulo cancelado: "A técnica nos *Cocos do Nordeste*".
   Em notas de rodapé, de que os números de chamada vão entre parênteses, indiquei a posição que têm no "Ensaio sobre a Música Brasileira" (S. Paulo, I. Chiarato & Cia., 1928) e nesta coletânea, os cocos que Mário de Andrade registrou antes da viagem ao Nordeste em 1928 e mencionou no presente estudo. De alguns dos cocos publicados no "Ensaio", ele obteve mais versos nessa viagem ao Nordeste, mas não as assinalei nas notas, por não terem relação direta com este antigo trabalho. Minha intenção foi apenas facilitar o exame das peças que o motivaram.
2. Atualizei a ortografia deste estudo e demais escritos incluídos nos Apêndices, exceto nos textos populares, mantidos tais como Mário de Andrade os citou. "Ensaio", p. 67.

de 35 cocos e posso afirmar por eles que de fato a riqueza de formas poéticas inéditas e a variedade delas é enorme nesse gênero musical do nosso populário. A riqueza musical deles nem se fala! É formidável. Porém não quero tratar disso hoje porque senão este artigo virava opúsculo. Vamos a ver só a parte literária e principalmente sob o ponto-de-vista técnico.

Antes de mais nada convém notar que como todas as nossas formas populares de conjunto das artes do tempo, isto é cantos orquésticos em que a música, a poesia e a dança vivem intimamente ligadas, coco anda por aí dando nome pra muita coisa distinta. Pelo emprego popular da palavra é meio difícil da gente saber o que é coco bem. O mesmo se dá com "moda", "samba", "maxixe", "tango", "catira" ou "cateretê", "martelo", "embolada" e outras. Chamam ainda muito maxixe de tango, se aproveitando da confusão explicável que se deu na 2.ª metade do século passado, tem muito martelo e muita embolada servindo de maxixe etc. Essa confusão proveio principalmente da música, porque todas essas formas se conformando ao binário de dois-por-quatro que é a obsessão do nosso populário musical, e se prestando às fórmulas rítmicas sincopadas, fizeram com que os cateretês, as emboladas, os sambas pudessem ser dançadas conforme a coreografia do maxixe. De fato em nossa música popular impressa, os autores chamam com estes nomes variados o que os dançadores urbanos dançam como maxixes.

Coco também é uma palavra vaga assim, e mais ou menos chega a se confundir com toada e moda, isto é, designa um canto de caráter extra-urbano. Pelo menos me afirmou um dos meus colaboradores que muita toada é chamada de coco. Os tiradores desses cantos são chamados de "coqueiros". É o que a gente vê desta quadra desafiante:

Solo: — Ai, eu comprei uma terra
      — Oh usina —
Pra minha usina assentá;
      — Oh usina —
Si você é bom "coqueiro"
      — Oh usina —
Quero vê me desmanchá!

    Coro

— Tombo do martelo tombador!
Tombo do martelo gemedor! [3]

3. N.º 56 deste livro.

O coco ora é dançado ora não. Sob esse ponto-de-vista me parece que ele tem uma ascendência aproximada das rodas coreográficas portuguesas pra adultos. Não dou isto como certo, é apenas uma impressão que tenho. Porém essa impressão tem razão de ser. A ascendência portuga é bem constante na música do norte brasileiro, Pernambuco pra cima. De lá pra baixo ela aparece também mas sobretudo nas nossas rodas infantis e nos acalantos. Já nas danças e cantigas pra adultos é mais difícil da gente perceber e desaparece por completo as mais das feitas. No norte onde a música é aliás muito mais rica e também possui coisas absolutamente inligáveis por meio duma crítica objetiva, é constante ocorrerem frases e textos musicais portugas em variantes leves. O texto célebre do Tangolomango corre aqui em roda infantil (J. Gomes Jr. e J. B. Julião, "Ciranda Cirandinha" n.º 18, S. Paulo, 1924). Possuo um coco com variante adorável desse romance tradicional.[4] Hei-de estudar isso um dia. (Caso do Candieiro Sinhá)[5]

Voltando pro assunto: Possuo o refrão dum coco:

"Cajueiro abalou!
Abalou, deixa abalar!"[6]

que traz variante leve da música do "Surupango da Vingança", cujo texto nos veio de França naturalmente por intermédio de Portugal e cuja música não possui características brasileiras firmes. Podia ser européia. Ora isso que aqui no Sul corre como roda infantil, no Rio Grande do Norte com letra nacional direta é coco de adultos. Inda mais, noutro coco "Onde vais, Helena?", que não posso filiar objetivamente a nenhuma coreografia adulta de além-mar reina porém uma atmosfera literário-musical muito aproximada das danças coreográficas [*sic*] da Beira. É bonito e dou como possuo:

Coro

— Pr'onde vais, Helena?
Pr'onde vais assim?
Vai pra trás, Helena,
Tenha dó de mim!

4. N.º 88 deste livro.

5. Não se refere a um coco. É lembrete para juntar, nesse ponto, referência à roda infantil desse nome, também dança de adultos.

6. "Ensaio", p. 71 e 72.

Solo

— Essa noite eu não dormi
Somente pensando em ti,
Vou deixar de te amar
Que é pra eu poder dormir.

(Refrão coral)

Solo

— Menina diga a seu pai
Que não coma de colher,
Que ele tem de ser meu sogro,
E você minha mulher.

(Refrão Coral) [7]

Estou dando os documentos em dicção literária porque não os tendo escutado diretamente dos cantadores, receio falsificá-los. Antes de mais nada, se note o "essa" por "esta" confusão bem constante no povo aqui. Num refrão ainda de coco, uns falam pros outros, no coro

Assovia "esse" coco esmerá!
Assovio! [8]

Esmerá por esmerado.

Das duas quadras do "Pr'onde vais Helena" a primeira segue um tema tradicional muito espalhado. A segunda é fonte de certo, daquela uma que correu no maxixe do "Braço de Cera"

Menina diga a seu pai
Que eu sou o teu namorado,
E avisa teu irmão
Que me chame de cunhado.

(Estou citando de cor).

Não creio que deva-se dizer que esta é mais perfeita que a outra só porque as frases dos textos são mais lógicas se referindo todas pro mesmo assunto. Nos contra-sensos de texto popular, que parecem à primeira vista surgirem unicamente da precisão de rimar, uma análise

7. "Ensaio", p. 61.
8. "Ensaio", p. 71.

348

mais carinhosa percebe sutilezas, irônicas, sexuais etc. muitas feitas admirabilíssimas. Nosso caboclo é cuera nisso. Eu não conheço bem nem a psicologia nem os costumes do Nordeste pra perceber a ligação sutil que impede o pai "de comer de colher" só porque vai ser sogro do cantador, porém isso há-de ter necessariamente uma explicação. O indivíduo popular, por isso mesmo que tem o mecanismo intelectual dele sujeito (vejam bem que digo sujeito e não formado, porque a inteligência dum indivíduo popular muitas feitas é formidável e muito hábil) sujeito ao mecanismo intelectual do povo (que se pode chamar de mecanismo primário) possui uma maneira de pensar que por mais ilógica que pareça, é sempre lógica. É muito mais de elite falar dois versos:

> "A Lua traz uma calça
> Que o pato chorou na Itália"

do que fazer uma imagem lógica. O indivíduo popular jamais não é ilógico. Êle atinge no entanto um mecanismo intelectual paralógico por vezes maravilhoso e que se a gente não pode afirmar que seja compreendido criticamente nem por ele nem pelos escutadores populares, porque a compreensão crítica de fato não se acomoda com o mecanismo intelectual primário do povo, nem por isso deixa de ser compreendido. Porque senão, pela precisão de lógica que rege a inteligência em estado bruto, essa maneira de poetar repugnava ao povo e deixava de o interessar. O povo é tão lógico na sua maneira de trabalhar com a inteligência, que o que lhe parece sobrenatural ele explica pelo sobrenatural. Só mesmo já uma inteligência desenvolvida pela cultura é que pode chegar ao ilogismo inicial de supor que o sol se movendo do oriente pro ocidente não se move não, mas é a Terra que move porém. O povo não compreende criticamente os raciocínios paralógicos que ele próprio faz sobretudo em versos, porém esses raciocínios aparentemente idiotas, penetram nas partes profundas do ser, são sentidos e possuem uma evidência prá qual concorrem os fenômenos da sensação (fisiológicos) do sentimento (psicológicos) e da subconsciência. Essa evidência, e essa ação compromissiva e concordante, o indivíduo despopularizado não pode mais ter, ou tem rarissimamente, ou por esforço de vontade porque a inteligência do indivíduo despopularizado deixa de ser sintética pra se tornar analítica e deixa sobretudo de ser uma manifestação global da entidade pra se tornar um fenômeno, uma víscera, uma secreção isolada. A maior conquista das artes contemporâneas está em reincarnar a inteligência dentro do compromisso constante da entidade humana, coisa rara mesmo nos maiores gênios do passado.

Desse paralogismo poético do povo os cocos produzem documentos variados. No coro dum dos cocos inspirados por Lampeão, o da Mulher Rendeira, a estrofe corre admirável como valor psicológico:

Coro: Olê, mulher rendeira!
Olê, mulher rendá!
Tu me ensina a fazer renda
Que eu te ensino a namorá.[9]

A lição de Onfale assume aqui um valor sexual muito mais direto. O homem se sujeita por vontade própria, consciente, da barganha em que vai aproveitar bem... Não é por escravização sentimental não. É por esperteza. A quadra é duma ironia sutil e deliciosa.

No coco sublime do "Olê, Lioné"[10] quase todas as quadras que tenho possuem formação paralógica e são admiráveis de sentimento. Se veja esta, por exemplo:

Solo: Balancei um·pé de lima
Que nunca foi balançado,
Namorei uma menina
Que nunca foi namorada.

É uma criação perfeita isso. A delicadeza mais discreta se conjuga com uma força sexual dura e orgulhosa, no paralelismo da imagem. O indivíduo balança a limeira, mas escolhe uma que nunca foi balançada, e pra quê? Pra colher a fruta, ou mais sinteticamente: pra alcançar o que deseja. Já sabemos o que é que ele deseja. A própria troca de "sacudi" pra "balancei", se não foi analisada conscientemente pelo inventor da quadra, prova o que ele deseja duma maneira riquíssima — porque não só sugere o balanço da rede como a própria imagem do ato sexual. É um termo que prova admiravelmente a colaboração compromissiva da sensação, do sentimento e da subconsciência de que falei atrás.

Outra quadra mais discreta desse mesmo coco, diz assim:

Solo: Ôh que coqueiro tão alto
Que de alto vai ao céu;
Eu conheço o meu bemzinho
Pela copa do chapéu.

9. "Ensaio", p. 65, 66.
10. "Ensaio", p. 66.

Creio que não careço de explicar o caráter delicado, gentil mesmo com que o paralelismo paralógico formou a quadra aqui. A parte volumosa, visível, mais determinável do coqueiro é a copa que guarda as frutas.

Outra quadra mais sutil, e igualmente deliciosa diz no mesmo coco:

Solo: Ôh que coqueiro tão alto
Na cacimba de beber;
Todo mundo tem inveja
Deste nosso bem querer.

É impossível inventar coisa mais bonita. Mais delicada. Mais exata e forte. Lá na cacimba onde a gente mata uma precisão fisiológica tem um coqueiro tão alto que é difícil apanhar os cocos dele. Só mesmo o mais hábil que consegue. Beber inda todos bebem porém os cocos só poucos, só um que alcança. Por isso — todo mundo tem inveja deste nosso bemquerer. As provas já são suficientes.

Mas o tal coco do "Pr'onde vais, Helena" inda traz da ambiência portuga das coreografias pra adultos a desligação das quadras. Não tem texto obrigatório nem entrecho determinado. Isso nos cocos é comuníssimo. E não é tão comum assim nas outras formas de poesia cantada brasileira. Nossas toadas e modinhas quero dizer, tanto a cantiga roceira como a praceana, se sujeitam no geral a uma idéia inspiradora qualquer. Muito embora essa idéia única não implique entrecho com princípio, meio e fim, a idéia básica é desenvolvida nas quadras. No coco não. Muitas vezes as estrofes solistas são absolutamente "ad libitum". Se observe por exemplo a desligação flagrante entre o texto solista e o refrão coral do "Menina, me dá teu remo":[11]

Coro: Menina, me dá teu remo
Teu remo para eu remar,

11. A versão deste coco, que teria sido colhida de Antônio Bento de Araujo Lima, conforme esclarecimento dado por Mário de Andrade um pouco mais adiante, não foi publicada nem existe nos documentos que recebi. Talvez seja igual à que vem nos "Estudos de Folclore" de Luciano Gallet (n.º V dos "Temas Brasileiros"), pois suponho que foi também Antônio Bento de Araujo Lima quem deu a Gallet a maioria dos seus documentos nordestinos.

Na viagem de 1928-1929 ao Nordeste, Mário de Andrade colheu de novo esse coco, ouvido do coqueiro Chico Antônio, com a primeira palavra do refrão mudada para "Morena". É o n.º 134 deste livro.

Meu remo caiu, perdeu-se
Morena, lá no alto mar.

Solo: Olêlê, minha senhora
De que chora esse menino!
Ele chora de malino
Somente pra aperrear!
Olêlê, minha senhora,
Bote a mão aí no torno,
Me tapeia nesse corno
Que ele já não chora mais!

(Refrão coral)

A primeira quadra da estrofe é tradicional creio que no Brasil todo.

Pela construção dos primeiros textos de cocos imaginei que eram literários e não populares. De fato se a gente põe reparo na abundância de rimas desse último documento, custa a aceitar isso como forma popular. É rica por demais. Não só as rimas se multiplicam e a oitava assume uma formação quase inteiramente erudita, como inda o solista se compraz em rimar com a deixa do coro. Isso é comum nos cocos e de habilidade grande. No Barco Veleiro, de Pernambuco, me dado por aluna [12] (e confundível com as emboladas) as três estrofes em quadras rimam $2.^o$ com $3.^o$ versos, o quarto rimando com o refrão coral. Assim:

Solo: — Peixe piaba,
Tubarão, baleia-serra,
Vou-me embora desta terra,
Vou tarrafiar no mar!

Coro: — Meu barco é veleiro
Nas ondas do mar!...

Solo: — Papacapim
Guriatã, rôla-galega,
Eu pisei no pé da nega,
Fiz a nega se dánar!
(Refrão coral)

12. "Ensaio", p. 75.

Solo: — Cabra danado,
         Você diz que dá na bola,
         Vontade também consola,
         Na bola você não dá!
         (Refrão coral)

(O caboclo pronunciando má por mar, daná por danar, este "dá" da última estrofe continua pois rimando exato com "mar".)

Esta estrofe provém de Portugal. Pelo menos aqui no Sul ela apareceu cantada como refrão num dos solos da revista portuguesa "Agulhas e Alfinetes". É o que indica a "Lira Popular Brasileira" de que não sei a edição porque a possuo sem capa. Ora o que é refrão em Portugal virou estrofe aqui no Nordeste. Além de aparecer nesse coco pernambucano, vem noutro do Rio Grande do Norte, me dado por Antônio Bento de Araujo Lima a quem devo a revelação de todos estes cocos se não trazem indicação de outro Estado. O vaidoso pra nós é que o refrão português não passa dum jogo de palavras sem grande interesse intelectual:

Rebola a bola
Você diz que dá, que dá,
Você diz que dá na bola,
Você na bola não dá.

ao passo que a variante brasileira possui aquele raciocínio irônico "Vontade também consola" que valoriza a estrofe. Mas mais esta quadra traz pra bem próxima a influência portuguesa nos cocos.

Mas voltando pro caso da riqueza de rimas, estou convencido que isso é mesmo bem uma criação popular do nordeste, e especialmente dos cocos. É incrível a variedade de formas poéticas e de metros que estes apresentam. Nossa poesia popular corre toda heptassilábica que nem a de Portugal. É raríssimo o emprego de outro metro, a não ser na modinha no lundu, e na chula praceanas em que a cultura das cidades é manifesta. Porém no Nordeste, especialmente os cocos trazem uma variedade livre na escolha dos metros. E não só isso como uma sutileza admirável de entroncamentos que emprega até efeitos de cortes nas palavras raramente empregados na poesia artística e no geral só pra efeitos cômicos. Se veja este solo:

Eu dei um pulo,
Dei dois pulos, dei três pulos,
Desta vez pulei o muro
Quasi morro de pular

que é na verdade uma quadra de redondilhas. A escritura real dá uma estrofe... que parece de Alberto de Oliveira

> Eu dei um pulo, dei dois
> Pulos, dei três pulos des-
> ta vez pulei o muro
> Quasi morro de pular

(A sílaba muda de "muro" se conta também por causa de não existir valores mudos na métrica musical. Todos são valores imprescindíveis. E isso aliás coincide bem com a ausência de sílabas mudas na prosódia brasileira.) Na segunda estrofe desse mesmo coco o entroncamento faz bonito assim:

> Minha menina, quem te
> Deu tamanha sorte foi
> Um soldado de linha
> Do Rio Grande do Norte.

Mas essas sutilezas inconscientes se resumem pelo esquema musical a quatro versos, dos quais o 1º tem 4 sílabas (sem contar a muda) e os outros três são redondilhas perfeitas. E de fato assim deve se dar a forma das estrofes, como está grafada a dos pulos na 1ª vez. Ora grafada assim se vê que tudo rima. Na 1ª quadra rimam 1º, 2º e 3º versos, o quarto rimando com o refrão coral:

> Engenho Novo (ter)
> Bota a roda pra rodar![13]

Na 2ª estrofe rimam 1º e 3º versos e 2º e 4º.

Outra coisa que inda aproxima bem os cocos do canto português é o emprego mais freqüente dos neumas silábico-musicais. Assim o refrão de coco:

> Êh tum, êh tum, êh tum, ôh mulé! (ter)
> Vai á cozinha, faz café pra nós tomar![14]

que é apenas dissolução do "tum-tum" portuga. Compare-se

---

13. "Ensaio", p. 64. A esse coco do "Engenho Novo" pertencem as duas estrofes anteriores.
14. "Ensaio", p. 71.

"Tum-tum arraial".[15]

Nas outras formas de cantos populares brasileiros o neuma escasseia muito. Quando aparece, muitas feitas é de sílabas africanas e não portuguesas. No coco o neuma português volta inteiriço ou apenas deformado. No coco pernambucano do Chuleia o Besouro, [16] a estrofe corre:

Chuleia o bezouro
— ôiaiai! —
Bem chuleiadinho,
— ôiaiai! —
O bezouro é preto
— ôiaiai! —
Mas é bonitinho
— ôiaiai! —

Inda aqui se pode discutir a maneira com que grafei o refrão. Pode ser um "Ôh Yayá!" aumentado dum "i" eufônico. Doutras feitas já não pode ter indecisão, que nem nos casos do "olê", do "olêlê", "papapapá", "chô", "lêlêlêlê", "lalalalá", "ôh, lililiô", que pode-se mais ou menos ligar aos neumas europeus, especialmente aos portugueses. E mesmo essas exclamações de ligação "seu mano", "ôh mana" podem ser filiadas a processos europeus. Porém já na forma de entremeiar refrãos, exclamações de ligação etc. no texto, noto um parentesco muito próximo de processos ameríndios particularmente e de processos que apareciam nas cantigas bilíngües afro-portugas.

No Calunga por ex., citado por Pereira da Costa, a forma segue:

Quero fazer uma casa,
— oh calunga, —
Casa de quatro janelas
— oh calunga —
(etc.)

Isso ainda é mais constante na poética ameríndia do Brasil. Barbosa Rodrigues cita muitas na Poranduba Amazonense. Só pra comparar lembro uma delas:

15. Deve ser lembrete para a citação de uma cantiga portuguesa, que não identifico.
16. N.º 198 deste livro.

Mamé uara taá indé
    — Curica, paá, indé? —
Rembeú cha cenôe,
    — Curica, paá, indé? —
Inti cerá iquê uara
    — Curica, paá, indé? —
        (etc.)

É muito curiosa essa revivescência sistemática duma forma ameríndia brasileira dentro do populário nordestino. Se num ou noutro raro documento português especialmente e europeu em geral, o refrão curto aparece e se inda mais raramente a repetição dele se manifesta em formas idênticas a essas que citei, não é possível filiar a virtuosidade nordestina de entremeiar refrãos curtos aos versos, a essas formas européias. Naturalmente, se o costume tivesse vindo de além-mar um ou outro refrão europeu desses havia de ficar tradicionalizado nos cocos e isso não se dá.

Reconheci é fato que o "seu mano", o "maninha" e outras frases de recheio, muitas feitas assumindo aqui o papel de refrão têm seus correspondentes no populário europeu, mas essas formas não são privativas dos cocos no Brasil, e jamais que eu saiba, assumem na Europa o caráter de refrão se completando só nisso.

Ao passo que é muito fácil filiar esses refrãos curtos ao processo ameríndio. Com efeito, nestes, o animal aparece constantemente. Andorinha, borboleta etc. etc. (Ver Barbosa Rodrigues). Também no coco, ele continua aparecendo.

O coco do Bacalhau, pernambucano, canta assim:

                Solo
Solo: Bacalhau, bacalhau é bom
Coro: — Bacalhau —
S.   Quando leva seu tempero,
C.   — Bacalhau —
S.   Seu azeite, seu vinagre,
C.   — Bacalhau —
S.   Sua pimenta de cheiro.
C.   — Bacalhau.[17]

A semelhança nem é semelhança, é a mesma coisa.

17. Nº 55 deste livro.

356

No maravilhoso coco norte-riograndense do Boi Tungão, [18] o processo antifônico (?) de solo e coro corre elástico deste jeito

Solo: Ôh lililiô!
Coro: — Boi Tungão —
S.   Boi do Maioral! (Diabo)
C.   — Boi Tungão —
S.   Bonito não era o boi...
C.   — Boi Tungão —
S.   Como era o aboiar.
C.   — Boi Tungão —
S.   Chamava, ele vinha,
       Pintadinho venha cá!
C.   — Boi Tungão —
S.   Eu tava em casa,
       Tava dormindo no quente,
       Tava bebo (bêbado) de aguardente,
       Quando ouvi chamar,
       Era uma negra
       Chamada Quiteria,
       Essa negra falou séria:
       — Chico Antônio, vá!

(Refrão de solo e coro)

Aquele "aboiar" por "aboiá" que é a dicção cabocla creio que não está certo. Pelo menos a frase fica meia besta assim, como sentido. Deve ser mesmo "aboiá", com exclusão da sílaba final de "boiato" (novilho) que não dava na métrica por precisão de rima e de valor musical. Já vimos caso idêntico no "Assovia esse Coco" em que "esmerá" vai por "esmerado". Quanto ao "a" de "aboiato" é possível considerar isso como uma sílaba de precisão ajuntada pra dar bem dentro da métrica musical.

Já chamei a atenção, uma feita prá verdadeira obsessão que o brasileiro tem pelo boi. O boi concorre a toda a arte popular brasileira e é pena as rendas nordestina não empregar [sic] a representação objetiva, prá gente ver se o boi concorria nela. É certo que no crivo e no filé aparecem figuras e inda não topei com o boi nas que possuo ou já examinei, porém esses são processos estrangeiros eruditos, só empregados por algumas rendeiras praceanas ou da imediação das cidades, e repetem modelos vindos nos livros e nas revistas. A renda

18. A ser publicado, em duas versões, n'"As Melodias do Boi e Outras Peças".

nacional nordestina, cujos cartelões são inventados aqui, não reproduzem imagens objetivas. Pelo menos todas as que já vi não reproduziam. Possuo porém um paliteiro de cerâmica nordestina, comprado por mim em Maceió. Representa um boi. O boi é protagonista da nossa mais completa dança dramática. Nosso romanceiro tem a obsessão do boi. Basta lembrar o Boi Espacio. Dentre os meus cocos cito agora a articulação admirável com que segue o Boi Valeroso [19]

> Coro
> — Olê, boi dá! —
>   Venha cá boi turino!
> — Olê, boi dá! —
>   Boi turino venha cá!
> — Olê boi dá! —
>   Venha cá, Valeroso!
>   Valeroso, venha cá! —
>
> Solo
> — Olê, boi dá! —
>   Eta lá, cabra danado!...
> — Olê, boi dá! —
>   Com a força de meu talento
> — Olê, boi dá! —
>   Nunca diga que me deu:
>   Diga que brigou mais eu,
>   E quasi morre de apanhar!
>
>   (Refrão coral)

Até um leão aparece num refrão de coco, num sentido de frase que não pesco. Assim:

> Coro
> O lião é chale, é chale,
> O lião é dois amô! (?) [20]

Me parece incontestável que pela semelhança de forma poética e pela concorrência de processo espiritual (e inda podia me lembrar do "Gavião peneirou" [21] nordestino também) esses processos dos coqueiros, são influência ameríndia.

---

19. A ser publicado em "As Melodias do Boi e Outras Peças".
20. "Ensaio", p. 71.
21. "Ensaio", p. 72.

A obsessão da "pomba", "pombinha", ocorrente algumas vezes nas coreografias pra adultos, portuguesas, não basta pra me contradizer essa opinião que tenho, sobretudo porque as formas em que a pombinha aparece são diferentes.

Por tantos exemplos curiosos que já citei creio que já está provada a habilidade, mesmo a virtuosidade literária com que os cocos são construídos. Se alguns são simplistas, muitos são duma riqueza de forma, duma liberdade que os outros gêneros literários do nosso folclore jamais não apresentaram.

A ligação de estrofe e refrão é até virtuosística às vezes. Se note por exemplo o "Pá-pá-pá" em que o solista dá entrada pro refrão, repetindo um dos fragmentos deste: [22]

Coro
Papapá, meu rimar,
Papapá, veja lá!

Solo
Chico Antonio quando canta
Estremece este lugar,
Timbaúba do Pilar
Até a barra de Natuba,
Bom-Jardim e Goianinha,
Belem e Pipirituba,
Veja lá!

(Refrão coral)

(Os nomes se referem a lugares e engenhos do Rio Grande do Norte.)

(Notar o valor psicológico duplo do "Veja lá" advertência no refrão, exclamação na estrofe.)

Outro exemplo, muito rico na forma é o "Eu vou, você não vai"

(citar na íntegra) [23]

Agora ponham reparo na maravilha do "Olê Lioné"

(citar na íntegra) [24]

22. "Ensaio", p. 63.
23. "Ensaio", p. 68.
24. "Ensaio", p. 66.

Outras feitas o paralelismo de estrofe e refrão, é livremente impedido, como no "Nunca mais eu vi" em que o refrão evita a quadra, não bisando o segundo verso

(Dar inteiro o Nunca Mais eu Vi) [25]

O processo do refrão curto, assume por vezes um desenvolvimento maior. Assim no coco tão engraçado, que Ribeiro de Barros provocou perto de Natal, descendo lá com o Jaú:

> *Solo*
> Eu vi um aeroplano
> Avoando.
>
> *Coro*
> Devagar com a mesa!...
>
> *Solo*
> E eu fui no Jahú,
> Aribú.
>
> *Coro*
> Devagar com a mesa!...
> (etc.) [26]

Às vezes este seccionamento de solo e refrão, reunido ao processo do solista dar a entrada do refrão coral, pela repetição dum fragmento deste, aparece também. Se compare este habilíssimo "Maria Mulé" [27]

> Solo: Na carreira de Goiana,
> Mulé, (mulher)
> Coro: — Olê, Maria, mulé!
> Solo: Ninguém pode mais passar,
> Ôh, mulé,
> Coro: — Olê, Maria, mulé!
> Solo: Mode o cheiro da menina,
> Mulé,
> Coro: — Olê, Maria, mulé!
> Solo: E a fulô (flor) do macassá,
> Ôh mulé!

25. "Ensaio", p. 62.
26. "Ensaio", p. 63.
27. "Ensaio", p. 60.

Coro: — Olê, Maria, mulé!

Como fatura, é duma perfeição e duma virtuosidade esplêndidas.

No fim dos versos agudos, o solista intercalou um "ôh" pra encher a métrica musical. Essas intercalações são constantes nos cocos. Coqueiro não se atrapalha. Criou um pequeno grupo de palavras, fixadas pelo uso, e que emprega ou deixa de empregar, à vontade. As mais das feitas, emprega-as pra encher a métrica musical. Outras por pura fantasia. Nesse grupo está o "ôh" que vimos no último documento. Outra palavra corrente pra essa função musical é o "Olhe", o "olha". No coco do Estabiro ele aparece [28]

Solo: Tenho uma prima
        Que se chama Beatriz
        De tanto beijar o noivo
        Quasi fica sem nariz.

Coro: E olha o coco do estabiro-biro-biro!
        E olha o coco do estabiro-biro-baro!

(Notar que a forma da estrofe coincide com a do coco dos pulos que citei atrás: um verso tetrassilábico inicial seguido de 3 redondilhas).

No musicalmente libérrimo "Rochedo, Sinhá" [29] surge um "ai" desse gênero:

Solo: Menina, teu pai não quer
Coro: Olha o rochedo, Sinhá!
Solo: Que eu me case com você;
        (Ai) Bote-lhe terra nos olhos,
        Que o homem cego não vê.
Coro: Olha o rochedo, Sinhá!

(Notar a fineza de ironia metafórica com que o refrão coral caçoa do caso).

Ora o "ai" é mera sílaba musical, pois estraga a redondilha obrigatória em que a quadra solista vai construída.

28. N.º 223 deste livro.
29. "Ensaio", p. 69.

Creio que pelos exemplos citados já se pode imaginar a habilidade extrema com que o refrão é intercalado no texto, na literatura dos cocos.

Cito só mais um exemplo hábil. Neste "Mariá", o refrão coral conclui a métrica heptassilábica do último verso estrófico

Solo Mariá, eu vou-me embora
        Vou-me embora pro Ceará,
        Mariá!
Coro   — Êh Mariá![30]

Insisto em que notem a virtuosidade com que a dialogação de solista e coro aparece nos cocos. Não conheço no populário universal riqueza nem liberdade, nem habilidade tamanha. O coro se intercala, com o máximo de variedade. A brilhação antifônica é positivamente maravilhosa.

Às vezes, a dialogação leva os cocos à forma curiosa de além de possuírem estrofe solista, o refrão ser diálogo pra solo e coro, que nem no caso do "Oh lililiô, Boi Tungão", e outros.

Muitas feitas a peça tem dois refrãos, um solista e outro coral que nem no caso do Maria Mulé.

Também quanto aos metros, a variedade é boa. Se a redondilha abunda, não é exclusiva e vem as mais das vezes cortada por refrãos. O tetrassílabo também é freqüente. Observem este coco dialogado pernambucano

  — Mulher, não vá (bis)!
Mulher, você não vá lá!
  — Marido, eu vou (bis)
Que papai mandou chamar.[31]

O famanado "Maneiro Pau" [32] respeita essa mesma construção. Nos cocos (dos pulos, Barco Veleiro, o Estabiro) inda aparece.

A união do tetrassílabo à redondilha se manifesta já como uma tradição do coqueiro e o leva a virtuosidades. No "Chô Mariana" [33] por exemplo o refrão é bem hábil. Na verdade é apenas uma redondilha

---

30. "Ensaio", p. 68.
31. "Ensaio", p. 61.
32. "Ensaio", p. 60.
33. N.º 120 deste livro.

"Mariana me deixou"

a inspiração e segue o metro geral da estrofe. Porém ajuntados a ele certas sílabas exclamativas, de ligação e recheio, "chô" e "ai", o todo forma dos versos reais, um de 7 outro de 4 sílabas, dum valor rítmico bem novo.

Eis o pentassílabo no Besouro pernambucano:

Chuleia o bezouro
— Ôh iaiai!
Bem chuliadinho
— Ôh iaiai! [34]

E no coro do Olé Lioné, além doutros casos.

E redondilhas menores (Eu vou, você não vai, "Essa negra Fulô") [35] trissílabos (o Jaú), octossílabos etc. aparecem também.

Certas feitas embora o esquema musical faça a gente reconhecer quadrada, [sic; a quadra, ou, uma quadra] a articulação dos versos é tão livre e tão hábil que surgem ritmos de doze sílabas e de dez. Como neste coco norte-riograndense:

Dona Mariquinha, / você porque não quer!
Oi, que no mundo / não falta mulher [36]

em que de fato o esquema métrico seria uma quadra de redondilhas menores.

Dona Mariquinha
Você porquê não quer
(6-1) Oi que no mundo
(6-1) Não falta mulher.

34. N.º 198 deste livro.

35. Não é título nem verso de peça folclórica. Deve ser lembrete para mostrar o aproveitamento da alternância popular de metros curtos, no famoso poema de Jorge de Lima, em que um refrão de seis sílabas alterna com estrofes de sete e ecoa no início de algumas delas.

36. Em obediência a um lembrete de Mário de Andrade, este coco que estava entre os "de Mulher", foi posto por mim em nota à melodia C-XVIII-1, do Bumba-meu-Boi do Rio Grande do Norte, nas "Danças Dramáticas do Brasil", 3.º tomo.

Estas mutações de metros silábicos produzem naturalmente uma variedade de ritmos musicais, muito interessante de observar, e dum valor grande de exemplo pros nossos compositores.

Pelos documentos já expostos creio que se pode fixar dentro de certos elementos a forma característica do coco. Se popularmente ela é um conceito vago, que designa muita coisa e até porventura uma toada, ou moda solista, a forma freqüentíssima e mais original do coco é o dueto de solo e coro, isto é uma peça musical de caráter antifônico.

Também nas nossas orquestrinhas de danças populares, o maxixe, o samba, o cateretê aparecem freqüentemente dentro dessa forma popularíssima do solo e coro. Mas na quase totalidade das feitas se trata de partes estróficas seccionadas o solo fazendo o texto em estrofe isolada e o coro fazendo o refrão noutra estrofe isolada também. Se este jeito freqüenta às vezes o coco, o que ele apresenta de original, o que possui de característico é se apresentar muitas feitas como uma verdadeira dialogação de solo e coro. Por seu lado o refrão é mais complexo e pode constar de solo e coro. Às vezes deixa de existir isolado, é uma frase curta com que o coro intercepta periodicamente o texto solista. Às vezes aparecem 2 refrãos, um solista e outro coral, que nem no "Eu comprei uma usina" já citado. Assim, a característica mais original e por isso específica do coco é a dialogação de solo e coro.

O coco às vezes é dançado e outras não. Certos cocos obrigatoriamente dançados, que nem o "Boa Noite"[37] são chamados "cocos de zambê". Zambê é dança. Aproximadamente o batuque ou o jongo. Ou a mesma coisa que eles... Chamam de "coco de praia" no geral um canto com viola. Às vezes também o acompanhamento é puramente rítmico e feito no ganzá.

Tem ainda os cocos de usina, desenvolvidos na ambiência dos engenhos. Estes são extraordinariamente comoventes, abandonam aquele caráter de prazer desinteressado, e se referem no geral aos trabalhos. São às vezes cantos-de-trabalho legítimos e com efeito são constantemente cantados durante o trabalho. Tem os que se referem ao pastoreio e os que tratam dos trabalhos do próprio engenho, plantio, qualidade da cana, fatura do açúcar.

Nos cocos é comum entrar o assunto do dia. Isso aliás é comum a qualquer gênero nosso, com exceção dos acalantos, das especificadamente modinhas. Uma peça como o Santos Dumont, de Eduardo das Neves, se aparenta muito mais ao lundu sulista ou à chula do Norte que à modinha propriamente. Até em rodas infantis o fato

37. "Ensaio", p. 66.

histórico aparece algumas feitas. Pelo menos possuo uma que refere-se numa quadra a uma revolução de "estudantes de marinha".

Nos cocos já vimos aparecerem Lampeão e o aeroplano Jaú.

Sob o ponto-de-vista exclusivamente musical, o coco tem um interesse enorme. Das nossas formas populares, é a que tem mais uma importância coral enorme. Se é certo que nas danças dramáticas, bois, maracatus, todos os reisados, congos, o coro entra obrigatoriamente, das formas de música-pura o coco é a única que obriga a coro. E pela variedade com que o coral se manifesta nele se vê que tesouro ele oferece pros nossos compositores desenvolverem não só em música vocal como instrumental também.

Como caráter expressivo os cocos são um manancial inda maior que a modinha praceana. Esta usa e abusa da vulgaridade e do gênero meloso. Os cocos não. É raramente vulgar e não possuo um só com esse açucarado peganhento da modinha em geral.

É curioso de pôr reparo que no caso dos refrãos grandes, ele é que faz a expressão musical da peça, ele é que ambienta musicalmente a psicologia do texto. A estrofe solista vem em seguida, com um tipo musical vago, inexpressivo sob o ponto-de-vista psicológico e se prestando pois pra qualquer texto. Na verdade, o importante no coco é a parte coral. E é nisso que este gênero tem muita importância pra nós porque se nos maxixes, sambas e mesmo nas danças dramáticas o coro tem uma função desnecessária, é como que uma concessão que o nosso individualismo ingênito faz pros companheiros de festa, no coco o coro assume por assim dizer uma função litúrgica, é imprescindível. Isso não invalida a afirmação que fiz a respeito do nosso individualismo solista na música e de fato quando a fiz já possuía os estudos e os documentos nordestinos de que estou tratando agora. É uma exceção feliz. E que é de fato a parte coral o elemento mais importante do coco é fácil de perceber por um estudo rápido dos meus documentos. Não só o refrão coral é muitas feitas maior que o solo, como é musicalmente mais importante que este. E até por vezes assume uma função temática. Nos refrãos expressivos dos cocos e mesmo nas estrofes de alguns os nossos compositores têm muito que estudar e muito de que se aproveitar, se quiserem normalizar na música artística, uma expressividade musical psicológica de caráter brasileiro.

Quanto à maneira com que são cantados, ela é muito original e por vezes duma liberdade e dum caráter extraordinários. Momentos há em que se torna quase impossível descobrir e grafar com exatidão não só pequenas figurações pequenas "fitas" virtuosísticas episódicas como até o ritmo geral da peça.

Se em certos cocos de caráter marcial, ou dançarino a obsessão do dois-por-quatro transparece claramente, que nem no Maneiro

Pau, no Mulher não vá! no "Ôh Yáyá, o meu carreiro",[38] no "Chô Mariana" etc. isso nos cocos é menos freqüente que nos outros tipos musicais brasileiros.

Por um lado a maior influência de Portugal, dá pros cocos maior liberdade de compassos. E com efeito o seis-por-oito, o quatro-por-quatro freqüentam os cocos bem.

Por outro lado a dicção musical se manifesta de maneira tão livre, tão prosódica às vezes, outras tão fantasista, que os ritmos se libertam de qualquer peia de compasso.

Os ritmos ora se diluem na comodidade, ora se afirmam nítidos. A síncopa ♪♪♪ nos dois-por-quatro às vezes, como no "Eu comprei uma usina" é um intermediário entre isso e a tercina. Uma grafia muito aproximativa era fixar esse coco por meio de síncopas dentro da tercina: ♪♪♪ ♪♪♪ , isto é, supondo três valores iguais de colcheia dentro do tempo simples, e dos quais a primeira e a terceira colcheias em vez de valerem a metade da segunda, valessem dois-terços dela, tornando-a pois menos diferente como valor.

É comum o emprego da variação e muitas feitas o solista não faz mais do que repetir o tema coral levemente variado. Assim o Engenho Novo e outros. Pois esse processo da variação às vezes se mostra também no ritmo. É curioso de assuntar o "Papapá" nesse sentido. Na verdade o solo obedece a um mesmo motivo rítmico ♪. ♪♪ | ♪. . Mas esse motivo é variado nos quatro primeiros compassos e amolecido de tal forma que fica ♪♪♪ | ♪ . E tanto mais evidente é o propósito de fazer variação rítmica que o meu colaborador me comunicou que certas feitas o seguimento a esses quatro compassos cômodos iniciais, é cantado assim: ♪, ♪ ♪ | ♪ .

A sutileza e a dificuldade rítmica dos cocos é formidável. Variantes leves (e portanto mais leves mais difíceis) que pra quem as pretende dar conscientemente saem duras, medidas, ou não saem, o cantador nordestino enuncia com a máxima facilidade e com uma perfeição inexcedível. Não posso afirmar positivamente que isso seja *voulu* entre eles e tenha mesmo de ser tomado como invenção artística dos coqueiros. Até me parece que não. Mas isso não impede que a riqueza rítmica deles aumente com isso e que o fenômeno apresente pois fonte fecunda de desenvolvimento prá música artística.

38. A publicar em "As Melodias do Boi e Outras Peças".

Pela maneira com que escutei cantar pessoas acostumadas ao jeito dos coqueiros, o que me parece é que pra estes a música tem um caráter improvisante sempre. Gente que ignora a teoria musical, compasso, ritmo é grego pra eles. Não cogitam disso e quando cantam o que sai é um verdadeiro recitativo musical, "ad libitum", a que normaliza ritmicamente apenas a fatalidade fisiológica do ser. E isso é de fato a maneira mais humana e mais verdadeira de conceber o ritmo. Cocos ver "Rochedo, Sinhá", "Papapá", "Nunca mais eu vi", "Boi Valeroso" etc. etc. têm um caráter legítimo de recitativo improvisado. Coisa aliás confirmada por certos desafios nordestinos que exponho neste Ensaio.[39]

Mas outro fato comprova ainda que se a sutileza rítmica do nordestino é vasta, ela não é uma invenção consciente neles. Se a gente observa peças como "Balão, Mané Mirá"[40] ou "Onde vais, Helena", põe reparo no seguinte. As peças vão seguindo num ritmo normal bem comum. Mas o conceito improvisante que o coqueiro tem da música o leva a sutilezas rítmicas. Com efeito é só no momento de acabar o solo que a sutileza aparece. Como o texto as mais das feitas é improvisado no momento, sucede que o resto dele, sujeito mais que à métrica, à idéia que tem de se completar, obriga o coqueiro a torneios rítmicos musicais mais complicados, *pra dar certo*, isto é, pra que o restante do texto calhe no restante da melodia. E esta precisão inda é mais libertada pelo ralentando leve, muito artístico, verdadeira cadência preparatória, com que o solista acaba a parte dele preparando a entrada batida do refrão coral.

A lição rítmica dos çocos (e aliás de outras peças nordestinas também) me parece fecundíssima. No maxixe, no cateretê e no samba se nota muito bem que a síncopa os freqüenta tanto por ser ela que estabelece a desarticulação da peça e conseqüentemente do corpo dançando. A essência rítmica dessas danças (falo delas tais como correm impressas e como são executadas nas orquestrinhas populares) é o conflito entre ritmo e compasso. E por isso usa (e cada vez mais) de vários processos que provocam a atrapalhação deste, síncopas em todos os seus processos de manifestação, contratempos, acentuações antecipadas etc. Em todas estas danças enfim mesmo como é concebido teoricamente e à européia subsiste sempre. Ora nos cocos se dá não a inexistência do compasso, mas uma libertação muito maior. Não há conflito entre o ritmo e o compasso. Mas o ritmo às vezes é realmente livre, não combate o compasso porque *prescinde* deste. Nas nossas danças populares em geral, talqualmente

---

39. Vejam-se as "Explicações" iniciais deste livro.
40. "Ensaio", p. 62.

no *rag* norte-americano o compasso permanece sempre e é imprescindível. Em certas músicas nordestinas e principalmente em vários cocos, o ritmo é livre e prescinde do esquema métrico do compasso.

Outra riqueza dos cocos é a variação no andamento. Como se poderá ver pela maioria dos documentos que exponho, o andamento do refrão constantemente difere do do solista. É um valor que nem careço de sublinhar.

Eu creio que as indicações rápidas deixadas por aí salientam um bocado o valor excepcional da literatura e da música dos cocos nordestinos. Fui discreto e sempre devo lembrar que as afirmativas que estão aqui são de caráter relativo pois como afirmei no começo inda não tenho uma observação direta pessoal dos coqueiros e possuo apenas umas três dúzias de documentos.

Porém os meus colaboradores, todos gente do Nordeste que viveu escutando e repetindo com o povo os cantos deste, são pessoas em que se pode dar crédito, principalmente porque, ignorando a teoria musical três deles, sendo um da Paraíba outro do Rio Grande do Norte, outro de Pernambuco, coincidiam prodigiosamente na maneira de cantar.

E o mais comprovante é que o quarto colaborador, uma aluna pernambucana distinta no 7.º ano do Conservatório Dramático e Musical, de S. Paulo, portanto cultura afinada e... viciada nas teorias, nos preconceitos de dicção, na claridade de entoação, nas sutilezas de dinâmica, nos ritmos e compassos normais da música artística européia, se era capaz de me dar um Bach e um Beethoven europeus, cantando um coco se transformava totalmente e ia coincidir com os outros meus colaboradores nordestinos.

Gente cantando nasal, diluindo a prosódia pra efeitos molengos, pra coleios melódicos, rarissimamente ou nunca tristes. Canto dum rubato refinado, estupendamente natural, com a rítmica baseada diretamente nos acentos e não nos valores de tempo, esses cocos nordestinos sempre molengos na dicção, sejam afobados ou vagarentos, irônicos, malincônicos, alegres, pacientes, saem do caboclo com uma ardência maravilhosa. São ardentes. São expressivos. São profundamente humanos e sociais.

(a) Mário de Andrade
S. Paulo 18-VII-28

Natal (20 de Dezembro — 22 horas)

Desde que os meus amigos nordestinos aí em S. Paulo canta-ram "cocos" pra eu escutar, faziam tanta letra com a entoação! fiquei ansiando por ouvir um "coqueiro" de verdade. Agora o coqueiro José canta pra mim.

Este outro José "homem do povo" que entra nestas sensações, é nordestino puro. Baixote, cabeça achatada, ele todinho tão acha-tado que tem todas as linhas do corpo, horizontais. As caatingas são tão planas, e no geral tão planas as terras de cá que, parece fenô-meno de mimetismo, as linhas físicas do ser humano se organizam por aqui todas no sentido do horizontal...

José também. De primeiro ficou meio encabulado, acabou di-zendo que ia até na casa dele perto, já vinha. Foi mas é buscar um companheiro. E está tirando cocos.

Que voz!... Não é boa não, é rúim. Mas é curiosíssima e a do companheiro dele é inda mais. Em que tonalidade estão cantando? Às vezes é absolutamente impossível a gente saber. Um dos fenômenos mais interrogativos da humanidade, é justamente a fixação dos sons da escala cromática. A humanidade toda fixou 12 sons principais e que são sempre os mesmos no mundo inteiro. Entre o dó e o dó sustenido podem existir centenas de sons diferentes. O curioso é que chins, gregos e troianos, todas as nacionalidades empreguem o mesmo número de vibrações e possuam o mesmo dó e o mesmo dó sustenido.

Ora está me parecendo que os coqueiros nordestinos usam também entoar com número de vibrações que afastam o som emitido dos 12 sons da escala geral. O quarto-de-tom de que a música erudita não se utilizou na civilização européia, esse estou mesmo convencido que os nordestinos dão. Já topei com ele três feitas nesta viagem, entoado pela preta Maria Joana, cantadeira famanada de Olinda, e por um catimbozeiro natalense. Mas pra decidir mesmo no caso de que trato carece de aparelhos especiais que não tenho aqui.

Não é cantar desafinado não. Cantam positivamente "fora de tom" e este fora de tom está sistematizado neles e é de todos. Se fixo uma tonalidade aproximada no piano e incito os meus dois coqueiros, cantando com eles, se... amansam, caem no ré bemol maior, por exemplo. Se paro de cantar, voltam gradativamente pro "fora de tom" em que estavam antes. E é um encanto.

José tira o "Redondo, sinhá"... Dentro da monotonia dos mesmos motivos melódicos, que variedade! Fico pasmo.

> — Ai, redondo, sinhá!...
> — Êta lá, minha minina
> Só fala quando eu mandá!
> Quero que você me diga:
>   — Ai, redondo, sinhá!...

A voz dele, cortada, pelo refrão coral do outro cantador, "Ai, redondo, sinhá!": a voz do coqueiro vai subindo, vai subindo entre tiradas rítmicas batidas, às vezes uma letra deliciosa, vem pra baixo, se torna grave, sobe, desce...

> — Ai, redondo, sinhá!...
> — Ôh pueta novo,
> Dêxa dessa suberbia!
> Cruzêra! Santa Maria!
> Mãe de Deus do Paraná!
>   — Ai, redondo, sinhá!...

Natal (10 de janeiro, 23 horas) / Acima, escrito a lápis "15-2". Data da publicação, 15-2-1929? /

Pra tirar o "Boi Tungão", Chico Antônio geralmente se ajoelha. Parece que ele adivinhou o valor artístico e social sublime dessa melodia que ele mesmo inventou e já está espalhada por toda esta zona de engenhos. Então se ajoelha pra cantá-la.

Está na minha frente e se dirige a mim:

> "Ai, seu dotô
> Quando chegá em sua terra
> Vá dizê que Chico Antonho
> É danado pra embolá!
>   "Ôh-li-li-li-ô!
>   Boi Tungão
>   Boi do Maiorá!...

370

(Maiorá é o diabo)

Estou divinizado por uma das comoções mais formidáveis da minha vida. Chico Antônio apesar de orgulhoso!

"Ai, Chico Antonio
Quando canta
Istremece
êsse lugá!..."

não sabe que vale uma dúzia de Carusos. Vem da terra, canta por cantar, por uma cachaça, por coisa nenhuma e passa uma noite cantando sem parada. Já são 23 horas e desde as 19 que canta. Os cocos se sucedem tirados pela voz firme dele. Às vezes o coro não consegue responder na hora o refrão curto. Chico Antônio pega o fio da embolada, passa pitos no pessoal e "vira o coco". Com uma habilidade maravilhosa vai deformando a melodia em que está, quando a gente põe reparo é outra inteiramente, Chico Antônio virou o coco:

"Quem quizé pegá u'a moça
Ponha laço no caminho;
Inda onte peguei uma
Cum zôio (*sic*) de passarinho,
Veja lá!...
— Pá-pá-pá-pá
Meu rimá!..."

Que artista! A voz dele é quente e duma simpatia incomparável. A respiração é tão longa que mesmo depois da embolada inda Chico Antônio sustenta a nota final enquanto o coro entra no refrão. O que faz com o ritmo não se diz! Enquanto os três ganzás, único acompanhamento instrumental que aprecia, se movem interminavelmente no compasso unário, na "pancada do ganzá", Chico Antônio vai fraseando com uma força inventiva incomparável, tais sutilezas certas feitas que a notação erudita nem pense em grafar, se estrepa. E quando tomado pela exaltação musical, o que canta em pleno sonho, não se sabe mais se é música, se é esporte, se é heroísmo. Não se perde uma palavra que nem faz pouco, ajoelhado pro "Boi Tungão", ganzá parado, gesticulando com as mãos doiradas, bem magras, contando a briga que teve com o diabo no inferno, numa embolada sem refrão, durada por 10 minutos sem parar. Sem parar. Olhos lindos, relumeando numa luz que não era do mundo mais. Não era desse mundo mais.

Quase meia-noite e mandamos Chico Antônio parar. Ele se despede da gente com o "Pr'onde vais, Helena"... Se despede de tudo:

"Adeus, as moça sentada,
Adeus lúiz de alumiá,
Adeus casa de alicerce
E a honra desse lugá!..."

E terei de ir para S. Paulo... E terei de escutar as temporadas líricas e as chiques dissonâncias dos modernos... Também Chico Antônio já está se estragando... Meio curvo, com os seus 27 anos esgotados na cachaça e noites inteiras a cantar...

Bom Jardim (11 de Janeiro) [de 1929. Acima da data, escrito a lápis "16-2"].

Passei hoje o dia com Chico Antônio, conversando, grafando algumas das melodias que ele canta. Agora ele está de novo gira-girando no coco e vou dedicar mais esta crônica a ele.

Principiou a cantar faz pouco e até onde o vento leva a toada, os homens do povo vêm chegando, mulheres, vultos quietos na escureza, sentam no chão, se encostam nas colunas do alpendre e escutam sem cansar. A encantação do coqueiro é um fato e o prestígio na zona, imenso. Se cantar a noite inteira, noite inteira os trabalhadores ficam assim, circo de gente sentada, acocorada em torno de Chico Antônio irapuru, sem poder partir.

Toda a gente o imita e coco que ele cante se torna "coco de Chico Antonho", apesar de muitos não serem da invenção dele. Até o menino prodígio, que apareceu anteontem com o "Boi" de Fontes, caso quase repugnante de precocidade, envelhecido na voz, na ruga e no saber desse mundo: esse menino também cantador, é discípulo de Camarão, outro coqueiro, porém o mimetismo quase dramático dele se manifesta em copiar Chico Antônio.

Porque Chico Antônio não é só a voz maravilhosa e a arte esplêndida de cantar: é um coqueiro muito original na gesticulação e no processo de tirar um coco. Não canta nunca sentado e não gosta de cantar parado. Forma os respondedores, dois, três, em fila, se coloca em último lugar e uma ronda principia entontecedora, apertada, sempre a mesma. Além dessa ronda, inda Chico Antônio vai girando sobre si mesmo. Ele procura de fato ficar tonto porque, quanto mais gira e mais tonto, mais o verso da embolada fica sobrerrealista, um sonho luminoso de frases, de palavras soltas, em dicção magnífica. Poemas que nenhum Aragon já fez tão vivo, tão convincente e maluco. É prodigioso.

No geral as emboladas são mesmo assim. As mais das vezes não têm sentido como tipicamente o "Bambú bambú" prova. Isto é: não é que não tenham sentido propriamente. Não se trata do verso "nonsense" feito pra dar habilidade rítmica. É um painel de sonho que passa, feito de frases estratificadas, curiosas como psicologia: "Bela mandou me chamar" ou "Porto de Minas Gerais" ou "Meu ganzá, meu ganzarino", etc., etc., às quais se juntam verbalismos, frases tiradas do trabalho cotidiano, do amor; referências aos presentes e aos acontecimentos do dia; desejos, ânsias... Todos os coqueiros são assim.

Mas Chico Antônio ultrapassa de muito os que tenho escutado, pela força viva do que inventa e a perfeição com que embola. Alto, corpo de sulista, magruço, meio lerdo no gesto comprido, com uma cara horizontal, bem chata e simpática, de nordestino em riba. Olhos maravilhosos, já falei. E a voz incomparável. Não é possível imaginar sons levemente anasalados, másculos, num decrescendo perfeito como os que Chico Antônio entoa no fim das frases do "Jurupanã".

Bom Jardim (12 de janeiro) [de 1929. Escrito a lápis, acima da data, "17-2".]

A tarde cai numa tristura que machuca, assombrada pela saudade de Chico Antônio, partido faz pouco.

Aliás desde minha viagem pelo Amazonas já reparei uma coisa curiosa: as tardes por aqui jamais são tristes. Uma diferença enorme das paulistas. Boca-da-noite, mesmo na fazenda de café mais agradável de paisagem, sempre é tristonha. Por aqui não. As mais largas, o sentimento que despertam é duma calma guaçu, do tamanho da morte, perfeitamente sossegada. Mas no geral são alegres, bem visíveis, um certo quê de espetacular muito refletido na psicologia do nordestino.

Mas a tarde de hoje está triste por causa de Chico Antônio que partiu. Não eram bem 17 horas, foi ensilhar o cavalo, pôs espora, o chapelão de aba larga sempre escurentando a cara simpática, veio se despedir de mim. Careceu dizer o que sentia e trouxe o ganzá porque só pode contar os sentimentos, cantando! Tirou o "Boi Tungão", certamente um dos cantos mais sublimes que conheço, principiou por uma firmata solene, que ninguém não esperava:

"Boi Tungããããã!..."

e foi falando.

E falou[1] coisas duma comoção tão simples, ditas com a verdade verdadeira dos homens simples; disse que quando eu chegasse na minha terra havia de ter saudades dele; mas que se voltasse por estas bandas que o mandasse chamar e ele viria. Então principiou se despedindo dos nossos trabalhos, do papel em que eu assentara as melodias dele, da tinta, do piano, tudo.

"Adeus sala! adeus cadera!
Adeus piano de tocá!
Adeus tinta de iscrevê!
Adeus papé de assentá!
— Boi Tungão!..."

Estava despedido. Estendeu a mão comprida num adeus de árvore e lá foi-se embora no passinho esquipado come-légua dos cavalos daqui.

E a boca-da-noite já está queimada de tristura, quase negra, estrelas, uma luzinha de habitação no lado do açude.

Por detrás da casa, parecendo perto, principia um bate-bate surdo. É longe um zambê, coco pra dançar, acompanhando a puita, zambê, ganzá e a "chama", outro tambor de voz medonha, atravessando os ares. A "chama" é o telegrama de convite. Quem a escuta vem pro coco.

"Olê, rosêra,
Murchasse agora!..."[2]

A luzinha do querosene é quase inútil na noite. O braseiro fumacento alumia a taipa bordada da parede e serve de pano de fundo. A cabrocha dá um salto pro meio da roda, gira e cai numas letras duma leveza espantosa, saúda os "coqueiros" e tocadores, faz mais outras letras, dá umbigada num parceiro e sai da roda. É a vez deste. O coco esquenta e fico por ali vendo o pessoal, encompridado pelo fundo do braseiro, saracotear num espetáculo assombrado. O "zambê" instrumento, que qualifica a dança, é pesadíssimo, tronco em que o tocador amonta pra bater no couro esticado.

---

1. Impresso "disse" e corrigido a lápis para "falou".
2. Engano de citação feita de cor ou erro tipográfico. O verso legítimo é "Murchasse a rosa".

374

São 24 horas e me deito. O zambê continua no longe. E continuará de certo até que rompa a arraiada. Uma sensação estranha de século XIX... Samba de escravos perpetuado através de todas essas liberdades servis... Que não acabarão de verdade enquanto não vier uma fatal, mas longínqua ainda, bandeira encarnada.

(Artigo publicado em "A República", Natal, 27-1-1929.)

Chico Antônio

(Especial para A REPÚBLICA)

Uma das sensações musicais mais fortes de minha vida foi ouvir o "coqueiro" norte-riograndense Chico Antônio. A fama dele inda não se espalhou por todo o Estado que nem a de Fabião das Queimadas, de Maria Trubana ou de Manuel do Riachão mas não creio que musicalmente esses tenham sido superiores a Chico Antônio. Pelo menos já sei por informações muito seguras que esses três cantadores foram mais poetas que músicos. O cantador de desafio se especializa no verso improvisado. Uma toada basta pra ele, mais propriamente recitativo que melodia quadrada, com a linha bastante elástica pra que o improvisador possa encaixar nela os diversos metros e formas estróficas que emprega. Isso eu mesmo verifiquei e o dr. Eloy de Souza que conheceu profundamente Fabião, pôs em dúvida ser da invenção deste uma cantiga linda que colhi como da autoria do cantador. Só poeta lírico e incapaz de cantar romances historiados.[1]

Ora Chico Antônio, apesar de improvisador bom e capaz de sustentar um desafio na embolada, se afasta dos outros por ser essencialmente musical. É mesmo duma musicalidade tão prodigiosa e tão íntima que consegue, ao longo dos cocos que tira, manifestar esse poder de problemas estéticos, psicológicos, fisiológicos do fenômeno musical.

---

1. O último período foi anotado a lápis abaixo do título do artigo e ligado ao texto, no ponto onde o incluí, por um traço e ponto. A "cantiga linda" de Fabião não se refere, parece, ao coco n.º 101 deste livro; será antes uma "toada", melodia de romance, a publicar em "As Melodias do Boi e Outras Peças".

Chico Antônio é novo ainda. Tem 27 anos espigados, duma simpatia apaixonante, com a cara vívida falando "Está bom", "Não faz mal" e frases assim perdoadoras pra todos os erros gostosos dessa vida. Cobre tudo um sapê luzido, castanho escuro, cujo pente mais possível é mesmo o chapelão. A voz de canto é magnífica, um bocado estragada já por noites inteiras de abuso. Mas nos dias em que Chico Antônio está "de voz" não é possível a gente imaginar timbre mais agradável. Timbre nosso muito, firme, sensual, acalorado por esse jeito nasal de cantar que é uma constância de todo o povo brasileiro. Apenas Chico Antônio quintessenciou esse jeito nosso de cantar. É um nasal discreto, bem doce e mordente, um nasal caju.

Tive ocasião de escutar vários coqueiros nesta viagem. E cantadores. O que me espanta mais em Chico Antônio, um analfabeto, é o refinamento inconsciente do canto dele. Na certa que inconsciente pois Chico Antônio se põe cantando quer esteja com voz boa quer esteja rouco. Ele não sabe todas as finezas magníficas com que canta. No "Boi Tungão", no "Jurupanã", no "Iáiá, olha o boi", cocos dos mais bonitos que tira, com que arte ele fecha as frases em firmatas nasais, prolongadas enquanto o coro parte no refrão! Varia as emboladas dentro do mesmo coco e às vezes com uma audácia estupenda, sai da embolada e parte num canto largo duplicando os valores de tempo, criando ritmos contratempados riquíssimos enquanto a "pancada do ganzá" vai golpeando no mesmo movimento rápido anterior. É de deveras admirável.

Pois dentro desse individualismo de coqueiro absolutamente excepcional, Chico Antônio tem um valor social formidável. É a expressão mais pura que encontrei da musicalidade litorânea do Nordeste. E o povo reconhece a superioridade de Chico Antônio. Pelas bandas de Goianinha e Penha, por ali tudo ninguém não ignora o nome dele. Todos o amam e até os discípulos de outros coqueiros conhecem e imitam o jeito "de Chico Antônio vadiá". Talqualmente sucedeu com Manuel do Riachão, já corre a lenda que Chico Antônio tem parte com o Maioral. Ele mesmo descreve com volubilidade desnorteante a briga que teve com o Cão e a visita ao inferno.

Descreve de maneira moderníssima e impressionante. Abandona o reconto no meio, jamais que o acaba, o envolve de frases e palavras tradicionais, pouco se amolando com a claridade do sentido. O que o embala é a música. As palavras pra ele não passam de valores musicais, duma claridade sonora muitas vezes esplêndida e sempre adequada. E essas palavras ajuntadas assim numa função que na aparência é meramente musical, tiradas da subconsciência pela procura de ritmo, rima e som, têm gosto de terra, de amor, de trabalho, e vanglória individualista. E o povo se deixa encantar. Dentro da magnífica expressão individualista dele, Chico Antônio é um valor social exato. O canto dele exerce a função das encantações primitivas, canto de todos num rito de dinamogenias bemfazejas. A gente se deixa encantar e não pode mais sair dali.

Chico Antônio principiou cantando e era de noite. O carbureto riscava um semicírculo vasto na frente da sede do Bom Jardim. Os moradores vieram vindo atraídos. Sentavam, se acocoravam, ficavam em pé na barra do semicírculo da luz, vultos imóveis na escureza. Escutando. Enquanto durou a cantiga ninguém não se afastou dela. Nem eu, sentindo se renovarem as forças nativas que de tempo em tempo careço de retemperar, viajando por meu país.

(Artigo publicado no "Mundo Musical" da "Folha da Manhã",
S. Paulo, 17-2-1944.)

Apêndice IV

O canto do cantador

Luíz da Câmara Cascudo, nos seus "Vaqueiros e Cantadores" não sei bem porque, passa uma enorme descompostura na voz e na maneira de cantar dos cantadores nordestinos. Embora ele conheça dez vezes mais o assunto que eu, não creio tenha muita razão, pois pude escutar numerosos cantadores no Nordeste e nada percebi de "voz dura, hirta, sem maleabilidade, sem floreios, sem suavidade" nem várias outras expressões com que o meu amigo potiguar xingou os cantadores em geral. Eu imagino que ele se postou num ângulo preconceituoso de crítica, o mesmo do antiquado Fétis que ele cita, ajuizando do cantador conforme um belcanto de escola. Não é possível.

O cantador tem naturalmente uma voz aberta, mais desgastada pelo álcool que pela falta de empostação. Está claro que quem sai do concerto ou do teatro de ópera, tem que se acostumar primeiro a ouvir o cantador dentro do seu meio natural que é o ar livre. Mas, liberto do preconceito do belcanto europeu, encontra toda uma timbração e todo um estilo de cantar cheios de beleza. O timbre especialmente varia muito, o que talvez seja questão de mistura de raça. Chauvet observa que as vozes de homem na África desafiam qualquer classificação. É sempre o mesmo defeito, mais ou menos fatal, reconheço, de ajuizar e compreender por meio de terminologia e conceitos de civilizado, as coisas do povo e das civilizações naturais. Também o Chico Antônio e o Odilon de carne e osso que transportei para a minha "Vida do Cantador" tinham vozes inclassificáveis diante da timbração européia. Não porém como tecido. Tecidos normais, Chico Antônio de tenor, Odilon de barítono, um bocado mais extensas que a demarcação culta. Eram vozes lindas. E a de Chico Antônio então, uma das mais maravilhosas que já escutei em vida minha, Gigli inclusive. Não exagero não, quando afirmo no conto que a voz dele tinha os tons do ouro do sol. É literatura mas é verdade também. Um calor, um tenor levemente abaritonado mesmo nos sons agudos, uma sensualidade vigorosa, que nos deixava imediato em estado de encantação. É verdade porém que Cascudo parece se referir especialmente a cantadores ''ao pé da viola'', mais próprios do sertão que do litoral, cujo repertório poético se especializa no romance e no desafio sem dança. Os meus cantadores se acompanhavam de ganzás e recos de ritmo, e eram gente do brejo.

Odilon do Jacaré não tinha a voz esplêndida de Chico Antônio, mas era muito mais ''estético'', usando e abusando mesmo de processos de canto, sistematizados com visível intenção de agradar. A voz dele era dum abaritonado sensivelmente negro na nasalação, e uma sensibilidade barroca enfeitava o cantar a todo instante de apoiaduras, de portamentos e ligaduras, obtidas por efeitos de glissando com a boca fechada. Robert Lach, Stumpf, Frances Densmore descrevem efeitos assim para os povos primitivos em geral e principalmente para as culturas orientais. Odilon usava, sobretudo nos finais de melodias, uns portamentos que desciam, ora mais curtos e decrescentes, como suspiros, ora mais longos quase escalas descendentes sem intervalos fixos, terminando em sons propositalmente destimbrados num parlato de grande efeito misterioso. Tiersot, Dom Jeanin assinalam efeitos semelhantes em cantos armênios e na liturgia assírio-caldaica. Quanto aos seus processos de *bocca chiusa*, com que às vezes ele continuava vocalizando nasalmente enquanto o coro retomava o refrão, esses eram bem negros, os processos de ''humming'', encontráveis facilmente na execução dos espirituais e rastreáveis mesmo entre os Zulus. Aliás, o próprio glissando descendente é usado pelos negros norte-americanos, como no solo de barítono de ''Religion is a Fortune'', espiritual gravado em disco Victor 36.020-B.

Mas Odilon tinha um processo de emprego da *bocca chiusa* em ''humming'' fortemente anasalado, processo também empregado com menor virtuosidade por Chico Antônio, que consistia, depois de terminado o solo da embolada, em continuar vocalizando assim, numa linha improvisada de contracanto, enquanto o coro retomava o refrão. Chico Antônio não conseguia inventar legítimos contracantos, que eram raros mesmo em Odilon do Jacaré, mas era sistemático em ambos tomar a última palavra, a última sílaba cantada do refrão coral conjuntamente com os coristas, ou permanecer numa firmata pequena, ao terminar da estrofe solista. É também um processo encontrável com freqüência nos povos primitivos e Carl Stumpf nos seus magistrais ''Die Anfaenge dër Musik'' viu neles mais um argumento para fortificar a sua hipótese da fixação dos intervalos consonantes no homem primitivo. Todos esses efeitos conscientemente procurados, davam um encanto delicioso à cantoria de Odilon do Jacaré. Mas não são nada excepcionais, como busquei provar aproximando comparações com povos primários e outras culturas extra-européias. Na verdade o belcanto europeu só pode servir de padrão de julgamento para... o belcanto europeu. Se esta observação não pretende lhe recusar a beleza magnífica, propõe modestamente a coexistência de outras belezas.

Mas Luiz da Câmara Cascudo insiste em criticar até a monotonia melódica dos cantadores. Aí a sua crítica se torna de todo em todo inaceitável, pois é buscar a riqueza de melodia e a variedade, onde tudo isto é necessariamente evitado. Todo o rapsodismo universal é por instinto monótono por duas razões decisivas, uma técnica, uma fisiológica e terapêutica. A monotonia da linha facilita e torna mais clara a enunciação dos textos, em cantos em que importa muito o entendimento da palavra, como é o caso dos romances, das baladas, dos desafios. E por outro lado a monotonia musical acarreta um apassivamento do ouvinte, muito próprio para ele aceitar esses textos que escuta. A monotonia, no caso, é por assim dizer dogmática. Carece não esquecer que, pela sua origem, a função e a finalidade dos cantadores, dos rapsodos, dos menestréis e jograis das cinco partes do mundo, é fundamentalmente "classe-dominante", impondo a história dos deuses e dos reis.

Essa monotonia melódica não exclui aliás a excitação rítmica, que Luiz da Câmara Cascudo soube muito bem salientar. Os cantadores procuram, aliás, outros processos que ajudem a excitação rítmica. O álcool sobretudo, mas sobre isto falarei mais detidamente nos rodapés sobre o "Cantador Cachaceiro". Chico Antônio tinha mais um processo, que não vi nos outros cantadores. Como o grande cantor árabe Saib Jater ele cantava andando. A provocação do estado exultatório por meio do movimento musicalizado é universal, está claro. É a "intoxicação pelo som e o movimento" de Ribot, que Fernando Ortiz já aproximou dos processos de possessão dos feiticeiros cafres. Nas seitas hiperreligiosas dos Yekers, dos Latidores, da América do Norte, como nos derviches volteadores, como nos Baúls também na Índia, tão realistamente descritos pela senhora Silvain-Lévi no seu livro "Dans l'Inde", a possessão é diretamente procurada pelo movimento de rodar. Chico Antônio, embora não empregasse a rapidez, mais preferida desses voltijadores místicos, achara um jeito entontecedor de rodar duplamente, como descrevi. Não só andava de roda acompanhado dos seus dois coristas, como rodava sobre si mesmo. Atingia assim estados esplêndidos de exaltação, duma dramaticidade incrível. E era nestes momentos que ele tirava cantos novos ou, deixando de rodar, se ajoelhava e nos confessava, Orfeu visível e tocável, a descida dele aos infernos, no canto do "Boi Tungão".

Este caso de tirar um canto novo nos serve para comentar um verdadeiro caso desse "desnivelamento" folclórico, para o qual o prof. Roger Bastide me chamou a atenção. Rodney Gallop conta que jamais encontrou um campônio português que se dissesse inventor duma qualquer cantiga. Os meus cantadores nordestinos quase todos, Chico Antônio e Odilon sempre, se juravam autores de todas as peças que cantavam. Não lhes faltava de todo razão, porquanto, incertíssimos sistematicamente na fixação dos arabescos das melodias, como é da prática musical dos árabes também e mais geralmente dos povos orientais, a todo instante a melodia era reinventada por eles, em variantes inumeráveis.

O processo comum de decorar uma melodia tradicional, como de inventar uma nova, tanto em Chico Antônio como em Odilon, consistia em... desnivelar a melodia, tornando-a bem simples pra que ela se fixasse na memória. Mas depois de fixada em seu esquema essencial, o cantador se esmerava de novo em elevá-la de nível e individualizá-la em variações, dum legítimo canto *hot*. Tive ocasião de pegar ao vivo este fenômeno inconsciente, com o coco "Assovio" muito generalizado na zona de Goianinha, no Rio Grande do Norte. Dei uma versão desse coco no meu "Ensaio". Depois disso é que estive no Nordeste. Chico Antônio conhecia o coco mas não o sabia de cor. E o cantava por isso com grandes falhas de memoriação, glosando por assim dizer a melodia em riquezas e fantasias inconscientes. Mas aos poucos a linha foi se fixando nele, se depurando de tanta variedade, se empobrecendo de fantasia e de inesperado, até que se tornou fixa enfim, e, no sentido mais elevado e etimológico do termo, "vulgar". Então essa linha, não banal, mas vulgar, será cantada interminavelmente por ele em cantarolagens compridas que não acabam mais. E é então que ela vai exercer, agora que está desnivelada, aquela fascinação de efeito garantido, verdadeiro valor terapêutico, na alma do povo e na minha. E são cantos assim, como o "Assovio", como o "Meu Baraio", os mais simples, mais desnivelados, mais puros, que exercem a verdadeira fascinação sobre o povo, é fácil de observar. Os outros mais complicados e virtuosísticos dão ao povo um entusiasmo muito mais individualista e descoletivizado, como denunciei quando, no meu conto, Chico Antônio tira o canto novo.

Porque assim é, com efeito. Sabida fixamente a melodia fácil e esquemática, então o cantador principia cantando *hot*, fantasiando, glosando outra vez, mas conscientemente agora, com a intenção de variar e enfeitar. Até que, atingindo outra vez a possessão (como darei um exemplo de Chico Antônio em livro técnico futuro) o cantador inventa um canto inteiramente novo.

Mas na possessão ou não, alguma coisa qualquer que aconteça, uma fadiga, um desânimo, uma intervenção externa, o cantador nordestino para a cantiga em qualquer lugar. Pode ser meio de frase, pode ser em som tonalmente dissonante. Observei isto várias vezes com os meus cantadores, especialmente Chico Antônio. Natalie Curtiss se refere a isto mesmo entre os cantores da África negra. Parece inexplicável pelo raciocínio lógico. Os pássaros de canto fixo, como o nhambu-guaçu, e o sabiá de peito vermelho, embora a maior parte das vezes (que nem os cantadores) terminem no lugar certo, no som ou na batida final do motivo, freqüentemente também param em qualquer lugar. O fenômeno é certamente o mesmo, embora as razões possam diferir...

Apêndice V
Na pancada do ganzá

Introdução[1]

Este não é um livro de ciência, evidentemente, é um livro de amor. Estarão sempre muito enganados os que vierem buscar nele a sistemática dos fatos musicais e poéticos do Nordeste. Eu não tive nunca, nem poderia ter pela falta de estudos organizados, a pretensão de ir no rasto dos fenômenos humanos, até aquele fundo profundo que retrata os homens do nosso tempo dentro do esquema das coletividades quase imemoriais. Deus me livre de negar que a ciência seja por sua vez fenômeno de amor, mas "conhecer" no sentido de decidir da Verdade, é um verbo que me assusta um bocado. Embora acredite em Deus e não encontre em mim forças bastantes que O neguem, eu amo a vida. É terrivelmente certo que eu amo bem mais a vida do que a Deus. Nesse sentido eu sou como os homens das civilizações naturais, que deixam de lado a Obatalá, ao Deus bom, pois que já é bom por natureza, e só veneram os deuses rúins. Porque são rúins, são perigosos. Deve ser mais ou menos nesse sentido que eu amo e acarinho a vida, propiciando apaixonadamente essa Caapora rúim que pede nosso fumo e esconde a caça. Por essa maneira de ser, enamoradamente terrestre e muito agnóstica, conhecer, decidir da Verdade, sempre me repugnou instintivamente. É vaidade muita pra mim. É individualismo, aristocracismo, dos que se encerram no brazão de filhos de Deus.

"De maneira que dou ao verbo conhecer um sentido, se não mais humilde, pelo menos mais lírico, mais 'namorista', pra falar como o caipira. Eu amo o Brasil, e no poema inicial do *Clan do Jaboti*, embora sem sistematização já disse de que maneira, anticientífica, antipolítica, relumeia o fogo desse amor. Quem quer que pretenda um conhecimento do povo brasileiro, um pouco mais íntimo que esse da sua história política e geográfica, sentirá imediato aquela precisão que Ambrosetti (175,20) sentiu na Argentina, de recolher dados e noções capazes de evidenciar mais analiticamente a entidade nacional. Nesse trabalho é que, com este livro, pretendo colaborar.

O que vale aqui é a documentação que o povo do Nordeste me forneceu. Procurei recolher esses documentos, da maneira, essa sim, mais cuidadosa, mais científica. Segui, na colheita folclórica, todos os conselhos e processos indicados pelos folcloristas bons. Ouvi o povo, aceitei o povo, não colaborei com o povo enquanto ele se revelava. De resto, trabalhos anteriores já tinham me dado uma certa prática desse pesadíssimo esforço de recolhedor, e sempre me estava presente aquela queixa de Hermann Urtel (86,1) dizendo que em Portugal a etnografia conhecera amplamente as desvantagens e perigos do diletantismo.

É certo que, depois de realizada a colheita, ela dirigiu em grande parte o caminho das minhas leituras. E destas, surgiram as notas que guarnecem o livro. Mas porém com essas críticas, exemplos, variantes, ligações, não pretendi fazer obra de etnógrafo, nem mesmo de folclorista, que isso não sou: pretendi foi assuntar, atocaiar com mais garantias a namorada chegando. Se acaso algumas constâncias me interessaram mais, se alguma nova eu terei fixado, foi sempre por essa precisão que tem o amante verdadeiro, de conhecer a quem ama. Não tanto pra compreender o objeto amado em si mesmo, como pra se identificar com ele e milhormente poder servi-lo e gozar. Eu digo que, apesar de todas as notas ajuntadas pra esclarecer ou facilitar o caminho dos estudiosos, este livro não chega a ser uma obra de estudioso, porque é por demais obra de amor. Recolhendo e recordando estes cantos, muitos deles tosquíssimos, precários às vezes, não raro vulgares, não sei o que eles me segredam que me encho todo de comoções essenciais, e vibro com uma excelência tão profundamente humana, como raro a obra-de-arte erudita pode me dar. Não sei que apelo tradicional me leva, que coincidência de afeto, de corpo, de esquecimento de mim; sei mas é que em vão reconheço este e outro defeito nos cantos. Eles me comovem mais que nada e eu me identifico com eles numa *Einfuehlung* perfeitíssima. Necessária. Como devem ser necessários todos os nossos gestos humanos.

Estou[2] lembrando duma noite na zona da mata, em Pernambuco. Depois dum Bumba-meu-Boi de cinco horas, eu me aproximara dos instrumentistas pra tirar um naco de conversa. Um deles trazia um violino, feito por ele mesmo, duma sonoridade a um tempo tão esganiçada e mansa que nem sei! E o violinista era compositor também. Compositor... descritivo! Não vê que compunha baianos e varsas, feito os outros! compunha peças características, descrevendo a vida de engenho e a de sertão. E tocou pra mim escutar uma espécie de monstrengo sublime, que intitulara "A Boiada". Às vezes parava a execução, pra me contar o que estava se passando... no violino. Eram os bois saindo no campo; eram os vaqueiros ajuntando o "comboio"; era o trote miudinho no estradão; o estouro; o aboio do vaqueiro dominando os bichos assustados... Está claro que a peça era horrível de pobreza, má execução, ingenuidade. Mas assim mesmo tinha frases aproveitáveis e invenções descritivas engenhosas. E principalmente comovia. Quando se tem um coração bem nascido, capaz de encarar com seriedade os *abusos* do povo, uma coisa dessas comove muito e a gente não esquece mais. Do fundo das imperfeições de tudo quanto o povo faz, vem uma força, uma necessidade que, em arte, equivale ao que é a fé em religião. Isso é que pode mudar o pouso das montanhas. É mesmo uma pena, os nossos compositores não viajarem o Brasil. Vão na Europa, enlambusam-se de pretensões e enganos do outro mundo, pra amargarem depois toda a vida numa volta injustificável. Antes fizessem o que eu fiz, conhecessem o que amei, catando por terras áridas, por terras pobres, por zonas ricas, paisagens maravilhosas, essa única espécie de realidade que persisto através de todas as teorias estéticas, e que é a própria razão primeira da Arte: a alma coletiva do povo. Teriam muito mais coisa a contar. Conquistariam o direito incontestável do seu Anastácio que chegou de viagem, o direito que eu tenho agora. Porque não basta saber compor. Carece ter o que compor.

Quando parti para o Nordeste em dezembro de 1928, não tinha a mínima intenção de construir uma viagem etnográfica. Pretendia, sim, recolher cantos populares, e quantos pudesse, porém sem a mais mínima organização. Recolheria os que topasse em meu caminho. Mas realmente o que fazia esse caminho era a ventura de gozar o que já amava de longe, me apoiando nos amigos. E foi de fato a moradia dos amigos que me deu o itinerário. Se fui ao Rio Grande do Norte é porque estavam lá Antônio Bento de Araujo Lima e Luiz da Câmara Cascudo. A Paraíba me chamava por causa de Adhemar Vidal e José Américo de Almeida e finalmente iria acabar no frevo carnavalesco de Pernambuco por causa de Ascenso Ferreira e Cícero Dias. Ora esses amigos, além de serem apaixonados da coisa popular que nem eu, com exceção do comunista Antônio Bento e do angélico pintor Cícero Dias, refletiam mais ou menos a rivalidade cheia de picuinha que existe dum Estado do Nordeste pra com o Estado imediatamente vizinho. O Rio Grande do Norte tem birra da Paraíba, a Paraíba tem muita birra de Pernambuco, Pernambuco tem birra da Paraíba. Isso é um fenômeno mais ou menos universal, aliás e mesmo dentro do Brasil surpreendi o mesmo, embora mais vagamente entre Amazonas e Pará.

Há porém dentro de tudo isso, que se dá entre nós apenas na gente alfabetizada, que é mais ou menos cômico, não tem importância e não vai além do falar mal, uma coisa tristonha. É que se todos têm birrinhas uns dos outros, todos se ajuntam pra ter birra de S. Paulo. Mas que o sentimento estava próximo a se generalizar mesmo no povo, pela boca dos cantadores, prova o admirável romance de "O Povo na Cruz" (59,III,116) de que ignoro o autor. Eis as estrofes que interessam:

Não há mesmo quem resista
Estes impostos de agora;
Diz o Governo: Que tem
Que morra tudo em ũa hora?
Quando o Norte se acabar
Eu boto o bagaço fora.

E si não houver inverno,
Como o povo todo espera,
De Pernambuco não fica
Nem os esteios da tapera,
Paraíba fica em nada,
Rio Grande desespera.

O Rio de Janeiro hoje
Parece um grande condado,
Ri-se o rico, chora o pobre
Lamentando o seu estado;
Diz o Governo: Eu vou bem,
Tudo vai do meu agrado.

São Paulo, o Governo
É primor de criação,
Eu acho parecido
Com sítio da maldição,
Aquele que Judas comprou
Com ouro da traição.

Nisso eles são unânimes e eu o afirmo com a autoridade de
quem já muito viajou o Brasil. Em Minas, em 1917 e em 1924, no Pará,
no Amazonas, em Mato Grosso, no Rio de Janeiro, na Bahia, em
Alagoas, Pernambuco, Paraíba, Rio Grande do Norte, de sergipano e
de piauienses também a bordo, eu surpreendi a vaga amargura por S.
Paulo, pela grandeza de S. Paulo, concretizada então no tipo ideal do
paulista, riquíssimo, secarrão, orgulhosíssimo e desprezador, que a
imaginação sofrida da burguesia brasileira criara, pra poder detestar
ou apenas maldar, com mais razão. Me parece ainda curioso de
observar que esse tipo ideal de paulista (ôh mas quantas e quantas
vezes já não fui enfeitado com a exclamação: Mas você nem parece
paulista!...) não é recurso senão dos Estados mais humildes, dos que
a própria lógica da realidade não permite que se comparem a São
Paulo. Pernambuco, Minas, Rio Grande do Sul, esses não, esses
mostram a birra, não direi com mais lealdade, mas certamente com
menos lirismo. Não criam imagens, não criam fantasmas, não gostam

390

simplesmente, e todos, eles como os paulistas, sabemos porque não gostam. Aliás é também curiosíssimo de se observar como sociólogos e historiadores, desde o ex-grande-historiador Capistrano, estão fantasiando a nossa careta social. Mil e uma razões são inventadas pra depreciar a função histórica, ou para explicar a grandeza econômica de São Paulo. Ora as Bandeiras são dispersivas e prejudiciais à unidade, ora são displicentemente ajuntadas às subidas frustradas pelo Interior saídas de outros lugares do país. Ora a grandeza de São Paulo é fruto do imigrante que já existia aqui em grande quantidade quando veio a Abolição! ora é fruto exclusivo da amabilidade da terra, sem que nenhum se esqueça de afirmar que a terra dele também é amabilíssima... Ou então, descobrimento de última hora, São Paulo é italiano, São Paulo é turco, São Paulo não é brasileiro, não guarda passado de comes, bebes e costuminhos... ah! Compreende-se com toda essa leviandade de historiadores e sociólogos mais admiráveis pela lucilação intelectual que pela clarividência, vai-se perdendo com facilidade não apenas o nexo, desculpem, mas o sexo das coisas. E vêm então os paulistas de aluguel inventar o caso da locomotiva puxando vagões vazios ou dando ao mesquinho movimento cultural de Paulicéia a superioridade até sobre o Rio de Janeiro! Tudo lucilações, como se vê. É todo um estaduanismo corruptor, que seria apenas ridículo se não fosse corruptor.

Bom, não estou minimamente com a intenção de defender São Paulo e reconheço que em tudo isso existem razões psicológicas de muita importância. Estou apenas registrando uma verdade indiscutível, a birra geral do brasileiro por São Paulo. Até pouco faz, essa birra se concretizava no tipo ideal de paulista, que descrevi atrás, tipo que, como toda criação coletiva não é inteiramente destituído de razão, se não nisso de ser a gigantização sentimental da verdade, mais geral. Mas creio que agora esse tipo tende a desaparecer, da mesma forma com que a birra tende a se generalizar das classes semicultas e mesmo cultas, ao povo alfabetizado ou não. A avança (em todos os sentidos) sobre São Paulo em 1930, causara já um enfraquecimento muito grande do tipo ideal paulista, substituído por outro fantasma que alcançou as classes populares, o Perrepê, o Perrepismo, o Perrepista. Nos desafios do Nordeste, contou-me um amigo, a palavra ''perrepista'' já vem empregada como insulto, em sentido genérico. São Paulo virou o Perrepê, e o Perrepê era a infâmia. Infâmia paulista está claro, facilmente esquecidos todos, pois que a criação fundamentalmente se originava da birra contra a grandeza econômica de São Paulo, que Perrepê era o Brasil. Foi criado o fantasma novo que por algum tempo substituirá o primeiro, pela proclamação dos jornalistas. É tão fácil ser jornalista. Em 1932 a revolução nova, dirigida por um bando de malucos se aproveitando dos ressentimentos e martírios do povo paulista, contribuiu decisivamente pra generalizar o ódio contra São Paulo. Agora ódio e não birra mais. Contribuiu pra muitas outras coisas, está claro, contribuiu em máxima parte pra fixar o ódio dos paulistas contra os brasileiros e recriar a ideologia separatista, mas isso não é o meu assunto. A birra, com as mentiras espalhadas sem critério na lembrança inesquecível do povo, com a vinda prá guerra, com as mortes de parentes etc. virou ódio e se refletiu nas classes pobres. Ou milhor, se generalizou nelas. Virou tradição talvez. Duvido que possa mais se acabar.

Ora, como eu ia dizendo, o discreto estímulo estaduano que existia em quase todos os meus amigos nordestinos, contribuiu muito pra que eu de viajante banzador virasse recolhedor diário de coisas populares. Sem deixar de passeios, a verdade é que trabalhei ferozmente. Posso dizer mesmo que heroicamente tal a soma de dificuldades que obstruem a facilidade duma colheita folclórica no povo nordestino. Mas disso falarei em lugar próprio. Os da Paraíba queriam que eu recolhesse lá quanto recolhi no Rio Grande do Norte; em Pernambuco, Ascenso Ferreira se multiplicou milagrosamente, todos incansáveis de dedicação e de entusiasmo. Apenas o que eu recolhera no Rio Grande do Norte pros paraibanos era paraibano, e a colheita da Paraíba era pernambucana pra pernambucanos, além da indignação de Alagoas, porque coco é pra eles propriedade alagoana... Todos absurdamente esquecidos de que tudo era o Nordeste, mostrando aquela mesma pressa estaduana da carta de Fran-Pacheco a Teófilo Braga. "Decididamente mato o Sylvio (Romero). Apesar das colheitas dele trazerem quase todas as marcas errôneas de Sergipe, quando são da Bahia e do Maranhão embora propagadas a todo o Brasil" (11,II,434)! Mudando os nomes dos Estados, essa frase eu escutei por todo o Nordeste. Mas o resultado de tudo foi o inesperado da colheita admirável que é a razão deste livro. Parti.

Eu me dirigia diretamente pro Recife, onde esperava passar uns dias de descanso. A viagem no casquinho frágil do "Manaus" com apenas duas mi [sic] toneladas, lerdo e movediço, foi de deliciosos interesses. Os passageiros pouco se deixavam olhar, enjoados nos camarotes. Mas havia, ponhamos, Laura Moura, que não enjoava, e por ela me apaixonei. Era uma moça do Piauí, com filhotinho a bordo e coronel à espera lá em casa. No princípio ela me recebeu com duas pedras na mão, curioso, só porque delicadamente lhe perguntei se o povo do Piauí gostava muito de cantar.

— Então o senhor pensa que o Piauí é a terra do "meu boi morreu"? ela me cortou, muito irritada. Popularesca e pouco instruída, ela era de-certo como essas Polícias do Nordeste que fazem o impossível pros cordões de Bumbas, Cabocolinhos e Fandangos não saiam nas ruas das cidades, pra não estragar a civilização. Me afastei de Laura Moura por metade dum dia, cheio de raiva. Mas não tive raiva pra mais, porque ela era mesmo atraente, gordinha, muito mulher séria pra se ver assim de longe. Se estabeleceu logo uma intimidade mais graciosa, em que pudemos os dois viver mas muito bem.[3]

1. Na capa, com o título "Pancada do Ganzá / I / Introdução". Guardado numa pasta de documentos diversos para o "Pancada / Prefácio", reproduzidos nas "Explicações" iniciais, no Apêndice IV e no Apêndice VI.

Nas "Explicações", salientei que Mário de Andrade chegou a realizar o ponto I do seu projetado esquema deste Prefácio e parou no início do seu ponto II, a "viagem etnográfica", cujo roteiro esta nota marca:

"Na Pancada do Ganzá
Prefácio

Descrever com síntese viva os meus três meses de Nordeste como viagem.
Descrever de modo geral o povo que gozei (Ler Euclides e outros) (citar casos típicos, passados comigo ou tradicionais, de psicologia nordestina).
Descrever as festas que apreciei. Estudar a decadência delas e atacar o conceito de progresso, os Governos e os particulares cultos.
Descrever enfim os meus processos pra tomada dos documentos.
Fazer seguir ao prefácio uma
Táboa de Referências [cortada a traço]
Psicologia [cortada a traço]
Notas sobre meus colaboradores (Nomes, iniciais, psicologia e observações técnicas sobre cada um. Menos sobre Chico Antônio e sobre Adilão, que virá no capítulo deles).
Táboa de Referências (Indicar as Abreviaturas todas)."

A "viagem etnográfica" foi interrompida num começo de tratamento do segundo item dessa nota. O segundo elemento do terceiro item veio a ser o fecho de "As Danças Dramáticas do Brasil", estudo das características gerais dos nossos bailados folclóricos. (Conf. "Danças Dramáticas do Brasil", tomo 1°, p. 67 e s., "Obras Completas", XVIII, Livraria Martins.)

Creio útil salientar ainda que a segunda metade dessa mesma nota esclarece tanto o lembrete escrito sob o ponto II do "Índice" do Prefácio, quanto o ponto B do esquema de "A Poesia Cantada do Nordeste", segunda parte ou setor do "Na Pancada do Ganzá" (v. p. 9 e 10). O cancelamento da palavra "Psicologia" me parece determinar mais uma vez que alma, inteligência, costumes, voz, técnica do cantador propriamente dito, e em parte também de quaisquer outros informantes, pois todos foram comentados em notas indistintamente reunidas sob o título geral "Psicologia dos Cantadores", seriam examinados em "A Poesia Cantada do Nordeste". O que viria em seguimento ao Prefácio, portanto antes desses dados *críticos* gerais, seriam os dados *históricos* sobre cada informante: nome, grau de cultura, grau de musicalidade, qualidade de voz, circunstâncias de colheita etc. Em "A Poesia Cantada do Nordeste" ficariam também, é evidente, os capítulos especiais sobre Chico Antônio e Odilon do Jacaré, de que Mário de Andrade acabou desistindo, como se viu em documento citado à p. 8.

Escrito no papel verde que Mário de Andrade usou entre 1933 e 1935, o esboçado Prefácio reproduzido neste Apêndice data possivelmente de 1934, ano em que nasceram os primeiros trabalhos para o "Na Pancada do Ganzá". Entretanto, mais que essas circunstâncias, o que me parece determinar a época dessas páginas é o próprio conteúdo da sua inconclusa "Viagem Etnográfica". Começando a fazer a "psicologia do nordestino", Mário de Andrade não chegou a ir além dos estaduanismos e separatismos brasileiros, que levavam os Estados nordestinos a terem "birrinhas uns dos outros" e todos a se juntarem "pra ter birra de São Paulo". Na verdade já "O Turista Aprendiz" roçava casualmente pelo tema, em pequenos comentários soltos ao menos em duas crônicas (25-12-1928, 23-1-1929). Mas foi em 1934 que nossos múltiplos bairrismos, por certo agravados nessa época pela revolução paulista de 1932, chegaram a criar em Mário de Andrade uma irritação capaz de provocar aquelas páginas que, embora testemunho verdadeiro de atitudes coletivas, não o ajudavam a esclarecer melhor nem seu amor ao Brasil nem seu assunto. Em 18 de julho de 1934, ao voltar de uma viagem ao Rio, ele me dizia num trecho de carta que me louva, mas que preciso transcrever para clarear o assunto: "No Rio, várias vezes imaginei em você, como estará passando a Oneyda? Mas com este meu notável otimismo respondia: bem. Também comentei seus poemas com o Manuel Bandeira (...); e outras vezes tive o gostinho de anunciar você pra alguns amigos, especialmente mineiros. Isto, você compreende, era principalmente gosto de paulista, pra dar na cabeça de toda essa brasileirada que só vive pensando em estaduanismos completamente idiotas. Nas circunstâncias atuais, em que S. Paulo está mesmo, é insofismável, sendo detestado pela maioria dos brasileiros (até inteligentes e cultos, o que acho espantoso), em que toda a gente anda assombrada com separatismo (e o mais cômico é que muita gente brasileira no fundo é separatista, querendo tudo pra si e seu Estado!), enfim no momento presente, foi uma delícia anunciar a minha descoberta duma mineirinha poeta a valer." Mas como do lado de cá as coisas não eram melhores, justo um mês depois, ele estoura numa carta a Manuel Bandeira, ao comentar a vida e conversas dos amigos paulistanos: "Tema: são-paulo-separatismo-perrepê-interventor. Parece incrível que se viva só nisso." (18-8-1934.)

Já pronto este livro, o suplemento literário da *Tribuna de Imprensa* de 5-6 de março de 1960, dedicado a Mário de Andrade, veio confirmar através de cartas escritas a Murilo Miranda e Adhemar Vidal, as datas em que situei a redação dos estudos que ele chegou a fazer para o "Na Pancada do Ganzá" e este Prefácio inacabado. Uma delas, sofrida resposta a um convite para retorno ao Nordeste, feito por Adhemar Vidal (10-11-1934), parece explicar por que o Prefácio foi interrompido: pela dupla necessidade de ser exato e de ser justo. "Eu vou, vou de amor, irei mesmo porque tenho fatalmente de ir, mas ainda um resto de responsabilidade me faz ver que não devo ir já, mas quando o meu livro estiver mais completo, pra saber bem o que devo procurar aí, o que devo completar nele, e mostrar o escrito pra que vocês o controlem. Porque, você compreende, por mais que eu estude o Nordeste, sempre é terra de que não tenho completa experiência, e por ventura uma ou outra afirmativa minha sobre costumes, daí, tradições, psicologia etc. pode estar errada — o que vocês me dirão. Espero sempre que tudo esteja bem mais avançado no fim do ano que vem e partirei pois daqui em novembro de 35. Essa é a decisão do momento e espero desta vez que a cumprirei." Não cumpriu, o Departamento de Cultura não deixou.

2. Daqui até "e a gente não esquece mais", o trecho tem a observação lateral "Talvez tirar isto".

3. A sexta e última página do original acabava, logo em seguida, com o início, da "Melodia Moura" que participa dos poemas de "A Costela do Grã Cão" (Conf. "Poesias Completas", Obras Completas de Mário de Andrade, vol. II, S. Paulo, Livraria Martins, 1955); mas o começo de citação foi cortado:

"(...) em que pudemos os dois viver mas muito bem. Já com saudades, na aproximação de Pernambuco, onde nos separávamos, fiz estes versos que peço vênia pra reproduzir.

Improviso de Laura Moura

Quando as casas baixarem de preço
Lá na cidade, Laura Moura,
Uma delas será sua sem favor.
Será num bairro bem central,
Pra que o nosso mistério engane mais.

Quando as casas baixarem de preço,
Você há-de ter a vossa, Laura Moura,
Lá na cidade em que trabalho..."

Apêndice VI
Fichas e notas

A) PARA A ORGANIZAÇÃO E O PREFÁCIO DO "NA PANCADA DO GANZÁ"

Guardadas numa capa da revista francesa "La Musique de Chambre", convertida em pasta com o título "Pancada / Prefácio". Mário de Andrade subdividiu esses documentos em três grupos. O primeiro (fichas n.º 1 a 148) foi posto numa capa de caderno, onde um pedaço de papel com um grande 2 escrito a lápis vermelho, antecede as fichas e notas que formam quase totalmente o conteúdo do grupo. O 2 se repete nos títulos das séries em que elas se dividem. Evidentemente, o número marca-lhes a relação com a projetada 2.ª parte do prefácio.

O 2.º grupo, reunido numa folha de papel com o título "Prefácio", contém: notas para a organização do livro; notas usadas nas páginas escritas para o Prefácio (fichas n.º 149 a 161); "Notas de Viagem ao Nordeste", o diarinho já tantas vezes mencionado; os recortes de 58 crônicas de "O Turista Aprendiz" publicadas no "Diário Nacional" de S. Paulo. Precede os recortes uma folha onde Mário de Andrade registrou a falta das crônicas datadas de 17, 22, 26, 27, 28 e 31 de dezembro de 1928, 3, 8, 13, 25 de janeiro de 1929; faltariam também quase todas as de fevereiro de 1929, pois a coleção só tem as dos dias 1, 2, 3, 5, e o papel anota o mês sem indicar-lhe as crônicas.

O 3.º grupo é constituído pelas seis páginas do inacabado Prefácio, reproduzidas neste livro como Apêndice V.

Na exposição adiante, separei por asteriscos as fichas do 1.º e 2.º grupos. Para documentar processos de trabalho, do 2.º transcrevi também as notas já usadas por Mário de Andrade no Prefácio. Excluí as "Notas de Viagem ao Nordeste", porque suas referências à colheita folclórica já estão citadas, tanto neste livro quanto nos anteriores e no seguinte, no histórico das pesquisas com que precedi a exposição dos documentos musicais.

Para aclarar melhor o assunto, aproximei as fichas relativas à estrutura do "Na Pancada do Ganzá", conservando as outras na ordem em que Mário de Andrade as deixou. A julgar-se pela n.º 21 e ainda pela data provável das seis páginas do Prefácio, é possível que todas as fichas sobre a construção geral da obra situem-se entre 1932 e 1934, ou talvez mesmo só em 1932.

No grupo das "Citações incertas" (n.º 71 e s.), muitas fichas parecem se referir claramente a documentos musicais e não ao Prefácio. Sirva de exemplo a n.º 80, que registra uma frase encontrável na "Chula Paroara" publicada no "Ensaio sobre a Música Brasileira", p. 85.

De outras, inclusive algumas mencionando peças musicais, só "O Turista Aprendiz" dá a chave. Estão nesse caso a "farra do Açu" (n.º 44, 45), o "Galinho de Campina" (n.º 52) que é texto do Coco n.º 26 deste livro e fecha uma das crônicas do "Turista". Entretanto, não me seria possível fazer um imenso jogo de confrontos e remissivas para tudo. Praticamente, isso equivaleria a jamais acabar este livro.

O.A.

Terminologia Técnica (2) Noções pra ter sempre em vista no escrever o livro e no criticar os documentos [Título e indicações escritos no envelope que contém as fichas n.º 1 a 14].

1. Técnica / Trabalenguas / 539, p. XVI [N.º de referência bibliográfica; confira-se a chave final da bibliografia.]

2. Terminologia / Canções periódicas / 133,47 / as que vêm cada ano, a uma data, ou festa certa.

3. Terminologia / "representação coletiva" não é apenas a idéia, a imagem ("representação" no sentido comum) mas essa imagem acompanhada e diluída em desejos, anseios, temores, religiosidade etc. "... les réprésentations collectives que s'y rapportent sont *impératives*, sont tout autre chose que de purs faits intellectuels" n.º 105 p. 30.

A palavra foi empregada nesse sentido a primeira vez por Lévy-Bruhl, que a explica / n.º 105 p. 28.

4. Pancada / Terminologia / Os folcloristas franceses chamam de Brazão Popular, aos designativos populares, depreciativos ou não, de povos, habitantes de regiões, cidades etc. "alfacinha" por lisboeta, "gaúcho" "barriga verde" etc. / 266 — janeiro de 32 p. 15.

5. "*Confusão homonímica*" é quando se traduz uma coisa e se ajunta tradução a traduzido, ex.: São Tomás (gêmeo) Dydimo (gêmeo).
     hebraico   grego

6. Lei de Constância Intelectual / de Gourmont
   Lei das Origens / de Raul Rosières

: "chez tous les peuples de même capacité mentale, l'imagination procède pareillement et arrive parfois à la création de légendes semblables".
"Elementer Gedanke" pensamento elementar / de Adolfo Bastian
       "que pode ser comum a povos longínquos que nunca tiveram contacto".

N.° 22 da Bibliografia 20 e 11.

7. Superstição / No princípio esta palavra significava "o que persiste de idades passadas" / N.° 91 p. 83.

8. Terminologia / "mystique" / "... se dit de la croyance à des forces, à des influences, à des actions imperceptibles aux sens, et cependant réelles". / N.° 105 p. 30.

9. Terminologia / "Il ne faut pas dire que les primitifs associent à tout des forces occultes, et qu'ils surchargent leurs perceptions de croyances animistes. (...) Les propriétés mystiques des objets et des êtres font partie intégrante de la représentation. Plus tard, à une autre période de l'évolution sociale... é que tudo se decompõe, a imagem natural, fica imagem e o resto vira crença, superstição etc. / N.° 105 p. 39.

10. Terminologia / *Lei de similitude* (Frazer) é a que todo semelhante obriga a um semelhante (similia similibus).

Lei de contágio é a pelas quais duas coisas que estiveram em contacto continuam com ação uma sobre a outra mesmo cessado o contacto (Frazer) N.° 181 p. 15.

11. Pancada / Tecnologia
Leis de Raul Rosières
1.ª Povos de mesma capacidade chegam a criação de idéias iguais ou idênticas.
2.ª *Lei de transposição*: Quando a fama dum herói fraqueja as suas lendas vão adornar outro herói mais famoso.
3.ª *Lei da adaptação*: toda lenda transplantada se adapta às condições etnográficas e sociais do meio novo.
265,I,117.

12. povo Kymrico (celta) / N.° 115,XV,7

13. Pancada / Talvez fosse bom querendo especificar um texto cantado ou dança ou etc. dizer que é: "de função sexual" (os amorosos), "de função econômica" (os que tratam de ganhar a vida), "de função industrial" (os que tratam de trabalhos cotidianos), "de função hedonística" (os que tratam de divertimento puro), "de função moral" (os que tratam do beneficiamento da alma) etc.

14. Pancada / *Pra ter em vista antes de escrever o livro*
"Assim, não parece possível de prosseguir esta pesquisa somente com meios de conhecimento dos objetos (instrumentos). O que mais temos que temer aqui também como pior inimigo de qualquer pesquisa, é a plausibilidade. É um perigo, dum ponto-de-vista atual, mesmo estrangeiro, de introduzir a idéia evolucionista no assunto, quando pelo contrário ela devia primeiro ser tirada dele" / N.° 131 p. 4.

Processos de Grafia a usar / 2 [Título do envelope que contém as fichas seguintes, do n.° 15 ao n.° 31]

15. Pancada / Estrutura do Livro / No princípio de cada capítulo pôr uma nomenclatura, espécie de dicionário explicando o sentido das palavras técnicas usadas no capítulo. Ex.

Nomenclatura:

Romance: Romance é um gênero de poesia em que se desenvolve intelectualmente um assunto qualquer — no geral um caso que pode ser lendário, tradicional, histórico ou fato acontecido nas camadas populares.

Moda: Palavra vaga, ora significando uma poesia lírica, ora a melodia que acompanha essa poesia

etc. etc.

[Esta e a n.º 16, escritas em bloquinho de notas, estão presas por alfinete à n.º 17.]

16. *Pancada do Ganzá* / O milhor é após prefácio contando a viagem, dar o estudo sobre a música recolhida. Dar em seguida os documentos com notas curtas no baixo da página e notas compridas (Psicologia, crítica, anotações etc. no fim.) A cada Capítulo precedendo o estudo geral do que a coisa trata.

17. [Quatro laudas longas e estreitas, das quais a 2.ª e a 3.ª têm só títulos. Separei-as pelas letras a, b, c, d. Diretamente presa à primeira, por alfinete, a nota n.º 18.]

a) *Na Pancada do Ganzá* / *Prefácio*

Descrever com síntese viva os meus três meses de Nordeste como viagem.

Descrever de modo geral o povo que gozei (Ler Euclides e outros) (citar casos típicos, passados comigo ou tradicionais, de psicologia nordestina).

Descrever as festas que apreciei.

Estudar a decadência delas e atacar o conceito de progresso, os Governos e os particulares cultos.

Descrever enfim os meus processos pra tomada dos documentos.

(Fazer seguir ao prefácio uma

Táboa de Referências [riscada]

Psicologia [riscada]

Notas sobre meus colaboradores (Nomes, iniciais, psicologia e observações técnicas sobre cada um. Menos sobre Chico Antônio e sobre Adilão, que virá nos capítulos deles)

Táboa de Referências

(Indicar as Abreviaturas todas)

b) *Na Pancada do Ganzá* / Livro Primeiro / *A Língua e a Poesia*

c) *Na Pancada do Ganzá* / Livro Segundo / *A Música*

d) *Na Pancada do Ganzá* / Livro Terceiro / *Documentação*

I

Os Cocos

II

As Danças Dramáticas

III

Melodias do Boi

IV

Catimbó

V

Melodias de Vária Espécie

Nota: Desistir de capítulos especiais sobre Chico Antônio e Adilão que só vêm atrapalhar a boa distribuição do livro. A homenagem a eles fica nas referências individuais aos colaboradores.

18. Pancada do Ganzá / Prefácio. / Livro que não é de folclore científico. Não passa duma exposição amorosa, e se comparo e critico às vezes é por essa precisão natural de compreender e fazer compreender pelo menos na medida do meu amor.

19. Pancada / Forma do Livro

II Parte = A Poesia Cantada e Dançada do Nordeste

A) Considerações gerais sobre colheita folclórica
B) Psicologia do Cantador
C) Leis gerais de Poesia cantada e dançada
D) Poesia
E) Música
F) Dança

20. Pancada / *Construção do livro* / Ao dar as peças, sempre construção tipográfica em duas colunas, pra economizar papel. Dada a melodia, segue-lhe o texto completo e em seguida ao texto todos os comentários referentes a essa melodia e texto, exclusivamente.

21. Mário de Andrade / "Na Pancada do Ganzá" / (Subsídios para conhecimento da vida popular brasileira, especialmente do Nordeste) / S. Paulo / 1932.

22. Reunir o mais possível as observações em partes especiais pra não arreiar o livro de notas.

Partes especiais sobre:
Reminiscências musicais
Reminiscências poéticas

com introdução duma ou duas frases e depois enumeração das reminiscências.

23. As Abreviaturas

Rio Grande do Norte	R
Paraíba	P
Pernambuco	PE
Pará	PA
S. Paulo	S
Alagoas	A
Chico Antônio	CA
Adilão de Jacaré	AJ
José Paulino Gregório	JPG
Amaro Maria Chaves	AMC
Maria Joana	MJ
Luís da Câmara Cascudo	LCC
Mario Mello	MM
Meninas natalenses	MN
Coqueiro José	J

Seresteiros natalenses	SN
Coqueiros da Redinha	CR
Renato Caldas	RC
Edgard Dantas	ED
Meninas de Bom Jardim	MBJ
Tangerino José Sebastião	TJS
Compadre Vilemão	V
José Felix	JF
Carolina Wanderley	CW
Firmino Bento de Araujo Lima	FAL
Catimbozeiros natalenses	MSG
Jovelino Santiago do Araújo	JSA
Antônio Francisco Marim	AFM
Vicente Ferreira de Lima	VFL
Navarro Filho	NF
Pedro Dias Filho	PDF
Odilon Saturnino de Sousa	OSS
Eduardo Medeiros	EM
Manuel Regino	MR
Otilio Ciraulo	OC
Sra. A. V.	SAV
João José Bandeira	JJB
Antônio Bento de Araujo Lima	AAL
Estêvão Cândido de Oliveira	ECO
Acrísio Toscano de Brito	ATB
José Miguel Vicente	JMV
João José de Oliveira	JJO
Engrácia Maria da Conceição	EMC
João Sardinha	JS
Maria Madalena Pereira de Jesus	MMP
Francisco Birro	FB
Ascenso Ferreira	AF
Hortênsio José de Oliveira	HJO
Rufino Antônio das Neves	RAN
Sra. S. G. F. (Stella)	SGF
Eduardo José Pereira	EJP
Jaime Gris	JG
Joaquim Luís da Silva	JLS
Samuel de Brito	SB
Sta. D.A.L. (Darcília)	DAL
Pedro Faustino	PF
Fandango de Penha	FP
Mendiga de Catolé	MC
João Batista Cabral	JBC
Chegança de Natal	CN

24. Nota de Grafia / Quando a vogal final da palavra continuar por vários sons, ligar estes, em vez de dar traço depois da vogal.

402

25. *Notas de grafia textual e musical*

Φ ergue o som três-quartos de tom.

⊟ ergue o som um-quarto de tom.

Ψ abaixa o som um-quarto de tom.

Na grafia musical o valor que estiver entre parênteses não se executa se faz parte do compasso ou se executa de ⌊*sic*; se⌋ excede ao compasso.

Na numeração de compasso, as partes de compasso iniciadoras de documentos valem como um compasso inteiro.

26. Grafia / Nas ligações de vogais de fim e princípio de palavra, só dar ambas quando ambas se pronunciam:

isto‿assim

E elidir a primeira quando ambas se fundem

fad'amarela

pobr'isto.

27. *Botar em compasso unário todas as peças em que o refrão curto passa de lugar e de acento se o compasso não for unário.*

Nas escalas deficientes pôr entre parênteses os acidentes inúteis prá linha.

28. Grafia / O melhor nas melodias que estão num tom determinado mas não utilizam todos os acidentes de clave desse tom por terem a escala sem algum dos seus graus: é pôr toda a armadura de clave, pondo entre parênteses (na armadura) os acidentes que não são utilizados diretamente na peça. Como está grafado em *O Bezerro de láiá*, n.º 20 CB de Chico Antônio. ⌊Numeração de colheita. A publicar em "As Melodias do Boi e Outras Peças".⌋

29. As peças não colhidas diretamente do natural, isto é, me dadas por alguém alfabetizado, quando isso não está diretamente indicado, trazem o texto grafado como se escreve, sem peculiaridades de dicção.

30. Música Popular / Ansermet (n.º 338 p. 13) considera arte popular "a arte que ainda está no seu período de tradição oral".

31. Bibliografia / Todos os livros em que não terei mais que pegar, já estão lidos e as notas passadas pra folhas soltas e o nome deles consignado na Bibliografia, estão marcados ◯ na capa ou primeira folha [Referências à uma bibliografia de trabalho, já descrita nas Explicações iniciais às "Danças Dramáticas do Brasil", Obras Completas XVIII, Livraria Martins.⌋

Viagem ao Sertão / 2

32) Sertão / Cardo, mandacaru, xiquexique e faxeiro não morrem / 400 p. 13

33. Pancada / Prefácio Viagem

n.º 183 p. 12 Só o joazeiro verde

p. 49 "desolação cinzento-fulva da paisagem"

p. 88 cacete de jucá.

34. Prefácio / Carneiros adaptados ao calor. / Já n.º 111 p. 205 em 1828 observava a adaptação dos carneiros ao nosso clima, dizendo que a lã virava aqui em pêlo.

35. Pancada / Prefácio / *Morador* / Nos tempos de Burton (n.º 88, II, 438) ''morador'' ainda significava o ''peasant-proprietor'' ou ainda o habitante isolado. De figuras dessas recorda abundantemente a nomenclatura geográfica do Brasil. Hoje o termo no Nordeste mudou um bocado de accepção e morador é o homem que mora em terra de outrem e a trabalha.

36. Pancada Viagem / Prefácio / Cidades sem razão / cidadinhas do sertão sem nenhuma razão de existência, verdadeiros fóruns apenas, servindo de ponto de reunião pros moradores da zona em dias de feira ou de festança...

37. Prefácio / Muros de pedra em Sanabria / n.º 130, figura 37.

38. Pancada / Cariri, n.º 129, I, 20, quer dizer tristonho.

39. Pancada do Ganzá / Prefácio / Encontro com o inglês na serra do Martins / ''Brazilian is good, and British is good; the mixture, as is said of other matters which shall be nameless, spoils two good things''. / N.º 88, I, 113 / Não era o caso

40. R. Grande do Norte / O massacre de Cunhaú em 1645 / veja n.º 27, p. 94.

41. Massacre de Cunhaú / 132,27

42. Prefácio / No delta do Açu (Rio Grande do Norte) em fins de junho de 1499, estivera Alonso de Hojeda, antes de Cabral (n.º 129, I, 79). Será onde atualmente é Macau? Ver e referir no Prefácio. Descobridor antes de Cabral. Aliás John Fiske imagina que Hojeda tocou nas cercanias de Aracati (Ceará) op. c. p. 89.

43. Pancada / prefácio / n.º 132 /
    Pesca do voador p. 18
    Farra praieira no Açu p. 20
    Massacre de Cunhaú p. 27
    Lenda de Nossa Senhora p. 28.

44. Prefácio / farra praieira / 132,20.

45. *Pancada* / A farra do vale do Açu na colheita / n.º 77 p. 243 / ''Nas posteriores culturas de livre-patriarcado, onde as festas de iniciação (sexual) dos moços desaparecem, transpõem-se estes desenfreiamentos sexuais, como ritos de fertilidade, pros tempos de sementeira e de colheita. Indicam também esta orientação as festas de primavera dos germanos, relatadas por H. Schurtz no seu ''Altersklassen und Männerbünd'', as quais parece terem se tornado uma festa para adolescentes e cunhatãs núbeis, e na qual as relações sexuais são designadas para o ano ou outro tempo determinado'' / (talvez citar isso ao tratar do patriarcado, dos criadores no Brasil. [Foram postas dentro desta ficha, dobrada e com o título ''Açu'' na parte externa, fichas n.º 40 a 44.]

Paraíba / 2

46. Prefácio / N.º 159 p. 4 também acha o calor do Rio pior que o do Nordeste.

404

47. Prefácio / "Semana solteira" é a que não tem dia-santo, conta Antonil / N? 144 p. 123 / Na Paraíba passei uma verdadeira "semana solteira", trabalho só, sem dia-santo.

Pernambuco / 2 / Psicologia Nordestina
Zona litorânea [subdivisão, contendo só a ficha n? 48]

48. Prefácio / Viagem a Iguaraçu / Caju chupado no banho: "Man lutscht die ungemein saftreich Frucht am besten im morgendlichen Bade aus, da der Saft, aut die Wäsche verpritzt, untilg bare Flecken hinterlässt." / n? 159 p. 18.

49. *Goiana* / Veja n? 27 p. 231.

50. Vento sulão / É o vento soão, como dizem os portugueses do Alentejo. Vento que vai de oriente a poente, vento do sol (ventus solanus) (Cfr. n? 115, XX, 125). A nossa palavra está mais próxima da fonte que a portuguesa, e talvez por falsa etimologia popular esteja trocado o *o* por *u*, por lembrança de sul, "vento sul". Ou seja apenas um acaso de pronúncia pois que, como ao bocado os nordestinos dizem bucado, dirão talvez sulão por solão...

51. Vento Sulão / (Prefácio)
Vento suão
Cria palha e pão
(Portugal), / n? 151 p. 38.
Vento suão
Chuva na mão,
De inverno sim
De verão não
p. 48

[Sobre o *vento sulão*, veja-se também ficha n? 973.]

52. Galinho de campina / (no rio S. Francisco) / "It is called Cabeça Vermelho [*sic*], Gallo Campina, and Tico-tico-Rei. The menino (um dos barqueiros) declared that he had sold for IDH, at Rio de Janeiro, a pair of these birds, which are prized for their song". / N? 88, II, 405.

53. Pancada / Prefácio / Os cocos de beber água. / Em calão de Portugal, *coco* significa exatamente *copo*. / N? 207 p. 71 e 88 / Será influência do Brasil sobre Portugal? No mesmo vocabulário de calão vem termos usuais no Brasil como *chinfrim* (coisa de pouco valor), chimpar (bater de chapa), ás de copas (lá: *nádegas*, aqui: *cu*), gandaiar e andar à gandaia (vadiar), marosca (ardil, logro), triques (todo liró; nós dizemos: todos nos *trinques*; "vi fulana nuns trinques!")

54. Engenho / Martim Afonso de Sousa, fundador do 1? engenho brasileiro em S. Vicente. (antes de 1534) / N? 41 p. 66.

55. Engenhos / N? 40 p. 384.

56. Engenho / Prefácio ou Aboio / [Isto é, ficha usável em qualquer dos casos, a decidir. Acabou ficando pelo menos guardada no Prefácio.]
Engenho O engenho que Antonil um dos [*sic*] "principais partos e invenções do engenho humano". / N? 144 p. 63

57. Vida de engenho / N? 59,XX, 151

58. Viagem / Pancada / Prefácio / A ninfácea roxa dos açudes é lá chamada de "baronesa" / n? 266 p. 320 julho de 932

59. Pancada / Modinhas do Rio Grande do Norte / Uma versalhada toponímica citada em n? 176 p. 211, diz que do

... Rio Grande do Norte
Gerimum e violão.

Psicologia / 2 / Cantadores

Fortaleza de Cantador
Chico Antônio
Adilão

60. Cantador / Sabença / N? 59, IX, 86

Pois, meu colega, eu lhe digo
Quem canta deve estudar
Gramática e geografia
Para quando precisar
Não conhecendo as palavras
Como é que se pode explicar!

61. Cantadores / Alguns célebres / 400, 234

62. Azulão / Cantador. / N? 39 p. 73: é o cantador pernambucano Sebastião Cândido dos Santos, negro

63. ⌊Recorte do "Jornal do Brasil", Rio de Janeiro, sem data, com o título: "Um Grande Poeta do Sertão / Morreu, recentemente, no Rio Grande do Norte, o cantador Fabião das Queimadas"⌋

64. ⌊Recorte do "Diário de Notícias" do Rio de Janeiro, rodapé "Etnografia e Folclore", de Luiz da Câmara Cascudo, consagrado a "Inácio da Catingueira", 27-9-1942.⌋

Chico Antônio [subdivisão]

65 e 66. [Notas sobre esse cantador, já reproduzidas na resenha de informantes deste livro.]

67. "Chico Antônio". [Recorte de artigo publicado em "A República", Natal, já reproduzido como Apêndice III deste livro.]

68. C. Antônio / Boi Tungão só ajoelhado o que me lembrava a frase orgulhosa do cantor árabe Mabed (Woollet, Hist, I, 64) o qual dizia ter composto cantos que um homem carregando um odre, ou bem jantado não podia cantar, outros que não cantaria um homem sentado sem se levantar, e outros que o cantor apoiado em qualquer coisa tinha que se desencostar.

69. Chico Antônio / "lei repubricana" / é a república de que se queixa o matuto / n? 39 p. 141 / "nesta lei republicana" / com que inicia a célebre sátira de Josué Romano

70. Desafio de Ignacio da Catingueira e Romano

I — Seu Romano diz que traz
Bacálhau pra me açoitá(r)

Se vier nesse sentido
Se largue desse pensá(r)
Qui eu tenho cá commigo
Que um homem só não me dá.

I — Na casa de meu senhor
Compro, vendo e faço feira
Sou um seu servo e creado
Ignacio da Catingueira

———

Seu Romano vá dizendo
Meu amigo, donde vem,
Qui eu quero sê(r) sabedor
Da sua vida também

———

Eu mais meu mano Verisso
É mesmo que 2 machado
No tronco dum pau macisso
De longe vê-se o trabalho
De perto vê-se o serviço
É mesmo que duas abelhas
Trabalhando num cortiço

[As três primeiras estrofes foram escritas por Antônio Bento de Araujo Lima, cuja letra posso identificar; a quarta, por Mário de Andrade. Todas foram riscadas a traços em cruz.]

Fim do ''Tangue Mangue''
(Chico Antônio)

Ficou o diabo da véia
Ai, com as mãos na cabeça
Foi drumi dent' das gruguéia (1)
Deu-lhe o tangue, deu-lhe o mangue,
Morreu o diabo da véia

(1) Gruguéia ladeira cheia de pedras
[Ao lado deste fragmento de texto, escrito a vermelho: ''Tangoro-Mango''.]

Citas / *Citações incertas* / 2

71. Prefácio / Natal. Ao elogiar as Cheganças, Pastoris e cocos da noite-de-festa em Natal, mostra [*sic*; mostrar] que bela beleza das músicas e caráter das brincadeiras, Natal se torna bem digna do nome que tem, ao contrário do que afirmou Varnhagen (n.º 129, II, p. 55).

72. ''Noite de festa'' por ''noite de Natal'' é expressão dos portugueses do Norte / N.º 90 p. 249

73. Prefácio / Proteção urbana aos festejos populares / já a aconselhava Antonil aos senhores de engenho, adiantando que até dinheiro deviam dar porque se os escravos ''houverem de gastar do seu, será causa de muitos inconvenientes'' / n.º 144 p. 97

74. Prefácio / "cabrueira" grupo de caboclos, gente baixa, cabras (Nordeste) / N.º 156 p. 173 [Esta ficha e as n.º 75 e 76 estão dentro duma pequena subdivisão com o título "Citas aproveitáveis / 2"]

75. Azar / Chamam de "pé-frio" ao indivíduo asa-negra / N.º 59, VI, 133

76. Cabriola.
Cabriola = rapariga turbulenta. Mulher descarada ou dissoluta
Cabrejar = brincar com desenvoltura
Cabrejada = brincadeira desenvolta. O grupo que vela toma parte
[A segunda e terceira palavras e suas definições estão riscadas.]
"Linguagem Popular de Turquel" de J. Diogo Ribeiro, Em Rev. Lusitana, vol. 28 de 1930, p. 95 e 96 [V. Bibliografia, n.º 115]
Ao falar na lenda da cava e falar em cabras cabriolas / etc.

77. raça ligúrica / N.º 67 p. 17

78. Rodamoinho-espírito / Veja n.º 95, I, 1354

79. Ver se há versão brasileira da Bela Infanta, ou Infantina / n.º 23 da Bibliografia, I, 230

80. Dou-lhe uma, dou-lhe duas, dou-lhe três / Que é frase tradicional de leiloeiro prova n.º 34 p. 53

81. Pancada / *Secundina* / Tenho uma nota sobre Secundina, que deve ser referida ao *Sacuntino* que vem na peça São Benedito, à p. 22 da versão definitiva dos Congos [V. "Danças Dramáticas do Brasil", tomo 2.º, p. 61]

82. Macaco Saruê / É o gambá, ou micura. E. Allain (n.º 342 p. 25) diz que o termo brasileiro sariguê também se diz *sarohê* (*sic*)
É curioso que Sarú também signifique macaco em japonês. Lá existe toda uma ordem de músicas, espécie de forma, que é a *Sarugako* ou música de macaco, de função cômica.

83. Cazumbá / Bumba? / (Aonde?) / N.º 176 p. 52 dá quem foi Cazumbá. [O "Aonde" significa que Mário de Andrade não lembrava qual dos seus documentos teria a palavra "Cazumbá".]

84. Papa capim / n.º 170 p. 48

85. Dormir tarde, acordar cedo
Dar definição de tudo
É verso-feito muito usado por Chico Antônio
n.º 39 p. 140

86. Chansons à boire / N.º 20 da Bibliografia p. 207, 208, 209

87. Portugas na África / N.º 69 p. 80 / O missionário Livingstone que explorou o N'gami (rio) e fez uma das mais longas e bonitas viagens na África Austral, pelos meados do século passado, refere que quanto mais perto de possessões portugas, mais desconfiado se tornava o autóctone.

88. Rui Barbosa / N.º 59, VI, 59

89. Pancada / Prefácio / Assimilação do estrangeiro / A Ordem abril 1930 p. 139

Seca / 2

90. Seca / N.º 59, I, 268

91. Seca / N.º 59, XII, p. 11

92. Seca / N.º 59, XI, 141

93. Seca / Pelo Sinal da Fome / N.º 59, XII, 178 / Ver se já não está em livro.

94. Seca / Debate do Sertanejo com o Matuto / N.º 59, XVII, 159

95. Seca / Dando uma imagem bonita a Pedro Sem, que ontem teve e hoje não tem (citar a estrofe) / N.º 59, XX, 174

96. Quadros sobre o sertão / N.º 59, I, 108

97. Sertão / descrevendo As Coisas Mudadas, um cantador teve sobre o Sertão esta palavra impressionante

"lá só tem Deus nos açude"

N.º 59, II, 26

98. Sertão / João Canário num Desafio (folheto 67):

"Seu sertão de Pernambuco
De pedra é bem enfeitado,
Mandacarú, chiquechique
Macambira e alastrado."

Que será alastrado?

99. Seca

Si a carnaúba fulóra
E a peitica está cantando
Bota o pote na goteira
Que a chuva já vem roncando

396 p. 275

100. Suspiros dum Sertanejo / (duplicata) / (Examinar se igual) / N.º 59, X, 45

101. Seca

São suspiros arrancados
Do peito dum sertanejo

N.º 59, VI, 45

[As fichas n.º 90 a 101 foram reunidos por clip.]

102. Seca / "chuva de caju" / chuvas frias que caem por setembro e outubro / 400 p. 20

103. Prefácio / "ano bom de inverno" / 396 p. 114

104. Seca / Como resultado da seca de 1877, só no Ceará e R. G. do Norte morreram (1877 a 1879), 270 mil pessoas, imigrando, além disso mais de 100 mil. / Eloy de Sousa / "A Tarde" de Natal 5-VIII-31

105. Superstição / Seca / Pancada / Roubar nascente de outro / 290 p. 224

106. Seca / Casco do açude, ou, praça do açude = o chão do açude quando sem água / n.º 185 p. 245

107. Seca / Em compensação aqui no Sul vários ensalmos pra fazer cessar a chuva, assim como bichos fáceis de encontrar diz que indicam chuva. / Ver n.º 58, cap. "Superstições" em "Chuva"

108. Seca / Na noite de 7 pra 8 de setembro, dia de Sta. Luzia, o nordestino põe um bocado de sal em pedra na janela. Se amanhece derretido é sinal de ano bom, sem seca. / da contribuição de P. Rafael ao Inquérito do Diário de S. Paulo 26-XI-29

109. Seca / Experiência de Sta. Luzia / 400, 58

110. Seca [Indicação em seguida ao título: "Em Psicologia do Nordeste" tenho mais considerações] Acho um verdadeiro perigo essa conversão lírica do sertanejo em herói, só porque vive no sertão, sofre os horrores da seca, foge mas volta quando o verde volta. É sim, uma espécie de heroísmo, porque afinal das contas, a vida proletária é sempre uma espécie de heroísmo, seja a do sertão seja a paulistana. Mas o heroísmo daquela implica também o abandono de certos desejos naturalmente humanos, de certas ambições, de certas coragens que podem depor fortemente contra a valorização do homem do sertão. Se o sertanejo é um herói, convém verificar com franqueza que o heroísmo dele está muito próximo da animalidade, do abatimento moral, da modorra das virtudes que obrigam a progredir e conquistam materialmente o bem-estar da vida.

111. Seca / 417, 93

112. Seca / n.º 183 p. 4
p. 9
p. 23

113. [Recorte de jornal, sem indicação do nome e sem data: artigo intitulado "Inverno", dedicado "ao Tonico Flores da Cunha" e assinado por Farroupilha. Antes do pseudônimo, Mário de Andrade escreveu a lápis: "(Goes)". Por anúncios que se vêem no verso, o jornal talvez seja de Rezende, Estado do Rio.]

114. [Recorte de jornal, sem indicação do nome e sem data: artigo intitulado "O Aparte", dedicado "ao bom amigo Planella" e assinado por Farroupilha. Antes do pseudônimo, Mário de Andrade escreveu a lápis: "(Goes)". Por anúncios que se vêem no verso, o jornal talvez seja de Rezende, Estado do Rio.]

Psicologia Nordestina / 2

115. Hospitalidade Brasileira / n.º 134, I, 203 / Trouxemos cartas do Rio ao capitão-mor de Guaratinguetá que aqui mora. Ele nos recebeu com visível alegria e serviu-nos com tudo o que tinha em casa. A cordialidade em receber desconhecidos, a pressa cheia de aplicação, com a qual todos da casa se atiram para servir a gente, produzem um sentimento agradável no viajante europeu. Acostumado a comprar no estrangeiro tudo quanto já não é grátis, a gente se acredita transportado para os costumes patriarcais do primitivo oriente, onde o simples nome de hóspede quase dá o direito de exigência a uma recepção cordial e mais do que desculpa o incômodo causado no sossego caseiro.

116. Hospitalidade brasileira / que o Antonil, num charro materialismo, reduziu a zero errado, quando fala que na casa do senhor de engenho tem "seu quarto separado para os hóspedes, que no Brazil, *falto totalmente de estalagens*, são contínuos." / n.º 144 p. 69 [Ficha presa à anterior por alfinete.]

117. Consciência brasileira / "E dahi vem o dizerem, que todo o que passou a serra de Amantiquira, ahi deixou dependurada, ou sepultada a consciência" / Antonil / (roteiro dos que iam de S. Paulo pra Minas catar ouro séc. XVII) / N.º 144 p. 240

118. Desonestidade Brasileira / N.º 110, III, 196 falando sobre o abandono em que vivia a fazenda imperial de Sta. Cruz, diz que ela só se levantaria de novo se tivesse um administrador com liberdade pra escolher seus empregados e sobre o qual nenhum brasileiro mandasse. Porque senão lhe sucederia como já sucedera com Mawe que não pudera sustentar-se lá. A não ser "que se entregue também ao sistema geral de preguiça e desonestidade". [Ficha presa à anterior por alfinete.]

119. Pancada / Psicologia nordestina / 600, 66

120. Mentalidade nordestina / O antropólogo italiano A. Niceforo (apud 556, 27) também acha que as "classes pobres" têm mentalidade aproximada da primitiva.

121. Psique Nordestina / 5, 103
                                250

122. Nordeste / Etnografia / Raça / 400 p. 169

123. Psicologia / Sertanejo / 400, 173

124. Nordestino / Físico do Sertanejo / 400, 171

125. Psicologia Nordestina / "Diante as visitas era reservada: não ia além duma ou outra frase risonha lançada na conversação. Em família tornava-se expansiva. É o que se observa entre as senhoras do Nordeste. Como os homens aqui são indelicados e não raro brutais, elas se esquivam tímidas" / 398 p. 58

126. Povo Brasileiro / Psicologia / N.º 59, XVIII, 64
"Sabe o que é brasileiro?
É um povo exagerado
Mas não é alcoviteiro".

127. Psicologia / Álvaro Lemos / "O Minho Alegre" / N.º 53 p. 5

128. Psicologia Nordestina / O "amor ao torrão" que fez o paroara amazônico voltar pro Nordeste e de que se faz um padrão de louvor lírico e sentimental do sertanejo, talvez deva ser tratado mais discretamente. Antes de mais nada isso não representa propriamente a verdade. Na Amazônia mesma há quantidade vastíssima de nordestinos que ficaram lá, vivendo a vida civilizadamente precária de vilejos e de rio. E vá se perguntar então pros nordestinos que vieram pro Sul (aliás Centro) em principal médicos, doutores, e principalissimamente empregados-públicos se voltam, se estão voltando pro Nordeste. Vivem todos, é certo, num saudosismo admirável e exaltado das doçuras naturais lá da terra, maravilhosa, mas é também incontestavelmente certo que 99 por cento não têm a mais

mínima intenção de voltar. Mas observemos os analfabetos e gente do povo. Esses também numa percentagem vitoriosa não pretendem nunca voltar. Mas há sempre um grupo numeroso que volta. São os retirantes da seca que buscam o Brejo no tempo de desgraça e depois voltam pro seu sertão. São ainda os "sampaleiros" ou "sãopauleiros", o que veio pra S. Paulo e depois volta pro seu sertão do São Francisco, e leva obrigatoriamente, pra provar que é sampaleiro a sanfona debaixo do braço. Sim, voltam pro sertão aspérrimo e comove muito pensamentear nessa volta. Porém, mais que virtudes heróicas e arroubos sentimentais que se encontrarão na boca dos retirantes de romance, quem diz que essa fuga de lugares mais civilizados, mais prósperos e mais propícios não reproduz aquela mesma indômita incapacidade de adaptação ao trabalho de esforço cotidiano e vida civilizada que Gilberto Freyre salientou tão bem do índio? Do índio que morreu no trabalho da escravidão, que desapareceu ao contato da "civilização", em vez de resistir a ela, se adaptar, como fez o negro, na inteligente observação de Gilberto Freyre, só porque tinha faculdades milhores de resistência, milhores qualidades de produtividade e maior estado de cultura. Eu não consigo mesmo reconhecer que a "civilização" cristã seja milhor que qualquer outro conceito de civilização, sejam mesmo as civilizações naturais dos chamados "selvagens". Mas na volta tão ocasional e discutível do Nordestino pra sua terra, do sertanejo pro sertão, mais que virtudes heróicas, mais do que capacidade pro sofrimento (o que não pode ser considerado socialmente como virtude...) o que percebo é incapacidade de adaptação à civilização provavelmente estrábica do litoral e do Centro do país.

129. Psicologia / Roquette Pinto / Seixos Rolados / N? 55 p. 297

130. Psicologia Nordestina / n? 183 p. 53 / Raquel de Queiroz / O Quinze

131. Pancada / Psicologia do Nordestino / 301 p. 29 e s. / "Informação do Rio S. Francisco"

132. Psicologia nordestina / José de Carvalho / O Matuto Cearense e o Caboclo do Pará / N? 346 p. 94

133. Pancada / Nordestino / (Psicologia) / Lins do Rego / Menino de Engenho / N? 368 p. 93

134. Nordeste. Gente de S. Luís do Maranhão / n? 134, II, 840 / "Assim como esta relação (de brasileiros e portugas) da elite de S. Luís foge à observação do viajante, também se esconde um traço que distingue vantajosamente esta cidade, quero falar na compostura digna, no tom cheio de segurança e educação da sociedade. Nem a grande riqueza de muitos indivíduos e a sua tendência à imitação de costumes europeus, nem a influência irreconhecível de numerosas casas de comércio inglesas e francesas são as causas únicas destas circunstâncias louváveis; antes são provocadas pelas relações decorosas em que os dois sexos se mantêm aqui. As mulheres no Maranhão além de merecerem os louvores de modéstia e virtudes caseiras, merecem-nos também pela inteligência bem cultivada; e por isso se colocam em digna independência ao lado dos homens, independência essa que, como às suas irmãs européias, lhes concede cada vez mais o direito de influir significativamente na sociedade. Desde muito que se costuma no Maranhão fazer educar as filhas das casas abastadas em Portugal; os rapazes, não raro, são educados em França e na Inglaterra. É comum falarem que o clima de

S. Luís é quente por demais pra permitir a gente se dedicar aos estudos abstratos e os maranhenses cedem sem dúvida a Olinda e S. Paulo a preferência de terem universidades, como segundo as últimas notícias o governo brasileiro decidiu. Aliás existem aqui um ginásio e algumas escolas públicas. Aplicam-se as freiras agostinianas à educação das mulheres."

135. Sertanejo pastor do rio S. Francisco / n.º 134, II, 510 / Em casa o homem se veste com um calção de algodão branco que lhe vai ao joelho e por cima da mesma fazenda ou de chita variegada e com florzinhas. [sic] O traje das mulheres e crianças é também idílico, e quem canta no lar é o galo. Na caça e no pastoreio o sertanejo usa uma calça comprida fazendo com a bota uma só peça, de couro de capivara ou veado, e também um gibão curto. Na cabeça leva um chapéu baixo e semi-esférico com aba larga e dupla pra proteger dos espinhos, quando atravessa o matagal na veloz alimaria perseguindo o gado. O facão na bota ou na cinta é a arma comum; e sabe também usar o laço, como o pião sulino. O sertanejo é um filho da natureza, sem precisões, inculto, de costumes simples e grosseiros. Nada o intimida e lhe falta a delicadeza dos sentimentos morais, o que já indicou a negligência do trajar. Mas porém é bonzinho, camarada, desprendido e pacífico. A solitude e a falta de ocupação espiritual levaram-no pra jogatina de cartas e dados e pro amor sexual, o qual impulsionado pelo próprio temperamento e ardência do clima, ele goza insaciável, cheio de (espaço em branco). O ciúme é quase que a única paixão que leva a excessos castigáveis. Aliás somente a minoria destes sertanejos é de origem puramente européia; na maioria são mulatos na 4.ª ou 5.ª geração, outros são mestiços de negros ou de europeus com índios. Escravaria preta é rara no geral por causa da pobreza dos fazendeiros; os trabalhos do campo são feitos pelos próprios membros da família.

136. Etnografia Nordestina / O Nordeste todo é de população cabocla, com pequena incursão de sangue negro na zona litorânea / Roquette Pinto / N.º 55 p. 45 e s.

137. Prefácio / citar grifo n.º 55 p. 95 / Sobre etnografia: "Poucas generalizações resistem a uma crítica cerrada. As classificações não me parecem firmes; muitas migrações que já se julgavam conhecidas, cada vez me parecem mais incertas".

138. Etnografia Brasílica / Existem 6 tipos antropológicos distintos no Brasil / N.º 55 p. 93

139. Às raças decadentes já se chamou de raças-crepusculares (Dammerungs-Menschen). / N.º 55 p. 290

140. Etnografia / Quando citar Capistrano que diz os louros serem mais descendentes de franceses que de holandeses, dizer que ele colheu isso em Gabriel Soares / apud 391 p. 91

141. Pancada / Capistrano 300 p. VII, acha que a presença de gente loura no Nordeste se explica mais pela bastardia de franceses com Potiguares, que por causa dos flamengos.
[As fichas de n.º 136 a 141 estão juntadas por alfinete.]

142. Pancada / Notar a grande dificuldade de crítica dos fatos, fenômenos e noções dum povo, e especialmente do nordestino, por estar este e aquele, a

meio caminho entre o que chamamos de "primitivo" e de "civilizado". O povo, e especialmente o nordestino ainda conserva as ações e os resultados exteriores do primitivo, não só porque os tenha herdado deste, mas por degradação, ao constituir-se sociedade numerosa provinda dos núcleos coloniais pouco populosos. Se a sua intelectualidade agem porém como a do primitivo, o contacto da civilização, tira-lhe o fundamento dessa ação. O culto do boi é um culto sem crença, por assim dizer. Permanece a manifestação exterior, mas o fundamento dela desapareceu. Permanece a visão da mulher vindo por mar, porém a necessidade dessa mulher desapareceu. Daí uma enorme dificuldade de crítica e de compreensão de atos, obsessões, constâncias etc. etc. que não acham base mais porque essa base ou não existe realmente ou desapareceu sem que a possamos agora descobrir. Ingênuos ainda pela mentalidade, primitivos ainda pela possessão patente do intelecto-sensitivo, por assim dizer: o contacto da civilização desabusou-os. Não são mais ingênuos no modus vivendi, da mentalidade primária não resultam mais atos primários — a não ser os conservados da tradição — os atos deles são recebidos pela imitação do exterior. E, pois, no nordestino especialmente, se observa um forte e notabilíssimo contraste, de seres a que o ser não corresponde aos atos: seres nascidos do seu interior, com atos importados do exterior ambiente que é civilizado. Uma desarmonia profunda, uma desagregação incoerente que agora só a cultura, a alfabetização pode harmonizar na entidade: "povo civilizado".

143. Sertanejo de Minas / (Psicologia) / Tout ce qui précède prouve au reste que si les Sertanejos ne commettent plus de grands crimes, et que si, en les énervant la chaleur du climat a adouci leurs moeurs, ils ont réellement peu gagné du côté de la civilisation. L'atonie qui succède à l'agitation de la fièvre n'est pas de la santé. Le peuple du Désert est actuellement bon, hospitalier, compatissant, pacifique, mais ces vertus ne sont chez lui que le résultat du tempérament, et il s'y abandonne sans effort et comme par instinct. Étrangers aux idées élevées et aux combinations généreuses, presque étrangers même à l'exercice des facultés intellectuelles, [1] les Sertanejos mènent une vie animale et ne sortent guère de leur apathie que pour se plonger dans les voluptés les plus grossières [2]. Une instruction

1. Je pourrais citer de bonnes gens chez lesquelles je fis halte, et qui à toutes mes questions, ne répondirent guère que ces seules paroles: *He conforme*, c'est selon.

2. Pour montrer que le portrait que je fais ici n'a rien d'exagéré, je ne crois pouvoir mieux faire que de citer deux voyageurs qui ont montré une grande modération, et un sentiment trop rare des convenances. "Partout on nous fit, dans le Sertão, disent Spix et Martius, une réception aussi amicale que dans le reste du pays des Mines; mais combien les habitans de ces lieux déserts nous parurent différens des hommes que, à Villa Rica et ailleurs, nous avaient montré tant de politesse et de sociabilité!... Le Sertanejo est un enfant de la nature, sans instruction, comme sans besoins, ... qui n'a de respect ni pour lui-même, ni pour ceux que l'entourent, ... et qui a perdu la délicatesse du sens moral; cependant il est bon, compatissant, désintéressé, ami de la paix... Le manque d'occupations intellectuelles le porte au jeu et à l'amour physique, et il se montre insatiable de

solide, religieuse et morale, pourrait seule les tirer de cette espèce d'hébêtement, élever leur âme et les rendre à la dignité d'homme. Mais dans l'état actuel des choses, une telle instruction ne pourrait guère leur être communiquée que par le clergé. Or on a vu ailleurs combien peu le clergé des Mines en général s'occupait de l'instruction des fidèles. / (n.º 120, vol. II, p. 306)

Une telle réforme serait d'autant plus désirable que, si les Sertanejos croupissent dans l'ignorance, ce sont les circonstances où ils se trouvent qu'il faut en accuser, et non un défaut naturel d'intelligence. Il est surprenant que des hommes qui vivent si loin des villes et qui communiquent si peu les uns avec les autres, aient conservé tant de politesse et un langage aussi pur. Quelques mois de leçons suffisent très-souvent pour enseigner aux enfans la lecture et l'écriture, et, malgré le peu de modèles que les gens de ce pays ont sous les yeux et l'absence totale de ressources pour apprendre quoi ce soit, quelques-uns montrent une industrie et un goût pour les arts mécaniques qui mériteraient des encouragemens. / (n.º 120, vol. II, p. 310).

Psicologia / Je demandai à M. Vieira pourquoi l'on voyait si peu de bestiaux dans a campagne, et il me répondit, comme le propriétaire de *Gangoras*, que cela venait de ce que les habitations étaient trop rapprochées. Elles sont trop rapprochées dans un pays où l'on peut faire dix lieues portugaises sans en découvrir aucune! / (n.º 120, vol. II, p. 348)

144. Domingos Olympio, (*Luzia Homem*, p. 19, 2.ª ed.) [V. Bibliografia, n.º 477] não esqueceu a mania de trabalhar cantando. Os retirantes na construção da cadeia... "davam conta da tarefa, suave ou rude, uns gemendo, outros cantando álacres, numa expansão de alívio, de esperança renascida, velhas canções piedosas trovas inolvidáveis..."

145. Pancada do Ganzá / Psicologia nordestina / Notar como ela se aparenta à dos índios (todo o cap. Alma do Índio em "Brasil na América" de M. Bonfim, p. 139; Cordialidade na taba" p. 146; [Segue-se um espaço em branco. — V. Bibliografia, n.º 5]

Comunismo indígena, dadivosidade nordestina.

Índios hospitaleiros e nordestinos também.

Indolência e seus reflexos no índio p. 148 (mesmo livro) são idênticos no Nordestino p. 152 —

Alegria idêntica

paixão pelas violências físicas

Estoicismo diante da vida

Falta de ambição p. 145 mesmo livro.

Notar na basófia das emboladas aquele mesmo processo oratório de engrandecer a própria valentia e desafiar os inimigos, do índio discursador, quer na guerra, quer na hora da morte.

"jovialidade valente e despreocupada do caboclo" mesmo livro p. 187.

---

cette volupté à laquelle l'excite son tempérament et la chaleur du climat... La jalousie est presque la seule passion qui le conduise à des crimes."

Koster (mesmo livro p. 189) acha que a mulher cabocla é a mais bonita do Brasil. Negar isso e aproveitar o momento pra fazer o elogio da mulata pernambucana.

––––––––––––

Veja ainda mesmo livro (O Brasil na América) p. 103 e 250.

146. Nordestino / O Minho é das regiões mais cantadeiras de Portugal e a imigração minhota pro Brasil, especialmente pro Nordeste, foi enorme no regime colonial. Lugares havia quase que exclusivamente habitados por Vianeses (ver bem por Oliveira Viana se os vianeses que vinham pra cá, eram os nortistas minhotos de Viana do Castelo ou os sulistas de Viana do Alentejo. Creio que é Frei Vicente do Salvador quem dá o lugar do Nordeste, Olinda? Recife? quase exclusivamente habitado por Vianeses). Ora às referências à maneira de improvisar minhotas, ao desafio, a invenção poética logo esquecida depois, bem como certas formas estróficas dadas por n.º 53, se equiparam intimamente aos processos nordestinos. Estas formas então chegam a lembrar (p. 53 op. cit.) os refrãos dos Cocos, tanto mais que o Autor (p. 7 op. cit.) refere o emprego de quadras soltas que às vezes se sistematizam em refrão. Ora isso é freqüentíssimo nos cocos, havendo mesmo alguns de que não se sabe qual é o refrão (Citar aqui o caso do coco do Algodão).

[Na coleção de Mário de Andrade, inclusive no "Ensaio sobre a Música Brasileira", não há coco com esse título. Referências episódicas ao algodão aparecem nos cocos n.º 34 e 74 deste livro, que não estão no caso comentado na ficha.]

147. Psicologia / Povo nordestino tão cantador que diz:

"O cantar à meia-noite
É um cantar excelente,
Acorda quem está dormindo,
Alegra quem está doente".
n.º 27, 613 [Ficha presa à anterior por um alfinete.]

148. *Pancada* / *O tipo Nordestino* / Na verdade não é o tipo brasileiro do interior, quer caipira, quer caboclo, quer tapuio que é rúim e condenável. Eles são apenas uma adaptação físico-psíquica à geografia que lhes coube na repartição da terra. Mesmo isentos das doenças mais ou menos tropicais que os corroem, creio que a atividade deles, a produtividade, a psicologia seria mais ou menos a mesma. A prova está nos estrangeiros que acabam vivendo de vida integralmente brasileira, sem esperança de retorno à pátria, sem desejo, que a gente encontra por esses mundos de sertão brasileiro. Há muitos exemplos de gente assim. Mas não conservam nada, nem psicologia, nem eficiência européia, nem quociente de produtividade que tinham ou imagino que deviam ter, chegando. Se acaipiram, se caboclizam, se atapuiam tanto que a gente custa a perceber neles um estranho, e às vezes não percebe sem a confissão dele. Já topei nas minhas viagens com dois casos surpreendentes desses (Citar o inglês da serra do Martins, e outro caso, creio que no Amazonas, deve estar no diário) [Diário da viagem ao Norte e Amazônia em 1927, certamente. Não está entre os documentos que recebi.] Eram tipos nossos em tudo, nos ademanes, no físico até e na sensibilidade. Talvez nosso maior erro seja a fatalidade de importar uma civilização européia, que não se

adaptará absolutamente ao nosso local, civilização primordialmente anti-climática. Quando, mesmo que aproveitemos da civilização européia algumas das suas verdades práticas, o que tínhamos e talvez tenhamos de fazer, é criar uma civilização menos orientada pelo nosso homem, que pela nossa geografia. Uma civilização que sem ser indiana, chim, (dar um exemplo de civilização negro-africana), egípcia, ou incaica, se orientaria pelas linhas matrizes destas civilizações antigas, ou pseudo-antigas. Muito menos economista, muito menos prática, baseada num espiritualismo exasperado, extasiante, riquíssimo em manifestações luxuriosas de arte e religião, filosofia eminentemente mística, concepção despreziva da vida prática. Civilização a que o telefone não adiantaria nada, mas enormemente na eficiência do ser, um rito, uma liturgia, uma sensualidade infecunda. Tudo isto são sonhos, eu sei. São sonhos... por causa do telefone. E continuarão sendo sonhos até que se compreenda que o telefone ajuda o indivíduo, mas pouco ou nada beneficia à valorização do ser e especialmente da comunidade.

[O papel que forma a subdivisão das fichas que vão do nº 115 ao nº 148, tem na parte interna da última folha este registro: "*Psicologia* / Versos Imorais". Ou Mário de Andrade desistiu de coligir notas sobre isso, o que provaria o aproveitamento do papel da divisória para outro fim; ou apenas desistiu de examinar tal assunto na "Psicologia", pensando quem sabe, transferi-lo para o estudo geral da poesia folclórica nordestina, que formaria a parte II do "Na Pancada do Ganzá", ou para um pequeno grupo de documentos pornográficos, que participarão de "As Melodias do Boi e Outras Peças".]

Prefácio

149. *Forma do Livro*

   I Introdução
   II A Poesia Cantada do Nordeste
   III Danças Dramáticas
   IV Melodias do Boi
   V Os Cocos
   VI Outras peças

150. Índice do Prefácio

   I Abertura
   II Viagem etnográfica
         (fazer aqui a psicologia do nordestino em geral, mas não a do cantador)
   III Final

151. *Prefácio* / Enfim páro aqui e principio mostrando os tesouros que ajuntei. Não tenho a mínima ilusão sobre o meu pouco trabalho e prazer formidável que tive coligindo estas coisas. Seria mesmo quase apenas um dar gosto ao tempo, se não fosse o verdadeiro ganho de vida em amor e entusiasmo com que trabalhei. Só me resta uma certa tristurinha indecisa de não ser profissional no assunto e não ter valorizado com mais base os tesouros de meu povo. Mas aí ficam pelo menos os tesouros pra quem milhor os possa engrandecer. "Tudo o mais vem a ser nada" (1), como no verso do cantador. / (1) Nº 8 da Bibliografia p. 113

152. Pancada / Individualismo e Sociologismo / N? 105 p. 14 e 16 / (Ler e firmar bem a idéia dessa página pra construir o espírito crítico do meu livro).

[Lévy-Bruhl, "Les Fonctions Mentales dans les Sociétés Inférieures", 8ª ed. Nas páginas 14 e 16, o exemplar de Mário de Andrade tem os seguintes trechos assinalados lateralmente com a observação "Indivíduo e Sociedade":]

"Car hypothèse et postulat ne font intervenir que le mécanismo mental d'un *esprit humain individuel*. (Hipótese e postulado com que a escola antropológica inglesa explicou as representações coletivas: crença no animismo, identidade dos processos mentais nas sociedades inferiores e nas avançadas.) Les représentations collectives sont des faits sociaux, comme les institutions dont elles rendent compte: et s'il est un point que la sociologie contemporaine ait bien établi, c'est que les faits sociaux ont leurs lois propres, lois que l'analyse de l'individu en tant qu'individu ne saurait jamais faire connaître. Par conséquent, prétendre "expliquer" des représentations collectives par le seul mécanisme des opérations mentales observées chez l'individu (association des idées, usage naïfe du principe de causalité, etc.), c'est une tentative condamnée d'avance. Des données essentielles du problème étant negligées, l'échec est certain. Aussi bien, peut-on faire usage, dans la science, de l'idée d'un esprit humain individuel, supposé vierge de toute expérience? Vaut-il la peine de rechercher comment cet esprit se représenterait les phénomènes naturels qui se passent en lui, et autour de lui? En fait, nous n'avons aucun moyen de savoir ce que serait un tel esprit. Au plus loin que nous puissions remonter, si primitives que soient les sociétés observées, nous ne rencontrons jamais que des esprits socialisés, si l'on peut dire, occupés déjà par une multitude de représentations collectives, qui leur sont transmises par la tradition et dont l'origine se perd dans la nuit des temps." (p. 14)

"Comme tant d'autres virtualités que se dévellopperont plus tard si le groupe social progresse, cette curiosité sommeille, (a "curiosidade intelectual em busca de causas") et peut-être se manifeste-t-elle déjà quelque peu dans l'activité mentale de ces sociétés [inferiores]. Mais il est sûrement contraire aux faits d'y voir un des principes directeurs de cette activité, et l'origine des représentations collectives relatives à la plupart des phénomènes de la nature. Si M. Taylor et ses disciples se satisfont de cette "explication", c'est qu'ils font naître ces croyances dans des esprits individuels semblables au leur. Mais, dès que l'on tient compte du caractère collectif des représentations, l'insuffisance de cette explication apparaît. Étant collectives, elles s'imposent à l'individu, c'est-à-dire qu'elles sont pour lui un objet de foi, non un produit de son raisonnement. Et comme la prépondérance des représentations collectives est d'autant plus grande, en général, que les sociétés sont moins avancées, il n'y a guère de place, dans l'esprit du "primitif", pour les questions "comment?" ou "pourquoi". L'ensemble des représentations collectives dont il est possédé, et qui provoquent en lui des sentiments d'une intensité que nous n'imaginons plus, est peu compatible avec la contemplation désintéressée des objets que suppose le désir tout intellectuel d'en connaître la cause." (p. 16) ·

153. Turista Aprendiz / Páginas a ajuntar:
Veja meu livro de Taxis [Conf. "Explicações" iniciais deste livro, p. 28.]
"Noite de Festa" 29-XII-929
"José Américo" 16-XI-930

418

154. E... e agora uma recordação. É mesmo uma pena os nossos compositores não viajarem o Brasil. Vão prá Europa, enlambusam-se de pretensões e enganos do outro mundo pra amargarem depois numa volta desilusória. Esta "lenda Sertaneja" de Francisco Mignone, me lembra invencivelmente uma noite na zona da mata, em Pernambuco. Depois dum Bumba-meu-Boi safadíssimo que durara das 23 às 4 horas duma noite legítima, eu me aproximara dos tocadores pra tirar um fiapo de conversa musical. Um deles trazia um violino, feito pelo indivíduo mesmo, duma sonoridade a um tempo tão esganiçada e mansa que nem sei! E o violinista era compositor também. Compositor... descritivo. Não vê que compunha baianos e varsas! compunha peças características, descrevendo a vida de engenho e a do sertão. Tocou pra eu escutar uma espécie de monstrengo sublime, a que intitulara "A Boiada". Às vezes parava pra contar o que estava se passando... no violino. Eram os bois saindo no campo; eram os vaqueiros ajuntando o "comboio"; era o trote miudinho no estradão; o estouro; o aboio do vaqueiro dominando os bichos assustados... Está claro que a peça era horrível de pobreza, má execução e ingenuidade. Mas tinha frases aproveitáveis e invenções engenhosas. E principalmente comovia. Quando se tem um coração bem nascido, capaz de encarar com seriedade os *abusos* do povo, uma coisa dessas comove muito e a gente não esquece mais. Do fundo das imperfeições que o povo faz, vem uma força e uma riqueza que em arte equivale ao que é a fé em religião. Isso é que pode transferir o pouso das montanhas. Os nossos compositores carecem viajar o Brasil, ver o que eu vi, ouvir o que ouvi, catando por terras áridas, por terras pobres, por zonas ricas, por paisagens maravilhosas, essa única espécie de verdade que inda subsiste no meio das teorias eruditas: a alma coletiva do povo. E então terão muito mais coisas a contar. Adquirirão o direito incontestável do Seu Anastácio que chegou de viagem. Porque não basta saber compor. *Carece ter o que compor.* / M. de A.

[Deve ser aproveitamento de algum artigo de crítica musical, de que foram utilizadas as duas últimas laudas e metade da antepenúltima.]

155. Queixa do Norte pra com o Sul / N.º 59, III, 116

156. Prefácio / Ao falar no chauvinismo estaduano citar carta p. 434, vol. II, n.º 11 da Bibliografia, censurando eu Sylvio Romero e Fran-Pacheco.

157. Pancada / Prefácio / Quem quer que se dedique ao conhecimento um pouco mais íntimo do povo brasileiro, que esse da sua história política e geográfica, há de sentir imediatamente aquela precisão que Ambrosetti sentiu na Argentina (n.º 175 p. 20) de que se recolha dados e noções capazes de evidenciar milhor a realidade da nação. Esse é o trabalho em que com este livro pretendo colaborar.

158. Prefácio / "... também a Etnografia (Volkskunde) conheceu amplamente em Portugal as vantagens, desvantagens e perigos duma ligação estreita com o diletantismo." N.º 86 p. 1

159. Início / Prefácio / Mais que propriamente crítica, que não sou folclorista, o que pretendi foi pelas citações e ligações constantes, dar um conhecimento suficiente de certas manifestações artísticas dum povo do Brasil.

160. Prefácio / Este não é um livro de ciência, é um livro de amor. Estarão muito enganados os que vierem buscar nele a sistemática dos fatos musicais do

Nordeste. [Até aqui, riscado a traços de lápis.] Se acaso algumas constâncias me interessaram mais, se as fixei porventura foi sempre por essa precisão que tem o amante de compreender a quem ama, não tanto pra compreender o objeto amado, como pra se identificar com ele e milhor podê-lo servir e gozar.

161. Início do Prefácio

Prefácio / Eu digo que apesar de todas as notas ajuntadas ao livro pra elucidar e facilitar o caminho dos estudiosos, isto não chega a ser uma obra de estudo porque é por demais uma obra de amor. Escutando e recordando estes cantos muitos tosquíssimos, defeituosos às vezes pelas puerilidades e influências, constantemente vulgares, não sei o que eles me dizem que minha alma se enche de comoções entusiasmadas e eu vibro com uma tenacidade tão profundamente humana como raro, a obra de arte erudita pode me dar. Não sei que apelo tradicional, que coincidência de raça e de corpo ou mesmo que piedade carinhosa me leva, sei mas é que em vão reconheço a precariedade muitas vezes primaríssima dos cantos de minha gente. Eles me comovem mais que nada e mesmo neste momento só por falar neles e os sentir revoando em torno de mim sinto próxima a lágrima e é a competição dos preconceitos que a afugenta ou vence e não sinto nada mais que um vago desprazer de mim mesmo.

B) DESTINÁVEIS A NOTAS AOS COCOS

(As fichas expostas neste setor e outras que participarão de "As Melodias do Boi e Outras Peças", Mário de Andrade as deixou, como de seu hábito, separadas em envelopes portadores dos títulos gerais dos assuntos documentados. Mas há uma particularidade a assinalar: todo o grupo foi guardado numa caixa de papelão, em cuja tampa Mário de Andrade escreveu, a lápis vermelho e em letras grandes, a palavra "Sagrado", decerto aviso para que ninguém mexesse no fruto dos seus pacientes estudos para o "Na Pancada do Ganzá". Dois misteriosos números *10*, um vermelho e outro azul, ladeiam a palavra.)

Acauã [Cocos n.º 185, 186]

162. Coco / Acauã / No inquérito sobre superstições do "Diário de S. Paulo" (16-XI-29) um anônimo nordestino (que merece crença pois referiu outras superstições bem conhecidas) refere que pelo Norte do país "quando a acauã canta, joga-se um pouco de sal ao fogo para afugentar o agouro. Esta medida só tem eficiência quando executada pelo filho primogênito, isto em casa de família".

163. Coco / Cauã / É o pior agouro pro nortista um cauã cantar perto de casa mormente havendo doença na casa. / Contribuição P. Rafael ao Inquérito do Diário de S. Paulo / 26-XI-29

164. Coco / Acauã / Veja Inquérito Diário de S. Paulo, 28-XI-29

165. Cauã descrição deste "pássaro do diabo" Evreux 293 — (Na nota p. 246) é que identifico o pássaro com a cauã. [V. Bibliografia, n.º 3.]

166. Cauã / Acauã / É Herpothotheres / Taunay "Exploração" p. 118 [V. Bibliografia, n.º 1]

167. Cauã / n.º 194 p. 106

168. Acauã / n.º 199, II, 170

"Tristonhos pios a acauã desata
Quando ao guerreiro prognostica males"

diz o piaga nos "Timbiras".

169. Cauã / O outro nome da avé é Macucaguá ou Macaguá / e Acauã
e Macauã / Rodolfo Garcia em Glossário de 300 p. 38.

170. Acauã / Pra cortar agouro quando o acauã canta, o primo nato (do
doente) joga sal no fogo (Amazonas) / E. Krugg (inéditos)

171. Acauã / Também os Guaicuru "têm especial ojeriza com o canto do
macauan que acreditam ser sempre núncio de más novas". / n.º 352 p. 201

172. Acauã / n.º 349 p. 61

173. Acauã / 396 p. 275

174. Acauã / "Estes pássaros comem cobras, que tomam, e quando falam
se nomeiam pelo seu nome, e em os ouvindo as cobras lhe fogem, porque lhe não
escapam, com as quais mantêm os filhos, e quando o gentio vai de noite pelo
mato, que se teme das cobras, vai arremedando estes pássaros, para as cobras
fugirem" / 392 p. 205

175. Acauan / 487, II, 28

176. Acauã / 319, 103

177. Acauan / 199, II, 170

178. Acauã / Medicina popular / Pra mordida de cobra bebe-se poção com
pó de bico de acauã e unicórnio de inhuma / 431, p. 128 / assim se salvou um
índio já entrado em agonia, mordido por surucucu, conta o cronista.

179. Acauã / 511, 148

180. [Recorte de "Rio Magazine" n.º 9, com o título "Crendices da Amazônia", notas de Oswaldo Orico, segundo Mário de Andrade deixou registrado.
O recorte trata da Acauã.]

181. Acauã / 624, I, n.º 7 p. 24.

182. Acauã / 632, 90

183. Acauã / 668, 19

184. V. Acauã em Zoofonia [Coleção de notas para estudo das vozes de
animais, bem como de superstições e idéias a elas ligadas. Nada têm sobre a
Acauã. Certamente as fichas já tinham sido transferidas de lá para este grupo, pois
algumas têm, riscada, a abreviatura "zoof".]

Aeroplano [Cocos n.º 216, 234 e "Ensaio sobre a Música Brasileira" p. 63; *Balão*:
cocos n.º 217, 218, 219]

185. Aeroplano / O Brasil estava mesmo predestinado à preferência pela
aviação e padres voadores e demais avoações. Basta lembrar que segundo Simão
de Vasconcelos (n.º 152, II, 41) o padre Leonardo Nunes que se agitava em S. Vi-

cente, com tanta rapidez indo dum lugar pra outro que parecia voar. Então lhe botaram em língua da terra o nome de Abarèbebê "que quer dizer padre que voa".

186. Aeroplano
Minha gente venham ver
Coisa que nunca se viu
Aeroplano andar no ar
Telegrama andar no fio
        (Casa Branca)
Amadeu A. [Amaral] / Estado ["O Estado de S. Paulo"] 26-IV-29

187. Coco do Jaú / (aeroplano) / 600, 55

Alfabetização / Escrever [Cocos n.º 143, 204, 205, 227, 228.]

188. Alfabetização / O dístico do *Ei Bumba chora* [V. coco n.º 205]

189. Alfabetização / A inumerável coleção de ABCês

190. Saber ler / Alfabetização / O estribilho duma chula matuta de Pernambuco (n.º 27, p. 443) já trazia

        "Quem me dera saber ler."
e numa quadra avulsa dada pelo mesmo p. 467, vem o
        "Ba be bi bó bu"

191. Alfabetização / Como Serrador contava o nome / n.º 39 p. 149

192. Alfabetização / Quadra solta nordestina:

Fiz um A para te *amar*,
Um B pra *bem* te querer,
Um N pra *não* deixar-te
Um S *só* si eu morrer.

N.º 39 p. 106

193. Alfabetização / Chula matuta em n.º 35 p. 264

194. Coco / n.º 91 da Paraíba [V. n.º 204.] Ir prá escola aprender a ler e tocar viola, é tradicional. Achei-o creio que em S. Romero "Cantos Populares". E mais noutro livro. Mas creio que não tomei nota. A não ser que esteja nas notas sobre alfabetização. [Neste mesmo grupo, que pela duplicidade do título reuniu fichas de dois, se vê.]

195. Com um B eu assoletro / N.º 59, I, 175

196. Alfabetismo / N.º 59, XX, 238

197. Alfabetização / N.º 59, XVIII, 104

198. Alfabetização / N.º 59, VI, 180

199. Alfabetização / N.º 367, III, 210
        347

200. Alfabetização / Quadras com letras / n.º 367, II, 365 e s.

201. Escrever / 445, 224

202. Escrever

Si o mar fosse de tinta
E a praia de papel

450, III, 68

203. Escrever / 445, 190

204. Escrever

O papel em que te escrevo
Sai-me da palma da mão,
A tinta sai-me dos olhos,
A pena do coração
        (Portugal)

436, II, 143

205. Escrever / 445, 204

206. *Escrever carta* / Ver trovas colhidas por Basílio Machado, n.º 85, 86, que o Antônio Alcântara Machado me deu. [Não constam dos documentos que recebi.]

207. Alfabetização / 653, 22

Atrás da Serra / (Assubi naquela serra) / (Abaixai-vos serra...) [Cocos n.º 36, 99, 120, 236; e Mulher Rendeira, ''Ensaio sobre a Música Brasileira'' p. 65.]

208. Em cima daquele morro / Argentina
        En la cima de aquel cerro (n.º 166 p. 208)

numa quadra cuja variante espanhola diz no mesmo 1.º verso:

        Debajo de tu ventana

209. Em cima daquele morro
        En la cima de aquel cerro
        ──────────
        (diferente)

e duas vezes:

        En la falda de aquel cerro
Argentina / n.º 166 p. 167
──────────

En la punta de aquel cerro / n.º 166 p. 180

210. Boi Cocos [Os cocos do Boi serão publicados em ''As Melodias do Boi e Outras Peças.] / ''Naquela serra'' / Este verso como início estrófico já é pelo menos do séc. XVI português, cita-o Th. Braga (n.º 11 da Bibliografia, II, 348) na estrofe

''Naquela serra
Me ir quer a morar,
Quem me quiser bem
Quem me bem quiser
Lá me irá buscar.''

Não esquecer a respeito deste verso o nosso

Vamos atrás da serra
Calunga
Tá chegando a hora etc.

Villa-Lobos o musicou numa Ciranda com música diferente da que sei. Dar esta.

211. Por trás da serra / N.º 35 p. 293, 301, 324, 349, 353

212. Em cima daquela serra / N.º 37 p. 587

213. Em cima da serra / n.º 38 p. 229

214. No alto daquela serra / Fundos Paulo Duarte [Conf. n.º 58 da Bibliografia]

215. Detrás da serra

Bicho… (?)…
Detrás do murundú

Murundú é corruptela, de muludũ (mulundu) que nos dialetos de Loanda e no Malange, da África portuguesa querem dizer "montanha" / n.º 119, p. 160 e 161

216. No alto daquela serra / em Vila Real:

No alto daquela serra
Está um gato a miar
Que lhe talharam o rabo,
P'r'ó feixe de um lagar.

N.º 115, X, 124

217. No alto daquela serra / Há 2 quadras colhidas em Barroso, principiadas por esse verso / N.º 115, XVIII, 267

218. Em cima daquele morro / N.º 97 p. 94

219. Em cima daquela serra / N.º 97 p. 195

220. Em cima daquele morro / N.º 97 p. 233

221. No alto daquela serra / Uma oração a Cristo do Conselho de Vinhais (n.º 121, p. 59) principia:

No alto daquela serra
Está Nosso Senhor deitado
Sem lençol nem cabeceira.
etc.

222. Coco / Subir serra
Com alpercata de algodão
N.º 37 p. 578

223. Assubi naquela serra

Assubi-me a aquele oiteiro,
Só pra ver a minha terra:
Os doentes sarariam

Dos ares que vinham dela
(distrito de Coimbra)

N.º 115, XX, 214

224. *Por trás da serra* / Entre as variantes deste verso tradicional há o baiano

"Vamos atrás da Sé"

(n.º 20 da Bibliog., 100) que provavelmente foi a forma inicial urbana, depois deformada por perder o sentido.

225. Abaixai-vos, Serra Negra / N.º 140 p. XLVI / importante

226. Abaixai-vos, carvalheiras / n.º 147, I, 67

227. Abaixai-vos Serra Negra / Num jornal fluminense de 1891: "Serras e montes, aplainai-vos; encurtai-vos distâncias; tempos retrogradai. Eu quero ver o local do delicto." / (relatando um crime nas vizinhanças de Madalena, Estado do Rio) / 308 p. 49

228. Abaixai-vos serra negra / 317 p. 37

229. Abaixai-vos serra negra
Abaixai-vos etc.
Quero ver a Morungaba.
Quero ver moça bonita
Passeando em Sorocaba

232 p. 6

230. Em cima daquele morro / n.º 266, IV de 1933 p. 433

231. Em cima daquela serra / n.º 266, II de 1933 p. 198, p. 199

232. Em cima daquela serra / n.º 348, I, p. 119, 179, 266

233. Em cima daquela serra / n.º 266, XII, 932 p. 480, 481, 482

234. Em cima daquele morro / n.º 266, I, 1933 p. 101

235. Em cima daquele morro / n.º 266, I, 1933 p. 104, 105

236. Abaixai-vos Serra Negra / n.º 266, II de 1933 p. 196, 203, 204

237. Abaixai-vos Serra Negra / n.º 35, p. 269

238. Abaixai-vos serra negra / n.º 348, I, p. 131, 267, 386

239. Abaixai-vos Serra Negra / n.º 266, XII, 1932 p. 477

240. Abaixai-vos Serra Negra / n.º 367, I, 312

241. Abaixai-vos Serra Negra / n.º 266 julho 1933 p. 336

242. Abaixai-vos Serra Negra / n.º 367, III, 445

243. Em cima daquela serra / n.º 367, I, 67; [pp.] 221; 280; 289, 363 e s.; 238; IV [Número de volume, deixado sem qualquer indicação de página]

244. Abaixai-vos Serra Negra / 542, 59

245. Abaixai-vos Serra Negra / 232, 6

246. Abaixai-vos serras altas / 782, 224

247. Aconteceu-me na serra / 782, 189

Brasil [Coco n.º 1]

248. Brasil / ''(terra) tão sadia que quasi todos seus vizinhos morrẽ de velhice, por a natureza os desãparar, nã por algũa infirmidade lhe abreviar a vida.'' / n.º 211 p. 303

249. Brasil / No calão de Portugal, se chama ao brasileiro de *maribundo*. 207 p. 127 explica o termo por contaminação da palavra *marinheiro* com *maribundo*, forma popular de *moribundo*. Me parece mais provável que a palavra tenha vindo do nosso popular inseto *maribondo* ou marimbondo, que viajou de cá pra lá como tantas outras palavras do calão portuga parece terem feito. (Como provo numa papeleta destas, intitulada Pancada-Prefácio, falando sobre a palavra *coco* de água.) [V. ficha n.º 53.] Aliás inda restava ao A. fixar bem em que sentido a malandragem portuguesa está empregando *maribundo*, se pra designar homem nascido no Brasil ou português ido daqui pra lá.

250) Brasil / Procissão do Círio de N. S. de Nazaré em Belém / é idêntica aos ''círios'' do Sul de Portugal (Rev. Lusitana vol. 28, de 1930 p. 66) [V. Bibliografia, N.º 115.] Também no Brasil essa procissão é chamada ''o círio''.

251. Brasil
    ''Terra pobre como esta
    Ninguém pode dar impulso,
    Sem banco, sem proteção,
    Fora de todo recurso!''

n.º 75 p. 105

252. Brasil / Na Beira-Baixa:

    Si o mar tivera varandas
    Fora te ver ao Brasil;
    Assim, como não as tem,
    Diz-me, amor, aonde hei-d'ir?

        (n.º 115, XI, 116)

    Atirei co'uma laranja
    D'alem Doiro ao Brasil;
    Quem por mim perdia o sono
    Agora pode dormir

        (n.º 115, XI, 123)

Noutra variante do romance do Canário (Vila Real) o texto leciona milhor:

    . . . .
    Fui levá-lo de presente
    A filha do nosso rei.
    A filha do nosso rei
    Ela era *brasileira*
    Mandou fazer uma gaiola

426

Da mais fininha madeira

　　　nº 115, XIII, 99

Na versão do Porto se diz:

　　. . . . .

A filha do nosso rei
Como é rica e brasileira etc.

　　　　　　que ainda explica milhor

　　　nº 115, XIV, 133

253. Brasil [Ficha presa por alfinete à anterior.] Um romance portuga do "Canário" colhido em Trás-os-Montes (nº 115, IX, p. 296):

Certo dia fui à caça
Lindo canário cacei;
Fui-o levar de presente
À filha do nosso rei.
Ela ficou contente
Que nem uma *brasileira*;
Mandou-le fazer a gaiola
Da mais fininha madeira".
　　　etc.

254. Brasil

Oh meu São João Batista
Oh meu santo marinheiro
　　Toma lá, dá cá!
S. João Batista vem cá
Levai-me na vossa barca
Para o Rio de Janeiro
　　Toma lá, dá cá!
S. João Batista vem cá

nº 124, I, 22

255. Brasil / nº 141 p. 209

256. Brasil / Nº 348, II, p. 381, 430, 436

257. Brasil / em quadra portuga / Nº 367, I, pp. 50; 82; 168; 317; 342; 400; 414; II — pp. 119; 155; 160; 175; 192; 266; III — pp. 56; 152; 462; IV — pp. 199; 264 e s.; 266; 274; 305 e 306; 318; 333; 401; 441; 447; 548; 550

258. Brasil / 98, [pp.] 82, 86, 101, 105, 106, 131

259. Brasil / em Barroso:

Deu-me Deus esta fortuna,
Pra casar c'um brasileiro:
Tenho 5 reis a juros,
Já tenho muito dinheiro!
　　(nº 115, XVIII, 249)

260. Brasil / 445, p. 47, 164, 186

261. Brasil / 23, I, 46
    II, p. 266, 49, 40

262. Brasil / 436, I, 11

263. Brasil / 53, p. 29, 41

264. Brasil / 445, 231

265. Brasil / 445, 23

266. Brasil

Limoeiro do Brasil,
Deita-me cá um limão,
Quero tirar uma nodoa
Que tenho no coração
        (Portugal)

115, XXXI, 289

267. Referências / Rio de Janeiro / em canção francesa / 361, IV, 374

268. Brasil / em gíria popular portuga "brasileiro da mão furada" é o portuga que volta prá terrinha sem levar riqueza. No Norte do país cantam

É brasileiro da mão furada
Foi ao Brasil, não trouxe nada.

561, 59

269. Ó Brasil, ó Brasil,
     Ó Brasil, ó ganhar;
     Em toda a terra é Brasil
     Pra quem quiser trabalhar!

(n.º 115, XVI, 286) / (colhida em Barcellos)

270. Brasil / em quadrinha / Portugal / 690, 120

271. Quadras / *Brasil* / em portuguesas / 737, n.º 13, p. 250

272. Influências / A palavra "Brasil" em quadrinhas portuguesas / 784, IV, v. "O Brasil na poesia popular de Portugal"

273. Quadras com Brasil / 782, 68

Caboré [Coco n.º 188]

274. Caboré do R.G.N. / Veja Rev. do Instituto n.º 63 Parte II.ª p. 271

275. Caboré / Strix ferruginea, palustris / segundo Martius / n.º 134, I, 325

276. Isso tudo são destrezas do Zé Antonio da Cauã / 396 p. 344

Cangaceiro / Veja envelope "Lampeão" [V. adiante.]

277. Cangaceiros / Cabeleira é do fim do séc. XVIII, pois viveu no governo pernambucano de José Cesar de Menezes (1774-1788) / N.º 27 p. 149 e 150

278. Cangaceiro / "Delegado Volante" / É o que pode atravessar as fronteiras dos Estados / n.º 37 p. 372

279. (Deodato Maia: "Nos tempos coloniaes (Lenda sergipana)". Recorte do jornal "A Capital", sem indicação de lugar nem de data.)

280. Cangaceiro / Dantes se chamavam de "Valentões" e Martius se refere a isso (n.º 134, II, 597) tendo encontrado um mulato de cor, no sertão da Bahia, que o obrigou a curá-lo das... "eckelhaften Folgen von Ausschweifungen". / p. 6 do Através da Bahia.

281. Lampeão / n.º 59, VI, 229

282. Cangaceiro / Nordeste: / Inquérito [do "Diário de S. Paulo"?] 2-II-30 / Se uma criança morde o peito da mãe, deve-se lavar aquela com água-benta porque senão vira cangaceiro.

283. Cangaceiro / por esporte / N.º 59, XVIII, p. 137, 150

284. Cangaceiro / lutar cantando coco / N.º 59, XIX, 46 / Antônio Felix, vulgo Totonho / citar grifo p. 50

285. Cangaceiro cantando / No romance de A prisão do Rio Preto, este cangaceiro conta que

> "O assalto de Macapá
> Foi ao correr do martelo."

N.º 59, XX, 178

286. Cangaceiro / N.º 59, XX, 184

287. Cangaceiro / N.º 63, II, 51

288. Pancada / Cangaceiro / cantador / Antônio Silvino, é histórico que adorava o samba e cantar ao desafio / n.º 257 p. 82
Cabeleira, já pra ser enforcado, pediu pra cantar um bocado, e, concedido, de tal forma cantou, que foi preciso suspender a cantoria porque estava enternecendo a gente. / n.º 258 p. 135

289. Cangaceiro / Cabeleira / 265, II, 104

290. Cangaceiro / Cantar em luta / O famigerado Meia-Noite, se defendendo sozinho contra os que o cercavam no sítio Tataíra, não só insultava e debicava os sitiadores como improvisava emboladas. / V. 291 p. 66

291. Pancada / Cangaço / Gustavo Barroso (n.º 257, 1.º cap.) acha que em primeiro lugar o banditismo nordestino "é a energia bárbara do homem do sertão", carecendo se manifestar. Porém a mesma energia bárbara, também sublimada em parolagem dum romanceiro façanhudo dos Gaúchos, não produziu as mesmas brigas de famílias e os mesmos cangaceiros.

292. Lampeão / Também canções urbanas do Brasil ressentiram a influência de Lampeão, como prova o "Vou pegar Lampeão" (disco Victor 33451).

293. Cangaceiro / Romance do Cabeleira vem em n.º 340.

294. Cangaceiro / Estudo longo sobre C. / 400 p. 119 e ss.

295. Cabeleira / Romance do bandido, colhido em S. Paulo / N.º 65, nas músicas após p. 134.

296. Lutas de famílias / 400 p. 141 e ss.

297. Cangaceiro / Frase de Lampeão / "Hoje em dia a vida só é boa pra sordado e pra bandido" / 403, 77

298. Cangaceiro / Cabeleira em S. Paulo / 65, depois da p. 134

299. Cangaceiro / Cabeleira / 23, II, 254

300. Cangaceiro / 467, 21

301. Lampeão / Versos do seu ciclo / 403, 16
$$36$$
$$59$$
Mulher rendeira 67

302. Cangaceiro / brigar cantando / 504, 275 e s.

303. Cangaceiro / Vilela / 645, 279

304. Cangaceiro / Cabeleira / V. com este nome, documento em fundos Oneyda, Discoteca Pública. [Engano, não doei este documento, que está publicado no meu livro *Música Popular Brasileira*, p. 311-312, Livraria Duas Cidades, 1982.]

305. Cangaceiro / Romances / 714, 10

306. Cangaceiro / 714, 10

307. Cangaceiro / 714, 116

308. [Leonardo Motta: "A gesta de Lampeão". Recorte de "O Jornal", Rio de Janeiro, 30-10-1938.]

309. [Carlos Cavalcanti: "Lampeão tocou fogo no inferno e arreliou-se à porta do céu...". Recorte de "Diretrizes", 3-7-1941.]

310. Cangaceiro / Formação histórica do Cangaço / 737, n.º 12 p. 31 e ss.

311. Lampeão / É Lamp é lamp, é *lampa* / Lampa é forma popular de lâmpada / n.º 115, XI, p. 12

Caninana [Coco n.º 164]

312. Resto documentação em Catimbó (Conf. "Música de Feitiçaria no Brasil", parte V.)

313. Caninana / 32, 82

314. Caninana / Cobra do veado / 417, 55

315. Caninana / Uma das peças soltas de Maracatu fala da caninana [Conf. "Danças Dramáticas do Brasil", 2.º tomo, p. 169.]

316. Caninana / 401, 100

317. Veja fichário / Cobra do Veado [Não encontrei fichas com esse título.]

318. Caninana / 319, 105

319. Caninana / 37, 211

320. Caninana / 670, 140

321. Caninana / 685, 104 e s.

322. Caninana / Ver Karsten the Civilization of the South American Indians p. 236

323. Cobra do Veado / 728, 473

324. Caninana / Ligar ao Vodu e às considerações sobre superstições aquáticas ad petendam pluviam e de fecundação.

325. Olê caninana / A cobra é um dos animais mais divinizados nas religiões dos primitivos (n.º 201 p. 105) — e creio que se lhe pode ligar uma intenção fálica.

326. Caninana / Caninana também foi um cantador famoso nordestino, um dos contemplados por Catulo Cearense na dedicatória da Alma do Sertão / 285 p. 5

327. Caninana / traz fortuna a quem a acha. (S. Paulo) E. Krugg (inéditos)

328. Caninana / A Dança da Cobra entre os Hopi, da América do Norte (n.º 146 p. 32) é uma cerimônia propiciatória ad petendam pluviam. Ora entre nós o arco-íris da chuva é símbolo da cobra (ver sobre isso estudo do filho de João Ribeiro). Além do coco da caninana me contaram da dança da caninana. A ligação parece indiscutível, embora a simbólica se tenha já obliterado.

329. O coco "Olê Caninana" no distrito de Pilar, Paraíba, dançava figurando dança em torno duma cobra, um cipó, não podia o dançador tocar na cobra e enfim curvando o corpo, segurava o cipó com os dentes e o entregava a alguém, era a sorte: quem recebia o pau tinha que pagar alguma coisa — Isso foi na fazenda de Pirauá.

330. Olê Caninana / A Caninana, tão inofensiva, é das cobras a mais ofendida pela tradição popular. Dizem que voa e se projeta como flecha em cima da gente, como referiram Koster e Burton / n.º 88, II, 182

331. Caninana / é cobra d'água, não esquecer. Ligar isso à ofiolatria universal, ao falar do Vodu no Brasil.

332. Caninana / n.º 40 p. 310

333. Coco / Caninana / O sr. Benedito Mendonça, de Novo Horizonte afirma que não se deve matar cobra verde porque significa boa fortuna pra quem a encontra. / Inquérito do D. de S.P. [Diário de S. Paulo] 20-XII-29

334. Coco / Caninana / N.º 32 p. 82

335. Superstição Acará-mboia n.º 153 p. 537 / A crença popular fala também numa chamada Acará-mboia que mora nos lugares fundos do rio, especialmente ricos de pescado atacando os pescadores com a maré lhes mostrando o peito e a cabeça enfeitada com três penas. Mas Albuquerque descreveu principalmente como terrível em especial a grande Serpente de 7 cabeças que mora no lago das Sete Cabeças formado pelo Ajará (braço do Amazonas, fronteiro (o lago) à serra do Almeirim). Mas, disse ele, que não tinha muita certeza sobre a existência da Serpente; mas quanto à Acará-mboia, ela se mostrara no ano de 1834 na sua região, no Peturu, junto do Aquiqui que é ligado ao Xingu, e que acontecera o seguinte: Um homem fora pescar nesse lugar com os 3 filhos, mas antes da pesca por segurança quis se certificar da existência da tal cobra. Os três deram 3 tiros

cada um — que são os 9 tiros, dados em 3 vezes, do ritual invocatório da Acará-mboya — e ao nono tiro chegou de fato a cobra, e atirando armas e bagagens tiveram que jogar no veado. A esta história fantástica o piloto ajuntou outra da sua experiência: disse que tinha escutado o rugido da cobra mas que como sempre todos os seres, principalmente os jacarés, se põem gritando junto com ela, jamais que se sabe donde vem o rugido dela". / Caninana

[As fichas n.º 324 a 334 foram agrupadas dentro desta n.º 335, dobrada.]

336. Caninana / 743, 302

Coco dos Bichos [Cocos n.º 160, 161. V. também *Lagartixa.*]

337. Jogo dos bichos / N.º 59, VI, 7

338. Coco dos Bichos / Nordeste / (Inquérito 20-II-30) [do "Diário de S. Paulo"?] / Pra ganhar no bicho se joga um fósforo aceso num copo de água, tapando este logo com uma das mãos. Retirando pouco depois a mão, se vê na fumaça o "bicho da sorte".

339. Coco dos Bichos / N.º 59, I, 120

340. Coco dos Bichos / Interesse dos africanos sobre cantos com animais. (n.º 154 p. 224 e s., grifos). Mas também há nos cantos dos brasis e europeus.

341. Coco dos Bichos / Há um romance contando a Ressurreição dos Bichos do jogo / N.º 59, IX, 75

342. Coco dos Bichos / N.º 59, XVII, 87 / Romance do homem que jogava no bicho

343. Coco dos Bichos / N.º 59, XVII, 167 e 168

344. Jogo do Bicho / Romance: A morte dum bicheiro / N.º 59, XIX, 80

345. Bichos / romance da Ressurreição dos Bichos / N.º 59, XX, 100

346. Coco dos Bichos / Romance sobre a proibição do jogo do bicho / n.º 170 p. 144

347. Jogo do Bicho / "amarrar o bicho" é seguir um bicho dias a fio até dar / n.º 185 p. 240

348. Coco dos Bichos / Variante mineira / n.º 196 p. 92

349. Textos de casamento de animais / Veja casamentos de pássaros em n.º 334, 2.ª parte, p. 2879

350. Jogo do bicho / 396 p. 200

351. Coco dos Bichos / 645, 264

352. Coco dos Bichos / 641, 143

353. Coco dos Bichos / 664, 18

354. Coco dos Bichos / Romances de Bichos / 714, 10

355. Cocos de Bichos / 714, 10

356. Coco dos Bichos / Ver no fichário analítico, em n.º 989, a ficha "Folclore Marajoara", tem versos conhecidos do Macaco ainda do tempo que era humano. [Não existe a ficha no fichário.]

357. Romance do pinto / de Adilão / n.º 185 p. 236 [Conf. minha nota ao coco n.º 157.]

358. Adilão / Caso do Pinto / n.º 39 p. 219

359. História do Pinto / de Adilão / Não se poderá equiparar à Galinha Morta, gaúcha / Veja também n.º 35 p. 322

360. Lagartixa / Este verdadeiro ciclo de canções sobre a Lagartixa será talvez uma reminiscência ameríndia. Até hoje corre no Sul a memória dum "carbúnculo" maravilhoso, o "teynyaguá" (lagartixa) salamanqueiro que guarda o tesouro escondido na salamanca (caverna encantada) do Jaráo. Essa lagartixa, como outras suas manas, que se chamavam os zahorís, possui uma luz ofuscante na cabeça, e vários conspícuos a viram, como o arcediago Barco Centenera, e um sacristão da redução jesuítica de São Tomé. Tinha a propriedade de se transformar em mulher gostosa. (Comp. com o texto de *Eu vi uma lagartixa*). Os Guaranis lhe davam o nome de Anhang-pitang, isto é, anhânga encarnado. (N.º 150, p. 444 e ss.)

361. Lagartixa / Os Mandingas, que vieram muitos pro Brasil, acreditam que os lagartos contêm as almas de parentes próximos. / N.º 133 p. 155.

362. Pancada / Casamentos de animais / N.º 366, I, 74

363. Adilão / Caso do Pinto / Veja versos idênticos em 436, I, 8

364. Coco dos Bichos / casamento de bichos / 743, 169

365. Coco dos Bichos / 747, 217 e ss.

Da Bahia me mandaram [Coco "Olê Lioné", p. 67 do "Ensaio sobre a Música Brasileira". V. também, adiante, fichas sob o título "Oh que coqueiro tão alto", destinadas ao estudo de uma quadra da mesma peça.]

366. Cocos

"Da Bahia me mandaram
Uma camisa..."
(n.º 11 da Bibliografia, I, 91)

Essa estrofe é provavelmente muito antiga e no seu sentido agressivamente sensual de agora, talvez esconda outro, supersticioso e catimbozeiro, ligando esta camisa às camisas-de-socorro. Esta é uma superstição provavelmente germânica de origem, em que toda camisa tecida e costurada numa noite só, livrava da morte quem brigasse com ela no corpo. Na península ibérica a superstição existiu e tem documentação folclórica (Th. Braga, História da Poesia Popular Portuguesa, I, 91). Na vida cangaceirada nordestina não fica mal a subsistência de mais essa feitiçaria européia...

367. Cocos

Da Bahia me mandaram
Uma camisa bordada

A relação de amor e camisa, faz parte importante da superstição brasileira. No inquérito sobre superstições, do "Diário de S. Paulo" (16-XI-29) um colaborador nordestino entre as superstições do norte do país, dá as duas seguintes: "Quando ũa moça deseja *amarrar* o seu amado, é só coar um café na fralda de sua camisa e dar-lhe a beber. É um tiro." — "Quando ũa moça sonha com o seu namorado um sonho bom e quer que ele tenha o mesmo sonho, é só levantar-se e vestir a camisa no avesso".

368. Da Bahia me mandaram

> . . . .
> Um presente com seu molho;
> A costela duma pulga
> O coração dum piolho"

como brasileira em n.º 89 p. 83

Notar que estas quadras devem ser antiguíssimas, dum tempo colonial em que a Bahia era ainda coisa importante pro Nordeste. Antes que o Recife tomasse a predominância nordestina que tomou. (E citar aqui a predominância de certas cidades, como o caso de Goiana, por ex.). Em Portugal, não sei se estratificado também, mas a vinda de Lisboa é mencionada numa quadra também / n.º 90 p. 60

369. Da Bahia me mandaram / No Alentejo

> Di Lisboa mi mandaram
> 4 pêiras num raminho;
> C'mo éiram coisas di longi
> Comêiram-nas no caminho

N.º 115, XIX, 301

370. Da Bahia... / no distrito de Coimbra

> De Coimbra me mandaram
> 5 peras num raminho
> Quem me dera agora ver
> Quem fez o ramalhetinho

N.º 115, XX, 210

371. Da Bahia me mandaram / Beira-Baixa:

> De Lisboa me mandaram
> Quatro peras num raminho,
> Pastores são animais,
> Comeram-as no caminho

N.º 115, XI, 133

372. Da Bahia me mandaram / Ainda o verso-feito "De Lisboa me mandaram" foi colhido em Alandroal na seguinte quadra:

> De Lisboa me mandaram
> Quatro peras num raminho:
> Duas para S. José
> E duas para o mê menino.

N.º 115, X, 46; / e ainda de Alandroal:

De Lisboa me mandaram
Quatro peras num raminho:
Como eram frutas novas
Comeram-nas no caminho

op. cit. p. 85 [Esta ficha traz um número "2" e está presa por alfinete à seguinte.]

373. Da Bahia me mandaram / Em Villa Real (pelo menos) (v. n.º 115, IX p. 255, quadras 245 e 246) "De *Lisboa* me mandaram" também é verso-feito. As quadras são:

"De Lisboa me mandaram
Pau preto para um berço:
Agora anda na moda,
Si te vir não te conheço."

"De Lisboa me mandaram
Um presente com seu molho:
O coração duma pulga
E as asas dum piolho."

Será verso português ou brasileiro. No caso talvez brasileiro, porque se nota que no caso a cidade é escolhida pela importância dela e se nas quadras portugas Lisboa é a capital em todos os tempos, os versos colhidos (estes) são recentes como colheita. E aqui a Bahia deixou de ter a importância dos 2 primeiros séculos da Colônia. Será deste tempo, entre nós? Provável.

374. Da Bahia me mandaram / Fundos Paulo Duarte [Conf. N.º 58 da Bibliografia.]

375. Da Bahia me mandaram / N.º 53 p. 406

376. Da Bahia me mandaram / N.º 53 p. 219

377. Da Bahia me mandaram / N.º 35 p. 288

378. Da Bahia me mandaram / N.º 27, p. 634

379. Cocos

"Da Bahia me mandaram
Uma camisa bordada"

É comum as superstições se ligarem a uma idéia utilitária qualquer que as justifica se é que não foi a origem delas. Fósforo de cera traz disgra, diz o povo de qualquer classe: e traz principalmente incêndios por não se apagar com a facilidade do fósforo de pau. Entre as superstições eróticas, tem muitas que parecem se ligar à noção de limpeza, de higiene, de tratamento interior pelas moças. A noção do banho, por exemplo, é freqüentíssima nas superstições eróticas. Lava-se o S. João, pra casar. Ou se lava a si mesmo. No inquérito sobre superstições do "Diário de S. Paulo", o colaborador L. P. Silva (12-XI-29) dava como geral na zona da Sorocabana, a crendice de que moça, lavando-se no rio pela madrugada do S. João, se molhasse o rosto ao terceiro canto do galo, via nágua a feição do rapaz com quem casaria antes de Natal chegado. (Ver mais superstições de banho). Ora a idéia da camisa, parece se ligar a essa utilidade do asseio interno.

Camisa em que se possa coar café, como diz a outra superstição, e sem causar nojo, carece que seja duma limpeza a toda prova. E camisa mostrada, mostra os cuidados que a dona tem com as roupas internas e conseqüentemente consigo mesma. E vestir camisa no avesso mostra com este a sujidade ou limpeza interior. No mesmo inquérito (14-XI-29) um colaborador norte-riograndense dava como superstição da terra dele que "moça solteira que coze a roupa no corpo, custa a casar-se". É evidente que a superstição neste caso, censura um desleixo. (Veja sobre isto n.º 27, p. 113).

380. Da Bahia me...
Uma lima num vapô
Si essa lima era doce
Quanto mais quem me mandô

n.º 170 p. 39.

381. Da Bahia me mandaram / De Lisboa me mandaram / n.º 367, IV, p. 258 e s., 319.

382. Da Bahia me mandaram / De Lisboa me mandaram / n.º 367, II, pp. 151, 185, 186, 192, 193, 195, 199, 242

383. Da Bahia me mandaram /445, 239

384. Da Bahia me mandaram / V. "Novas Contribuições" III, no livro que fiz com recortes de revistas, e intitulei "Sylvio Romero". [Artigo de Sylvio Romero publicado na "Revista da Academia Brasileira de Letras", vol. não registrado.]

Embolada

385. *Embolada*

"Gavião gavé gavá
Gavé gavá gavião:
Eu amanso pordo brabo,
Sem percisá cabeção.
Já tô munto acostumado
Fazê de galo capão...
(do Sergipe)

Clodomir Silva / "Minha gente" p. 56

386. Matuto veio
Quando chega no mercado
Fica todo [ou "tudo"; pouco legível] arreliado
Sem sabê que vai comprá
É pega-pega larga-larga
Menga-menga
Caxeiro corre pra venda
Que o matuto qué comprá

/ /

Faz hoje um ano
Que eu comprei
Ũa mantia

436

Pra dá pra minha tia
Pelas festa do Natá
Mas quanto mais
A veia se agazaiava
Mais o frio lhe apertava
E a velha toca a gritá

/ /

Mestre foguista
Bota fogo na giranda
Atea fogo de banda
Nos ares para papá
Que o trem de ferro
Que apitou em Pernambuco
Tá fazendo ruco-ruco
Na cidade do Pará

/ /

Peixe piaba tubarão
baleia-serra
Olêlê cambô prá terra
Tarrafiando no má
Que a cheia grande
Que passô no meu cercado
Me deixou tudo alagado
Meu gado passando má

[Sem qualquer indicação de fonte.]

387. [Osório Duque Estrada: "As Emboladas: Estudo de Folk-Lore". Recorte do "Correio da Manhã", Rio de Janeiro, 9 de fevereiro de 1930.]

388. Emboladas alagoanas / N.° 59, VI, 181 / Outras p. 185

389. Emboladas de engenho / N.° 59, VIII, 11

390. Emboladas / N.° 59, VIII, 19

391. Embolada / Capim de planta etc. / N.° 59, VI, 201

392. Emboladas / conhecidas ou não / N.° 59, VI, 201 e 202

393. Cocos — Embolada / Sabiá da Mata ou Pinião / Leonardo Motta, numa conferência em Fortaleza (Correio do Ceará, 9-V-33, que tenho em Artigos Gerais falando de mim) diz que a peça primitiva, paraibana, é o Sabiá da Mata, depois transformado em Pinião. Se vê de resto que por influência culta urbana [sic] o que era simples, Sabiá da Mata, foi interessar depois pelo embate silábico "Pinião Pinião Pinião", se reduzindo ao conceito falso e urbano da embolada.

394. Embolada / Em algumas partes do país a origem da embolada, vinda do lundu parece permanecer. Assim no disco Columbia n.° 20032-B, o Aguenta Maneco, em que o refrão é legitimamente um refrão de toada, como caráter e ritmo, da zona centro-litorânea do país. E a estrofe tem bem o caráter de embolada.

395. Embolada / Veja as considerações importantes apensas ao *Lundú*, de Belém do Pará, que tenho entre os meus lundus. [A publicar em ''As Melodias do Boi e Outras Peças.]

396. Pancada / Embolada / Emboladas com palavras iniciadas por uma só letra

> Com B escrevo Beato
> Bastião Belo Balbino

Veja n.º 366, V, 83

397. Embolada / N.º 366, IV, 20

398. Versos citados por dr. Eloi de Sousa

> — Fabião, nós somos velhos
> E velhos não valem nada
> Porque só vale quem ama,
> Quem traz a alma enganada

Fabião:

> — .A minha alma de velho
> Anda agora renovada
> Que a paixão é como sonho
> Chega sem ser esperada.

Mais quadras de Fabião:

> A mulher de quem nasci
> É mais feliz do que a sua:
> A minha nasceu na cama
> Mas você nasceu na rua.

/ /

> O nome de mãi é doce
> Como pinha bem madura,
> Mal passa o doce da fruta,
> O doce do nome atura.

/ /

> Minha mãi era pretinha
> Pretinha que nem quixaba
> Mas sendo assim tão pretinha (?).
> Cheirava que só mangaba

/ /

> Quando forrei minha mãi
> A Lua nasceu mais cedo
> Pra alumiar o caminho
> De quem deixava o degredo.

De outros cantadores

> No cavalinho do Amor
> Todos se montam cantando

Porém no fim da carreira
Todos se apeiam chorando.

/ /

Minha jangada de vela
Que vento queres levar?
De dia vento de terra,
De noite vento de mar.

/ /

(Tirei de 2 conferências inda não impressas desse mano de Henrique Castriciano)
A última quadra é de Juvenal Galeano

399. Embolada / 399 p. 216 já denuncia o fato das emboladas comumente principiarem por Diz-que

400. *Embolada* / 401 p. 36

401. Embolada / 396 p. 77

402. Embolada

A cheia grande
Que passô no meu roçado
....
Meu gado passando mal
N.º 59, VI, 201

403. Emboladas pernambucanas / N.º 59, I, 105

404. É manga-espada
É manga-rosa, é m.-roxa,
Nunca fiz a minha trouxa
Pra poeta desmanchar
(Paraíba)
N.º 170 p. 48

405. Tem cada um fio duma égua / N.º 170 p. 11

406. Peixe piaba etc. / N.º 170 p. 48

407. Capim de planta / n.º 185 p. 111 (Alagoas)

408. Eu vou no mato
Mato grandes e miudo
Chego em casa, pélo tudo,
Dou à negra pra torrá
(Alagoas)
N.º 185 p. 106

409. Passe pra aqui
Passe pra ali
N.º 185 p. 110 / (Alagoas)

410. Está bebo negro
Está bebo cão
396 p. 273

411. Tem cada fi de uma égua / 396 p. 87

412. Uma pataca
2 milréis mil e quinhentos
396 p. 78

413. ? / Com farofa de imbuá / 396 p. 79

414. Capim de planta / 396 p. 324

415. De que chora esse menino / 396 p. 325

416. Bebo dois vintém de cana / 396 p. 324

417. Embolada / 366, I, 86

418. Embolada / 471, 81

419. Embolada / Significação da Embolada / Veja minha nota à p. 140, de A Ordem, fevereiro, de 1934. [O exemplar da revista não foi encontrado na biblioteca Mário de Andrade.]

420. Embolada / Embolar / Em gíria portuguesa popular se diz duma pessoa com quem a gente embirra que ela "não vai à minha bola" / 561, 170

421. *Embolada* / "Negrinho cantava emboladas, tangendo *o instrumento de cordas* que lhe dessem" / 555, 39 / zona de Sergipe-Bahia

422. Embolada / "bola" / 714, 89

Engenho Novo [Cocos n° 59, 69; e "Ensaio sobre a Música Brasileira", p. 64.]

423. Engenho Novo / Este coco, embonitezado detestavelmente por Heckel Tavares, já está registrado em disco Columbia 5141-B. E deformado, creio.

424. Coco / Ôh tatá, engenho novo / tatá é "pai" em vários dialetos da África portuguesa / n° 119, cap. II.

425. Coco / Tátá, engenho novo / N° 32 p. 200

Isto é aquilo [Coco n° 218 estrofe 1.]

426. Fumo torrado é tabaco
Sal de cozinha é tempeiro
(Isto) é (aquilo)
estrofes inteiramente construídas assim / N° 8 da Bibliografia p. 177

427. Isto é aquilo / N° 37 p. 600

428. Isto é aquilo / (Minas, artigo "Folk-Lore em Minas" I de João Dornas Filho)

Resto de fogo é borralho,
Pedreira grande é lagedo,
Força de braço é talento,
Frieza [ou "friage", pouco claro] no corpo é medo.

440

429. Isto é aquilo / N.º 59, VI, 229

430. Isto é aquilo / N.º 65 p. 98, 100

431. Isto é aquilo / n.º 185 p. 79, p. 66

432. Isto é aquilo / n.º 185 p. 156

433. Isto é aquilo / N.º 39 p. 10

Lagartixa [Coco n.º 102. V. também *Coco dos Bichos.*]

434. Camaleão foi a Palácio / Este Camaleão se prende incontestavelmente ao "Calangro" sergipano que S. Romero dá nos Cantos Populares p.121 / citar quadras deste

435. Eu vi uma lagartixa / Veja n.º 27 p. 465

436. Eu vi 1 lagartixa / N.º 37 p. 657

437. Lagartixa / n.º 35 p. 149

438. Lagartixa / n.º 35 p. 121 / Calangro

439. Eu vi uma barata,
      na janela, namorando,
      um rato de luneta
      está na rua passeando.
             (Casa Branca)

[Datilografada, cópia a carbono. Fundos Paulo Duarte? Conf. Bibliografia, n.º 58.]

440. Eu vi uma barata
      na boca do Abreu,
      pensou que era um torresmo,
      abriu a boca e comeu.

      Eu vi uma barata
      Em cima dum "coróte",
      assim que ella me viu
      gritou: quem me accode.

      Eu vi uma barata
      no capote do vovô,
      assim que ella me viu
      abriu as asas e voou.

      Eu vi uma barata
      querendo ir a missa,
      E na sua mantilha
      uma grande lagartixa.
             (Casa Branca)

[V. observação à ficha anterior.]

441. Eu vi uma lagartixa

Eu vi uma lagartixa
Lá na banda do açude,
Com um copinho de aguardente
Fazendo muita saúde.

442. Lagartixa / de Odilon / Veja n.º 27 p. 557

443. (Benedicto Pires Almeida)

Fiquei muito admirado
de vê sapo de chinella,
caranguêjo dansá samba,
lagartiça na janella.

(Tietê)

[Datilografada, cópia a carbono. Fundos Paulo Duarte? Conf. Bibliografia, n.º 58. Ao lado e abaixo da quadra, Mário escreveu a lápis:]

Lagartixa
(Tenho nos fundos Paulo Duarte mais versos sobre Lagarto e Lagartixa)

444. Lagartixa / E de fato o Anhang-pirang gaúcho tem seu eco na região do S. Francisco, em que n.º 88, II, 210 colheu o mito da Cachorrinha-Dágua que "has a white coat and a golden star upon the forehead; whoever sees it will command all the gifts of fortune".

445. Lagartixa / Martius (n.º 134, I, 379) afirma que entre os índios o Princípio Mau também costuma ser um lagarto.

446. Lagartixa / A tradição do Anhangpirang muito deformada mas perceptível, subsiste ainda em S. Paulo na chamada Gruta da Corça Branca (serra de Cajuru). Numa das locas da serra, havia uma estalagmite que era exato uma corça branca com uma das mãos erguida e assuntando o fundo da gruta, que era cheio de água. Do fundo dágua saía um jato ofuscante de luz, que de verdade se explicava por uma fenda da pedra por onde entrava a luz do Sol. Mas os caipiras imaginando aquele jato proveniente duma pedra preciosa imensa do fundo do lago, abriram a socava, a água esgotou e a pedra preciosa desapareceu. (Correio Paulistano, 8-VII-1920)

447. Lagartixa e Calangro / N.º 59, XI, 18

448. Lagartixa / Romance do divórcio da Lagartixa / N.º 59, XII, 24

449. Lagartixa / Casamento da Lagartixa / n.º 170 p. 109

450. Lagartixa / O lagarto tem lugar importante na mitografia sul-americana, que culmina no lagartão da penedia de Teyú-Cuaré (n.º 175 p. 112) do Alto Paraná. Aliás não deixa de ser evidente o reforçamento das crendices ameríndias pela assimilação dos dragões vindos da Europa.

451. Lagartixa / Não esquecer de citar o admirável ídolo que representa um lézard (?) sobre (envolvendo?) um homem, achado no Trombetas e que infelizmente pro nosso patrimônio ameríndio, o prof. Nimuendajú levou pro museu de Göteborg. / Nordesnkiöld. L'Archéologie du Bassin de l'Amazone prancha XL [V. Bibliografia, n.º 189]

452. Lagartixa / Na Guiné "le lézard" é considerado ser superior e venerável / n.º 201 p. 35

453. Lagartixa / É deus entre os negros do Benin, e em muitas religiões primitivas a lagartixa (n.º 201 p. 105)

454. Lagartixa / Os Apinagé do norte de Goiás também se preocupam com a Lagartixa. Dizem que quando nasce uma menina, as lagartixas se alegram porque mulher é que faz o "berubú" (de-comer) cujas migalhas lagartixa come. / Boletim do Museu Nacional vol. IV n.º 2 p. 67

455. Lagartixa / Notar que o romance do "camaleão foi a palácio" se refere também ao lagarto grande "Polychrus", que muda de cor.

456. Lagartixa / Lagartixa de tanto cumprimentar
                   Perdeu a cabeça
                   (Provérbio)

287 p. 78

457. Lagartixa / 295 p. 229

458. Lagartixa / traz prosperidade / n.º 326 p. 132

459. Lagartixa / Veja o Calangro / n.º 339 p. 138

460. Lagartixa / 336 p. 209, 216, 230

461. Eu vi uma lagartixa / N.º 35 p. 149

462. Eu vi uma lagartixa / 266, VIII, 1933 pp. 478 e 479

463. Lagartixa / n.º 393 p. 42 e ss.

464. Lagartixa / 287, 78

465. Lagartixa / 436, II, p. 139, 145

466. Lagartixa / 539, 43

467. Lagartixa / Entre os Maori da Nova Zelândia o espírito malévolo do feto expulso antes do tempo pode entrar no corpo do lézard / 537, 392

468. Lagartixa / (Calangro) / versos / 555, 158

469. Lagartixa / Calango / 540, 114

470. Lagartixa / 645, 278

471. Lagartixa / 601, 91

472. *Eu vi uma lagartixa* / Rev. do Brasil 3ª fase n.º 39 p. 18 [V. Bibliografia, n.º 651]

Lagoa do Capim [Coco n.º 16]

473. Resto documentação em Dona Ausente. [As fichas sobre a "Dona Ausente" não participam dos documentos que recebi.]

474. Lagoa do Capim / 471, 178

475. Capim / Largo do Capim (S. Paulo) / 481, 73

476. Lagoa do Capim / Capim, no Maranhão / 528, 171

477. Lagoa do Capim / 505, 97

478. Lagoa do Capim / Capim, no Pará / 528, 171

479. Lagoa do Capim / O largo do Ouvidor em S. Paulo, junto ao de S. Francisco, se chamou dantes Largo do Capim, conforme Afonso A. de Freitas / V. foto p. 17 em 478, dezembro de 1934

480. Lagoa do Capim / 487, VII, 17 foto

481. Largo do Capim / (Pancada) / 730, I, 180

Lampeão / Veja envelope Cangaceiros [Coco n.º 63 estrofe 1; e "É Lamp, é Lamp, é Lampa", e duas versões da "Mulher Rendeira", no "Ensaio sobre a Música Brasileira", p. 64 a 66. — V. também fichas sob o título "Cangaceiros".]

482. Cangaceiro / Um cap. em n.º 170 p. 183

483. *Cangaceiro* / Na chacina de Brejão de Dentro em que morreram os 5 soldados lá parados, Lampeão partiu cantando o "É Lampa..." / n.º 176 p. 68

484. Lampeão / Versos / n.º 185 p. 25
Mulher Rendeira n.º 185 p. 32

485. É Lampa

É lampa, (ter)
É lampa, é lampa, é Lampeão,
Eu me chamo Virgolino
Me tratam por Lampeão

Variante dada por Leonardo Motta

486. Lampeão

Minha mãi me dê dinheiro
P'r'eu comprar um cinturão
A vida milhor do mundo
É andar mais Lampeão

Variante dada por Leonardo Motta (art. junto ao n.º 176) / e:

Minha mãi etc.
P'r'eu etc.
Pra botá uma cartucheira
Pra brigar mais Lampeão

487. Lampeão / O folclore de Lampeão já é imenso. Na literatura de cordel já são numerosos os folhetos que lhe contam as façanhas, só João Martins de Ataíde tendo escrito pelo menos 5. E as anedotas, as lendas, os versos soltos de cocos e toadas, irrompem de cada temor e de cada prazer, já enriquecendo a riqueza folclórica do cangaceiro, mais que a de Antônio Silvino. / (Artigo apenso ao n.º 176) [Este artigo referido também na ficha anterior e na seguinte não foi encontrado. Talvez seja o da ficha n.º 308, pois o n.º 176 da Bibliografia de trabalho de Mário de Andrade é um livro de Leonardo Motta.]

444

488. Mulher Rendeira / Leonardo Motta (artigo apenso ao n.º 176) dá esta variante mais lampeônica, do refrão

> Ô muié rendeira,
> Ô muié rendá!
> Chorando por mim não fica,
> Saluçou: vai no bornál

489. Lampeão / Soldado velho

> Quando segue pro sertão
> Tem medo de Lampeão
> Que só falta é desertar. (Alagoas) / n.º 176 p. 207

490. Lampeão desceu a serra / A linha inicial aparece na quadrilha Espalha Brazas (p. 4) que tenho no álbum com as iniciais A.B. [O álbum não foi encontrado na biblioteca de Mário de Andrade.]

491. Cocos de Lampeão / ao falar neles, ver que Cabeleira já tinha seu talvez coco de que T. Braga dá uma versão recifense em Romanceiro, II, 254. Não se sabe porque cargas dágua achando aquilo português. [V. Bibliografia, n.º 23]

492. Lampeão / Na Embolada de Pernambuco, uma das estrofes fala de Lampeão.

493. Lampeão / 501, 31

494. Cocos de Lampeão / Muié Rendera / Espelho n.º XI ano II, fevereiro 1936 p. 18. [Outra ficha, com pequena diferença no título, manda ver a mesma fonte: "Lampeão / em Espelho" etc.]

495. Lampeão / 487, XLVI, 172

496. Cocos de Lampeão

> "O meu nome é...
> O apelido é Lampeão"

Versos tradicionais, populares na fatura. Usuais em ex-libris manuscritos. N.º 114 p. 14 cita vários ex-libris portugueses, deste gênero.

> "O meu nome é Antonio
> O sobrenome Castelo Branco" ou (p. 15)

> "O meu nome é Antonio
> E Álvaro o apelido"

(sendo este segundo da Beira. Os 5 outros que dá — um à p. 11 — falam em "sobrenome")

Menina, diga a seu pai [Coco "Onde vais, Helena, p. 61 do "Ensaio sobre a Música Brasileira".]

497. Menina diga a seu pai / quadra galega (n.º 140 p. 306)

> Meniña, dille á teu pai
> Que se veña ver conmigo,
> Tanto é o que me debe,
> Que non me paga contigo.

498. "Menina diga a seu pai" / Já vem num romance. Veja n? 27, 374

499.   Menina diga a teu pai
               etc.
       E avise teu irmão
       Que me chame de cunhado

Uma quadra de desgarrada, colhida em Vila Real:

       Chamastes a meu pai, sogro,
       A minha irmã, cunhada:
       Olha lá o que dizes,
       Qu'eu apego-me á palavra.
               (n? 115, X, 140)

é resposta de outra que traz o assunto da quadra brasileira, ou variante.

500. Menina diga a seu pai / n? 39 p. 301

501. Menina diga a seu pai / N? 35 p. 28

502. Coco / Menina, diga a seu pai etc. / N? 27, 593

503. Menina diga a seu Pai

       Menina etc.
       Que ele faça o que quiser
       Inda hade ser meu sogro
       E tu a minha mulher

Pedro Batista / Cangaceiros do Norte, p. 101 [V. Bibliografia, n? 9].

504.   Menina, teu pai não qué
       Que eu me case com você
       Aos despois dos nove mêis
       Cumo ha-de sê (bis)

Parece que não o notei ainda. Procurar

505. Menina, diga a seu pai / n? 147, II, 172

506.   Menina diga a seu pai
       Que eu sou bom trabalhadô
       Com chuva eu não vou na roça
       Com sol também lá não vou

n? 170 p. 40

507. Quadra / de Vila Real

       Menina, venha comigo,
       Pede licença a seu pai:
       Seu pai é meu amigo
       Logo diz: Rosinha, vai.

N? 115, X, 132

508. Quadra / colhida em Melgaço (Portugal)

446

Mariquinhas, rei dos corpos,
E raminho das mulheres,
Teu pai ha-de ser meu sogro
E tu minha, si quiseres

N.º 114 p. 551

509. Menina diga a seu pai / Já vem no romance do Florioso, dado por T. Braga em n.º 340 2.ª parte p. 190

510. Menina diga a teu pai / N.º 367, III, 250

511. Menina diga a seu pai / 396 p. 263

512. Menina, diga a seu pai / 445, 103

513. Menina, diga a seu pai

....

....

Que me chame de cunhado

690, 112

Menina do...

da... |Coco n.º 8. |

|As notas n.º 514 a 521 são datilografadas, cópias a carbono. Fundos Paulo Duarte? Conf. Bibliografia, n.º 58. |

514. Menina dos olhos grandes,
do coração pequenino,
na ponta da tua trança,
'stá amarrado o meu destino.

Menina dos olhos grandes,
da face cor de carmim,
quando passares na minha porta,
menina, olha para mim.
(Franca)

515. Menina dos óio verde,
do verde da cô do má,
quando penso nos teus óio,
dá vontade de chorá.
(S. Bento do Sapucaí)

516. Menina de ''óios'' grande,
''óios'' da cor do mar,
não me ''óie'' com esses ''óio'',
que não me quero me afogar.
(Perdões)

517. (J. Honorio de Sillos)

Menina dos olhos pretos,
da sombranceia mimosa;

447

os teus olhos mata a gente,
e ocê fica criminosa.

(S. José do Rio Pardo)

518. (Francisco Damante)

Menina dos óio preto,
sobranceia de velludo,
seu pai é muito póvre,
seu corpo vale tudo.

(Perdões)

519. Moça dos óio grande,
óio grande qué amá,
não me óie co'esses óio,
que eu não quero afogá.

(Perdões)

520. (Benedicto Pires Almeida)

Morena dos óios grandes,
óios de jabuticávas,
não sei si ocê se alembra
do tempo que nóis brincava.

(Tietê)

521. (Benedicto Pires Almeida)

Menina dos olhos grandes,
cabellinhos de velludo,
si teu pae não tem dinheiro,
o teu corpo valle tudo.

(Tietê)

522. Menina dos olhos $\begin{cases} \text{verdes} \\ \text{negros} \end{cases}$

Argentina

Niña de los ojos verdes
Y de labios colorados
Sus padres serán mis suegros
Sus hermanos mis cuñados

(tem também "Niña de los ojos negros") / n.º 166 p. 169

523. Menina dos olhos grandes
Que olha pra mim chorando

N.º 65 p. 62

524. Menina dos olhos pretos / N.º 97 p. 217, 229, 234

525. Menina dos óio verde
grande
preto

N.º 59, I, 104

526. Menina dos óio grande / N.º 35 p. 300, 325 [Esta e as duas fichas anteriores estão reunidas por um alfinete.]

527.   Menina da sáia branca
       Corpinho da mesma cor

N.º 35 p. 305, 316

528. Coco

"Menina da sáia preta,
Casaco da mesma cor,
Pede a teu pai que te case,
Antes que te tome amor."

N.º 27 p. 593

529. Pancada

Menina da saia branca,
Colete da mesma cor:
Diga a seu pai qu'a dote,
Qu'eu serei o seu amor.

de Vila Real / N.º 115, IX, 253

530. Pancada / em Vila Real:

Menina do lenço preto
Saia *da mesma cor*:
Diga a seu pai que a case
Qu'eu serei o seu amor

N.º 115, X, 155

531.   Menina do lenço preto
       E o bantal (avental) da mesma cor
       Peça a seu pai que a case
       Qu'eu serei o seu amor.

Quadra de Barroso / N.º 115, XVIII, 248

532. Moça do Cabelo...

Moça do cabelo louro
E vermelho até na ponta
Você no falar tem graça
No rir já não tem conta

Colha Brasilio Machado, Casa Branca, 1873

533. Menina dos olhos...

Menina dos olhos pretos
Debaixo da sobrancelha
Dente de marfim lavrado
Boca de rosa vermelha

Colha Brasilio Machado, Casa Branca, 1873

534. Menina dos olhos grandes / n.º 266 II de 1933 p. 195, 200, 205

535. Menina do lenço
       da saia

n.º 348, I, pp. 37, 110, 212, 223, 374

536. Menina dos olhos... / N.º 266, XI de 1932 p. 361

537. Menina dos olhos... / N.º 266, XII, 932 [1932] p. 481.

538. Menina dos olhos... / N.º 266, I, 1933 p. 102

539. Menina dos olhos grandes / 2 quadras dadas como colhidas no Brasil
em n.º 348, I, p. 377, 380

540. Menina da...
       saia branca / n.º 367, II, 322
       do lenço preto
       do amarelo / p. 325
       saia azul, verde, do lenço etc. / n.º 367, III, [pp.] 16, 17,
22, 23, 25

IV — pp. chapéu novo 229 — chapéu branco 300

541. Menina da... / saia azul / (em Port.) / n.º 367, I, 422
       poupa alta / n.º 367, II, 37

542. Menina da sáia branca
      Vai fiar seu algodão,
      Porque estes mocinhos de hoje
      Não dão para cabeção
         (Goiás)

n.º 266 julho 1933 p. 341

543. Menina dos dentes ralos
      Põe este cravo no meio
      Seu beicinho verte sangue
      Na roupinha tem aceio

(Goiás) / N.º 266 julho 1933, 337

544. Menina da sáia branca / 396 p. 282

545. Menina dos / 466, p. 14, 35

546. Pancada
      Menina dos olhos negros
      Não olha pra mim chorando
      Que esses teus olhos são causa
      Do meu peito andar penando

      492, 8

547. Menina da... (saia branca) / 734, 19

Meu Baralho [Cocos n.º 206, 207, 208, 209]

450

548. Meu Baraio / N.º 148 p. 105 e 107 e p. 123 e p. 125 e p. 126 tem expressões de truco

549. Meu Baraio / Die Einsamkeit und der Mangel geistiger Beschäftigung reitzen ihn (o sertanejo do S. Francisco) zum Karten — und Würfel-Spiele und zur sinnlichen Liebe / N.º 134, II, 510

550. Meu Baraio / Peleja de Jogador com Cachaceiro / N.º 59, VI, 66

551. Baralho / Nordeste / (Inquérito 20-II-30) [do "Diário de S. Paulo?] / Quem quer saber se terá felicidade entrando pra alguma firma comercial, pega num baralho novo e o leva numa encruzilhada, meia-noite duma sexta. Deixa o baralho aí, depois de ter invocado S. Benedito. S. Benedito virá, partirá o baralho e a gente verá no dia seguinte pela carta à mostra, as "particularidades futuras da sociedade".

552. Baralho / Décima do Baralho em n.º 97 p. 53

553. Meu Baraio / Jogos de azar / N.º 91 p. 90

554. Jogatina / Caso espantoso é o romance do soldado Ricarte (composto por Leandro Gomes de Barros) que conta a interpretação religiosa que dá as cartas do baralho, só pra se desculpar de estar com baralho ouvindo missa. Se o caso não é imitação força é consentir que se trata duma invenção admirável / N.º 39 p. 122

555. Baraio dous ouros / O gosto por jogo de baralho e bicho, como referem do cantador Jaqueira, que dizia:

"Por 3 coisa eu sô perdido
Muié, cavalo e baráio"

n.º 39 p. 18

556. Meu Baraio / Notar que a obsessão do baralho parece se alastrar até os Catimbós na expressão "Trunfei". Em todo caso que será "Trunfa" donde vem este "trunfar" feiticeiro? [A expressão "trunfei" foi examinada por Mário de Andrade nas notas que participam do livro "Música de Feitiçaria no Brasil".]

557. Meu Baraio / Tenho umas décimas de Alagoas / N.º 59, I, falando duas vezes p. 88

558. Cocos / Meu Baraio / Obsessão do baralho "Inquérito" (17-I-30) [do "Diário de S. Paulo?"] colaborador nordestino: Será feliz no jogo quem comprar baralho Sexta-Feira da Paixão, jogá-lo à meia-noite no rio mais próximo, em sua maior correnteza. Uma das cartas vencendo a correnteza, subirá rio acima. É a portadora da felicidade. Se o jogador conseguir pegá-la, nadando, fica marupiara pra jogo, não perderá mais.

559. Coco / Meu Baraio / N.º 50, defendendo o Joazeiro diz (grifo citar inteiro). Talvez daí venha a vontade de falar nas cartas... / p. 16.

560. Jogo / Baralho [Esta nota e as duas seguintes são datilografadas, cópias a carbono. Fundos Paulo Duarte? Conf. n.º 58 da Bibliografia.]

A sota tava sentada,
o conde no collo della,

fiquei triste, apaixonado,
que moça bonita aquella!...

Sete ôro tá na porta,
espadía na janella,
sete cópa na varanda,
quatro pau de sentinella.

(Perdões)

561. (Benedicto Pires Almeida)

Me chamô de quatro pau,
quatro pau num quero sê:
quatro pau padece muito,
eu num quero padecê.

(Tietê)

562. (Benedicto Pires Almeida) / Versos do baralho

Quâno eu pego no baráio,
pego sem medo nenhum;
lembrei do véio meu pae
jogadôr de trinta e um.

Quâno pego em áis de espada,
me alembro de andá no má;
sô piloto de navio,
agúia de mareá.

Quâno pego em áis de pau
já me alembro de cadetes,
fío de um sordado raso,
dum jogadô de cacete.

Quâno pego em áis de copa,
já me alembro de bebê,
bebo o copo inté o meio,
dêxo o resto p'ra mecê.

Quâno pego em áis de ôro,
já me alembro de tesôro,
a todos Deus deu riquiza (*sic*)
só p'ra mim deu pobreza.

Quâno eu pégo nos um,
já me alembro do sór,
quâno vem rompendo o dia,
não se dá coisa meiór.

Quâno eu pego nos dois,
já me alembro de casá,
o casá vivendo bem,
meiór vida não se dá.

Quâno pego nos trêis,
já me alembro de tresena,
quâno é tempo de festa
logo começa as novena.

Quâno eu pego nos quatro
me alembro de espaiafato,
quâno eu me acho in festa
danso que rasga o sapato.

Quâno eu pego nos cinco,
me alembro de Villa Crúis,
me alembro das cinco chagas,
que chagaram meu Jesúis.

Quâno eu pego nos seis,
me ponho a imaginá:
a semana tem seis dias,
eu morro de trabaiá.

Quâno eu pego nos sete
já me alembro do mintí,
o dictado do mais véio
tem o caminho por alli.

Quâno eu pego nos oito,
já me alembro de curá,
já me alembro do mercure
que quâno vai se pesá.

Quâno eu pego nos nove,
já me alembro de trabaiá,
já chego mêis de novembro,
que é quâno vai se plantá.

Quâno eu pego nos déis,
me põe a considerá,
adeus a rica açucena,
nobre chêro do ananá,
dá-me pórva do teu doce,
veja si dá ou não dá

     (Tietê)

563. [Francisco Damante — "Coisas regionais: O Truque". Recorte da revista "São Paulo Illustrado", 29 de maio de 1920, Anno I Num. 13.]

564. Baralho / em argentino / (n? 166 p. 101)

565. Baralho / N? 59, IX, 83

566. Baralho / N? 59, XVIII, 72

567. Baraio / n? 183 p. 149

568. Baralho / Versos do alagoano Jaqueira:

"Por 3 coisas sou perdido
Mulher, cavalo e baralho"

n? 185 p. 190

569. Baralho / Provérbio (L. Motta)

O milhor das cartas
É não pegar nelas

R. da Academia I de 931 p. 60 [V. Bibliografia, n? 266.]

570. Jogo de Cartas / Estácio de Sá já proibia o jogo de cartas (n? 129, I, 413) e era obrigado a voltar atrás.

571. Pancada / Meu Baraio / Lenda do Baralho Maravilhoso / 265, II, 88

572. Truque / Dunga e Zape termos de truque / n? 222 tomo I fasc. I p. 96

573. Meu Baralho / (coco) / N? 357 p. 264

574. Baralho / 396 p. 182, 203

575. Meu Baralho / 396 p. 117

576. Meu Baralho / 493, 203

577. Meu Baralho / 511, 23

578. Baralho / 504, 96

Mineiro Pau [V. coco do mesmo nome, no "Ensaio sobre a Música Brasileira", p. 60.]

579. Mineiro Pau / N? 37 p. 610, que trabalhou principalmente no Ceará dá "Maneiro pau"

580. Mineiro Pau / Pereira da Costa 228 [n? 27 p. 228 — etc.]
Zé do Vale / Pereira da Costa 424
Viva Garibaldi / P. da Costa 463

581. [Melodias acompanhadas de indicações e nota manuscritas, com assinatura ilegível, talvez só uma sílaba de um nome de que a primeira letra é positivamente "L". Luciano Gallet?]
Compare estas duas versões do *Mineiro Pau*:
Mário de Andrade: [O comentador omitiu um *mi* semicolcheia no 2? compasso.]

etc. no modo menor.
Minha:

[Escrito ao lado esquerdo da melodia.] *Modo maior*
[Ao lado direito:] Veja a differença de rythmo entre as duas.
[No verso:] Uma pessoa só não pode colher bem os cantos populares, pois
além dos defeitos naturaes do ouvido há os provenientes da situação do cantador.

Chamado de proposito elle muda a melodia, dá timbre novo a sua voz, por garridice, por acanhamento, por contrariedade etc. É preciso apanhar de surpresa, cantar no bando, por brincadeira, depois registrar. Um trabalho seguido de horas é inconveniente pois no fim do dia a audição estará fatigada e não se perceberão mais os portamentos rápidos, os ornatos etc. René d'Harcourt passou muito tempo no mesmo lugar, mais de seis mezes em cada povoado e levou registrador phonographico para repetir muitas e muitas vezes o canto obtido. Mandando repetir pelo cantador o effeito é mau, porque a repetição será melhor ou peior do que a primeira melodia cantada. Além disso é necessário ouvir de mais de um cantador pois eu tenho verificado que alguns delles alteram a melodia quando querem fazer realçar a sua voz e outros porque ouviram mal quando aprenderam. [Assinatura ilegível.] [1]

582. Mineiro Pau / Samuel Campello (n.º 187 p. 31) afirma (sem provas, o artigo é leviano) que Mineiro Pau é corruptela de Maneiro Pau. Diz que é conhecidíssimo em Pernambuco.

583. Mineiro Pau / Veja n.º 27 p. 228

584. Mineiro Pau / Lourenço Filho / "Joazeiro do Pe. Cícero" p. 188 [V. Bibliografia, n.º 631]

Oh que coqueiro tão alto ["Olé Lioné", coco publicado no "Ensaio sobre a Música Brasileira", p. 66. V. também, atrás, fichas com o título "Da Bahia me mandaram", destinadas ao estudo do texto da mesma peça.]

585. Coqueiro tão alto / N.º 121 p. 276 / duas quadras principiando / "Ó que jinela tão alta" / o resto varia completamente

586. Ô que coqueiro tão alto / No Minho a estratificação diz "Ó que pinheiro tão alto"

587. Coqueiro tão alto / em Barroso:

> Ó que ladeira tão alta,
> Tão custosa de assubir!
> Deita-te d'aí abaixo,
> Ás tranças do meu mandil

N.º 115, XVIII, 266

588. Oh, que coqueiro tão alto / na região de Santo Tirso também concorre "Ó que pinheiro tão alto" em duas quadras que no resto diferem das nossas / n.º 115, XVII, 306.

589. Ôh que coqueiro tão alto / Em Portugal o verso-feito é "Ôh que *pinheiro* tão alto" como vem em 2 quadras de Vila Real / N.º 115, X, p. 146

1. Essa nota, possivelmente crítica a determinadas circunstâncias das colheitas nordestinas de Mário de Andrade, me parece conter alguns acertos e algumas confusões. Destas a principal seria o esquecimento de que a mobilidade melódica e de timbre, causada por exibicionismo ou constrangimento, fadiga da repetição, falhas de memória, insegurança da transmissão exclusivamente oral, participa da própria essência da realidade musical folclórica.

590. Oh que coqueiro tão alto / N.º 35 p. 263

591. Oh que coqueiro tão alto / n.º 35 p. 239

592. (J. Honório de Sillos) [Esta nota e as duas seguintes são datilografadas, cópias a carbono. Fundos Paulo Duarte? Conf. n.º 58 da Bibliografia.]

> Nunca vi coqueiro tão alto,
> com colar de ouro na ponta;
> os olhos desta mula contam
> estar ela por minha conta.
>
> (S. José do Rio Pardo)

593. Forte pinhêro tão arto,
> c'o seu assento no gáio,
> forte moça tão bonita,
> p'ra soffrê tanto trabáio.
>
> (Perdões)

594. "Casamento" / Oh que coqueiro tão alto [Títulos manuscritos por
Mário de Andrade.]

> Oh! que pinhêro tão alto,
> oh! que pinha tão dourada,
> não ha vida mais feliz,
> do que da muié casada.
>
> Janellas avarandadas,
> longe deitam umas biqueiras (?)
> não ha vida mais feliz,
> do que das moças solteiras.
>
> (S. Bento do Sapucaí)

595. Ôh que coqueiro tão alto / 336 p. 286

596. Oh que coqueiro tão alto / Oh que pinheiro tão alto (em Portugal) /
n.º 348, I, p. 124, 318

597. Ó que coqueiro tão alto / n.º 367, I, 383

598. Oh que coqueiro tão alto / Ó que janela tão alta (verso-feito em Portugal) / n.º 367, II, 340

599. Ó que coqueiro tão alto / n.º 367, II, 105

600. Ô que coqueiro tão alto / 449, 34

601. Coqueiro tão alto / 53, 25

Ouro e Prata [Cocos n.º 78, 142]

602. Ouro e Prata / n.º 185 p. 152

603. Ouro e prata

> As solteiras são de ouro
> As casadas são de prata

457

Argentina:

> Vea amigo: el tiempo es oro,
> Lo que nos falta, es plata,
> Lo que nos sobra, es lata.

n.º 166 p. 161

604. Ouro e Prata / N.º 37 p. 591 estrofe 39

605. *Coco*

> "Com 2 de ouro
> E três de prata"

... porém temos sempre que lembrar que essa seqüência de ouro e prata, é tradicional na poesia portuguesa. Se a Senhora Dona Sancha é "coberta de ouro e prata", Santa Iria estando a bordar

> "na minha almofada,
> Minha agulha de ouro
> Meu dedal de prata".

(23, II, 507)

606. ["Da Bahia e Pernambuco". Notícia publicada pelo "Diário de Minas" de 4 de agosto de 1929, sobre a presença em Belo Horizonte de José Cavalcanti dos Reis, "artista pintor, campeão dos andarilhos sem destino, poeta e alagoano", como a si mesmo se intitula. Dos versos do poeta reproduzidos na notícia, Mário de Andrade assinalou o terceiro da última estrofe e o acompanhou de um comentário:]

> O lindo bello Dr. Ramos
> Da redação do Combate
> *Só parece 2 de ouro*
> E o céo todo estrellado
> Governador da Turquia
> E o ministro do Estado
> Ou o Rei da Allemanha
> Ou General do Batalha

Citar esses versos a respeito da estrofe em que os olhos da menina são "2 de ouro — Com 3 de prata" e mostrar o estado lírico em que caiu o autor (aqui) que o levou às associações "Governador da Turquia" "General de Batalha" expressões que são de Fandango, de Chegança, de Congo etc.

Notar que "2 de ouro" é expressão tradicional.

607. [Leonardo Motta — "Uma quadrinha sobre os revolucionários". Recorte de jornal, sem nome e sem data. Dá achegas a Mário de Andrade para exame desta quadra boliviana e paraguaia sobre a revolução de 1924, por ele mencionada numa conferência sobre "Música Brasileira", feita em Piracicaba e publicada no "Diário Nacional":

> General Prestes es de oro
> Sus soldados son de plata,

Y las tropas del gobierno
Todas ellas são de lata.]

608. Ouro e Prata / 336 p. 122

609. Ouro e Prata

"Venho do rio da Prata
Passei lá no rio do Ouro;
Segura o pente,
Cabelo louro!
Bonito assim
É um desaforo."

em Goiás / n.º 266, III de 933 p. 362

610. Ouro e Prata / n.º 348, I, p. 287, 387
II, 147

611. Ouro e Prata / n.º 35 p. 338 p. 337

612. Ouro e Prata / N.º 339 p. 237

613. Ouro e prata / na Espanha

Tengo oro, tengo plata,
Tengo um barquito en el mar;
Tengo una mujer bonita
Que más puede desear?

n.º 366, III, 504

614. Ouro e prata / Essa união às vezes aparece nas coplas de Espanha /
n.º 366, II, 365 / (mas mais raro, juntas)

615. Ouro e Prata / n.º 367, I, 122

616. Ouro e Prata

La guitarra es de plata
Las cuerdas de oro
Y el que la está tocando
Vale un tesoro

(Espanha) / n.º 366, IV 272

617. Ouro e prata / n.º 367, I, 387 / prata p. 418 e s. / Ouro e prata p. 422
e ss.

618. Ouro e Prata / Goiás:

Já fui ouro, já fui prata
Já fui jóia de seu dedo
Hoje sou sua caixinha
De guardar todo segredo

n.º 266, julho 1933, p. 332

619. Ouro e prata / n.º 367, II, p. 83, 97

620. As moças são de ouro
    As casadas de prata
      450, III, 57

621. Ouro e Prata / já num Salmo de David. / 547, 442

622. Ouro e Prata / 555, 189

623. Ouro e Prata

    Tenho dois anel no dedo
    Um é de ouro, outro é de prata:
    Tenho dois amor no mundo
    Um é branco, outro é mulato

Documento "Pega no balão" (Varginha, Sul de Minas) / Discoteca Pública [Conf. "Melodias Registradas por Meios-Não-mecânicos", coleção Oneyda Alvarenga, p. 108, 1º vol. da série "Arquivo Folclórico da Discoteca Pública Municipal", S. Paulo.]

624. Ouro e Prata / 573, 161

625. Ouro e prata / 37, pp. 69, 92, 93

626. Ouro e Prata / 641, pp. 171, 174

627. ... são de ouro
    ... são de prata
    ... são de cobre

n.º 366, IV, 63 [Esta e as fichas n.º 628, 629 estão ajuntadas por alfinete.]

628. As solteiras são de ouro
    As casadas são de prata
    As viúvas são de bronze
    E as velhinhas são de lata

(Portugal) / n.º 367, I, 387 / Também:

    As solteiras são de trigo
    As casadas de cevada
    As viúvas de centeio
    As velhas não valem nada

n.º 367, II, 2 / e finalmente

    As solteiras são de cravos
    As casadas são de rosas
    As viúvas são de goivos
    As velhas são tabacosas

n.º 367, II, 126 / A resposta é terrível

    O homem casado é burro
    O homem solteiro é cão
    O homem viúvo é porco
    Que anda a fossar pelo chão

n.º 367, II, 234

629. As solteiras são de…
As casadas são de…
As viúvas são de… / n.º 348, I, p. 234, 238

630. Ouro e Prata / Rev. do Arquivo n.º 41 p. 29 [V. Bibliografia, n.º 487]

631. Ouro e Prata / 685, 140

632. Ouro e Prata / 738, 280

633. Ouro e Prata / 487, LI, 123

634. Ouro e Prata / No romance Escogiendo Novia, colhido em Buenos Aires:

> "Hilo de oro, hilo de prata
> Que jugando al ajedrez
> Me decia una mujer
> Que lindas hijas tenés.
> — Que las tenga o no las tenga
> Yo las sabré mantener."

712, 41

635. Ouro e Prata / Um romance colhido no Uruguai

> "Tengo oro, tengo plata,
> Tengo buques en el mar"

etc. / 712, 47 / e outro, mesma página:

> "Estando una niña
> Bordando corbatas,
> Con agujas de oro
> Y dedal de plata".

636. Ouro e Prata / n.º 3 das quadras da minha coletânea / n.º 21 da mesma [Essa coletânea não participa dos documentos que recebi.]

Papagaio [Cocos n.º 171, 172, 173]

637. Papagaio / N.º 59, VI, 59

638. Coco / "Papagaio não vendo…" / Parece originar-se da parlenda grifada n.º 27 p. 554. Os cocos nos seus refrãos derivam de tudo. [Não encontrei nos cocos colhidos por Mário de Andrade, nenhum cujo refrão tenha o verso "Papagaio não vendo" ou coisa parecida.]

639. Coco / Papagaio / Verso estratificado:

> "Quando eu vim de lá de cima
> Encontrei papai Adão
> Montado numa perua
> Vaquejando um gavião"

N.º 27 p. 600 / A minha quadra indica sertão, esta fala em "vaquejar" próprio do sertão. Parecem bem coisas sertanejas.

640. (Thomé Teixeira)

Papagaio tem um cavedá,
não tem p'ra quem deixá;
Deixa p'ra nha Luisa, papagaio!
— Siriri, minha Sinhá.

(Apiaí)

Siririu-Siririu / (Tenho mais Siriri nestes fundos Paulo Duarte) [Observação final manuscrita por Mário de Andrade. A nota é datilografada, cópia a carbono. Sobre os fundos Paulo Duarte, Conf. n.º 58 da Bibliografia.]

Quem quiser escolher moça [Coco n.º 67]

641. Coco

Quem quiser escolher moça
Deve escolher pelo andar
Toda moça que é faceira
Pisa no chão devagar

brasileira em n.º 89 p. 98

642. Quem quiser escolher moça
Escolha pelo andar
n.º 97 p. 126

643. Quem quisé escolher moça / N.º 98 p. 112

644. Quem quiser escolher moça
Escolha pelo andar
N.º 60, livro de texto, p. 88

645. Pois aquela que é solteira
Pisa no chão devagar

Dum cantador (n.º 176 p. 145)

Galinha tem 2 asa
Mas não tem 2 moela;
Conheço mulher solteira
Pelo arrastar da chinela.

646. Quem quiser escolher moça
Escolha por seu andar,
Pois a moça que é velhaca
Pisa no chão devagar

Citado por J. Galeno (n.º 190 p. 543) que desenvolve a quadra, como é costume dele.

647. Se conhece pelo andar

Toda moça que é solteira
Pelo andar se conhece
Bota o pé a miudinha
Todo o corpo lhe estremece

n.º 348, I, 327 / mesmo livro, p. 366, dá como do Brasil.

462

> Quem quiser escolher moça
> Escolha por seu andar
> Porque a moça que é velhaca
> Pisa no chão devagar.

648. Toda moça...
> Se conhece pelo andar
> N.º 367, III, 409

Redondo, Sinhá / (*Cocos da Sinhá*) [Cocos n.º 100 a 103; "Cocos da Sinhá" esses e mais os n.º 104 a 109.]

649. Redondo, Sinhá / N.º 23, II, 266

650. Redondo Sinhá / A dança goiana "Dor-de-canela", a cada verso do cantador, havia o refrão obrigado: "Bravo, sinhá!" / N.º 97 p. 258 / Mais próxima ainda é a outra dança goiana (op. cit. 261) do Maribondo, em que ao verso do dançador solista, o coro responde:

> "Maribondo, sinhá!
> redondo, sinhá!

E enfim na dança do Tatu (op. cit. 268) a resposta coral é mesmo o "Redondo Sinhá".

651. Redondo Sinhá / N.º 35 p. 44

652. Coco / "Olha o coco, Sinhá" / Sem ser variante dos meus cocos, este refrão aparece no "Biro Biro, Iáiá" cantado por dona Stefana de Macedo / Disco Columbia 5128-B

653. Coco, Sinhá / Ao estudar as variantes deste coco, citar como provavelmente forma primitiva do refrão "É pro coco, Sinhá" e dar então este coco (n.º 5 R.G.N.) [Coco n.º 106] me dado Mario Mello

654. [Esta e a nota seguinte são datilografadas, cópia a carbono. Fundos Paulo Duarte? Conf. N.º 58 da Bibliografia.]

> Batata cosida,
> mingau de cará,
> mulata bonita,
> redondo Sinhá.

> Batata cosida
> mingau de cará,
> tenho almoço de graça
> que a preta me dá.

> (Casa Branca)

655. Batata cosida,
> mingau de cará,
> vestido de seda,
> tambem posso "dá".

> (Franca)

656. "Redondo, Sinhá" / p. 266 em T. Braga, Romanceiro, vol. II

———

Velha que tinha um gato

657. Redondo, Sinhá / Em S. Paulo, havia o "Marimbondo, Sinhá" que até parece ser uma determinada dança / "Dançou-se, no interior das casas, à luz dos candieiros de gordura, o Marimbondo, Sinhá". / n.° 264, vol. XXVIII, p. 82 e p. 85: "O Marimbondo, estranho divertimento em que homens e mulheres, a um de fundo, saiam gingando pela sala, com enchimentos, atrás, de panos ou travesseiros, precursores das anquinhas, a fim de imitarem a forma dos marimbondos."

658. Marimbondo Sinhá / N.° 264 vol. XXVIII, p. 82 e 85

659. Cocos / de Iaiá / V. 457, 92

660. Redondo Sinhá / V. esse nome, em fundos Oneyda / Discot. Pub. [Engano. Não doei o documento à Discoteca Pública Municipal de S. Paulo; está publicado no meu livro "Música Popular Brasileira", p. 199, Livraria Duas Cidades.]

Saia do Sereno [Cocos n.° 13, 14, 15]

661. Resto documentação em Dona Ausente. [Única ficha existente no envelope. Os documentos sobre "A Dona Ausente" não participam dos que recebi.]

Sereia [Coco n.° 34]

662. Resto da documentação está no Sequestro Dona Ausente [V. ficha anterior.]

Tangoro-Mango [Coco n.° 88]

663. Tangolo-Mango / J. Ribeiro Folclore p. 122

664. Tangoro-Mango / Quadra solta, em Vila Real (norte de Portugal):

Eu casei c'uma velha
Por via da filharada,
O ladrão da velha
Teve *sete* duma ninhada.

N.° 115, X, 201

665. Tangoro-mango / "... deu-lhe o tangromangro nas duas afeições..." / Silvio de Almeida / Estado de S. Paulo de 12 de setembro de 1912, n.° 12327

666. Tangoro Mango / Em Santo Tirso colheu-se (n.° 115, XVII, 336) umas Marrafinhas de Lisboa que é o *"Tangro Mango"*, que começa com 24 marrafinhas. Mas duma só vez dá o "Trango (*sic*) Mango" nelas e ficam onze. Daí em diante continua morrendo duma em uma. Por lavar os pés ficam dez; Por dar esmola "ó probe", nove; fazendo biscoito, oito; fazendo molete, sete; cantando Reis, seis; formadas em brinco, cinco; indo "ó" tabaco, quatro; indo "ó" Gerez, três; barrendo as ruas, duas; vendo a lua, ũa; fazendo ceia, meia; cozendo o pão, acaba-se a geração.

464

Acabou-se a geração
Deixai-la ir c'os diabos,
Que daqui a nobe meses
Num faltarão engeitados.

Ó Marrafas, ó Marrafas,
Ó Marrafas d'além do rio,
Bós fostes que inbentastes
Dormir dois p'r'amor do frio.

667. Tangoro-mango / Em S. Paulo corre também a dicção Trango-lango (Informe tio Pio que é corruptela de caipiras) / 1930 Julho

668. Tangoro-Mango / A respeito de Trangolango (informe de tio Pio) parece etimologia popular por contaminação do verbo "estrangular"

669. Tangoro Mangoro / Na "Collecção de Modinhas Lundús Recitativos Etc. Etc." de E. Bevilacqua & C., vem uma peça intitulada "Bahiana" com o sub-título entre parênteses: (Deu-lhe o Tango); e a indicação "modinha por R. M. Gomes". Essa música traz o número de impressão 1368, e com esse mesmo número figura ainda nos catálogos de capa da Casa Bevilacqua, mas atribuida agora a Carlos Gomes. Muito provavelmente um engano, embora não me tenha sido possível encontrar em nenhum outro documento esse tal R. M. Gomes. Mas por outro lado Carlos Gomes não fugia à responsabilidade das suas próprias Modinhas, no geral bem feiosas e principalmente tão sem caráter nacional. Qual-quer outro modinheiro, até dos que nos vinham por emigração como Amat e Varnhagen, conseguiam mais que o pobre do brasileiro à milanesa (ver se foi em Milão que Carlos Gomes estudou).

Mas voltando ao caso: O título "Bahiana" sem referência nenhuma com o texto (se trata mesmo do Tangoro-Mango), parece indicar que a modinha era uma cantiga popular bahiana, que R. M. Gomes apenas harmonizou. Mas é melodia de pouco caráter nacional e sem nenhuma boniteza pra que mereça vir aqui mesmo como objeto de comparação.

Quanto ao texto varia assim: Exclui a estrofe inicial sobre a velha. Principia com:

"Erão nove meu bemzinho em uma casa,
Todas a fazer biscoutos
Deo-lhe o tango, deo-lhe o mango nelas
Não ficarão senão oito."

Nas estrofes seguintes por exigência da rima, o 2 verso vai variando assim:
2.ª: "Forão jogar os treis setes";
3.ª: "Forão estudar Francez";
4.ª: "Forão comer arroz de Pinto"; [sic; deve ser "pato", tendo havido troca, na cópia, causada pelo fim da estrofe 5.ª.]
5.ª: "Forão comer arroz com pato"; [sic; deve ser "pinto".]
6.ª: "Forão estudar Inglez";
7.ª: "Forão passear as ruas";
8.ª: "Forão passear em Inhaúma";
acabando com a 9.ª estrofe que diz:

"Desta huma meu bem que ficou,
Foi passar (*sic*) com sua tia.
Deo-lhe o tango e o mango nellas (*sic*)
Acabou-se a familha".

(Dos fundos Gallet, de Modinhas; a grafia está reproduzida exatamente como o original.)

670. Tangoro-mango / é um poema aritmético (n.º 91 p. 101) e que se se tornaram sagrados e de encantação, provavelmente pela força misteriosa dos números, a gente os poderá ligar aos, ou antes, ver o início deles nos brinquedos absolutamente primitivos que ensinavam o conceito da numeração, como o brinquedo do "ti" da Polinésia ou o "Buck, buck", dos ingleses (n.º 91 p. 86)

671. Tangoro mango / n.º 90 p. 96

672. Tangoro mango / Ensalmo contra bichas que vai diminuindo a numeração / n.º 121 p. 25

673. Tangolo mango / Curiosa enumeração descendente é a referida por n.º 39 p. 51, da autoria do cantador cearense Jacó Passarinho

674. Tangoro-Mango / n.º 23, II, 267

675. Tangoro-Mango / N.º 27 p. 527 / Parece que o milhor sobre este era começar: O T.-M. já está sobejamente estudado e P. da Costa lhe deu uma bibliografia e estudo bastante largos no Folklore Pernambucano (p. 527). Infelizmente a coisa não se esclareceu perfeitamente, nem com o estudo posterior de João Ribeiro e mais passos portugas falando desse mistério. Nem pretendo trazer mais luzes pro caso, apenas mais uma versão transformada em Coco, e mais sua música, sendo que esta jamais foi registrada, pelo que sei. Em resumo se imagina que o T.M. é (e dar aqui o resumo das opiniões).

676. Tangolo Mangoro / N.º 35 p. 46

677. Tangue Mangue / N.º 35 p. 308 e 309 / Uma velha muito velha / 365

678. Embolada / Na embolada que enumera decrescentemente nove negociantes, oito chapéus, sete isto, seis aquilo etc. é uma aplicação livremente lírica da fórmula de ensalmo estudada tão bem por João Ribeiro n.º 38 p. 114. João Ribeiro também refere o Tango-Mangue a isso, em que julga por isso ver não uma doença, coisa-feita ou coisa... que o valha, julga ver o que cura. É incontestável que o Tangue Mangue é qualquer coisa "maleva" que dá nas moças, e que a forma literária da poesia é baseada no ensalmo por enumeração decrescente; porém me parece que o Mestre exagerou a aproximação que em tão boa hora fez. Não se trata senão duma aplicação livre, lírica, artística, e no caso, jocosa, da enumeração de feitiçaria. E por intermédio do Tangue-Mangue veio a fórmula lírica de embolada.

679. Tangolo-Mango / n.º 38 p. 122

680. Tangoro Mango / N.º 49 p. 137

681. Oh Mana Paraíba 54 [Coco n.º 85] é variante do Tangoro Mangoro

682. Tangoro-Mango / n.º 151 p. 298

683. O Tango Lo Mango

Era uma "véia" que tinha nove "fia",
foram "fazê" "pandeló",
deu o tango lo mango na "véia"
e as nove "fia" ficaram só.

E as nove "fia" que ficaram
foram "fazê" biscoito,
deu o tango lo mango numa dellas
e as nove ficaram oito.

E as oito "fia" que ficaram
foram "fazê" leque,
deu o tango lo mango numa dellas
e as oito ficaram sete.

E as sete "fia" que ficaram
foram "aprendê" "francêis",
deu o tango lo mango numa dellas
e as sete ficaram seis.

E as seis "fia" que ficaram
foram "criá" pinto,
deu o tango lo mango numa dellas
e as seis ficaram cinco.

E as cinco "fia" que ficaram
foram "criá" pato,
deu o tango lo mango numa dellas
e as cinco ficaram quatro.

E as quatro "fia" que ficaram
foram "aprendê" "inglêis",
deu o tango lo mango numa dellas
e as quatro ficaram "treis".

E as "treis" "fia" que ficaram
foram "passeá" p'ras ruas,
deu o tango lo mango numa dellas
e as "treis" ficaram duas.

E as duas "fia" que ficaram
foram "passeá" em Inhaúma,
deu o tango lo mango numa dellas
e as duas "ficô" só uma.

E essa uma "fia" que "ficô",
foi "pará" na correção,

deu o tango lo mango nella
e acabou-se a geração.

    (S. Paulo)

[Datilografada. Fundos Paulo Duarte? Conf. n.º 58 da Bibliografia.]

684. Tangoro-Mango / Numa dessas entradas cômicas que fizeram as delícias dos nossos teatrinhos de amadores (n.º 62, II, 379), "O Sr. Anselmo", de Antônio Correia Vasques, vem registrado "Tangro-ro-Mangro".

685. Tangoro Mango / Pra amedrontar crianças (Portugal) se diz que "aí vem o Tranglo Manglo" (n.º 147, II, 91), personificando o Tangoro um assombração ruim.

686. Tangoro Mango / Por isso no tal Chimango
Ha-de dar tangolumango
Si não morrer de balaço
Ou de bomba no seu paço

288 p. 98

687. Tangoro-mango / Veja 287 p. 59 / (A palavra não será africana? Parece...)

688. Tangoro-Mango / N.º 348, II, 346

689. Tangoro mango / n.º 367, IV, p. 572, 573

690. Tangoro-Mango / É uma feitiçaria analógica, como o Abrahan Julita / n.º 95, I, 390

691. Tangoro-Mango / 391 p. 368 fala em "trango [sic]-mango" só citando.

692. Tangoro Mango / n.º 393 p. 95

693. Tango-lo-mango / 266 maio de 1934 p. 106

694. Tangoro-mango / 38, 122

695. Tangoro-mango / 35, 365

696. Tangoro-mango / 287, 59

697. Tangoro-mango / 36, 209

698. Tangoro-Mangoro / Nos Arcos de Valdevêz se usa a expressão "tangle-mangle" que significa lá "coxeando". / 115, XXX, 187 / (que manda ver a Revista Lusitana vol. V. , p. 80)

699. Tangoromango / como doença / "e já veio um boi com tangolomango que foi só chegá e estaqueá o coro p'ra o prejuízo sê mais pequeno" / José Muricy, em Festa, dezembro de 1934

700. Tangolo-mango / 662, I, 16

701. Tangolo-Mango / 661, 117 / (numeração exorcística)

702. Tangolo-Mango / 662, II, 314

703. Tangolomango / 621, 63

468

704. Tango-lo-Mango / 755, 213

705. Tangolomango / 765, 68

706. Tangolomango / 765, 161

707. Tangolomango / 765, 287

708. Tangolomãno / Africanismo ''contestado'' / 784, I, Nelson de Sena

709. Tangolomango / Afr. Peixoto, 784, I, ''Folklore'' regista ''Tango-ro-mango'' [sic], que define ''deu tango romango nele, morreu. Mal súbito e imprevisto, talvez por feitiçaria; é de origem africana. Doença que faz definhar sem remédio: está com tango-romango, não há quem lhe dê volta''.

710. Tangolomango / 805, 61 dá as seguintes variantes verbais: dingolo-dango / Tengomengo / tangomau / (e mais nada)

Tatu no Mato / Dois Tatus [Coco n.º 89; Coco n.º 162.]

711. Tatu no Mato / Criôla / Veja n.º 27 p. 229

712. Coco / Tatu no mato
　　　　Tá de gibão
n.º 39 p. 244

713. *Tatu no mato* / pelo S. João / n.º 34 p. 188

714. Coco / *Tatu no mato* / N.º 34 p. 107

715. Coco / Eu fui no mato / Criôla / N.º 27, 578

　　　''Eu fui ao mato,
　　　Cortei cipó,
　　　Torci bem torcido,
　　　Calado é milhó.''

716. Tatu no mato / N.º 59, VI, 188

717. Cocos registrados por Mello Morais

　　　''Lá vai amor, lá se vai!
　　　　　O amor lá se vai!
　　　Pelas paredes arriba
　　　　　Ninguém vai

　　　　　/ /

　　　Onde vai, lavadeira?
　　　　　— Vou lavar
　　　— E eu vou aprender
　　　　　A nadar

　　　　　/ /

　　　Este João é um?
　　　　　— Será ou não.
　　　Tatú no mato
　　　　　Com seu gibão
　　　　　Um pé calçado
　　　　　Outro no chão.

718. Tatu / Veja uma das papeletas em *Garibaldi foi na missa*. [Não encontrei fichas com esse título. Nas "Danças Dramáticas do Brasil", 3º tomo, p. 284, ficha 56, há um texto sobre Garibaldi.]

719. Vi 2 tatus / 293 p. 47 e 48 / (notar a freqüência do tatu no verso cantado) Ex. "Tatu subiu no pau É mentira de você..."

720. Tatu / 295 p. 301

O tatú mais a mulita,
É lei da sua criação:
Sendo macho, não pode ter irmã;
Sendo femea, não pode ter irmão

(Mulita, mula santa que protegeu N. S. na fuga do Egito)

721. Criola / compare o coco Eh-lê Caninana colhido em Penha [Coco nº 164]

722. Tatu / Pancada / Veja Discoteca Pública, fundos Oneyda Alvarenga, provando existir uma dança mineira chamada "Tatu", cujo texto aliás não fala em "tatu". [Conf. "Melodias Registradas por Meios Não-mecânicos", p. 154 e s., 1º vol. da série "Arquivo Folclórico da Discoteca Pública Municipal", S. Paulo, Departamento de Cultura, 1946.]

723. Criola / Eu fui no mato

Si fores ao mato
Si ao mato fores,
Trazei-me um ramo
De todas as cores

(Este é um *remate* de cantigas, português. Nº 348, 1º vol., p. 365. A estrofe brasileira também é em verso de 4 sílabas, mas a diferença de sentimento a autentica bem.)

724. Tatu / Nº 35 p. 334, dá esta quadra gaúcha:

O tatú subiu a serra
Pra secar seu taboado
Com a sua mala de farinha
E com sua pipa de melado

725. Dois Tatus / 480, 77

726. Tatu no mato / 457, 60

727. Tatu no mato / 668, 221

Verde [Cocos nº 38, 50]

728. Verde / Nº 97 p. 206

729. Verde / Nº 97 p. 100

730. Verde / Nº 86 p. 29

731. Verde / Nº 97 p. 228, 229

470

732. Verde / N.º 266 outubro 1931 p. 119

733. Verde / 265, II, 84

734. Verde / n.º 195 p. 217 e p. 260

735. Verde / n.º 185 p. 78

736. *Verde* / n.º 357 p. 336

737. Verde / n.º 35 p. 337

738. Verde / n.º 266 II de 1933 p. 198, 200

739. Verde / N.º 266, IV de 933 p. 478

740. Verde / 336 p. 169

741. Verde / 739, 184

742. Verde / Quadra de Barroso

> Não sou fita marela (*sic*)
> Nem retroz que perca a cor,
> Eu sou quemò sigro verde,
> Sou lial, ó meu amor

N.º 115, XVIII, 248

743. Verde / na Beira Baixa:

> S'eu quisera bem pudera
> Fazer o dia maior:
> Dar um nó na fita verde
> Prender os raios ao sol.

N.º 115, XI, 138

744. Verde / Na Beira Baixa:

> Atirei co'o verde ao verde,
> Acertei ao verdial
>   etc.

N.º 115, XI, 113

745. Verde / em Vila Real (Portugal)

> Toda a vida trouxe e trago
> Fita verde no chapéu,
> Agora trago cilicios
> Para ver si alcanço o céu.

N.º 115, X, 199

746. Verde / Quadra de Vila Real:

> Atirei c'o verde ó (ao) verde,
> Atirei c'o verde ó ar:
> Atirei o meu pensamento
> Onde eu não posso chigar

N.º 115, X, 146

747. Verde / Em versos dos Reis, colhidos em Vila Real, vem

Debaixo do pálio *verde*
Grande tesoiro s'encerra:
Quando dizem: Santos, Santos,
Desce Deus do céu a terra

N.º 115, IX, 236

748. Verde / Portugal: / Rouxinol da pena verde / (!) / n.º 147 p. 160 / A quadra toda:

Rouxinol etc.
Não cantes agora aqui
Bem sabes que ando de luto
Por um amor que perdi

A idéia do Rouxinol verde é tão forçada que não se pode aceitar como original. E sim Papagaio é o original. Daí pelo menos se pode inferir a viagem duma quadra de cá pra Portugal, e lá chegada tão vagamente na memória de algum "brasileiro" que perdeu-se toda, menos o verso-feito inicial que foi "adaptado" à fauna portuguesa. [Esta ficha e as duas seguintes estão reunidas por um alfinete.]

749. Papagaio pena verde
Empresta-me o teu vestido
O teu vestido são penas
Em penas ando metido

n.º 124, I, 119 / ver se Cesar das Neves não refere a quadra nalguma canção atribuída ao Brasil.

750. Verde / Nas "Cantigas de Berço" de Leite de Vasconcellos (n.º 115, X, p. 38) vem

"Rouxinol da pena *verde*
Deixa a baga do loureiro,
Deixa dormir o menino
Que está no sono primeiro"

751. Verde / prova que o *verde* é alegria, felicidade:

Á rula que viudou
Xurou de non ser casada,
Nin pousar en *ramo verde*,
Nin beber d'áugua crara

quadra galega / n.º 140 p. 312

752. Verde / Atirei um limão verde / Veja a história dos Três Cisnes / 265, II, 29 / Parece que é Leite de Vasconcellos ou T. Braga que estuda "atirar limão" ligado a ritos nupciais.

753. Verde / Debajo de un laurel verde
                         pino
                         arbol

Yo me arrimé a un pino
arbol
verde

Espanha Argentina / n.º 177 p. 27

754. Verde

Dei 1 nó na fita verde
Quero desatar não posso,
Dei outro mais apertado
Do meu coração co'o vosso

Piracicaba / (colhido por mim, 1930)

755. Verde / Ocorre menos mas freqüente as quadras argentinas de Catamarca. Achei um Debajo de un sauce verde em n.º 166 p. 165 e 170; p. 166, 168, 169, 171 etc.

756. Verde / n.º 266, I, 1933 p. 104

757. Verde / Quadras / n.º 266, XI de 932 p. 364

758. Verde / n.º 266, XII, 1932 p. 477, 481

759. *Verde*

O amarelo é desespero,
Verde não sei que será,
Dizem que verde é esperança,
Stou cansado de esperar

(em Goiás) / n.º 266, III de 1933 p. 367

760. Verde / n.º 348, I.º volume, pp. 4, 6, 22, 25, 27, 28, 64, 83, 89, 90, 102, 110, 112, 118, 120, 124, 128, 130, 138, 157, 164, 173, 187, 215, 225, 246, 252, 254, 301, 316, 342, 348, 357, 363, 364, 365, 366, 369, 374, 376, 381, 383, 479, 494 / II vol. p. 37, 57, 148, 455

761. Verde / n.º 340 p. 190

Bemzinho, si eu pudesse
Fazia o dia maior
Dava um nó na fita verde
Prendia os raios do sol.

(Aqui o verde se liga à noção do dia, que é luz, vida, trabalho — se conjugando por associação, à noção de Dionísio, reflorescimento etc.)

762. Verde / Numa canção-de-soldado popular tcheca vem esta bonita oposição de cores: / "Quando eu atravessava Luny, estavam recrutando pros dragões. Os dragões verdes são a minha alegria. Eu não sabia o que fazer, nem se devia selar meu cavalo. Seus olhos negros choravam. Olhos negros por que chorais? Pois se vós não lhe pertencereis mesmo, pra que chorar? Deus vos dará um outro." / n.º 334, 2.ª parte, p. 2962.

763. Verde

O amarelo não desbota
Nem o verde perde a cor
Inda que de vista perca-me
Não me percas o amor

Colha Brasílio Machado, Casa Branca, 1873

764. Verde

Dias há que lo verde
Me dá inquietudes
Porque mis esperanzas
Se han vuelto azules

(Espanha) / N.º 366, III, 47

765. Verde / n.º 366, II, 205
III, p. 113, 422, 432
II, 511

766. Verde / Portugal / n.º 367, I, pp. 19; 30; 76; 109; 138; 160; 184; 188; 204; 226; 230; 233; 247; 249; 252; 279; 285; 286; 287; 309; 311; 318; 327; 328; 350; 371; 372; 373; 380; 434; / II pp. 2; 4; 10; 26; 27; 29; 33; 37; 44; 50; 52; 54; 56; 61; 62; 70; 77; 87; 88; 90; 100; 106; 114; 116; 125; 131; 144; 150; 162; 172; 174; 183; 184; 188; 210; 212; 260; 288; 291; 292; 320; 326; 330; 352; 360; / III pp. 4; 13; 16; 37; 87; 101; 121; 135; 188; 219; 237; 248; 335; 446; 468; / IV pp. 18; 175; 299; 306; 314; 380 e ss.; 445; 453; 482; 485; 489; 490; 496; 506; 509; 523; 570; 572;

767. Verde / n.º 366, IV, 340

768. Verde / Avulsos

Um laço de fita verde
Com 3 dedos de largura
Nas ancas duma mulata
Mata qualquer criatura

/ /

Cobraverde (*sic*) não me morda
Que aqui não tem curador
No colo duma morena
Morrendo não sinto dor

396 p. 173

769. Verde / 534, II, 277

770. Verde

Muito brilha o limão verde
Quando está no limoeiro;
Não há fruta como ele,
Nem amor como o primeiro.

(Beira)

115, XXXI, 288

474

O limão enquanto verde
Tem um aparo galante
Não te temas que eu te deixe
Sem haver causa bastante

(Rapa, Portugal)

op. cit., p. 289

771. Verde

Atirei co'o limão verde,
Á tua porta parou;
Quando o limão tem amores,
Que fará quem nele pegou?

Atirei co'o limão verde
Á tua porta foi rodando,
Ele te foi avisar
De que eu te estava esperando

115, XXXI, 290

Antoninho, maçã verde,
Criado no ramo novo;
Bem puderas tu ser meu,
Sem dares motim ao povo

(Motim é motivo, diz Luís Chaves) / op. cit., p. 291

772. Verde

Papagaio, pena verde,
Me emprestai o seu vestido
Quero passear na praça,
Não quero ser conhecido

in Discot. Pub. fundos Oneyda, recortado "Engenho Novo" [Conf. "Melodias Registradas por Meios Não-mecânicos", p. 120, 1.º vol. da série "Arquivo Folcló-rico da Discoteca Pública Municipal", S. Paulo, 1946.]

773. Verde / Em Celorico da Beira / n.º 115, XVI, 308 e s.

A silva verde é cilicio
A faia é penitencia
As lagrimas são suspiros
Que eu choro na tua ausencia.

/ /

Juro pelo junco verde
Por ser a jura mais leve:
Não hei-de quebrar a jura
Enquanto o junco não quebre.

/ /

Juro pelo junco verde
Que é jurar de lavrador,
Enquanto o mundo for mundo
De não ter outro amor.

/ /

Vem mais 2 quadras principiadas por "Pus o pé no junco verde".

Em Santo Tirso:

Dezei-me o que *senofica* (significa)
Salsa verde nas paredes;
Senofica lialdade   (n? 115, XVII, 317)
E nesta epoca não a vedes

/ /

Em Barroso:

Dei um nó na fita verde
Outro no preto rigor
Inda 'spero de dar outro
Na mão d'reita ao meu amor.

/ /

Dei um nó na fita verde
Nunc'ó eu chegara a dar,
Dei-o tão apertadinho
Não o posso desatar.

n? 115, XVIII, 268
[Esta e as duas fichas seguintes formam um grupo, dobradas juntas.]

774. Verde / Em Castro Laboreiro (n? 115, XIX, 277)

Fita berde no chapeu
Meu amor, nũ lh'a ponhais;
Dá-lh'o bento, abole, abole,
E eu coido que m'açanais!

Hei-d'amar o cordom berde
Im quanto tiber berdura;
Hei-d'amar a quem quijer,
Q'inda num fije scritura

No Alentejo n? 115, XIX, 303

Andas vistido di vêirdi,
Com'ó proprio òrtigão;
Dêxari de ti amári nã hê-di,
Amôri do me coração.

Corre o conto de El-rei Pássaro Verde, registrado na versão eborense em n.º 115, XX, 115

distrito de Coimbra:

> Silva verde não me prendas,
> Olha que me não seguras,
> Olha qu'eu tenho quebrado
> Outras algemas mais duras

(n.º 115, XX, 214)

Ainda Coimbra:

> Tudo o que é verde seca
> Lá pelo pino do verão;
> Tudo torna a renovar,
> Só a mocidade não

(n.º 115, XX, 218)

(Esta quadra prova bem o seqüestro do verde como força da vida e força da natura)

Numas quadras seriadas (dist. de Coimbra, op. cit. 228) de quatro "castas de flores" a roxa significa sentimento, a verde esperança, a azul bons costumes, a branca lealdade.

O verde dos olhos é porém mal recebido no adágio português não usado entre nós "Olhos verdes, onde os virdes fugi delles" (n.º 115, XXIII, 109 — não preciso indicar bibliografia. —) As quadras populares às vezes maltratam ainda o verde nos olhos, em Portugal. Não sei que essas quadras tenham passado pra cá, mesmo porque os olhos verdes entre nós são raríssimos. Porém mesmo nas quadras portuguesas, o que se percebe é que não o verde é maltratado, mas a ingrata, conservando a quadra a noção de esperança do verde e tirando daí a antítese fácil do amante desesperado.

775. Verde / Em Portugal (n.º 115, XXV, p. 36) é curioso que numa feitiçaria de amor o ritual obriga a coser as pálpebras dum sapo com retrós verde.

Não esquecer a expressão "vinho verde".

Há a superstição que beija-flor de rabo verde é sinal de boa nova e o de rabo branco má nova. (n.º 116, vol. II, p. 153.) A expressão "Você viu passarinho verde?" indica que a pessoa perguntada está excessivamente alegre.

Ao falar que a simbologia do verde = esperança deu pra maltratar os olhos verdes em certas quadras, lembrar que a mesma simbologia deu a locução "fulano não põe pé em ramo verde" pra indicar que não se firma em esperanças vãs, mas vai por indícios seguros. A mesma frase em Portugal significa que fulano não tem sossego, tem vida apertada.(n.º 116, vol. II, p. 171 e ss.) Curiosa a frase que cita, falada por Duriano, no "Filodemo" (de Camões): — "Pois não creio eu em S. Pisco de pau, se hei de pôr pé em ramo verde, té lhe dar trezentos açoites". Me lembrou o Picapau e a expressão "ter folhinha de picapau" (v. João Ribeiro).

776. [Francisco Pati — "Verde e amarello". Recorte do jornal "A Platea", 31-3-1933.]

777. Verde / Quinta-feira Santa em alemão é *Gründ*nnorstag / Provém das palavras de Cristo: Se o homem faz isto com um ramo *verde*, o que não fará com um seco? [O primeiro elemento da palavra alemã foi ligado por traço à palavra "verde".]

778. Verde / Ramo verde nas casas botecos que vendem bebida / V. Fernando Mendes de Almeida, no Auto, meus comentários. (Livro não encontrado.)

779. Verdes / Em Portugal antigamente nos leilões o leiloeiro botava um ramo verde na mão do maior ofertante, como sinal de arrematação / N.º 115, XV, 135

780. Verde / Nos versos dos ciganos / "Negli stornelli, se la strofa é batagliera, si fa precedere é invocazione alla foglia *verde* di quercia; se ditirambica, alla foglia *verde* di vite; se erotica, alla foglia *verde* di rosa; se consolatrice, alla foglia *verde* di nagara." / Adriano Collocci, Gli Zingari, cit. em n.º 115, XV, 62

781. Verde / Estudar o caso do n.º 121 p. 251

782. Verde / Nos caracteres representativos ou supersticiosos das cores enumerados por Sebillot (n.º 133 p. 333 a 335) aparecem em principal o encarnado, e mais o branco, o azul, o amarelo, o preto. O verde não vem.
Ver na religião católica se há verde litúrgico.

783. Verde / Ler e comentar a importante página (n.º 138 pp. 38 e 39 etc.)

784. Que a obsessão do verde é herança de Portugal não há dúvida pois, mas isso não prova que seja uma simples passividade hereditária, sem nexo e sem função psicológica nacional aqui. Do espólio português agenciado aqui às necessidades psicológicas nossas, nem tudo foi aceito. Se, por exemplo o romanceiro português inda colhido entre nós pelos folcloristas do fim do séc. passado, pode ser considerado herança passiva, sem função nacional mais nenhuma, o já quase geral esquecimento em que ele caiu na boca do nosso povo de agora prova bem a seleção instintiva. O romanceiro português deu apenas o exemplo pelo qual nós construímos o nosso romanceiro, transitório no geral (ou pelo menos por enquanto) constituído pelos romances que do vale do S. Francisco avançam pelo Nordeste e Amazônia, e pelas modas relatadoras de faits-divers que do meio do Brasil se localizam até o Sul. Já porém o romance da Nau Catarineta funcionou diretamente na psicologia embarcadiça e marinheira do nordestino e permanece até agora vivíssimo lá numa das nossas danças dramáticas. Se a seleção psicológica se exerce com violência tamanha, a ponto de escolher do Romanceiro ibero, que é universalmente comovente e maravilhoso como criação e função popular, apenas um romance, está claro que a seleção se exerceria também nas obsessões de tradições de menor importância. Note-se por exemplo a curiosa substituição do tradicional "Adeus" das quadras portuguesas no generalizado "Vou-me embora" que percorre toda a nossa poética popular e até erudita (F. Aug. [*sic*.; Augusto Frederico] Schmidt, Eu). Uma quantidade de provérbios, superstições, costumes, cangalhas enfeitadas etc. etc. relativas ao boi em Portugal, não permaneceram aqui onde no entanto a obsessão do boi é muito mais viva

478

que além mar. Por tudo isso o verde permanecido como obsessão em nossa poética deve ter uma razão de ser funcional psicológica. Será a mesma que vigorou na imposição do verde dentro dos Portugueses. [*sic.*] Será o verde como significação da esperança? Será o verde como reflexo do mar, tão razoável e provável na psicologia portuguesa? e tão pouco razão generalizável em nosso vasto interior de rios barrentos?... Será o reflexo rural das plantações e dos matos também razoável em Portugal como desejo dionisíaco de reflorescimento depois do inverno e inexistente no Brasil sem queda das folhas? A obsessão do verde não pode absolutamente ser um reflexo do mito órfico ou dionisíaco do rejuvenescimento da natureza. Será um efeito de mimetismo? um anseio de coloração protetora, de Schutzfäerbung? Konrad Guenther (n.º 135 p. 17) observa se referindo aos papagaios verdes que isso não é provável nos países tropicais. Acha, contrariamente ao que sempre leu nos livros europeus que o verde dos papagaios não é uma coloração protetora, e que se os europeus nas suas casas matutando, imaginaram essa explicação, foi porque imaginavam o verde vegetal dos trópicos pelo dos campos e matos europeus. Ora nosso verde ele diz é muito mais escuro nos matos e basta ao seguir pela zona da Paulista ver os pequenos capões de mato natural inda subsistente e as vastas florestas artificiais de eucaliptos e pinheiros pra ver quanto ele tem razão. Mas nosso verde, mesmo só de mato, não é apenas mais escuro, como é ricamente variado, tal enfim, como disse na "Floresta da Agua Negra", Martins Fontes, com uma expressão vigorosa: "o verde é multicor". E nesse verde, a empenação papagaia se distingue em vez de se disfarçar, volta a observar Guenther. E conclui daí que se trata, não duma Schutzfäerbung, mas sim duma Arterkennung, dum processo de reconhecimento sexual, tribal. Se o verde mais monótono da Europa permitiria ainda conceber no verde da poética popular lusitana uma espécie de mimetismo intelectual, ou milhor, psicológico, entre nós, antes se explicaria como uma Arterkennung, por uma noção de força, de pujança, de esperança; a noção do verde na cantiga trazendo pra ela e pro cantador, um enfeite de encantação a mais, tal e qual o cheiro, o canto, a mutação de pena ou pêlo pros animais na época do cio. Está claro que não dou a ele uma explicação exclusivamente sexual, só por evocar comparativamente o cio dos animais. Digo apenas que o qualificativo verde foi de preferência escolhido pelo nosso povo pra enfeitar suas cantigas e conseqüentemente quem as canta, pelo que essa cor nos significa de pujança, de masculinidade (que pode ser não apenas sexual, mas de competição, por assim dizer esportiva: vitória pela vitória sobre os outros machos), de esperança, enfim: de qualquer noção que implique motricidade vitoriosa. Sobre os outros e até sobre si mesmo, dada a malinconia, mais ou menos genérica, e a tendência ou antes adaptação à inércia, que permanece em nosso corpo e alma, pelo clima, pela alimentação pesada e quente, e pela herança afro-ameríndia. Quanto à escolha do verde, de preferência a outras cores ativas, como o encarnado, por ex., além dos gostos pessoais, há que considerar agora a herança tradicional do verde luso que se conformava bem com a nossa própria vida rural em que o verde é o sinal permanente e atraente (pela sua variedade) de vitalidade forte e efusiva. O verde é o milhor símbolo da vida intensa. [Escrito após, a lápis: ("Mostrá-lo então como seqüestro nordestino da estação da chuva, do "inverno")]

785. Verde / No chamar certas coisas de verde não haverá uma espécie de seqüestro da seca, da caatinga e do sertão cor de cinza.

No romance contando o caso do velho Antônio Alves Cocorote, ele escreve pra amada chamando-a de "rosa verde" / n.º 59, II, 28 / Esse romance é de João Martins de Ataíde / (tenho)

786. Verde / N.º 86, p. 62 em Portugal (parece a origem do costume).

787. Verde / Raul Pompea põe em oposição verde e preto pra caracterizar com este a "cicatrícula da infâmia e com o verde a virtude" / n.º 266 novembro 1931 p. 285

788. Verde / Filho das ervas / No Nordeste dizem "filho apanhado" no mesmo sentido que filho das ervas / 266 agosto 1931 p. 451

789. Verde / No Nordeste se usa o eufemismo "verde", "os verdes", pra designar os matos / 280 p. 70

790. Verde / No Nordeste chamam ao sertão, aos matos (280, p. 70) de *"os verde"*

791. Verde / Tanto o "Verde-Gaio" como a "Cana-Verde" são danças minhotas / R. Lusitana vol. 28, 1930, p. 55

792. Filho das Ervas / Em Turquel (Portugal) (em R. Lusitana, v. 28, de 1930, p. 141) "filho das ervas" é o eufemismo com que se designam os enjeitados.

793. Verde / "Fulana não põe pé em ramo verde", frase-feita usada em Turquel (Portugal) pra expressar o recato de alguém / R. Lusitana v. 28, de 1930, p. 167

794. Filho das ervas / "F. das ervas: De pais incógnitos" / 204. p. 59

795. Verde / "Dar um verde, lograr um verde" = dar causa a, ou conquistar uma alegria. / 204 p. 240

796. Verde / Na significação de alegria que está adjunta ao verde, talvez mesmo já mais especificamente na simbologia da esperança é que talvez a gente deverá buscar as origens da expressão "ver passarinho verde" que Castro Lopes também fantasiou nas Origens dos Anexins com aquela sua leviandade que chega a repugnar pela inconsciência.

797. Verde / O tembetá de Cunhambebe era verde / Cunhanbêbe famoso chefe histórico dos tamoios de entre Rio e Piratininga, inimigos dos portugueses / n.º 200 p. 77

798. Verde / Veja n.º 192 p. 88 "verde" por "vegetação".

799. Verde / Lembrar o Domingo de Ramos bíblico e suas palmas verdes e seu sentido simbólico do regozijo pela vinda do Senhor.

800. Verde / Os Irlandeses acreditam que um ramo verde fixado sobre a casa no dia 1.º de maio, dará grande abundância de leite no verão próximo / n.º 181 p. 111 e grifo p. 112

801. Verde / n.º 181 p. 113 e ss. / Parece incontestável que a obsessão do verde é uma reminiscência européia do culto das árvores e pertence aos ritos simbólicos de maio.

802. Verde / É curioso notar que na teogonia mexicana azteca o Sul é simbolizado pela cor verde (n.° 178 p. 45)

803. Verde

Capim verde (bis)
Onde meu bem se sentou
Capim verde não me negues
Com quem ele conversou

n.° 170 p. 40 / Capim = cana?

804. Verde / Numa cantiga de Caldas Barbosa "Zabumba", que trata das guerras de Amor, se diz que o vencedor

"Ha-de ter a fita verde
Duma ordem militar"

N.° 62, I, 229

805. Verde / N.° 159 p. 1 exalta o verde dos mares nordestinos e em seguida (p. 3) explica a fidelidade à terra natal do nordestino por essa encantação de luz, "den der Ozean an der Nordostküste Brasiliens ausübt".

806. Verde / Martius (n.° 134, II, 768) diz que os primeiros tempos de chuva no Nordeste (dezembro, janeiro) são chamados "tempo verde" ou "verde" simplesmente.

807. Verde / ditado "Pôr o pé em ramo verde" / N.° 157, IV, 335

808. Verde / Em Portugal tem a história curiosa e simbólica da Dama Verde, que o príncipe descobriu, por ela se apaixonou e casou. No conto a cor verde é referida como símbolo da esperança / n.° 141 p. 219

809. Verde / O "sempre-verde" é o que chamamos de sabugueiro / n.° 151 p. 122

810. Verde / "rosa verde" etc. / Na peleja de Zé Duda e Silvino Pirauá, este considera que dentre as pedras

"a mais bela é a esmeralda
por ser dum verde chegante"

N.° 59, V, 141

811. Salsa Verde / N.° 35 p. 261

812. Verde / Não esquecer a "Cana Verde"

813. Verde / "Por outro lado é possível que o vocábulo *folheiro*, com o sentido de *alegre*, *airoso*, *feliz*, tenha sofrido a influência metafórica da comparação antiguíssima do homem com as árvores" / Joaquim Ribeiro em n.° 266, abril de 1933 p. 436

814. Verde / No Moçambique de Sta. Isabel, o Rei (negro velho) trazia um lenço verde na cabeça, sob a coroa

---

Verde, de Cataguazes

A casa das janelas verdes, da tradição paulistana

815. Verde / No Moçambique de Sta. Isabel, o negro que servia de Rei, tinha um lenço verde, sob a coroa.

816. Verde / Chamam de "verde" ao inverno na zona do S. Francisco / "... as probabilidades duma seca no ano seguinte haviam desaparecido; ter-se-ia um bom *verde*, que seria próspero..." / 317 p. 49

817. Verde / Que sentido tem o verbo *verdear* em 296 p. 103?

818. Verde / Paul Moraud, Vanity Fair, N. York, janeiro 932, diz que no Brasil tudo é verde. Até exagera falando que até a lua brasileira, até o povo brasileiro são verdes. Mas observa bem que "na língua portuguesa falada verde significa o que é fresco". E cita a "carne verde".

819. Verde / em espanhol quer dizer "moço", inclui a noção de mocidade, provavelmente por extensão de primavera. Em maio (comp. as Maias, festas de rejuvenescimento da natureza...), dia 1, se realizava em Madrid, os festejos de Santiago *el Verde*, assim chamado por oposição ao outro Santiago que é patrão da Espanha. / n? 221 p. 168

820. Verde / 733, n? 2 em "Dos Antiguallas" p. 14

821. Verde / Ver passarinho verde / também em gíria brasileira, se diz "adivinhar passarinho verde" que em Portugal se traduz pra "adivinhar passarinho novo" / 561, 18 / (tudo significando "estar alegre, satisfeito".)

822. Verde / entre índios / 567, 174

Vou-me embora [Cocos n? 13, 60, 86, 90, 92, 100, 118, 125, 133, 159, 167, 214, 220, 222, 234, 241; e "Mineiro Pau", no "Ensaio sobre a Música Brasileira", p. 60.]

823. Resto da documentação em Dona Ausente. [Os documentos para o estudo do "Seqüestro da Dona Ausente" não estão entre os que recebi.]

824. Vou-me embora / Na Espanha não existe o verso-feito "vou-me embora" nem a idéia de partir lhe freqüenta o populário. É antes raríssima, como nestas quadras de Adeus / n? 366, II, 337; 353; 502; 504; 507; 508; 514; 515;

825. Vou-me embora

Não sei si te diga adeus
Si te diga vou-me embora
O amor é uma saudade
Quando abala sempre chora

n? 367, III, 384 / Prova que o próprio povo percebe a nuança entre adeus e vou-me embora

826.   Vou-me embora (bis)
Volto a semana que vem

n? 367, III, 330

827. Vou-me embora / em Portugal / n? 367, I, pp. 241 (Adeus que me vou embora); 270; 428 (Adeus que me vou embora); II, pp. 121; Adeus que me vou

embora 201; Adeus que me vou embora III, 329; Adeus que me vou embora III, 330; Adeus que me vou embora, 332; 333; IV, pp. Vou-me embora adeus adeus 41; Adeus que me vou embora 119; 120; adeus que me vou embora 193; 213; 273; 547;

828. Vou-me embora / Toda a parte *Locales* (n.° 366, vol. IV) das coplas de Marin, tem numerosas quadras iniciadas por Adiós. Nenhuma por Vou-me embora.

829. Adeus / em Portugal / n.° 367, I, pp. 69; 70; 129; 130; 135; 139; 179; 182; 195; 199; 206; 229; 232; 236; 241; 244; 256; 281; 282; 283; 291; 293; 296; 297; 302; 303; 312; 314; 315; 360; 367; 375; 382; 397; II, pp. 13, 40; 66; 71; 73; 78; 92; 93; 103; 117; 119; 123; 142; 161; 163; 187; 189; 202; 195; 218; 253; 255; 281; 336; 360; 364; 387; III, pp. 8; 15; 32; 33; 63; 76; 82; 99; 121; 150; 153; 163; 174; 176; 203; 287; 289; 298; 317; 328; 329; 330; 331; 332; 333; 336; 337; 338; 339; 340; 341; 342; 350; 379; 405; 453; 466; IV, pp. 19; 28; 41; 74; 76; 93; 98; 119; 157; 158; 169; 173; 176; 181; 187; 189; 190; 197; 208; 218; 237; 243; 247; 306; 307; 308; 310; 312; 315; 316; 323; 324 e s.; 328; 330; 332; 340; 342; 344; 352; 355; 359; 360; 368; 454; 512; 527; 541; 542; 547; 548

830. Adeus / n.° 266 julho 1933 p. 333, 336

831. Vou-me embora (útil) / 400, 255

832. Vou-me embora / 396 p. 205 e ss., 281, 282, 354

833. Vou-me embora / 396 p. 273

834. Adeus / 445, pp. 323, 82, 388, 115, 118

835. Adeus / 98, 81

836. Adeus / 436, II, pp. 173, 164, 142

837. Vou-me embora / 166, pp. 202, 204

838. Vou-me embora / 445, 213

839. Adeus / 445, 238

840. Vou-me embora / 445, 240

841. Adeus / 445, 249

842. Vou-me embora / 505, 163

843. Vou-me embora / 505, 206

844. Adeus / Vou-me embora

Atirei uma laranja
Por cima de Braga fora;
Adeus, Braga, adeus, cidade,
Adeusinho vou-me embora

(Santo Tirso)

Atirei uma laranja
Por cima de Chaves fora;

A laranja caiu dentro,
Adeus, Chaves, vou-me embora

(Vila Real)

115, XXXI, 286

845. Vou-me embora

Adeus, eu vou-m'imbora,
Vou sê santo no artá,
Os anjo tão me pedino
Pr'eu í no céu morá

(Sergipe-Bahia) / 555, 41

846. Adeus cazinha de páia,
terreiro de sentimento,
não cuidai que eu sinto pouco,
esse nosso apartamento.

(Perdões)

[Datilografada, cópia a carbono. Fundos Paulo Duarte? Conf. n.º 58 da
Bibliografia.]

847. Adeus

Adeus fontes, adeus rios,
Adeus pedras de lavar
Onde eu passava o meu tempo,
Agora vai a acabar

(Portugal)

115, XXVIII, 285

Adeus, ó rio Mondego
No meio ajunta a areia
Ao fundo tens um jardim
Onde o meu amor passeia

p. 287

848. Adeus

Adeus campos, adeus vales,
Adeus amor que eu amei;
Ainda hoje adoro o sítio
Onde contigo falei

(das cercanias de Viseu) / 115, XXIX, 281

849. Vou-me embora / Ver o "Adeus" erudito na modinha "Maria", Discot. Pub. fundos Oneyda [Conf. "Melodias Registradas por Meios Não-mecânicos", p. 107, 1.º vol. da série "Arquivo Folclórico da Discoteca Pública Municipal", S. Paulo, 1946.]

850. Vou-me embora / Veja Discoteca Pub., fundos Oneyda, o recortado
"Vou-me embora" e o recortado "Cachorro que late fino", e a valsa "Madalena" e
a valsa "Lírio" [Na minha coleção não há recortado com o título "Vou-me em-

bora'', mas o verso-feito aparece nas peças n.º 118, 125 e 128 publicadas nas "Melodias Registradas por Meios Não-mecânicos'', 1.º vol. da série "Arquivo Folclórico da Discoteca Pública Municipal'', S. Paulo, 1946; o recortado "Cachorro que late fino'' é o documento n.º 129 desse livro; e as valsas "Madalena'' e "Lírio'' não foram colhidas por mim nem pertencem ao acervo da Discoteca Pública Municipal de S. Paulo. Houve confusão de Mário de Andrade, que não sei explicar.]

851. Vou-me embora

Amanhã eu vou-me embora
Que eu não tou mentino não
Ainda que meu corpo vai
(Mas) meu coração não vai não

Texto de recortado (Varginha, Minas) / Discoteca Pública / recortado Carolina [Conf. peça n.º 118 em "Melodias Registradas por Meios Não-mecânicos'', 1.º vol. da série "Arquivo Folclórico da Discoteca Pública Municipal'', S. Paulo, 1946.]

852. Vou-me embora / 637, 221

853. Vou-me embora / 597, 161

854. *Vou-me embora* / Lia Corrêia Dutra no seu "O Romance Brasileiro e José Lins do Rego'' Lisboa, 1938, observa (p. 33) que com exceção de *Pedra Bonita* "todos os livros de José Lins começam e acabam com a partida do principal personagem''.

855. *Vou-me embora* / Das 105 quadras colhidas por Brasílio Machado em Casa Branca, em 1873, duas principiam com o "Vou-me embora'' e uma com "Adeus''. / E se duas outras inda falam em adeus "de um adeus que eu hei-de dar'', seis falam o verso-feito "Quando seu bem vai-se embora'' e por ele acabam.

856. Vou-me embora / 747, 168

857. Vou-me embora / Rev. do Brasil 3.ª fase n.º 43 p. 15 e 16

858. Vou-me embora / 37, 260

859. Vou-me embora / Na rev. Waman Puma n.º de nov. de 42, tem um estudo folclórico sobre a freqüência do tema *o forasteiro* no Peru, mas em que este sempre se queixa de estar em terra estranha. Psicologicamente antagônico da tendência denunciada pelo Vou-me embora.

———————

VOCABULÁRIO [Envelope deixado por Mário de Andrade entre os de título "Verde'' e "Vou-me embora''. Suponho que seria uma espécie de armazém, destinado a fornecer notas lingüísticas às várias partes em que se dividiria o "Na Pancada do Ganzá''. A maioria das fichas nele guardadas serve diretamente a textos de cocos, como se poderá constatar. O lugar de outras seria nas "Danças Dramáticas do Brasil'', para cujas pastas Mário de Andrade ainda não teria feito ou teria esquecido de fazer a mudança delas; por exemplo: *Baiano* (Bumba-meu-Boi), *Baiar-Balhar-Balho* (Cheganças), *Brincadeira-Brincar-Brinquedo* (nomenclatura popular das danças-dramáticas), *um japão-um china*, *princpo* por *príncipe* (As Cheganças, Os Congos), *Nação* (Maracatu). Mesmo as fichas que se ligam bem aos textos deste livro, poderão apresentar outras relações. Mas me seria impossível, e em última análise inútil, fazer um recenseamento da ocorrência delas e de todas as demais, nos muitos milhares de versos coligidos por Mário de Andrade. A única coisa que fiz foi ordenar as fichas do envelope por ordem alfabética, para facilitar-lhes a consulta]

860. Vocabulário / *Adiente* / Assim falam os de Turquel, Portugal / R. Lusitana v. 28, de 1930, p. 222

861. Vocabulário / Alagoar = fazer lagoas, ficar lagoa: [*sic*]

862. Atirar dic [Ficha para um projetado dicionário musical brasileiro] / "Convidar a dançar um companheiro, no coco ou no samba" / Rodrigues de Carvalho / Rev. da Academia X de 1930 p. 225

863. Pancada / Baiano (dança) Baianar / Citar 494, 415

864. Baiar / No sentido de bailar citado em quadra popular por J. Galeno n.º 190 p. 36

865. Balhar / dic / "Ensinaste-lo a *balhar*? agora escoiceia-te" / Turquel (Portugal) frase-feita expressiva de ingratidão alheia / R. Lusitana v. 28, de 1930 p. 156 / "Como cantarem, assim balharemos" pra significar conveniência, p. 183

866. Pancada / Vocabulário / Balhar / "Se vemos *balhar* um urso em uma corda...". / 208 p. 73

867. Pancada / Balho / dic / No Alentejo até hoje se fala assim: "até ás noites folionas passadas nos *balhos* e descantes" / Manuel Gomes Fradinho in 115, XXXI, 136

868. Vocabulário / Balho, balhar ainda são usados popularmente em Portugal, pelo menos no Alentejo (v. "A Lingua Portuguesa" Lisboa, 1932, vol. III, fasc. III, p. 137).

869. Pancada / Vocabulário / Barra do dia / R. G. do Sul:

> Eu entrei num galinheiro
> Pra comer carne à fartura
> Apontou as *barras do dia*
> E se veio a cadela escura

meu ensaio (sobre a Música Brasileira) p. 80

870. *Bola* / dic / n.º 185 p. 57

871. Vocabulário / Bozó / 540, 93 diz que é africanismo (só diz isso)

872. Vocabulário / bozó / 556, 40

873. Coco / Bumba é bombo / n.º 39 p. 369

874. Vocabulário / Buso / 287, 170

875. Pancada / Vocabulário / Bravos *da* Limeira / V. n.º 346 p. 63

876. Pancada / Vocabulário / *Brincadeira*. Aproximar esta palavra das comedinhas cantadas populares, os *Jeux*, da Idade-Média. A noção que a umas chamou *Jeux*, a outras idênticas chamou de *Brinquedo*, *Brincadeira*.

877. Pancada / Vocabulário / Brincadeira / Em Minas dizem *Brinquedo* que 265, I, 102 define "baile, cateretê, samba, reunião em que há danças".

878. Dicção dic / *Brincar*. Além do sentido particular de cantar dançando, com que o empregam, é curioso notar que B. é ainda usado, pelo menos no Rio de Janeiro, no sentido de "realizar cerimônia de feitiçaria" pelos afro-brasileiros. O termo está registrado e explicado assim, numa nota de Benjamin Péret na sua reportagem sobre macumbas cariocas (Diário da Noite, S. P. 28-XI-30)

879. Pancada / Vocabulário / Brinquedo. Esta palavra também é usada no Japão pra significar baile cantado. Entre as formas da música Gagáku existe a azuma-asobi, que quer, literalmente dizer "brinquedo oriental" / Duma tese A Música Japonesa de aluna, Biblioteca do Conserv. / 1933 [Conservatório Dramático e Musical de S. Paulo. Deve ser um trabalho da autoria de Suzy Piedade Chagas, hoje sra. Suzy Botelho.]

880. Pancada / Vocabulário / "Brinquedo" também em Minas significa *baile* / n? 265, I, 16

881. Pancada / "brinquedo" / 480, 63

882. Vocabulário / Brinquedo / 685, 148

883. Brote / Em Greg. de Matos / nº 197, III, 53

884. Pancada / (Vocabulário) / Calangro / 266, IX, 1933 p. 10

885. Pancada / Calangro (palavra) / 647, 173

886. Casaca-de-couro / é o Heterospizias meridionalis, Lath. que vive na América do Sul tropical, também chamado (Amazônia) Gavião belo, ou, Gavião tinga. / 206 p. 129

887. Chiqueradô = chicote feito de relho e cacete. / n? 39 p. 372

888. Pancada / Vocabulário / Chiqueirador / Em S. Paulo se dizia "relho chiqueiral" / Veja n? 264 vol. XXVIII p. 83

889. Vocabulário / Xiquerador / 266 abril de 1934 p. 485

890. Dicção / Côipo = corpo / (Zona Bahia-Sergipe) / 555, 83

891. Dicção / "Dama" por puta é espanhol / N? 53 p. 129

892. *Brasileirismo* / Desistir = defecar / "Linguagem Popular de Turquel" / em R. Lusitana v. 28, de 1930 p. 104 / (São numerosas as palavras, modismos, provérbios, tidos como brasileiros e que existem em Turquel)

p. 109 Ezipla = Enxaqueca

p. 117 Mochinga = Castigo leve, zurzidela

893. Vocabulário / *Diente* = diante / também em Portugal / n? 342, I, 450

894. Vocabulário / Diente / Também usado popularmente em Portugal, como na Beira Alta (veja "A Lingua Portuguesa" vol. III, fasc. III, p. 153, 1932 Lisboa)

895. Vocabulário / Esse por este / em "João Carreiro" de Paes Barreto p. 14, p. 80 [V. Bibliografia, n? 7.]

896. Fogo-do-Ar / O fogo-de-artifício é tradicionalmente querido no Brasil e já os cronistas coloniais falam às vezes de lindos fogos que a colônia aplaudiu nas festas dela. É que devia haver muito portuga fogueteiro habilíssimo neste paraíso dos degredados, principalmente depois daquela Lei de 29 de Julho de 1695 que condenava a desterro dum lustro em nossa terra, as pessoas que fabricassem fogos-do-ar, girandas e outras máquinas com pólvora. (Solidônio Leite Filho, Jornal do Comércio, 15-XII-29). / (O artigo está entre os papéis pro Seqüestro.) [V. esclarecimento à ficha 823.]

897. Fogo-do-ar / Outra expressão brasileira dada a práticas do S. João é chamar ao balão de "máquina", no Nordeste, durante o Império pelo menos, como refere n? 34 p. 188 / E Roqueira, é brasileirismo? p. 189

898. Foguetes no Nordeste / "... os romeiros, ao chegarem (ao Joazeiro) antes de se arrancharem e de verem o padre Cícero, qualquer que seja a hora do dia ou da noite, vão até a frente da igreja soltar foguetes como primeira homenagem". / N? 50 p. 32

899. Foguete do ar

> Meu amigo e companheiro,
> Agora vou te falar:
> Eu te jogo para cima
> Como foguete do ar

(desafio) / N? 97 p. 80

900. Fogo do ar / pelos quais Burton manifestou por várias vezes sua animosidade, "rockets which render the day detestable" / N? 88, II, 365

901. Fogo-do-ar e Chineses / (em 1817) / N? 134, I, 183 / "Pra favorecer o desenvolvimento de Santa Cruz (a fazenda dos jesuítas) o ministro anterior conde de Linhares cedeu uma parte a uns colonos chineses chamados pra cá. Poucos ainda aí estavam, pois a maioria fora prá cidade, pra mascatear pequenos objetos de fabricação china, especialmente fazendas de algodão e fogos-do-ar. Doença e nostalgia acabou com muitos, a insatisfação do local dispersou os outros".

902. Fogo-do-ar / É palavra secular no Brasil. / Em 1815 já a empregava em Pernambuco / N? 27 p. 196

903. Fogo-do-ar / Foguete-do-ar é empregado pelo "Mínimo Subdito" em 1786 / n? 157, I, 128

904. Fogo-do-ar / N? 157, V, 250

905. Vocabulário / Fogo-do-ar / Na poesia comemorando um fogo de artifício, Greg. de Matos (n? 197, III, 195) diz

> "No mar ha fogo de terra
> Na terra ha *fogo do ar*"

906. Fogo-do-ar / In Keinem Orte der Welt werden wohl mehr Feuerwerke abgebrannt, als in Rio de Janeiro. Nicht allein, dass an Sonn-und Festtagen vor allen Kirchen, worin die hohe Messe gefeiert wird (...), werden auch häufig auf dem Campo de S. Anna und anderen öffentlichen Plätzen grössere Feuerwerke gegeben, die vor jenen noch den Vorzug haben, dass man sie nicht allein hört,

sondern auch sieht, was bei ersteren nicht gut möglich ist, da sie am hallen kichten Mittage abgebrannt werden". / 220 p. 82

907. Dicção / Fulô / Em Portugal se diz popularmente felor, como nesta quadra de Viana-do-Castelo

O limão é coisa azeda
Que nasce da *felor* branca;
Como hei-de eu amostrar graça
A quem me mostra carranca?

115, XXXI, 287

908. Dicção / Fulô por flor / É afro-brasileirismo, segundo 540, 70

909. Iaiá / No dialeto Ugogo do grupo Tús da África Central Portuguesa ïaïa quer dizer mãe e se sabe o uso de *pai* e *mãe* pelos pretos, pra nomear alguém / n.º 119, p. 145

910. Vocabulário / Italia / Brasileirismo / Em Turquel, Portugal, a pronúncia popular também diz i*n*taliano. / R. Lusitana v. 28, de 1930 p. 232

911. Pancada / Vocabulário / um japão, um china / Nos "Cadernos de Promotores" n.º 19 fls. 402, cit. por Eduardo Prado (n.º 279, n.º 5, p. 10) se diz "Calvino" por "calvinista" em 1636

912. Pancada / Vocabulário / o japão por japonês / também dizem *china* / 301 p. 97

913. Jurubeba / Há uma ave, chamada Jurueba, psitacídeo, de yurú = pescoço + êb = ? virado, rodante, girante? / 203 p. 26

914. Vocabulário / Lagêro: / Um verso mineiro explica bem o que é:
"Pedreira grande é lagedo"

915. Pancada / Vocabulário / mais, por, com / 53, 8

916. Pancada / Vocabulário / Mais = por, *com* / "O cabo Salú me conhece, sabe que eu moro *mais* você". / 325 p. 15

917. Vocabulário / Mais = com
"Ficou a chorar *mais* eu"
em quadra portuga / n.º 348, I, 65

918. Pancada / Mais = com / Em Portugal

Esta noite á meia-noite
Uma menina mais eu
Jurava-me amor eterno
Óh que gosto foi o meu

n.º 367, III, 74

919. Vocabulário / Mais = por Com

Si eu fosse podre de rico
Não morava mais no mato:
Morava *mais* a Lorinda
Dentro das ruas do Crato

396 p. 264

920. Vocabulário / mais = com / 504, 238

921. Vocabulário / mais = com / por preta do Maranhão, traduzindo texto tembé / 528, 171

922. Vocabulário / *Mais* por *com* / 539, 34

923. Vocabulário / mais = com / bom exemplo / 555, 89

924. Vocabulário / *Mais*, por, *com* / na Amazônia:

Seu pagé, seu pagé,
Salte logo donde está
Mais as suas caruanas
E também seu maracá

574, 138

925. Vocabulário / *Mais*, por *com* / 597, 115

926. Vocabulário / *Mais* por *com* / 632, 38

927. Mulé / No galelo antigo se dizia moler, como neste manuscrito do séc. XIII

"e a nossa *moler*
Tareyja Onequiz..."

560, 106

928. Pancada / Vocabulário / "*Nação*" do Leão Coroado / Estará mesmo no sentido comum? Talvez se queira distinguir um grupo de indivíduos reunidos em organização fechada. Na Espanha (séc. XVI a XVII) se chamava Nação cada corpo de milícia estrangeira, donde o costume inda usado na Argentina de chamar "nación" ao estrangeiro (n? 177 p. 81). / E de fato, muito comum no Nordeste é a expressão "nação" por *casta*, espécie: conferencista "é a pior nação de gente" (n? 176 p. 79)

929. Vocabulário / Na Pancada do Ganzá / é nome duma poesia sobre a seca / Lembrar que havendo já um romance e essa canção com o meu título só sube [*sic*] disso depois do título, que não é invenção minha, mas verso-feito popular. / N? 59, VI, 162

930. "Na Pancada do Ganzá" / já é o título dum romance / N? 59, VI, 162 [Não identificado; doamento não encontrado na biblioteca de Mário de Andrade.]

931. Pancada / Sobre o emprego musical desta palavra, já numa "Relação" de festas em Braga, por 1627, se dizia que dum pandeireiro que "não perdia os repiques que lhes dava (ou "dana"; pouco legível) as *pancadas* da viola, polo que foy julgado de todos por cousa extraordinária". (n? 115, XVII, 176) onde o emprego é menos perfeito, pelo menos pro nosso sentir moderno. Menos pancadas nos dá o tinir de qualquer "viola" que as batidas do ganzá.
[As fichas n? 929 a 931 estão reunidas por Alfinete. Embora quebrando, como a 931, a ordem alfabética que dei a este vocabulário, achei melhor colocar também aqui a seguinte, por tratar ainda do título "Na Pancada do Ganzá".]

932. *Pancada* / Vocabulário / *Pancada* / 377 p. 168

933. Nova-seita / azarento / N? 59, VI, 135

490

934. Nova-seita / Nem Bento-o-milagreiro de Beberibe (n.º 59, XVI, 48) dava remédio pros nova-seitas.

935. Nova-seita / N.º 59, XVII, 136 p. 141

936. Nova-seita / N.º 59, XIX, 53

937. Nova-seita / N.º 59, XIX, 117

938. Nova-seita / n.º 170 p. 156
[As fichas n.º 933 a 938 estão reunidas por um alfinete.]

939. Nova Seita / folheto 71 pp. 23 e 24

940. *Nova-Seita* / Carece lembrar que os *Malês*, negros maometanos, se diz que assim foram chamados, da primitiva designação "má lei". (n.º 383, tomo LXXII, parte 2.ª, p. 73). Se a etimologia é discutível, como diz bem o padre Etienne Brasil, mas outra não se encontra plausível, sempre a comparação com "nova seita" fortalece a "má lei".

941. Nova-seita / 400, 254

942. Vocabulário / ó por ao

"Melhor poderás hi tomar o officio
Ás Musas, a Minerva, e ó (*sic*) claro Apollo"

"D'hi te podes mandar d'um te outro Polo,
E do famoso Tejo ó (*sic*) grande Nilo"

562, 89 / (os 2 exemplos da mesma página) / (séc. XVI)

943. Pancada / Vocabulário / Padim' / Também em Goiás se diz *im* por *inho*. / N.º 266, IV de 1933 pp. 482, 483, 487, 488

944. Vocabulário / Paricêro / 287, 155

945. Pancada / Vocabulário / Pareceiro / Já registrado em 287 p. 155

946. Pancada / Pinto cessar xerêm

Só despois que nestas corda
Fiz pinto cessá xerêm,
Vi que o cantô se chamava
Manué Joaquim de Muquêm

280 p. 81. / (O pinto que cessa o milho, colhe um aqui, outro aculá, parece estar tonto...) / Na p. 88 op. cit. Catulo define a expressão "pinto cessar xerêm" como "fazer bonito".

947. *Pinto cessar cherêm* / n.º 36 p. 273

948. Coco / Pinto cessar cherêm / "Cessar areia" também é expressão do Nordeste marítimo. Não será pra significar que está dançando e espalhando areia? Parece. Veja n.º 80 "Sou do mar" (Paraíba) tem mais outro coco ou do R. G. do N. ou Paraíba também falando em "cessar areia". Ficha presa por alfinete à anterior.

949. Desafio / *Pisa* / A mesma palavra existe nos desafios da Colômbia, lá chamados de *Duelo de Cantaores*. "Em algumas aldeias a gente do povo diz

também que um "dá o pé" (dá o assunto, o pretexto pra resposta) e o outro "pisa". E nos momentos mais acesos da luta ouvem-se gritos como estes, saídos da boca dos espectadores: Pisa, compañero!" / n.º 351, n.º 5 de 1933 p. 47

950. Pancada / *Pisa* = sova / "Meta o sacristão na cadeia, por minha conta, e dê-lhe uma pisa das boas" / 384 p. 116

951. Pancada / Pisada / dic / O disco Colúmbia, de Maracatu, n.º 22187-B, se intitula "Pisada Cambinda" que explica *pisada* como música, toada, ou passo coreográfico, não é possível especificar bem. "Cambinda" é nome duma "nação" de Maracatu, como prova outro disco Colúmbia de igual nome, "Cambinda Briante".

952. Vocab. / Poico por porco / é fenômeno de vocalização da consoante / 399, 90

953. Dicção / Pôico = porco / é fenômeno de dicção afro-brasileira, diz 540, 70 que cita *laigá* por *largar*.

954. Coco / "Poldro de segunda muda" / que não vale mais nada. Ao contrário quem garganteia, se chama "de primeira muda", que nem nesta fanfarronice de João Melquíades da Silva:

> "...........
> Sou amigo do Zé Duda,
> Café moca verdadeiro,
> Cacau de folha miuda,
> Barbatão sem ver curral,
> Pordo de primeira muda!"

n.º 8 da Bibliografia, 188

955. Pancada / Vocabulário / Por teu *respeito* = por tua causa

> Hoje não dou mais 1 [um] passo
> Cansado por teu respeito;
> Porquê tu me desprezaste
> Por aquele certo sujeito

n.º 340 p. 210

956. Vocabulário / Por teu respeito = por causa / n.º 348, I, 15

957. Vocabulário / *Princpo* / 399, 94 registra prinspe / prefiro o c, que é dado não ligado à sílaba anterior mas nitidamente / prin-c-po

958. Vocabulário / da Pancada do Ganzá / Puxavante = braço que puxa roda na máquina da usina.

959. Brasileirismo / *Quartinha* / *Quartas* em Portugal / 534, fasc. XVI p. 106

960. Pancada / Vocabulário / Quilariar = por clarear / Também em Port. / n.º 367, I, p. 178, 180

961. Pancada / Romance do Pavão / Adilão me deu dizendo que a *toada* era do cantador Romano Elias. Lhe perguntei se sabia o romance (texto) inteiro. — Sei contá, sim sinhô, mai' *versado* (em verso) num sei não.

492

962. Pancada / dic. / Sabo por Sabado / V. "Sabo de tarde"; e, "Pra dançar no sabo" / (Sapo Cururu) [Conf. no "Ensaio sobre a Música Brasileira", pp. 41 e 69, o canto-de-usina "Sábado de tarde" e o acalanto "Sapo Cururu".]

Sylvio Romero dá: / "Para dançar *o sapo*" / cit. em Rev. da Acad. [Revista da Academia Brasileira de Letras] XI, 1930, 301

963. Vocabulário / Sabo = sábado / 564, 230

964. Vocabulário / Sacudir por jogar / 415, 17

965. Vocabulário / sacudir = atirar / 504, 333

966. Dicção / Salvar por saudar / N.º 62, I, 9

967. Vocabulário / Sempre = mesmo / V. n.º 557 p. 283

968. Pancada / Vocabulário / Se danar = entregar-se vivamente a uma ação qualquer.

969. Vocabulário / **Sericóia** / também Siricora / n.º 170 p. 105

970. Siricoia / Talvez em Alagoas digam Siricora, como vem em Décimas de Alagoas / n.º 59, I, p. 87 / Perguntar

971. Coco / "Se ver em êta" expressão que vem numa embolada. Esse êta, não será a interjeição brasileira *Êta!* que além de ser de animação, é também de apertura, quando não continuada por outras palavras. "Eta, caboco bão!" é de admiração, ou de animação se o "cabôco" está presente. "Mas quando me vi naquele negrume, êta, quase que perco as estribeiras!" é de susto, de espanto, o mesmo que puxa! "Se ver em êta" = "se ver em apertos".

972. Sulão / vento Soão já aparece em documentos do séc. XIV (n.º 205 p. 480). O vento Soão ora designa vento de Este (p. 481) ora do Sul (p. 483). Também Suão p. 484. / Soão vem de *Solanus ventus*, que é nome romano op. cit. p. 478. [V. também fichas N.º 50, 51.]

973. Tem *as vozes* muito boas [Conf. também "Ensaio sobre a Música Brasileira" p. 54, "Samba do Matuto"] / Rocha Pitta, cit. em n.º 99, II, 216, conta que da água da Carioca "é fama acreditada em seus naturais que faz vozes suaves nos músicos".

974. Chico Antônio / Quando Adilão diz pra C.A. que "tem *as vozes* muito boa": / citar que a expressão é minhota, como em

Eu vim a esta esfolhada
Nenhum rapaz me deu nozes.
A culpa só eu a tive
Em soltar as minhas vozes.

n.º 90, p. 122 [Esta e a ficha anterior estão reunidas por um alfinete.]

975. Vocabulário / Tem as vozes muito boa / No Alentejo

Altos silêncios da noite
Minhas vozes vão rompendo;
Lá irão a combater
Donde meu bem 'stá vivendo.

(parece erudita...) / 115, XXXI, 137

976. Pancada / Vocabulário / *Vozes* / (Em Portugal)

>Minhas *vozes* já não prestam
>São canas verdes do rio
>Como há-de cantar bem
>Quem de noite dorme ao frio?

N.º 367, IV, 59 / (Beira-Baixa)

977. Vocabulário / terêm = trêns / 505, 232

978. Pancada / Vocabulário / "Tomar um trinque" / No futebol, pelo menos de S. Paulo, se usa o termo *chaleira*, que já penetrou o interior do Estado (pelo menos zona S. Carlos, Araraquara, Matão). Significa que o jogador chutou com o calcanhar. Ora esse termo é deformação popular do termo chute "Charles Miller", que este foi no início do futebol paulista, o jogador que empregou primeiro ou inventou esse jeito de chutar. Grey [ou "Guy"; pouco legível] Gay não refere nem Chaleira, nem "Charles Miller" no Dicionário do Futebol Associação, da Civilização Brasileira Editora, Rio de Janeiro.

979. Pancada / Vocabulário / "Tomar um trink" por "drink" / Por 1886, Castro Lopes (212 p. 267) refere que a rapaziada carioca usava a expressão "*trincs de rome*" pra designar embriagado, e que diz ser corruptela de "drink rum". / *rum?* / será rhum?

980. Pancada / Vocabulário / Tombo do mar / movimento das ondas fazendo balangar o navio.

>Mariquinha já te disse
>Que não posso te levar
>Domingos 'stá pequenino
>Não güenta *tombo no mar*

(311 p. 143)

981. Totem / Plural de totem é Totemes pra Leite de Vasconcellos / 205 p. 622

982. Dicção / Truver por trazer / É fórmula arcaica portuguesa: / Num romance do Algarve: "Trouveram-me aqui mouros
                        Com a feitiçaria."

N.º 11 da Bibliog. II, 127

983. Pancada / tundá / (Minas) / 487, L, 89

984. Pancada / Vocabulário / Vadiação = brincadeira

>"Eu não sei cantá, seu moço,
>Canto só de vadiação"

284 p. 154

985. Vocabulário / Vadiar / 685, 148

986. Vocabulário / Vadiar = brincar / Isaura "conhecia o fraco do trouxa e *vadiava* com o coração de Ricardo" / 596, 121

987. Viver no ter / Veja / R. da A.B. [Revista da Academia Brasileira de Letras] XII de 930, p. 388

988. Pancada / Vocabulário / "Viver no ter" / "Os que casam com mulheres maiores no ser, no saber, e no ter, estão em grandíssimo perigo" / 208 p. 72

989. Vocabulário / vive no *ter* / Veja n.º 348, I, 194

990. Pancada / Vocabulário / Viver no *ter*

Si me não quer's por ser pobre
Amas a rica p'los *teres*

N.º 367, III, 403

991. Pancada / vocabulário / Viver no *ter* / em Portugal: / 745, 79

Chave da Bibliografia

Numericamente citada por Mário de Andrade

1 — Visconde de Taunay: *Exploração entre os Rios Taquary e Aquidauana no Distrito de Miranda*, Rio de Janeiro, 1868.

3 — Padre Yvo d'Evreux: *Viagem ao Norte do Brasil*. Trad. de C. Augusto Marques. Rio de Janeiro, 1929.

5 — M. Bonfim: *O Brasil na América*. Rio de Janeiro, 1929.

7 — Raimundo Paes Barreto: *João Carreiro*, Recife, 1928.

8 — F. Chagas Baptista: *Cantadores e Poetas Populares*. Parayba, 1929.

9 — Pedro Batista: *Cangaceiros do Nordeste*. Parayba, 1929.

11 — Theophilo Braga: *História da Poesia Popular*. 3.ª ed. Lisboa, 1902.

20 — Manuel Querino: *A Bahia de Outrora*. Bahia, 1922.

22 — Joaquim Ribeiro: *A Tradição e as Lendas*. Rio de Janeiro, 1929.

23 — Theophilo Braga: *Romanceiro Geral Português*. 2.ª ed. Lisboa, Manuel Gomes, 1906.

26 — João Gomes Júnior e João Baptista Julião: *Ciranda, Cirandinha...* São Paulo, Cia. Melhoramentos de S. Paulo, 1924. (O.A.)

27 — F. A. Pereira da Costa: *Folklore Pernambucano*. Revista do Instituto Histórico e Geográfico Brasileiro, LXX, II parte. Rio de Janeiro, Imprensa Nacional, 1908.

32 — Fernando Ortiz: *Los Negros Brujos*. Madrid, Editorial América, s.d.

34 — Mello Moraes Filho: *Festas e Tradições Populares do Brasil*. Nova ed. Garnier.

35 — Sylvio Romero: *Cantos Populares do Brasil*. 2.ª ed. Rio de Janeiro, Alves & Comp., 1897.

36 — Basilio de Magalhães: *O Folclore no Brasil*. Rio de Janeiro, Livraria Quaresma, 1928.

37 — Gustavo Barroso: *Ao Som da Viola*. Rio de Janeiro, Leite Ribeiro, 1921.

38 — João Ribeiro: *O Folk-Lore*. Rio de Janeiro, Jacinto Ribeiro dos Santos, 1919.

39 — Leonardo Motta: *Cantadores*. Rio de Janeiro, Livraria Castilho, 1921.

40 — Fernão Cardim: *Tratado da Terra e Gente do Brasil*. Rio de Janeiro, J. Leite & Cia., 1925.

41 — Pedro Taques de Almeida Paes Leme: *História da Capitania de São Vicente*. Companhia Melhoramentos de S. Paulo.

43 — Frei Vicente do Salvador: *História do Brasil*. S. Paulo, Weisflog Irmãos, 1918.

49 — Pinto de Carvalho: *História do Fado*. Lisboa, Livraria Moderna, 1903.

50 — Floro Bartolomeu: *Joazeiro e o Padre Cícero*. Rio de Janeiro, Imprensa Nacional, 1923.

53 — Álvaro V. Lemos: *O Minho Alegre e Cantador*. Coimbra, Minerva Central, 1926.

55 — E. Roquette Pinto: *Seixos Rolados*. Rio de Janeiro, 1927.

58 — *Fundos Folclóricos Paulistas*, colecionados por Paulo Duarte, com a colaboração dos srs. Tomé Teixeira (Itararé), Francisco Damante (Perdões), José Honorio de Sillos (S. José do Rio Pardo), João Cortez Rennó Ferreira (S. Bento do Sapucaí), Sud Menucci (Porto Ferreira), Palmira de Oliveira (Casa Branca), Benedicto Pires Almeida (Tietê), Correia de Mello (S. Paulo), Leopoldo de Amaral (Campinas).

59 — Fundos Villa-Lobos.

60 — Mello Moraes Filho: *Cantares Brasileiros*. Rio de Janeiro, 1900.

62 — Mello Moraes Filho: *Serenatas e Saraus*. Rio de Janeiro, Garnier, 1901.

63 — Antonio Egídio Martins: *São Paulo Antigo*. S. Paulo, 1911, 1912.

65 — Affonso A. de Freitas: *Tradições e Reminiscências Paulistanas*. S. Paulo, 1921.

67 — Affonso Arinos: *Lendas e Tradições Brasileiras*. S. Paulo, Cultura Artística, 1917.

69 — Alfred Jacobs: *L'Afrique Nouvelle*. Paris, Didier & Cie., 1862.

75 — Charles Blondel: *La Mentalité Primitive*. Paris, Stock, 1926.

77 — Der Mensc aller Zaeiten: *III Voelker und Culturen; I teil Gesellschaft und Wirtchaft der Voelker*, por W. Schmidt und W. Koppers. Regensburg, J. Habbel.

86 — Hermann Hurtel: *Beitraege zur portugiesischen Volkskunde*. Universidade de Hamburgo, 1928.

88 — Richard F. Burton: *The Highlands of the Brazil*. Londres, Tinsley Brothers, 1869.

89 — Nuno Catharino Cardoso: *Cancioneiro Popular Português e Brasileiro*. Lisboa, Portugal-Brasil Ltda., 1921.

90 — Alberto Pimentel: *As Alegres Canções do Norte*. Lisboa, Viúva Tavares Cardoso, 1905.

91 — Edward B. Taylor: *La Civilisation Primitive*. Paris, Alfred Costes, 1920.

95 — Hoffmann-Krayer e Baechtold-Staeubli: *Handwoersterbuch des deutschen Aberglaubens*. Berlim, Walter de Gruyter & C., 1927.

97 — A. Americano do Brasil: *Cancioneiro de Trovas do Brasil Central*. S. Paulo, Cia. Gráfico-Editora Monteiro Lobato, 1925.

98 — Jaime Cortesão: *Cancioneiro Popular*. Porto, Renascença Portuguesa, 1914.

99 — Joaquim Manuel de Macedo: *Um Passeio pela Cidade do Rio de Janeiro*. Rio de Janeiro, Tip. Imperial de J. M. Nunes Garcia, 1862.

105 — Lévy-Bruhl: *Les Fonctions Mentales dans les Sociétés Inférieures*. 8.ª ed., Paris, Félix Alcan, 1928.

110 — I. Friedrich von Weech: *Reise über England X und Portugal nach Brasilien und den vereinigten Staaten des La-Plata-Stromes*. Munique, 1831. [Em complemento ao registro bibliográfico, Mário de Andrade anotou: "Weech esteve no Brasil por 1827 e antes".]

111 — I. Friedrich von Weech: *Brasiliens gegenwaertges Zustand und Colonialsystem*. Hamburgo, 1828.

114 — J. Leite de Vasconcellos: *Antroponímia Portuguesa*. Lisboa, Imprensa Nacional, 1928.

115 — *Revista Lusitana*.

116 — *Revista de Filologia Portuguesa*. São Paulo.

119 — Henrique Augusto Dias de Carvalho: *Ethnographia e História Tradicional dos Povos da Lunda* (Expedição Portuguesa ao Mutiânvua). Lisboa, Imprensa Nacional, 1890.

120 — Auguste de Saint-Hilaire: *Voyage dans les Provinces de Rio de Janeiro et de Minas Gerais*. Paris, 1830.

121 — Pe. Firmino A. Martins: *Folklore do Conselho de Vinhais*. Coimbra, Imprensa da Universidade, 1928.

124 — Cesar das Neves e Gualdino de Campos: *Cancioneiro de Músicas Populares*. Porto, 1896 a 189. [sic]

129 — Visconde de Porto Seguro: *História Geral do Brasil*. Companhia Melhoramentos de São Paulo.

130 — Fritz Krueger: *Die Gegenstandkultur Sanabrias und seiner Nachbargebiete*. Hamburgo, L. Friederichsen und Co., 1925.

131 — Curt Sachs: *Geist und Werden der Musikinstrumente*. Berlim, Dietrich Reimer, 1929.

132 — Eloy de Souza: *Alma e Poesia do Litoral do Nordeste*. Rio de Janeiro, Tip. S. Sebastião, 1930.

133 — Paul Sebillot: *Le Folk-Lore*. Paris, Octave Doin et Fils, 1913.

134 — Spix e Martius: *Reise in Brasilien*. Munique, 1823.

135 — Konrad Guenther: *Brasiliens Farbe*. Leipzig, Voiglaenders Verlag, s.d.

138 — Raymundo de Moraes: *Paiz das Pedras Verdes*. Manaus, Imprensa Pública, 1930.

140 — Theophilo Braga: *Parnaso Português Moderno*. Lisboa, 1877.

141 — Theophilo Braga: *Contos Tradicionais do Povo Português*. Lisboa, J. A. Rodrigues & Cia., 1914.

144 — André João Antonil: *Cultura e Opulência do Brasil*. S. Paulo, Cia. Melhoramentos de S. Paulo, 1023.

146 — Frances Densmore: *The American Indians and their Music*. New York, The Woman Press, 1926.

147 — J. Leite de Vasconcellos: *Ensaios Ethnographicos*. Lisboa, Livraria Clássica Editora, 1910.

148 — Carvalho Ramos: *Tropas e Boiadas*. S. Paulo, Monteiro Lobato & Cia., 1922.

150 — Carlos Teschauer, S. J.: *Poranduba Riograndense*. Porto Alegre, Livraria do Globo, 1929.

151 — Leite de Vasconcellos: *Tradições Populares de Portugal*. Porto, 1882.

152 — Padre Simão de Vasconcellos: *Chronica da Companhia de Jesus do Estado do Brasil*. Rio de Janeiro, 1864.

153 — Príncipe Adalberto de Prússia-H. Kletke: *Reise nach Brasilien*. Berlim, 1857.

154 — Newman I. White: *American Negro Folk-Songs*. Cambridge, Harvard University Press, 1928.

156 — Pedro Motta Lima: *Bruhaha*. Rio de Janeiro, Empresa Gráfico Editora, 1929.

157 — Vieira Fazenda: *Antiqualhas e Memórias do Rio de Janeiro. Revista do Instituto Histórico e Geográfico Brasileiro*, tomos 86, 88, 89, 93, 95.

159 — Konrad Guenther: *Das Antlitz Brasiliens*. Leipzig, R. Voigtlaender, 1927.

166 — Juan Alfonso Carrizo: *Antiguos Cantos Populares Argentinos*. Buenos Aires, Imp. Silla Hermanos, 1926.

170 — Leonardo Motta: *Violeiros do Norte*. S. Paulo, Cia. Graphico-Editora Monteiro Lobato, 1925.

175 — Juan B. Ambrosetti: *Supersticiones y Leyendas*. Buenos Aires, La Cultura Argentina, 1917.

176 — Leonardo Motta: *No Tempo de Lampeão*. Rio de Janeiro, Of. Industrial Graphica, 1930.

177 — Eusébio R. Castex: *Cantos Populares (Apuntes Lexicográficos)*. Buenos Aires, Imp. La Lectura, 1923.

178 — Th. W. Danzel: *Handbuch der praekolumbischen Kulturen in Lateinamerika*. Hamburgo, Hanseatische Verlangenstalt, 1927.

181 — James George Frazer: *Le Rameau D'Or*. Paris, Paul Geuthner, 1924.

183 — Raquel de Queiroz: *O Quinze*. Fortaleza, Estabelecimento Gráfico Urania, 1930.

185 — Leonardo Motta: *Sertão Alegre*. Belo Horizonte, Imprensa Oficial de Minas, 1928.

187 — *Revista do Instituto Arqueológico, Histórico e Geográfico Pernambucano*, vol. XXIX.

189 — E. Nordenskiöld: *L'Archéologie du Bassin de l'Amazone* (Ars Americaine). Paris, G. van Oest, 1930.

190 — Juvenal Galeno: *Lendas e Canções Populares*. 2.ª ed. Ceará, 1892.

192 — Álvares de Azevedo: *O Conde Lopo*. Rio de Janeiro, 1886.

194 — Gonçalves Dias: *O Brasil e a Oceânia*. Rio de Janeiro, Garnier.

195 — Gonçalves Dias: *Meditação*. Rio de Janeiro, Garnier.

196 — Martins de Oliveira: *Gavita*. Rio, Tipografia S. Benedito, 1930.

197 — Gregório de Matos: *Obras*. Rio de Janeiro, Academia Brasileira de Letras.

199 — Gonçalves Dias: *Poesias*. Rio de Janeiro, Garnier.

200 — Castro Alves: *Obras Completas*. Rio de Janeiro, Livraria Francisco Alves, 1921. [O registro bibliográfico tem esta nota: "Houve um engano e numerei com este número *200* também Hans Staden: *Viagem ao Brasil*, ed. da Academia Brasileira de Letras, Rio, 1930. Procurar pois as citações *200* em ambas as obras."]

201 — A. Bros: *La Religion des Peuples non Civilisés*. 3.ª ed. Paris, P. Lethielleuz.

203 — Rodolpho Garcia: *Nomes de Aves em Língua Tupi*. Rio, 1913.

204 — P. Perestrello da Câmara: *Colecção de Provérbios, Adágios, Rifãos, Anexins, Sentenças Moraes e Idiotismos da Língua Portugueza*. Rio de Janeiro, 1848.

204 — J. Leite de Vasconcellos: *Opúsculos, vol. III — Onomatologia*. Coimbra, Imprensa da Universidade, 1931.

206 — Dra. Emília Snethlage: *Catálogo das Aves Amazônicas*. Boletim do Museu Goeldi, vol. VIII. Pará, 1914.

207 — F. Adolpho Coelho: *Os Ciganos de Portugal*. Lisboa, Imprensa Nacional, 1892.

208 — D. Francisco Manoel: *Carta de Guia de Casados*. Port, [*sic*; Porto? Portugal?] 1898.

211 — Frey Amador Arraiz: *Diálogos de Dom...* Lisboa, Rolandiana, 1846.

212 — Castro Lopes: *Origens de Anexins*, 2.ª ed. Rio de Janeiro, Alves, 1909.

220 — C. Schlichthorst: *Rio de Janeiro wie es ist*. Hannover, 1829. [Registro bibliográfico acompanhado da nota: "O livro traz como dístico de abertura: 'Huma vez e nunca mais'."]

221 — Ludwig Pfandl: *Spanisch Kultur und Sitte*. Munique, 1924.

222 — *Revista de Filologia e História*. Rio de Janeiro, Livraria J. Leite, desde 1931...

232 — José Piza: *Contos da Roça*. S. Paulo, Andrade, Mello e Comp., 1900.

257 — Gustavo Barroso: *Almas de Lama e de Aço*. S. Paulo, Companhia Melhoramentos de S. Paulo, 1931.

258 — Mario Mello: *Dentro da História*. S. Paulo, Companhia Editora Nacional, 1931.

264 — Revista do Instituto Histórico e Geográfico de S. Paulo. S. Paulo.

265 — Lindolpho Gomes: *Contos Populares*. Companhia Melhoramentos de S. Paulo, 1931.

266 — *Revista da Academia Brasileira de Letras*. Rio de Janeiro.

279 — Revista Nova. S. Paulo. 1931 a

280 — Catullo da Paixão Cearense: *Meu Sertão*. Rio de Janeiro, Livraria Castilho, 1918.

284 — Catullo da Paixão Cearense: *Meu Brasil*. Rio de Janeiro, Annuario do Brasil, 1928.

285 — Catullo da Paixão Cearense: *Alma do Sertão*. Rio de Janeiro, Livraria Editora Leite Ribeiro, 1928.

287 — Afranio Peixoto: *Missangas*. S. Paulo, Companhia Editora Nacional, 1931.

288 — Piá do Sul (Félix Contreiras Rodrigues): *Gauchadas e Gauchismos*. 2.ª ed. Montevideo, Casa A. Barreiro y Ramos.

290 — Catullo da Paixão Cearense: *Poemas Bravios*. 3.ª ed. Rio de Janeiro, Livraria Castilho, 1928.

291 — Érico de Almeida: *Lampeão*. Parahyba, Imprensa Official, 1926.

293 — Severino de Sá Brito: *Trabalhos e Costumes dos Gauchos*. Porto Alegre, Livraria do Globo, 1928.

295 — J. Simões Lopes Netto: *Contos Gauchescos e Lendas do Sul*. Porto Alegre, Livraria do Globo, 1926.

296 — Darcy Azambuja: *No Galpão*. 2.ª ed. Porto Alegre, Livraria do Globo, 1925.

300 — Claude d'Abbeville: *Histoire de la Mission des Peres Capucins en l'Isle de Maragnan*. Ed. Facsimile da Collecção Eduardo Prado, 1922.

301 — Ignacio Accioli de Cerqueira e Silva: *Informação do Rio de S. Francisco*. Rio de Janeiro, 1860.

308 — Joaquim Laranjeira: *A Pequena História*. Magdalena, Estado do Rio, Graphica Excelsior, 1931.

311 — Lauro Palhano: *O Gororoba*. Rio de Janeiro, Terra de Sol, 1931.

317 — D. Martins de Oliveira: *No País das Carnaúbas*. Rio de Janeiro, 1931.

319 — Alex. Haggerthy Krappe: *Mythologie Universelle*. Paris, Payot, 1930.

325 — Rachel de Queiroz: *João Miguel*. Rio de Janeiro. Schmidt Editor, 1932.

326 — Hernani de Irajá: *Feitiços e Crendices*. Rio de Janeiro, Livraria Editora Freitas Bastos, 1932.

334 — Albert Lavignac e Lionel de la Laurencie: *Encyclopédie de la Musique*. Paris, Librairie Delagrave, iniciada em 1913.

336 — Cornélio Pires: *Sambas e Cateretês*. S. Paulo, Unitas Ltda., 1933.

338 — *La Revue Romande*. Lausanne, 15 de outubro de 1919.

339 — Sylvio Romero: *Estudos sobre a Poesia Popular do Brasil*. Rio de Janeiro, Laemmert e Cia., 1888.

340 — Sylvio Romero: *Cantos Populares do Brasil*. 1.ª ed. Lisboa, 1883.

342 — Gl. Couto de Magalhães: *Contes Indies du Brésil*. Trad. de Émile Allain. Rio de Janeiro, 1882.

346 — José de Carvalho: *O Matuto Cearense e o Caboclo do Pará*. Belém, 1930.

348 — Theophilo Braga: *Cancioneiro Popular Português*. 2.ª ed. Lisboa, J. A. Rodrigues e Cia., 1911.

349 — José Veríssimo: *Scenas da Vida Amazônica*. Lisboa, 1886.

351 — *Revista da Associação Brasileira de Música*. Rio de Janeiro.

352 — Joaquim Ferreira Moutinho: *Notícia sobre a Província de Matto Grosso*. S. Paulo, 1869.

357 — Nina Rodrigues: *Os Africanos no Brasil*. S. Paulo, Companhia Editora Nacional, 1932.

361 — Paul Sebillot: *Le Folk-Lore de France*. Paris, Librairie Orientale et Americaine, 1905.

366 — Francisco Rodrigues Marin: *Cantos Populares Españoles*. Sevilha, Franc. Alvarez y C., 1882.

367 — A. Thomaz Pires: *Cantos Populares Portuguezes*. Elvas, Typographia Progresso, 1902.

368 — José Lins do Rego: *Menino de Engenho*. Rio de Janeiro, Adersen Editores, 1932.

377 — Firmino Costa: *Vocabulário Analógico*. S. Paulo, Companhia Melhoramentos de S. Paulo, 1933.

383 — *Revista do Instituto Histórico e Geográfico Brasileiro*. Rio de Janeiro, Imprensa Nacional.

384 — Peregrino Júnior: *Matupá*. Rio de Janeiro, L.C., 1933.

391 — Gilberto Freyre: *Casa Grande e Senzala*. Rio de Janeiro, Maia e Schmidt Ltda., 1934.

392 — Gabriel Soares de Souza: *Notícias do Brasil, in Colecção de Notícias Ultramarinas*, tomo III, parte I. Lisboa, Academia Real das Sciencias, 1825.

393 — Ismael del Pan: *Folklore Toledano*, tomo primeiro. Toledo, Imp. de A. Medina, 1932.

395 — Mário de Andrade: *Ensaio sobre a Música Brasileira*. S. Paulo, I. Chiarato & Cia., 1928.

396 — Rodrigues de Carvalho: *Cancioneiro do Norte*. 2.ª ed. aumentada. Parahyba, Livraria S. Paulo, 1928.

398 — Graciliano Ramos: *Cahetés*. Rio de Janeiro, Schmidt, 1933.

399 — Mario Marroquim: *A Língua do Nordeste*. S. Paulo, Companhia Editora Nacional, 1934.

400 — Gustavo Barroso: *Terra de Sol*. 3.ª ed. Rio de Janeiro, Francisco Alves, 1930.

401 — Alejo Carpentier: *Écue Yamba-Ó!* Madrid, Editorial España, 1933.

403 — Ranulpho Prata: *Lampeão*. Rio de Janeiro, Ariel Editora, 1934.

415 — Rodolpho Theophilo: *O Paroara*. 2.ª ed. Ceará, Typographia Moderna, 1899.

417 — I. Joffily: *Notas sobre a Parahyba*. Rio de Janeiro, Typographia do Jornal do Commercio, 1892.

431 — José Gonçalves da Fonseca: *Navegação feita da Cidade de Gram Pará até a boca do Rio Madeira*; (em 1749) *in Colecção de Notícias Ultramarinas*, tomo IV. Lisboa, 1826.

436 — J. Leite de Vasconcellos: *De Terra em Terra*. Lisboa, Imprensa Nacional, 1927.

445 — Francisco Xavier d'Athayde Oliveira: *Romanceiro e Cancioneiro de Algarve*. Porto, Typographia Universal, 1905.

449 — José Embarcadiço: *Trovador Marítimo, ou Lyra do Marinheiro*. Rio de Janeiro, Quaresma e Companhia, 1910.

450 — *Archivos del Folklore Cubano*, dirigidos por Fernando Ortiz. Havana, Cuba.

457 — Mello Moraes Filho: *Quadros e Chronicas*. Rio de Janeiro, Garnier.

466 — Luís Chaves: *Páginas Folclóricas* (A Sinfonia das Cores). Lisboa, Tip. J. Fernandes Júnior, 1926.

467 — Jacques Raimundo: *Vocabulários Indígenas da Venezuela*. Rio de Janeiro, Livraria Católica, 1934.

471 — Henry Walter Bates: *The Naturalist on the River Amazon*. Londres, Everyman's Library, 1930.

477 — Domingos Olympio: *Luzia Homem*. Rio de Janeiro, Livraria Castilho, 1929.

478 — Alfredo de Sarmento: *Os Sertões d'África*. Lisboa, 1880.

480 — (também n.º 20) — Manuel Querino: *A Bahia de Outrora*. Bahia, Livraria Economica, 1922.

481 — Paulo Cursino de Moura: *São Paulo de Outrora*. S. Paulo, Companhia Melhoramentos de S. Paulo, 1933.

487 — *Revista do Arquivo Municipal de S. Paulo*. S. Paulo, Departamento de Cultura da Prefeitura de S. Paulo.

492 — Couto de Magalhães: *Viagem ao Araguaya*. S. Paulo, Companhia Editora Nacional, 1934.

493 — Manoel da Nobrega: *Cartas do Brasil*. Rio de Janeiro, Academia Brasileira de Letras, 1931.

494 — Joseph de Anchieta: *Cartas*. Rio de Janeiro, Academia Brasileira de Letras, 1933.

501 — Luiz da Câmara Cascudo: *Viajando o Sertão*. Natal, Imprensa Oficial, 1934.

504 — Aluísio de Azevedo: *O Cortiço*. Rio de Janeiro, Livraria Garnier.

505 — S. Fróes de Abreu: *Na Terra das Palmeiras*. Rio, Oficina Industrial Gráfica, 1931.

511 — Visconde de Taunay: *Inocência*. 18.ª ed. São Paulo, Companhia Melhoramentos de S. Paulo.

528 — Raimundo Lopes: *Os Tupis do Gurupi*. Separata das "Actas", tomo I, do XXV.° Congresso Internacional de Americanistas, 1932. Universidad Nacional de La Plata.

534 — *História da Literatura Portuguesa*, sob a direção de Albino Forjaz de Sampaio. Lisboa, Aillaud e Bertrand, 1929 a 1932.

537 — L. Lévy-Bruhl: *Le Surnaturel et la Nature dans la Mentalité Primitive*. Paris, Alcan, 1931.

539 — Daniel Gouveia: *Folk-Lore Brasileiro*. Rio de Janeiro, Empresa Gráfico-Editora Paulo Pongetti e Cia., 1926.

540 — Jacques Raimundo: *O Elemento Afro-negro na Lingua Portuguesa*. Rio de Janeiro, Renascença Editora, 1933.

542 — Alberto Faria: *Aerides*. Rio de Janeiro, Jacintho Ribeiro dos Santos, 1918.

547 — Affonso de E. Taunay: *A Vida Gloriosa e Trágica de Bartholomeu de Gusmão*. São Paulo, Esc. Prof. Salesianas, 1934.

555 — A. J. de Souza Carneiro: *Furundungo*. Rio de Janeiro, Adersen, 1934.

556 — Arthur Ramos: *O Negro Brasileiro*. Rio de Janeiro, Civilização Brasileira, 1934.

557 — Sousa da Silveira: *Lições de Português*. 2.ª ed. Rio de Janeiro, Civilização Brasileira, 1934.

560 — J. Leite de Vasconcellos: *Textos Arcaicos*. 3.ª ed. Lisboa, Livraria Clássica, Editora, 1922.

561 — Alberto Bessa: *A Gíria Portuguesa*. Lisboa, Livraria Central de Gomes de Carvalho, 1901. [Registro bibliográfico acompanhado da nota: "O A. parece bem leviano".]

562 — Pedro de Andrade Caminha: *Poesias*. Lisboa, 1791.

564 — Cap. Silva Barros: *Sarilho d'Armas*. Rio de Janeiro, Calvino Filho, 1934.

567 — J. F. de Almeida Prado: *Primeiros Povoadores do Brasil*. S. Paulo, Companhia Editora Nacional, 1935.

573 — Pedro Calmon: *Espírito da Sociedade Colonial*. S. Paulo, Companhia Editora Nacional, 1935.

574 — Jorge Hurley: *Itarãna* (Pedra Falsa). Separata do vol. IX da Revista do Instituto Histórico e Geográfico do Pará. Belém, 1934.

596 — José Lins do Rego: *O Moleque Ricardo*. Rio de Janeiro, José Olympio Editora, 1935.

597 — Aluísio Azevedo: *O Mulato*. 5.ª ed. Garnier.

600 — Jorge de Lima: *Calunga*. Porto Alegre, Livraria do Globo, 1935.

601 — Alberto Lamego Filho: *A Planície do Solar e da Senzala*. Rio de Janeiro, Livraria Católica, 1934.

621 — Dante de Laytano: *Os Africanismos do Dialeto Gaúcho*. Separata da Revista do Instituto Histórico e Geográfico do Rio Grande do Sul, ano XVI, n.° 2. Porto Alegre, 1935.

624 — *Panorama* (mensário). S. Paulo.

631 — Lourenço Filho: *Joazeiro do Padre Cícero*. Companhia Melhoramentos de S. Paulo.

632 — Edison Carneiro: *Religiões Negras*. Rio de Janeiro, Civilização Brasileira, 1936.

637 — Magalhães Corrêa: *O Sertão Carioca*. Rio de Janeiro, Imprensa Nacional, 1936.

504

641 — D. Martins de Oliveira: *Marujada*. Rio de Janeiro, Record, s.d. (1936?)

645 — *Novos Estudos Afro-brasileiros* (2.º tomo dos trabalhos apresentados ao 1.º Congresso Afro-brasileiro do Recife). Rio de Janeiro, Civilização Brasileira, 1937.

647 — Jacques Raymundo: *O Negro Brasileiro e outros escritos*. Rio, Record, 1936.

651 — *Revista do Brasil*. S. Paulo, 1916 e ss.

653 — Herbert Parentes Fortes: *Do Critério Atual de Correção Gramatical*. Bahia, Tipografia S. Francisco, 1927.

661 — Murilo de Campos: *Interior do Brasil*. Rio de Janeiro, Tip. Borsoi e Cia., 1936.

662 — Fernando São Paulo: *Linguagem Médica Popular no Brasil*. Rio de Janeiro, Barreto e Cia., 1937.

664 — Barré et Ravizé: *Florilège de Chants Populaires* (Cour Elémentaire). Paris, Rouart Lerolle et Cie.

668 — Oswaldo Orico: *Vocabulário de Crendices Amazônicas*. São Paulo, Companhia Editora Nacional, 1937.

670 — Arthur Ramos: *As Culturas Negras no Novo Mundo*. Rio de Janeiro, Civilização Brasileira, 1937.

685 — Edison Carneiro: *Negros Bantus*. Rio de Janeiro, Civilização Brasileira, 1937.

690 — Rodney Gallop: *Cantares do Povo Português*. Trad. de A. E. Campos. Lisboa, Instituto para a Alta Cultura, 1937.

712 — Ramon Menendez Pidal: *Los Romances de Amorica*. Buenos Aires, Espasa-Calpe, 1939.

714 — Luiz da Câmara Cascudo: *Vaqueiros e Cantadores*. Porto Alegre, Livraria do Globo, 1939.

728 — Charles Expilly: *Mulheres e Costumes do Brasil*. Trad. de Gastão Penalva. S. Paulo, Companhia Editora Nacional, 1935.

730 — J. B. Debret: *Viagem Pitoresca e Histórica através do Brasil*. (Trad. de Sérgio Milliet) S. Paulo, Livraria Martins, 1940.

733 — *Folklore* — Boletin del Departamento de Folklore, del Instituto de Cooperación Universitária. Buenos Aires, 1940 e ss.

734 — F. Rodriguez Marin: *La Copla*. Madrid, Tip. de la Revista de Archivos, 1910.

737 — *Cultura Política* (revista). Rio de Janeiro, iniciada em março, 1941.

738 — Julien Tiersot: *La Chanson Populaire et les Ecrivains Romantiques*. Paris, Librairie Plon, 1931.

739 — Gilberto Freyre: *Região e Tradição*. Rio de Janeiro, Livraria José Olympio Editora, 1941.

743 — A. Haggerty Krappe: *The Science of Folk-Lore*. Londres, Methuen & Co. Ltd., 1930.

745 — Antônio Sérgio: *História de Portugal*. Lisboa, Livraria Portugália, 1941.

747 — José A. Teixeira: *Folclore Goiano*. S. Paulo, Companhia Editora Nacional 1941.

755 — Basilio de Magalhães: *O Folclore no Brasil*. 2.ª ed. Boletim do Instituto Histórico. Rio, Imprensa Nacional, 1939.

765 — João Ribeiro: *Frases Feitas*. Rio de Janeiro, Francisco Alves, 1908.

782 — Jaime Cortesão: *O que o Povo Canta em Portugal*. Rio de Janeiro, Portugal Ltda., 1942.

784 — Vários Autores: "Brasília". [Registro seguido do esclarecimento: "São os quatro volumes numerados I, II, III, IV; o primeiro de capa dura, os outros de capa azul claro e mole, que eu mesmo fiz com artigos selecionados de revistas, ajuntei sob capas e intitulei manuscritamente "Brasília e numerei.]

805 — Joaquim Ribeiro: Estética da Língua Nacional. Rio de Janeiro, S.A. A Noite, s.d.

LIVROS E PERIÓDICOS MENCIONADOS, SEM REGISTRO NA BIBLIOGRAFIA DE TRABALHO

Clodomir Silva: *Minha Gente*.
Fernando Mendes de Almeida: [*sic*]
Lia Correia Dutra: O Romance Brasileiro e José Lins do Rego, Lisboa, 1938.
Pedro Batista: *Cangaceiros do Norte*.
Woollett: *História*, I (sem qualquer outra indicação).
A Língua Portuguesa (revista?)
Vanity Fair (revista)
Festa (revista)
Espelho (revista)
Boletim do Museu Nacional
A Ordem (revista)
Vários artigos publicados em jornais e revistas.

A presente edição de OS COCOS, de Mário de Andrade, é o volume nº 228 da Coleção Reconquista do Brasil (2ª série). Preparação, introdução e notas de Oneyda Alvarenga. Capa Cláudio Martins. Impresso na Prol Editora Gráfica Ltda, Av. Papaiz, 581 - Diadema - São Paulo, para a Editora Itatiaia, à Rua São Geraldo, 67 - Belo Horizonte - MG. No catálogo geral leva o número 0660/0B. ISBN. 85-319-0409-9.

COLEÇÃO RECONQUISTA DO BRASIL — 1ª SÉRIE

OBRAS DE MÁRIO DE ANDRADE

**Edição Comemorativa dos 80 anos
da Semana de Arte Moderna
(1922-2002)**

1. OBRA IMATURA

2. POESIAS COMPLETAS

3 AMAR, VERBO INTRANSITIVO (Romance)

4. MACUNAÍMA (rapsódia)

5. OS CONTOS DE BELAZARTE

6. ENSAIO SOBRE A MÚSICA BRASILEIRA

7. MÚSICA, DOCE MÚSICA

8. PEQUENA HISTÓRIA DA MÚSICA

9. NAMOROS COM A MEDICINA

10. ASPECTOS DA LITERATURA BRASILEIRA (ensaios literários)

11. ASPECTOS DA MÚSICA BRASILEIRA (ensaios musicais)

12. ASPECTOS DAS ARTES PLÁSTICAS NO BRASIL

13. MÚSICA DE FEITIÇARIA NO BRASIL

14. O BAILE DAS QUATRO ARTES (ensaios)

15. OS FILHOS DA CANDINHA (crônicas)

16. PADRE JESUÍNO DO MONTE CARMELO

17. CONTOS NOVOS

18. DANÇAS DRAMÁTICAS DO BRASIL (folclore)

19. MODINHAS IMPERIAIS

20. O TURISTA APRENDIZ

21. O EMPALHADOR DE PASSARINHO (crítica literária)

22. OS COCOS

23. AS MELODIAS DO BOI E OUTRAS PEÇAS

24. TAXI E CRÔNICAS NO DIÁRIO NACIONAL

Prol - Editora Gráfica Ltda.